ABIOLA BELLO

LOVE IN Winter WONDERLAND

Aus dem Englischen von Franziska Jaekel

Mit Vignetten von Nora Paehl

Aus Verantwortung für die Umwelt hat sich der Fischer Kinder- und Jugendbuch Verlag zu einer nachhaltigen Buchproduktion verpflichtet. Der bewusste Umgang mit unseren Ressourcen, der Schutz unseres Klimas und der Natur gehören zu unseren obersten Unternehmenszielen.

Gemeinsam mit unseren Partnern und Lieferanten setzen wir uns für eine klimaneutrale Buchproduktion ein, die den Erwerb von Klimazertifikaten zur Kompensation des CO₂-Ausstoßes einschließt.

Weitere Informationen finden Sie unter: www.klimaneutralerverlag.de

2. Auflage
Erschienen bei FISCHER KJB

Das englischsprachige Original erschien 2022 unter dem Titel
Love in Winter Wonderland bei Simon & Schuster Ltd., London
Text © Abiola Bello 2022

Für die deutschsprachige Ausgabe:
© 2023 Fischer Kinder- und Jugendbuch Verlag GmbH,
Hedderichstr. 114, D-60596 Frankfurt am Main
Satz: Pinkuin Satz und Datentechnik, Berlin
Druck und Bindung: GGP Media GmbH, Pößneck
Printed in Germany
ISBN 978-3-7373-4317-6

*Für meinen Dad,
du bist mit Abstand eines der größten
Geschenke, das ich jemals hatte*

x

1

Treys Playlist:
»Let it Snow« von Boyz II Men

Siebzehn Tage bis Weihnachten

Ich bin kurz davor auszurasten.

»Aber ich dachte, es hieß zwei für eins? Das Angebot hing im Schaufenster der Buchhandlung gleich die Straße runter«, erklärt die weiße Frau mit den blonden Strähnchen.

Sie meint *Books! Books! Books!*. Mir liegt auf der Zunge, sie darauf hinzuweisen, dass wir offensichtlich eine andere Buchhandlung sind, doch stattdessen setze ich mein strahlendstes Zahnpastalächeln auf. Die Augen ihrer Tochter, die neben ihr steht, leuchten gespannt auf.

»Bitte verstehen Sie mich nicht falsch, ich mag Schnäppchen genauso sehr wie jeder andere auch, aber wir sind ein unabhängiger Laden.« Dabei betone ich *unabhängig* ganz besonders. »Sie helfen also unserem Viertel, wenn Sie im *Wonderland* einkaufen. Außerdem sind wir eine Schwarze familiengeführte Buchhandlung.«

Jetzt scheint der Frau die Situation unangenehm zu sein. Sie wechselt einen Blick mit ihrer Tochter, die schmollend sagt: »Mom, was soll's. Bezahl einfach.« Die Frau sieht aus, als ringe sie um eine Entscheidung. Ich wette, sie denkt jetzt, ich würde sie für rassistisch halten, wenn sie die Buchhandlung nicht unterstützt. In Wahrheit halte ich sie nur für geizig.

»Hören Sie, ich lege auch noch ein paar Lesezeichen dazu.« Ich hole zwei hinter dem Tresen hervor und reiche sie ihr. Auf einem steht *Indie Bookshops Rule!* und auf dem anderen *Black Lives Matter*. Was für eine subtile Familie wir doch sind.

Die Augen der Frau weiten sich, als sie die Worte liest, dann zieht sie ihre Kreditkarte aus dem Portemonnaie. Ich muss mich echt zusammenreißen, nicht vor Freude die Arme in die Luft zu reißen. Mit diesen Einnahmen haben wir unser Umsatzziel für heute erreicht, und Mum hat zugestimmt, dass ich in diesem Fall früher Schluss machen kann, um auf Bebes Weihnachtsparty zu gehen. Bebe Richards ist ein Mädchen aus meiner Clique an der Schule, und sie weiß, wie man Partys schmeißt. Keine Ahnung, wieso sie uns alle ausgerechnet an einem Mittwoch und mehr als zwei Wochen vor Weihnachten eingeladen hat, aber eigentlich ist mir das auch egal. Alles, was nicht mit dem Buchladen oder mit Lernen zu tun hat, klingt gut.

»Danke für Ihren Einkauf im *Wonderland*«, sage ich, während ich der Frau mit einem Grinsen die Bücher hinhalte. »Frohe Weihnachten.«

»Ihnen auch.« Sie lächelt zurück, aber es wirkt gezwungen. Ihre Tochter dagegen zwinkert mir zu, bevor sie gehen. Lächelnd schüttle ich den Kopf.

»Flirtest du schon wieder mit den Kundinnen?« Dad kommt zur Kasse, öffnet sie, starrt auf das Geld und reibt sich über den Nacken.

»Wir sind am Ziel. Slam Dunk!« Ich hebe die Arme und tue so, als würde ich wie Kobe einen Ball im Korb versenken.

»Aber war im letzten Jahr um diese Zeit nicht mehr los?« Dad sieht sich im Laden um, und ich folge seinem Blick.

Er hat recht. Es ist ziemlich ruhig, aber ich bin sicher, das ändert sich noch, je näher Weihnachten rückt. Dad ist seit der Eröffnung von *Books! Books! Books!* ein wenig paranoid. Er glaubt, sie nehmen uns die Kundschaft weg, was er mir nach jeder Schicht erzählt. Aber wir schlagen uns ganz gut, und ich bin mir sicher, dass meine geniale Playlist ihren Teil dazu beiträgt: *The Best Christmas Songs by Black Artists* – mit »8 Days of Christmas« von Destiny's Child, »This Christmas« von Chris Brown ... und was wäre Weihnachten ohne Mariah?

»Entspann dich, Dad.« Ich lege einen Arm um ihn. Mit meinen ein Meter fünfundachtzig sind wir etwa gleich groß, und mit den weit auseinanderstehenden Augen, der breiten Nase, dem markanten Kinn und der schlanken Statur sehe ich aus wie er vor dreißig Jahren.

Dad schnaubt nur.

»Ich muss bald los, aber ich könnte vorher noch schnell aufräumen und ein paar Kundengespräche führen.«

Dad schließt die Kasse und zeigt nach vorn. »Wenn diese Kids nichts kaufen, sag ihnen, sie sollen verschwinden. Wie oft muss ich dich noch daran erinnern, Trey? Wir sind keine Bibliothek. Eines Tages wird die Buchhandlung dir gehören, dann nutzt es dir nichts, wenn die Leute hier nur herumlungern.«

Ich will die Buchhandlung nicht, würde ich am liebsten erwidern, aber ich schlucke es – wie immer – herunter. *Wonderland* wurde von meinem Uropa eröffnet und ist seitdem in Familienbesitz. Es ist die erste und einzige unabhängige Schwarze Buchhandlung auf der Stoke Newington High Street. Dad ist hier aufgewachsen und schon als Kind wollte er nichts anderes, als den Laden zu übernehmen und sein eigener Chef zu sein. Ich hingegen möchte lieber Sänger werden und in ausverkauften Stadien auftreten, aber da gibt es zwei Probleme: Erstens gehen meine Eltern davon aus, *Wonderland* sei meine Zukunft, und ich möchte sie nicht enttäuschen. Auch wenn ich insgeheim bete, dass mein kleiner Bruder Reon sich irgendwann dazu entschließt, den Laden zu leiten. Zweitens habe ich total Angst, vor großem Publikum zu singen. Schon bei wenigen Leuten werde ich nervös. Nur wenn ich die Augen schließe oder mir vorher Mut angetrunken habe, kann ich mühelos singen. Deshalb ist einer meiner Neujahrsvorsätze an Gesangswettbewerben teilzunehmen. Ich will endlich meine Angst überwinden und herausfinden, wie weit ich mit dem Singen komme – auch wenn ich weiß, wie hart es ist, in der Musikbranche Fuß zu fassen.

Die lungernden Kids sind inzwischen weg, aber sie haben achtlos einige Bücher am Boden liegen lassen – kein Wunder, dass Dad sie aus dem Laden haben wollte. Ich stelle die Bücher in die Regale zurück und spreche ein paar Kunden an, um sicherzugehen, dass sie allein zurechtkommen, bevor ich eine Runde durch den Rest des Ladens drehe. Dabei singe ich leise den Song »Let it Snow« mit, der gerade im Hintergrund zu hören ist.

»Uuh, sing weiter, DeVante«, ruft Boogs mir zu, der in diesem Moment den Laden betritt.

Ich lache. »Falsche Band, du Genie.«

»Echt?« Boogs runzelt die Stirn. »Ist das nicht Jodeci?«

»Boyz II Men.« Wir klatschen uns ab, dann umarme ich das zierliche Mädchen in dem bunten Patchwork-Mantel neben ihm. »Hey, Santi.«

Santi wirft ihre langen Twist-Braids über die Schulter und hebt die Augenbrauen. »DeVante?«

»Als ob du es besser wüsstest«, sagt Boogs. »Du ziehst dir ja nur Coldplay rein.«

Sofort geht es zwischen Boogs und Santi hin und her, während ich nur den Kopf schüttle. Boogs – sein richtiger Name ist Dre Deton – ist mein bester Freund. Er ist vor gut einem Jahr nach Stoke Newington gezogen. Es ging das Gerücht um, dass er in seinem alten Viertel Mitglied einer Gang gewesen sei. Und obwohl es der Wahrheit entspricht, haben wir uns auf Anhieb gut verstanden. Er hat ziemlich helle Haut und helle Augen, und mit seinem hübschen Gesicht und den heißen Dancemoves war er schon immer ein echter Herzensbrecher (daher auch der Spitzname Boogs, kurz für Boogie) – bis er Santi Bailey begegnet ist. Genau genommen habe ich die beiden verkuppelt, weil ich mit Santis Zwillingsschwester Blair zusammen bin. Eineiige Zwillinge mit zweieiigen Persönlichkeiten. Santi trägt Klamotten, als wäre sie in ihrem letzten Leben Hippie gewesen, und fragt mich ständig nach Buchempfehlungen. Blair könnte dagegen als wandelnde Werbung für *PrettyLittleThing* durchgehen, und die paar Mal, die wir über Bücher gesprochen haben, kann ich an einer Hand abzählen. Theoretisch würde Santi besser zu mir passen, aber irgendwie stimmt es zwischen Blair und mir. Ich schätze mal, Gegensätze ziehen sich tatsächlich an.

»Habt ihr den neuen Roman von Estee Mase?«, wendet sich Santi jetzt an mich.

»Ja, liegt an der Kasse.«

Während sie davongeht, flüstert Boogs mir zu: »Sie soll das Buch bloß nicht kaufen. Ich hab's schon für sie besorgt.«

Meine Augen werden schmal. »Echt? Warte ... Wo denn? Ich hab dich in letzter Zeit nicht bei uns im Laden gesehen.«

Boogs reibt sich das Gesicht. »Werd jetzt nicht sauer, ich hab's bei *Books! Books! Books!* gekauft.«

»Du hast *was*?« Ich starre ihn fassungslos an.

»Ich weiß, aber bei euch war es gerade ausverkauft ...«, sagt Boogs kleinlaut.

»Nicht cool, Mann. Es trifft deine eigenen Leute.« Ich schüttle den Kopf.

»Mein Fehler, Bro, sorry. Und was hast du für Blair?«

Ich runzle die Stirn. »Wieso?«

Boogs guckt mich an, als wäre mir ein zweiter Kopf gewachsen. »Die Zwillinge haben morgen Geburtstag.«

Was? Nein, das kann nicht stimmen. Ich ziehe mein Handy aus der Tasche und sehe im Kalender nach. *Shit!* Heute ist der achte Dezember.

Boogs stößt einen Pfiff aus. »Sie wird dich killen.«

Und damit hat er recht. Ich kann ihr kein Buch kaufen, weil sie erstens nicht liest und zweitens denken wird, dass ich es nicht bezahlen musste. Die High Street ist wegen Weihnachten total überfüllt, und kein anständiges Geschenk, das ich mir online leisten könnte, würde noch rechtzeitig ankommen.

»Was schenkst du Santi?«, frage ich und hoffe entgegen aller Wahrscheinlichkeit, dass Boogs sich nur halbherzig ins Zeug gelegt hat.

»Na dieses Buch von Estee und ein Wellness-Geschenkset, das ich auf Etsy gefunden habe. Sie ist ja mit Geschenken nicht so pingelig – anders als deine Freundin.«

Ich stöhne auf. Wie konnte das nur passieren? Erst letzte Woche habe ich mit Blair über ihren Geburtstag gesprochen, aber es durch die vielen Überstunden im Laden und die ganzen Vorbereitungen für den Sonderbuchverkauf wieder völlig vergessen. Sie wird total sauer sein, wenn Santi ein besseres Geschenk bekommt als sie. Blair ist der Meinung, dass wir den Standard setzen sollten, weil wir zuerst zusammengekommen sind. Für mich ergibt das keinen Sinn, aber Blair erwartet deshalb von mir, dass ich jedes Mal eins draufsetze, wenn sich Boogs irgendwas Romantisches für Santi ausdenkt.

»Ich lass mir was einfallen«, murmle ich. »Wenigstens kommt sie heute Abend nicht zur Party und kann mich nicht ausquetschen.«

»Hat Blair dir nichts gesagt?«, will Boogs wissen. »Santi meinte, dass sie es sich anders überlegt hat und doch kommt.«

Bevor ich etwas erwidern kann, ist Santi zurück, das Buch von Estee Mase in der Hand. Boogs und ich wechseln einen Blick, der Santi nicht entgeht.

»Und was schenkst du Blair?«, fragt sie.

Ich lächle. »Das ist eine Überraschung.«

»Der Code für: Er hat es vergessen«, flüstert Boogs.

Ich funkle ihn wütend an. *Bro-Kodex!*

»Trey!«, sagt Santi. »Schäm dich!«

»Boogs hat das Buch bei *Books! Books! Books!* gekauft«, platzt es mir heraus, und Boogs schnappt nach Luft.

Santi stemmt die Hände in die Hüfte. »Das glaub ich ja wohl nicht!«

Da entdecke ich meine Mum, die das Büro betritt, und folge ihr rasch. Ein Grinsen schleicht sich in mein Gesicht, als ich höre, wie Santi Boogs zur Schnecke macht. Sie findet es wichtig, unabhängige Läden zu unterstützen, und Boogs verdient eine Abreibung für seine Treulosigkeit.

Mum blickt erschrocken auf, als ich an der Tür auftauche, und verdeckt rasch den Brief, den sie gerade liest. Ihr schwarzes schulterlanges Haar, das normalerweise tadellos frisiert ist, hat sie heute nur zu einem losen Pferdeschwanz gebunden.

»Trey, Schatz, du hast mich erschreckt.« Sie nimmt ihre Brille ab und reibt sich die Augen.

Ich glaube, sie schläft in letzter Zeit nicht besonders gut. Hin und wieder höre ich sie noch spät nachts leise mit Dad reden, aber jedes Mal, wenn ich sie darauf anspreche, wiegelt sie ab. Ich recke den Hals, um einen Blick auf das Logo des Briefes in ihrer Hand zu werfen.

»Wer steckt hinter Raymond & Raymond?«, frage ich.

Mum folgt meinem Blick und faltet den Brief zusammen. »Nicht der Rede wert.«

»Komm schon, Mum.« Ich setze mich ihr gegenüber. »Du kannst mir sagen, wenn etwas nicht stimmt.«

Sie betrachtet den Brief, ohne etwas zu erwidern. Am liebsten würde ich ihn ihr aus der Hand reißen, um ihn selbst zu lesen, aber ich hänge zu sehr an meinem Leben. Also warte ich ab.

Schließlich schaut Mum auf und seufzt. »Raymond & Raymond sind Immobilienmakler.«

Ich runzle die Stirn. »Immobilienmakler? Ich verstehe nicht.«

»Die Buchhandlung läuft nicht besonders gut, Trey. Wir erreichen nicht mehr die Zahlen wie früher, und wir sind einen Monat mit der Hypothek und den Lieferantenrechnungen im Rückstand.« Sie legt eine Hand an ihre Stirn. »Die Kunden geben nicht mehr genug aus, und Raymond & Raymond haben angeboten, *Wonderland* zu kaufen, bevor wir völlig pleite sind.«

Mit der Hypothek im Rückstand? Ich meine, ich weiß, dass der Laden im Moment etwas schleppend läuft, aber ich hatte keine Ahnung, dass es so schlimm ist.

»Was sagt Dad dazu?« Sorge schleicht sich in meine Stimme.

»Er will es nicht hören.« Mum schnaubt. »Aber wenn wir bis Weihnachten das Ruder nicht herumreißen, bleibt uns wohl kaum etwas anderes übrig, als an Raymond & Raymond zu verkaufen. Zumindest bekommen wir dann noch etwas Geld für die Ladenfläche.«

Ich weiß nicht, was ich sagen soll. *Wonderland* verkaufen? Wie konnten wir nur in diesen Schlamassel geraten? Seit Monaten redet Dad davon, dass im Laden zu wenig los ist, und ich habe es nicht ernst genommen, wenn es hieß, ich sollte mich ins Zeug legen und versuchen, mehr Umsatz zu machen. Was sollen wir ohne die Buchhandlung machen? Sie ist unsere Lebensgrundlage, unser Erbe. Ich möchte *Wonderland* nicht übernehmen, aber ein Leben ohne den Laden kann ich mir auch nicht vorstellen. Und womit würden meine Eltern dann ihr Geld verdienen? Mum könnte vielleicht wieder in der Krankenpflege arbeiten, aber was ist mit Dad? Er kennt nichts anderes als *Wonderland*.

Mum greift nach meiner Hand. »Ich möchte nicht, dass du dir deswegen Stress machst, Schatz. Ich bin sicher, wir finden einen Weg, um wieder auf die Beine zu kommen.«

Ich würde ihr gern glauben, aber sie klingt nicht sehr zuversichtlich.

»Sag mal, wolltest du heute nicht zu einer Party?«

Ich ignoriere ihre Frage. »Ich kann bleiben und weiter im Verkauf helfen.«

Mum steht auf und streckt mir die Arme entgegen. Ich folge ihrer Aufforderung, und obwohl sie so zierlich gebaut ist, fühle ich mich in ihrer Umarmung wie ein kleiner Junge. Ich wollte wissen, was mit *Wonderland* los ist, doch jetzt wünsche ich,

ich hätte nicht gefragt. Allein die Vorstellung, den Laden zu verlieren, dreht mir den Magen um.

Mum löst sich von mir und schaut mich an. »Es ist bald Weihnachten. Geh und hab Spaß mit deinen Freunden, okay?«

Sie tätschelt meinen Arm, und ich nicke, dabei ist mir die Partylaune längst vergangen.

2

Ariels Playlist:
»Santa Baby« von Eartha Kitt

Als wir vor Bebes Tür halten, starre ich fassungslos aus dem Autofenster. Das Haus hat drei Etagen und ist von oben bis unten mit Lichterketten bedeckt wie in einer Filmszene oder einem Instagram-Post der Kardashians. Ich war noch nie auf einer von Bebes Partys, aber ich weiß, dass sie legendär sind. Allein die Bilder auf Social Media reichen aus, dass sich alle, die nicht eingeladen sind, als Loser fühlen. Auch ich bin normalerweise nicht eingeladen. Doch diesmal hat meine beste Freundin Annika – die Bebes Cousine ist – dafür gesorgt, dass Jolie und ich auf der Gästeliste stehen.

Annika beugt sich zu mir herüber. Dabei fallen ihr die künstlich verlängerten schwarzen Haare in Wellen über den Rücken. »Ich hab's dir doch gesagt: Dieser Teil meiner Familie ist stinkreich und neigt zu Übertreibungen.«

Der Taxifahrer klopft ungeduldig auf das Lenkrad und wartet, dass wir endlich aussteigen.

»Ich verstehe trotzdem nicht, wieso die Party unbedingt an einem Mittwoch stattfinden muss«, sage ich. Morgen habe ich gleich in der ersten Stunde Unterricht und deshalb beschlossen, nicht allzu lange zu bleiben.

Annika lacht. »Santi und Blair haben morgen Geburtstag und alle gebeten, sich Freitag und Samstag freizuhalten. Nicht mal Bebe traut sich, Blairs Zorn auf sich zu ziehen.«

Das würde wohl niemand freiwillig tun.

»Sitzt mein Make-up?«, fragt Jolie.

Ich kneife die Augen zusammen, weil es im Taxi ziemlich dunkel ist, aber für mich sieht sie gut aus.

»Perfekt«, antworte ich mit einem Lächeln.

»Okay, bereit, ihr Süßen?«, fragt Annika.

Ich bin nicht bereit. Das ist überhaupt nicht meine Welt. Am liebsten wäre ich jetzt zu Hause, dann würde ich malen oder mich auf mein Bett kuscheln und mir meinen Stapel ungelesener Bücher vornehmen. Aber das ist mein letztes Schuljahr, und ich habe mir vorgenommen, mehr unter Leute zu gehen. Schließlich möchte ich nicht irgendwann zurückblicken und etwas bedauern. Gedankenverloren sehe ich auf meine Hände und bemerke ein paar rote Farbkleckse, die von der Arbeit an meinem neuen Bild zurückgeblieben sind. Ich kratze daran herum, bis winzige Farbstückchen in meinen Schoß segeln.

Nachdem ich aus dem Taxi gestiegen bin, ziehe ich meinen kurzen Rock zurecht. Vor dem Sommer hätte ich da nicht mal reingepasst, und ich habe mich immer noch nicht daran gewöhnt, so freizügige Klamotten zu tragen. Annika und Jolie folgen mir in ähnlich knappen Outfits. Jolie rubbelt durch ihren braunen Pixie Cut, damit die Haare noch mehr abstehen und ihrer winzigen Statur etwas Größe verleihen.

»Ich glaube, mir wird schlecht«, flüstert sie und wirkt dabei noch blasser als sonst.

Ich fühle mich auch nicht besonders wohl. In Gegenwart der beliebten Kids komme ich mir immer irgendwie komisch vor. Sehnsüchtig drehe ich mich nach dem Taxi um, aber es fährt bereits davon, als hätte der Fahrer gewusst, dass ich sonst wieder eingestiegen wäre.

Annika hakt sich bei uns unter. Ihr enges Kleid schmiegt sich wie eine zweite Haut an ihren Körper, und sie hüpft von einem High Heel auf den anderen. »Kommt schon, sonst friere ich mir noch die Titten ab.«

Wir gehen auf die Haustür zu, und ich höre, wie Kiki von Drake gefragt wird, ob sie ihn liebt. Die Musik ist so laut, dass der Bass sogar hier draußen durch meinen Körper vibriert, aber mein nervös klopfendes Herz spüre ich trotzdem. Was, wenn Bebe ihre Meinung geändert hat und nur noch Annika auf ihre Party lässt? An der Schule könnte ich mich dann nicht mehr blicken lassen.

Als Annika klingelt, denke ich für einen Moment, dass uns bei der lauten Musik niemand hören wird, doch dann geht die Tür auf, und Bebe steht vor uns. In einer Hand hält sie ein Glas mit einem roten Getränk, mit der anderen wirft sie ihre langen schwarzen Locken über die Schulter. Ihr schulterfreies goldfarbenes Kleid unterstreicht ihren hellbraunen Hautton, ihre Taille wirkt geradezu winzig und ihre Lippen besonders voll. Sie lässt sie aufspritzen, das wissen alle, auch wenn sie schwört, dass sie nur die Konturen hervorhebt. Sie mustert uns nacheinander, wobei ihr Blick etwas länger an mir hängen bleibt, dann lächelt sie. Es wirkt echt, und mein Herzschlag beruhigt sich.

»Willkommen, Girls!« Sie umarmt Annika. »Kommt rein, kommt rein. Ihr lasst sonst noch die Wärme raus.«

Jolie quiekt neben mir auf und eilt hinein. Langsam gehe ich hinterher und halte die Luft an. Die Gäste tanzen, unterhalten sich, machen Selfies. Der Geruch nach Schweiß und Hormonen liegt in der Luft. Wer *sind* all diese Leute?

»Wow, gut besucht«, bemerkt Annika. »Besonders für einen Mittwoch.«

»Ja, ich habe allen gesagt, dass sie Freunde mitbringen sollen, um schon mal in Weihnachtsstimmung zu kommen.«
Bebe trinkt einen Schluck, während sie auf meine nackten Beine schielt, die doppelt so breit sind wie ihre. Als sie meinen Blick auffängt, lächelt sie, aber diesmal erreicht das Lächeln ihre Augen nicht. Ich zupfe an meinem Rock herum, in der Hoffnung, etwas mehr darunter verstecken zu können, aber das klappt natürlich nicht.

Ein Mädchen, das ich vage aus der Schule kenne, kommt auf uns zu und zieht Bebe mit zur Tanzfläche.

»Getränke und Essen stehen in der Küche«, ruft sie uns noch über die Schulter zu.

»Erst mal was trinken?«, fragt Annika.

Jolie nickt. Ich mag keinen Alkohol – davon werde ich nur müde –, aber ich möchte auch keine Langweilerin sein.

»Geh am besten vor«, sage ich deshalb nur.

Während wir uns durch die Menge schieben, fällt mir auf, dass trotz des Andrangs alle in ihren Cliquen bleiben. Bebe kippt auf der Tanzfläche Shots mit den angesagten Leuten wie Yarah Mectah und ihrem Freund James West. Normalerweise kleben sie immer an Trey Anderson, Boogs und den Bailey-Zwillingen, nur im Moment sehe ich die vier nirgendwo. Dafür entdecke ich ein paar Leute, mit denen ich mich in meinen Kursen gut verstehe, und winke ihnen zu. Annika begrüßt natürlich mehr Gäste als Jolie und ich. Sie gehört zu den Menschen, die sich von einer Gruppe zur nächsten treiben lassen können und dennoch immer sie selbst bleiben.

Seit wir klein waren, bin ich mit Annika befreundet, und sie ist immer für mich da gewesen, besonders wenn ich wegen meines Gewichts gehänselt wurde. Ihre hohen Wangenknochen, die langen Beine und ihr Lächeln, das ihr ganzes Gesicht zum Strahlen bringt, haben sich nicht groß verändert, seit ich sie kenne. Jolie kam in der Mittelstufe dazu. Mit ihrem Namen – Jolie Love-Jones –, ihrem symmetrischen Gesicht, den Rehaugen und den längsten echten Wimpern, die ich je gesehen habe, dachte ich sofort, sie ist für die Clique der Beliebten bestimmt, doch Jolie hat sich uns angeschlossen. Sie ist auch der einzige Mensch, den ich kenne, der *Twilight* genau wie ich für die größte Liebesgeschichte aller Zeiten hält. Hallo, Bella ist aus Liebe ein Vampir geworden! Seitdem sind wir drei jedenfalls unzertrennlich.

Annika gießt uns Getränke ein, als Jubelrufe von der Tanzfläche aus dem Wohnzimmer kommen. Kurz darauf sehe ich, wie Trey, Boogs und Santi hereinspazieren und allen zuwinken.

»Trey sieht gut aus.« Annika reicht mir ein Glas und mustert mich dabei genau. »Was denkst du, Ariel?«

Ich verdrehe die Augen, während Jolie lacht. Seit ich Trey zum ersten Mal begegnet bin, habe ich für ihn geschwärmt. Eigentlich habe ich für Trey *und* Boogs geschwärmt. Das tun die meisten Mädchen. Boogs ist drahtig und hat hellbraune Haut, während Trey viel dunkler und schlank ist, aber mit Muskeln wie ein Leichtathlet. Dann ist Trey mit Blair zusammengekommen und ... na ja, wer Blair kennt, ist auch von jedem abgeschreckt, der sie mag. Was komisch ist, weil ihre Zwillingsschwester Santi zu allen nett ist. Und Boogs ist ziemlich cool. Wir hatten Kunst zusammen, bevor er den Kurs geschmissen hat.

»Ansichtssache«, erwidere ich.

Annika wirft den Kopf nach hinten und lacht.

Manchmal glaube ich, dass ich die Einzige in der Schule bin, die nicht von Trey, Boogs und den Bailey-Zwillingen besessen ist. Je beliebter sie wurden, desto mehr Leute fühlten sich zu den Vier hingezogen. Doch nachdem meine Schwärmerei verflogen war, habe ich kaum noch Notiz von ihnen genommen. Unsere Wege kreuzen sich nicht oft, weil wir nicht denselben Stundenplan haben, aber ab und zu sehe ich sie beim Mittagessen in der Mensa, und dann sind sie immer umringt von Leuten.

Ich nippe an meinem Getränk und muss fast würgen. »Was zur Hölle ...?«

Annika lacht wieder. »Zu stark?«

»Das kriege ich nicht runter.« Ich gebe ihr das Glas zurück und sehe mit großen Augen zu, wie sie es in einem Zug leert. Hoffentlich betrinkt sie sich nicht, ich will nicht den ganzen Abend auf sie aufpassen müssen.

Ich drehe mich wieder zum Wohnzimmer um, wo ein Neunzigerjahre Old School Hip Hop Song aus den Lautsprechern dröhnt. Ich liebe die Musik der Neunziger und ich tanze gern, also schleife ich Annika und Jolie zur Tanzfläche, wo wir unsere eigene kleine Runde bilden. Egal wie unsicher ich sonst auch bin, wenn ich tanze oder male, verschwindet das Gefühl.

»Ich stehe voll auf diesen Song«, sagt Jolie. Sie schließt die Augen und wiegt die Hüfte. Ein süßer Typ tanzt sie von hinten an. Er flüstert ihr etwas ins Ohr, sie dreht sich um und tanzt mit ihm.

Mit einem Mal spüre ich kräftige Hände an meiner Taille, aber anders als Jolie kann ich das gar nicht leiden. Ich wirbele herum und habe schon einen Spruch auf den Lippen, als Boogs sagt: »Du hast's echt drauf, kleine Meerjungfrau.« Dabei imitiert er meine Bewegungen – nur mit seinem typischen Boogs-Swag, den niemand nachahmen kann.

Boogs hat meinen Namen schon immer mit diesem jamaikanischen Akzent ausgesprochen, genau wie die Krabbe Sebastian aus *Arielle, die Meerjungfrau*, und als ich vor einer Weile mit roten Haaren in den Kunstraum kam, hat er losgelacht und gemeint: »Du legst es echt drauf an!« Seitdem nennt er mich kleine Meerjungfrau.

»Ich schwöre, ich färbe meine Haare wieder schwarz, damit du endlich aufhörst, mich so zu nennen«, erwidere ich lachend und sehe mich nach Santi um. Sie tanzt nicht weit entfernt mit Trey, der jedoch die Schultern hängen lässt und den Blick mehr auf den Boden als auf Santi gerichtet hat. Wahrscheinlich vermisst er Blair.

Boogs beugt sich zu mir. »Ich hab dein Bild auf dem Hof gesehen. Echt krass.«

Ich werde rot bei seinem Kompliment. Boogs hat zwar eine Freundin, aber verdammt, aus dieser Nähe sieht er noch besser aus. »Danke.«

Vor ein paar Wochen hat mich Eden, die Leiterin der Fachschaft Kunst, gebeten, etwas »Stimmungsvolles« für den Schulhof zu gestalten, das die Schönheit der Natur darstellt. Also habe ich eine Regenbogenwiese mit bunten Blumen und Schmetterlingen gemalt. Ich wusste, dass es gut ankam, als zwei Schülerinnen direkt davor Selfies für Instagram geschossen haben. Es hatte eine feierliche Enthüllung gegeben, und ich war damit sogar in der Lokalzeitung. Mum hat den Artikel eingerahmt und ihn stolz ins Wohnzimmer gehängt.

Boogs zieht sein Handy aus der Hosentasche und zeigt mir auf Instagram ein Foto von sich und Santi, auf dem sie vor meinem Bild posieren. Sie sind ein umwerfendes Paar, und der Hintergrund unterstreicht das noch. Ich schnaube, als ich darunter lese: #ArielInSebastianVoice.

»Keine Entschuldigung.«

Boogs steckt sein Handy grinsend wieder ein. »Gib's zu, in Wirklichkeit fährst du drauf ab.«

Wir tanzen zu einem Song nach dem anderen und bilden schließlich einen Kreis mit Jolie, Annika und ein paar Typen. Ich kenne sie nicht, aber sie können tanzen, und sie versuchen nicht, sich an uns ranzuschmeißen, also habe ich kein Problem damit. Als ich zum gefühlt tausendsten Mal meinen Rock herunterziehe, stößt Santi zu uns und winkt mir zu. Sie trägt ein Kleid mit Blumenmuster und Rüschensaum, das an jeder anderen *meh* gewirkt hätte, aber an ihr wie eine Designerrobe von Balmain aussieht. Außerdem wären die meisten angepisst oder eifersüchtig, wenn ihr Freund mit einer anderen tanzt, aber Santi nicht. Sie strahlt eine Selbstsicherheit aus, die ich auch gern hätte.

»Wo ist Trey?«, übertönt Boogs die Musik.

»Ich glaube, er wollte zur Toilette«, sagt Santi. »Er ist echt mies drauf. Was ist los mit ihm?«

Boogs zuckt mit den Schultern.

Jemand rempelt mich von der Seite an, ich stolpere, schaffe es aber, mich zu fangen – anders als Jolie, die in die Arme eines großen, breiten Typen fällt.

»Oh, danke«, säuselt sie mit einer Hand auf der Brust. Lächelnd hilft er ihr, sich aufzurichten, wie in einer perfekten romantischen Filmszene, doch dann starrt er plötzlich zur anderen Seite des Raums. Jolie runzelt die Stirn und folgt seinem Blick.

»Was ist da los? Ich kann nichts erkennen«, sagt sie mit aufgeregter Miene.

Annika lacht und stupst mich an. »Das musst du dir ansehen.«

Während ich mich umdrehe, bemerke ich, dass alle Blicke auf die Tür gerichtet sind – und dann entdecke ich Blair Bailey, die gerade hereinkommt. Die Menge teilt sich, als wäre sie die Königin von England. Obwohl es keine Kostümparty ist, trägt sie ein sexy Santa-Outfit, das aus einem roten bauchfreien Samttop mit weißem Pelzbesatz, einem dazu passenden superkurzen Rock und roten Stilettos besteht. Sie und Santi tragen dieselben langen Twist-Braids, die Blair zu einem hohen Dutt aufgetürmt und mit rotem Schleifenband umwickelt hat.

»Blair Bailey«, sage ich, während sich Jolie auf die Zehenspitzen stellt.

Es ist nicht so, dass ich Blair nicht leiden kann. Um ehrlich zu sein, kenne ich sie dafür zu wenig. Deshalb habe ich auch keine Ahnung, wieso sie sich mir gegenüber immer so abweisend verhält, wenn wir mal miteinander sprechen, was wirklich nicht oft vorkommt. Es hilft auch nicht gerade, dass sich alle bei ihr einschleimen und sie behandeln, als wäre sie Beyoncé. Wenn irgendjemand am Cordon College regiert, dann sie.

»Ich bin überrascht, dass sie überhaupt gekommen ist«, meint Annika. »Sie war echt sauer auf Bebe, weil sie es gewagt hat, während ihrer Geburtstagswoche eine Party zu geben.«

Das erklärt dann wohl das Santa-Kostüm.

Ich entdecke Bebe in der Menge. Sie lächelt Blair entgegen, aber es ist dasselbe gezwungene Lächeln, das sie auch mir vorhin zugeworfen hat.

Blair winkt, während sich Trey durch die Leute drängt. Sobald er in ihrer Reichweite ist, zieht sie ihn an seinem Shirt zu sich und küsst ihn leidenschaftlich – vor den Augen aller Partygäste. Mir fällt die Kinnlade herunter.

Annika lacht. »Eins zu Null für Blair gegen Bebe.«

3

Treys Playlist:
»This Christmas« von Mustard ft. Ella Mai

Blairs kalte Hände liegen um meinen Hals, und ich ziehe sie sanft weg. Ich bin nicht in der Stimmung für so was. Wieso bin ich überhaupt auf Bebes Party gegangen? Die Gedanken an *Wonderland* lassen mich nicht los. Allein die Vorstellung, den Laden zu verlieren, fühlt sich wie ein heftiger Schlag in die Magengrube an. Vielleicht ist das auch Karma, weil ich mir so oft gewünscht habe, wir hätten keine Buchhandlung und ich damit auch nicht den Druck, sie übernehmen zu müssen. Blair sieht mich forschend an, ihre vollen Wimpern umrahmen ihre katzenhaften Augen. Sie versucht herauszufinden, was los ist, aber ich will sie nicht in Verlegenheit bringen, solange alle Blicke auf uns gerichtet sind.

Wir sind »das Paar« an der Schule, und auch wenn wir schon mehrmals Schluss gemacht haben, waren wir immer wenige Wochen später wieder zusammen. Alle denken, wir bleiben das für immer, und vielleicht haben sie recht, aber so weit vorauszudenken, macht mir irgendwie Angst. Woher soll ich mit siebzehn wissen, ob sie die Liebe meines Lebens ist? Ich zwinge mich zu einem Lächeln und streichle über ihre Wange. Blair schließt die Augen und lehnt sich an meine Brust. »Awww«, höre ich von ein paar Seiten.

Hand in Hand gehen wir zum nächstgelegenen Sofa. Meine Handfläche fühlt sich feuchtkalt an, aber Blair scheint das nicht zu stören. Als ich aufblicke, kommt es mir vor, als würden uns alle mit den Augen folgen. Normalerweise macht mir das nichts aus, aber heute Abend könnte ich echt darauf verzichten, im Rampenlicht zu stehen. Ich lasse mich mit ausgestreckten Armen auf das weiche Polster sinken und versuche, lässig zu wirken. Ich habe das noch nie jemandem erzählt, aber manchmal habe ich das Gefühl, eine Rolle zu spielen. Blair winkt jedem zu, während sie sich neben mich setzt, perfekt inszeniert. Und sobald Santi und Boogs zu uns kommen, kreischt sie auf, als hätte sie die beiden seit Wochen nicht gesehen.

Bebe steht neben uns, die Augen starr auf Blair gerichtet. Sie sieht aus wie jemand, der in etwas Saures gebissen hat. Unsere Blicke kreuzen sich, und sofort verändert sich ihre Miene, bis sie lächelt. Ich bin wohl nicht der Einzige, der nur so tut als ob.

»Ich hole uns was zu trinken«, sage ich Blair ins Ohr, bevor ich aufstehe.

Auf dem Weg in die Küche werde ich immer wieder aufgehalten. Ich versuche trotzdem, nicht stehen zu bleiben, deute mit Gesten an, wohin ich will, was die Leute zum Glück etwas zurückhält.

Die Küche ist ziemlich leer, und ich habe das Gefühl, endlich Luft holen zu können. Nur eine Person steht vor den Getränken, ein molliges rothaariges Schwarzes Mädchen in einem kurzen Rock und einem taillierten Glitzertop. Ich kann mich nicht an ihren Namen erinnern, aber ich glaube, sie hat das Bild auf dem Schulhof gemalt. Mein Blick verweilt etwas länger auf ihren Beinen. *Nice.*

Keine Ahnung, wie es dann genau dazu kommt, aber als ich nach einem Glas greifen will, dreht sie sich um, und ihr

Getränk landet auf meinem frischen weißen Shirt. Ich mache eine Satz zurück, während sie sich eine Hand vor den Mund schlägt. Ihre schwarz umrahmte Brille hängt schief an ihrer Nasenspitze.

»Oh! Tut mir so leid!« Hastig sieht sie sich in der Küche um, wahrscheinlich nach einem Handtuch oder etwas Ähnlichem.

Was ist heute nur los? Ich taste nach dem nassen Fleck, der nach Cola riecht.

»Hier.« Sie beginnt, mit ein paar Taschentüchern an meinem T-Shirt herumzuwischen, bis der Stoff an meiner Haut klebt.

»Schon gut.« Grob reiße ich ihr die Taschentücher aus der Hand, was gar nicht meine Absicht war.

Sie sieht mich überrascht an, schiebt ihre Brille zurecht und sagt stirnrunzelnd: »Es war ein Versehen.«

»Wie auch immer«, erwidere ich und mache auf dem Absatz kehrt. Ich habe genug von dieser dämlichen Party.

Mit gesenktem Kopf schiebe ich mich rasch durch die Menge, um den Blicken auszuweichen – und ganz besonders Blair, die mit Sicherheit versuchen würde, mich zum Bleiben zu überreden. Ich schnappe mir meine Jacke und gehe.

Draußen mache ich die Jacke zu, hebe den Kopf dem klaren dunklen Himmel entgegen und atme tief durch. Stechend kalte Luft strömt in meine Luge. Es herrscht Frost, und ich frage mich, ob es noch in diesem Jahr Schnee geben wird. In der Weihnachtszeit schneit es irgendwie nie. Nur in anderen Monaten wie im Februar. Als das letzte Mal Schnee lag, haben Boogs und ich Reon dabei geholfen, einen Superhelden-Schneemann zu bauen – mein kleiner Bruder steht total auf Superhelden. Zum Glück war Boogs dabei, denn nur durch seine und Reons künstlerische Ader ist ein Instagram-tauglicher Schneemann entstanden, der sogar drei Tage gehalten hat.

»Trey?«

Musik erfüllt für einen Moment die Luft, doch bis auf den Bass ist es gleich wieder still, als Boogs die Tür hinter sich zumacht. Er ist nur in T-Shirt und Jeans hier draußen, aber er schwitzt so sehr vom Tanzen, dass er die Kälte wahrscheinlich gar nicht merkt.

»Alles in Ordnung?«, fragt er.

Ich öffne meine Jacke, damit er den riesigen braunen Fleck auf meinem weißen Shirt sehen kann.

Boogs hält sich die Faust vor den Mund. »O Shit, was war los?«

»So ein Mädchen hat ihre Cola über mich geschüttet.« Ich ziehe den Reißverschluss wieder zu. »Das hat mir endgültig gereicht. Ich geh nach Hause.«

»Was war denn sonst noch? Du bist schon den ganzen Abend mies drauf.« Boogs klingt besorgt.

Ich reibe mit dem Turnschuh über den Boden. »Mum sagt, *Wonderland* steckt in Schwierigkeiten.«

Boogs klappt der Mund auf. »Echt jetzt?«

Als ich ihn aufkläre, unterbricht er mich nur an einer Stelle. »Verkaufen? Ihr könnt doch *Wonderland* nicht *verkaufen*!«

Ich zucke mit den Schultern. »Sollte sich nichts ändern, bleibt uns wohl keine Wahl. Wenn ich nur wüsste, was ich tun kann ...«

»Sorry, Bro, das ist hart. Aber keine Sorge, dir fällt schon was ein. *Wonderland* bleibt auf jeden Fall.« Boogs wirft mir ein aufmunterndes Lächeln zu.

Für ihn ist das leicht gesagt, aber ich habe keine Ahnung,

wie wir den Buchladen halten sollen, solange wir Schulden haben. Wir brauchen so schnell wie möglich Geld, aber dafür haben wir zu wenig Kundschaft.

»Und ... Blairs Outfit?« Boogs hebt die Augenbrauen, und ich muss lachen. Er schafft es immer, die Stimmung im richtigen Moment aufzuheitern.

»Dir ist schon klar, dass sie damit nur Bebe ärgern wollte, oder?«, erwidere ich grinsend.

»Blair ist die Definition von nachtragend.« Boogs schlingt die Arme um sich. »Verdammt, ist das kalt. Hör zu, hau noch nicht ab, Mann. Häng mit uns rum, dann geht's dir bestimmt besser.«

»Nee, ich bin echt nicht in der Stimmung.« Kurz drehe ich mich zur Tür um. »Ich schicke Blair eine Nachricht. Habt noch viel Spaß.«

Wir klatschen uns ab, und Boogs geht zurück ins Haus. Ich bleibe noch einen Moment stehen, überlege, ob ich mir ein Taxi rufen sollte, doch weil ich jetzt weiß, wie es finanziell um *Wonderland* steht, kommt mir das verschwenderisch vor. Also vergrabe ich die Hände in den Jackentaschen und mache mich auf den Weg zur Highbury Station, von wo aus ich den Bus nehmen kann.

Als ich die Haustür öffne, höre ich sofort, dass im Wohnzimmer ein Film läuft. Mum und Dad haben sich im Licht des funkelnden Weihnachtsbaums auf die Couch gekuschelt. Als Mum mich entdeckt, hält sie den Film an.

»Du bist aber früh zurück«, sagt sie verwundert.

»Ja, irgendwie war ich nicht in Stimmung. Was guckt ihr?«, wechsle ich schnell das Thema.

»*Tatsächlich ... Liebe*«, antwortet Mum, während Dad nur den Kopf schüttelt. Ich unterdrücke ein Lachen. Mum liebt diesen Film, Dad hasst ihn. »Es ist noch was vom Abendessen übrig, falls du Hunger hast, Schatz.«

Kaum hat Mum das Essen erwähnt, merke ich, wie hungrig ich bin, doch zuerst muss ich aus diesem klebrigen T-Shirt raus und unter die Dusche. Hoffentlich lässt sich der Fleck auch auswaschen. Ich gehe nach oben und werfe einen Blick in Reons Zimmer, wo mir sofort ein Lichtschein unter der Bettdecke auffällt.

»Ich kann dich sehen«, sage ich melodisch.

Augenblicklich geht die Taschenlampe aus. Ich mache das Licht an und ziehe die Decke weg. Mein kleiner Bruder funkelt mich böse an. Während ich eindeutig Dads Gene geerbt habe, ist Reon eine Miniaturausgabe von Mum, bis hin zu demselben Grübchen an der Wange.

»Hey!«, schimpft er.

»Du solltest eigentlich schlafen.«

Reon stöhnt auf. »Kann ich noch fünf Minuten haben? Ich will nur wissen, was als Nächstes mit Shuri passiert.«

Letzte Woche habe ich Reon erlaubt, meine alten Marvel Comics zu lesen, seitdem macht er in seiner Freizeit nichts anderes mehr. Er ist ein richtiger kleiner Künstler, und seine Zimmerwände sind voll mit selbst gemalten Bildern von Thor, Spider-Man und Black Panther, was mich plötzlich auf eine Idee bringt.

»Du kriegst noch zehn Minuten, wenn du für mich eine Geburtstagskarte für Blair malst, bevor du morgen zur Schule gehst. Vielleicht im Manga-Stil?«

»Du weißt schon, dass es verschiedene Manga-Stile gibt? Da wäre zum Beispiel Shōjo oder Josei ... Was davon hättest du denn gern?«, will Reon wissen.

Keine Ahnung.

»Entscheide du«, sage ich schnell.

Er zuckt mit den Schultern. »Okay, aber ich will fünfzehn Minuten, und du musst mit Noah und mir ins Kino gehen.«

»Wer ist Noah?«

»Mein bester Freund aus dem Kunstkurs samstags. Er ist richtig gut. Seine Schwester ist unsere Lehrerin«, erwidert Reon.

Ich seufze, Reon grinst. Er weiß, dass er gewonnen hat.

»Na gut, aber in fünfzehn Minuten ist das Licht aus.«

»Danke, Trey.« Reon verschwindet wieder mit Taschenlampe und Comic unter seiner Decke, und ich muss unwillkürlich grinsen. Der Kleine hat mich ausgetrickst.

4

Ariels Playlist:
»Every Year, Every Christmas«
von Luther Vandross

Was zur Hölle ist Treys Problem? Mal ehrlich, als hätte ich absichtlich meine Cola über ihm ausgeschüttet. Aber wieso bin ich überhaupt überrascht? Er muss ja eine Diva sein, wenn er mit Blair zusammen ist. Ich sehe zu, wie er das Haus verlässt, ohne mit irgendjemandem ein Wort zu wechseln. Dann werfe ich die Taschentücher in den Mülleimer und wasche mir die klebrigen Hände, bevor ich mir ein neues Glas nehme und mich auf den Weg ins Wohnzimmer mache.

Es ist regelrecht spürbar, dass sich die Atmosphäre auf der Party verändert hat. Fast alle lungern in der Nähe der beliebten Kids herum, die übrigen sind im Raum verstreut und wissen nicht so richtig, was sie mit sich anfangen sollen. Auch auf der Tanzfläche ist nur noch ein kleiner Haufen. Jolie tanzt immer noch mit dem Typen von vorhin, aber Annika ist nirgendwo zu sehen. Echt komisch, wie eine einzige Person in einem Santa-Outfit die ganze Dynamik auf den Kopf stellen kann.

Meine Schuhe scheuern an den Füßen, und ich bin mir sicher, dass der Schmerz mich humpeln lässt. Normalerweise trage ich gar keine Absätze, also habe ich vorsorglich ein Paar mit überschaubarer Höhe gekauft und mir von der Verkäuferin versichern lassen, dass sie völlig schmerzfrei sind. Was absolut nicht stimmt! Ich sehe mich nach einer Sitzgelegenheit um und entdecke schließlich einen Platz an der Treppe außerhalb des Wohnzimmers. Gott sei Dank!

Als ich mich endlich hinsetzen kann, seufze ich auf, ziehe einen Schuh aus und beuge mich vor, um den Schmerz wegzumassieren. Mir graut jetzt schon davor, den Schuh wieder anziehen zu müssen.

Die Musik ist in den Zweitausendern angekommen, Ja Rule dröhnt aus den Lautsprechern. Von meinem Platz aus sehe ich, wie sich Jolie angeregt mit ihrem Typen auf der Tanzfläche unterhält. Sie ist so klein, dass sie ihm nur knapp bis zur Brust reicht.

Ich schließe kurz die Augen, während ich weiter meine Ferse massiere.

»Du hörst doch nicht etwa mit dem Tanzen auf? Komm schon, nicht schlapp machen«, sagt jemand mit einer dunklen Stimme.

Als ich die Augen öffne, lehnt Boogs am Treppengeländer. Schnell richte ich mich auf, denn mir ist der tiefe Ausschnitt meines Tops bewusst, und ich möchte nicht, dass er mir sonstwo hinguckt.

»Ich hab nicht deine Ausdauer«, erwidere ich kopfschüttelnd.

Boogs lässt die Muskeln spielen. »Das sagt Santi auch immer.«

»Bitte, erspar mir das!« Ich lache. »Und tanz du mal in diesen Schuhen, dann werden wir sehen, wie lange *du* durchhältst.« Kurz zögere ich, bevor ich frage: »Ist mit Trey alles okay?«

Boogs sieht mich mit erhobener Augenbraue an.

»Na ja, ich hab meine Cola über ihn geschüttet, und dann ist er gegangen.«

»Ah, du bist also die Übeltäterin!«

»Es war ein Versehen«, sage ich schnell.

Boogs winkt ab. »Glaub mir, Trey hat viel größere Probleme als ein verschüttetes Getränk.«

Ich würde gern wissen, was er damit meint, halte mich aber zurück. Ich will nicht, dass er mich für aufdringlich hält. Boogs dreht sich zum Wohnzimmer um und beginnt, im Takt der Musik mit dem Kopf zu wippen. Er würde garantiert am liebsten weitertanzen. Unwillkürlich muss ich lächeln. Das Haus könnte in Flammen stehen und Boogs würde wahrscheinlich zur Tür hinaustanzen.

»Wo sind deine Mädels?«, fragt er und holt mich damit zurück in die Gegenwart.

»Jolie ist da drüben«, sage ich und deute auf sie. »Aber Annika hab ich aus den Augen verloren.«

Boogs geht ins Wohnzimmer und schaut sich um. Kurz darauf kommt er zurück. »Sie ist bei Bebe.«

Dann lass ich sie mal, denke ich. Ich habe überhaupt keine Lust, mich von Bebe von oben bis unten anglotzen zu lassen, als wäre ich irgendeine Spinnerin, nur um mit meiner besten Freundin zu reden. Es ist bereits halb elf – für eine Party nicht spät, ich weiß –, aber ich wollte nicht zu lange bleiben, und ich glaube nicht, dass ich noch einmal in Partylaune komme. Ich möchte jetzt einfach das Make-up loswerden, meinen Schlafanzug anziehen und mir *Sister, Sister* auf Netflix ansehen.

Gerade dröhnt »Wild Thoughts« aus den Lautsprechern, und Boogs legt einen perfekten Salsa hin. Ich ziehe meinen Schuh wieder an und verziehe das Gesicht, als ich aufstehe. Mein Fuß fleht mich förmlich an, ihn aus dem Gefängnis zu befreien, in das ich ihn gesteckt habe.

»Ich mach Schluss für heute.«

»Aber die Party fängt doch gerade erst richtig an«, erwidert Boogs mit einem Stirnrunzeln.

Ich hebe die Augenbrauen. Offenbar haben wir völlig unterschiedliche Definitionen von einer guten Party.

Im Wohnzimmer steht Blair vom Sofa auf und sieht sich um. Es ist klar, nach wem sie Ausschau hält.

Boogs bemerkt es ebenfalls und stöhnt auf. »Trey meinte, er meldet sich bei ihr. Also ich sage es ihr auf keinen Fall.«

»Wieso nicht?«, frage ich.

»Sie rastet doch nur aus und wird gehen wollen ... und Santi auch. Dann muss ich natürlich mit. Dabei ist die Musik genau meins.«

Ich lache auf. Boogs lebt buchstäblich in seiner eigenen Tanzwelt.

»Jedenfalls bin ich jetzt weg.« Als ich mich nach vorn beuge, hört Boogs kurz mit dem Tanzen auf, um mich zu umarmen. »Wir sehen uns.«

»Bis dann, kleine Meerjungfrau.« Er lächelt und geht zurück zur Tanzfläche, während ich mich auf den Weg zu Jolie mache, die sich immer noch mit demselben Typen unterhält. Beide haben ein Glas in der Hand.

»Ich gehe jetzt«, sage ich.

Jolie verzieht das Gesicht. »Ach, bleib doch noch! Tanz mit uns!«

Der Typ grinst mich verlegen an.

»Nein, ich bin müde. Wir sehen uns morgen, okay?« Ich deute auf das Getränk in ihrer Hand. »Wie viel hattest du schon?«

Jolie lacht. »Ein paar. Keine Sorge, mir geht's gut.«

»Hmm, meldest du dich, wenn du zu Hause bist?«

»Werd ich«, verspricht sie.

Wir umarmen uns, und der Typ prostet mir zum Abschied mit seinem Glas zu. Mit einem Winken versuche ich, Annika auf mich aufmerksam zu machen, aber sie ist so vertieft in das Gespräch mit Bebe, dass sie es nicht mitbekommt. Ich werde ihr später eine Nachricht schicken. Jetzt will ich erst mal hier raus.

Als ich nach Hause komme, schläft Mum im Wohnzimmer, im Hintergrund läuft der Fernseher. Ich stupse sie leicht an, bis sie die Augen öffnet und mich ansieht.

»Hi, Schatz. Wie spät ist es?«

»Erst kurz nach elf. Ich hab dir geschrieben, als ich im Taxi saß«, erwidere ich.

Mum gähnt und streckt sich. »Entschuldige, ich wollte auf dich warten und habe gar nicht mitbekommen, dass ich eingeschlafen bin. Wie war's denn?«

»Es war okay. Bebes Haus ist ein Traum.« Ich ziehe die Schuhe aus und seufze dabei laut, was Mum zum Lachen bringt. »Wieso kann es nicht normal sein, mit Turnschuhen auf Partys zu gehen? Ich habe das Gefühl, durch ganz Hackney gelaufen zu sein.«

»Sei nicht so dramatisch. Als ich in deinem Alter war, habe ich praktisch keinen Schritt ohne High Heels gemacht. Ich konnte mir die Jungs kaum vom Hals halten.«

Mit einem Augenrollen setze ich mich neben sie. »Tja, bei mir muss sich ein Kerl mit meinen alten Converse und Farbflecken auf der Jeans zufriedengeben, wenn er mich haben will.«

Mum tätschelt mein Bein. »Ich bin froh, dass du auf der Party warst. Auch, wenn ich weiß, dass du viel lieber zu Hause bleibst und malst ... Aber du bist eben nur einmal siebzehn.«

Gespielt schnappe ich nach Luft. »Hast du mich gerade dazu ermutigt, an Wochentagen auf Partys zu gehen? Arbeite hart und genieße das Leben in vollen Zügen?«

»Na ja, vielleicht nicht zu voll.«

Lachend kuschle ich mich an sie.

»Es war schwer, oder?«

Mein Körper versteift sich für einen Moment.

»Solange wir zusammenhalten und füreinander da sind, schaffen wir das.«

Ich sehe zu ihr auf, erwarte Tränen in ihren Augen, wie es oft der Fall ist, wenn es um Dad geht, aber sie wirkt gefasst. »Schwer« drückt nicht mal annähernd aus, wie es sich anfühlt. Ich komme mir eher »gebrochen« vor. Innerhalb weniger Stunden ist unsere Familie von vier auf drei geschrumpft, und seitdem gibt es diese riesige Lücke in unserem Leben. Monatelang verging kein Tag, an dem niemand von uns in Tränen ausgebrochen ist, und es hat sogar noch länger gedauert, bis das Haus wieder von Lachen erfüllt war. Ich musste stark sein, um Mum mit meinem kleinen Bruder Noah zu helfen. Ich musste mich um die Rechnungen kümmern, die Dad immer bezahlt hatte. Und manchmal musste ich mich um Mum kümmern, wenn sie es nicht schaffte aufzustehen. Es ist jetzt fast ein Jahr her, seit Dad gestorben ist, und irgendwie haben wir es durchgestanden.

»Wir werden immer füreinander da sein«, sage ich und gebe Mum einen Kuss auf die Wange.

5

Treys Playlist:
»Someday at Christmas« von Mario

Sechzehn Tage bis Weihnachten

Das Summen meines Handys auf dem Bücherregal neben meinem Bett weckt mich. Es ist auf keinen Fall schon Zeit für die Schule.

»Hallo?«, murmle ich mit noch geschlossenen Augen.

»Dein Ernst, Trey?«, wettert Blair durchs Telefon. »Du lässt mich einfach auf der Party sitzen, ohne mir wenigstens eine Nachricht zu schicken? Du hast nicht mal was zu meinem Outfit gesagt. Ich habe es extra für dich ausgesucht!«

Gelogen.

»Was?«, murmle ich.

Blair atmet tief durch. »Wehe, du hast mir kein besonderes Geschenk besorgt«, faucht sie und legt auf.

Na toll. Jetzt habe ich Kopfschmerzen. Ich massiere mir die Stirn. Wenn ich es nicht schaffe, Blair zu beeindrucken, wird es heute noch schlimmer. Ich springe aus dem Bett und gehe in Reons Zimmer. Seine Stimme hallt die Treppe herauf, während er Dad von irgendeinem Kunstprojekt erzählt. Auf seinem Bett liegt die Geburtstagskarte für Blair. Die Figur sieht tatsächlich aus wie sie, bis hin zu der pinken Handtasche, die sie immer dabeihat. Die Karte ist perfekt.

Ich dusche und ziehe mich an, dann schreibe ich etwas in

die Karte, bevor ich nach unten in die Küche gehe, mich bei Reon bedanke und mir ein Toast schnappe. Mum sitzt mit ihrem Laptop am Tisch, und ich verabschiede mich von ihr auf dem Weg zur Tür.

»Warte ... ist heute nicht Blairs Geburtstag? Was schenkst du ihr?«, fragt sie.

Ich zeige ihr die Geburtstagskarte.

Mum starrt mich an. »Eine Karte, die Reon gemalt hat? Trey, du bist fast zwei Jahre mit ihr zusammen, das ist nicht genug.«

Ich verziehe das Gesicht. »Ich weiß, ich weiß ... aber ich hab's vergessen. Irgendein Rat?«

Mum nimmt die Brille ab. »Blair mag es doch romantisch. Denk dir etwas aus, das von Herzen kommt.«

»Danke, mach ich«, sage ich, obwohl ich nicht die leiseste Idee habe.

Als ich die Haustür hinter mir schließe, wartet Boogs schon draußen auf mich, damit wir zusammen zur Schule gehen können. Er hat ein Dutzend rote Rosen in der Hand und ein schmalziges Grinsen im Gesicht.

»Was soll das, Mann?« Will er mich noch blöder dastehen lassen? Santi hat ihn echt verändert. Boogs hat vorher bei Dates nicht mal bezahlt. »Warum hast du mir nicht gesagt, dass du Blumen kaufst?«

»Hey, sei nicht sauer, nur weil ich vorbereitet bin.« Er deutet auf meine Hand. »Ist die Karte für Blair?«

»Ja.« Ich zeige sie ihm, und er nickt anerkennend, aber ich weiß, was Blair denken wird, wenn Santi die Geschenke von Boogs bekommt. Sie wird sich scheiße fühlen. Und wessen Schuld wird das sein?

»Wie geht es dir eigentlich nach gestern?«, fragt Boogs, während wir uns in Bewegung setzen.

Ich seufze. »Unverändert. Ich wünschte bloß, ich könnte irgendwie helfen.«

Wir gehen schweigend weiter, und als wir in die High Street abbiegen, werfe ich zumindest einen Blick in die Schaufenster. Vielleicht entdecke ich in letzter Minute doch noch etwas, das nach Romantik schreit und nicht zu teuer ist.

»Hey, ich hab 'ne Idee.« Boogs hält mich am Arm fest, und ich bleibe stehen. »Die Zwillinge wollen doch Pizza machen und zu Haus chillen, stimmt's?«

»Ja, und?« Blair war total genervt, weil sie keine richtige Geburtstagsparty geben können, aber ihre Eltern fliegen dafür über Silvester mit ihnen auf die Bahamas, also kann ich sie kaum bedauern.

»Wir sollten das canceln und stattdessen eine Überraschungsparty steigen lassen. Besonders Blair wird total darauf abfahren.«

»Ähm ...«, beginne ich, doch Boogs wedelt mit den Händen vor meinem Gesicht herum und schneidet mir das Wort ab.

»Hör mir erst mal zu. Das könnte auch dem Buchladen helfen!«, sagt er begeistert. »Wir organisieren die Party für morgen, laden ein paar Leute aus der Schule ein und verlangen einen Zehner pro Person.«

»Wer bezahlt denn dafür?«, frage ich spöttisch.

Boogs starrt mich an. »Machst du Witze? Die Party wird ausverkauft sein, wenn wir die Veranstalter sind.«

Ich komme ins Grübeln. Da könnte was dran sein.

»Wir sollten die eine da fragen ... Wie hieß sie noch mal?« Er schnippst mit den Fingern, während er überlegt. »Bev Smith.

Die arbeitet doch in der Bäckerei und könnte eine Torte machen, oder? Und wir brauchen ein Motto, Mädchen lieben das. Also, wie wäre es mit ... einer Party ganz in Rosa? Um reinzukommen, müssen die Leute Eintritt zahlen und irgendwas Rosafarbenes tragen.«

Ich massiere meinen Nasenrücken, jetzt dröhnt mir noch mehr der Kopf. »Das klingt nach einer Menge Organisation für einen Tag. Und wo genau soll die Party überhaupt stattfinden?«

Boogs gibt mir einen Klaps auf den Arm. »In der Buchhandlung!«

Ich pruste los und gehe davon aus, dass Boogs gleich einstimmen wird, aber er bleibt todernst.

»Du glaubst doch wohl nicht, dass meine Eltern so was erlauben würden?«

»Sag einfach, du willst Inventur machen«, erwidert er trocken.

Ich verdrehe die Augen. »Ich allein?«

»Dann sag eben, du willst den Lagerbestand für den Schlussverkauf im Januar prüfen, und ich helfe dir dabei oder so. Wen interessiert's, Trey? Die Idee ist genial. Jeder Cent, den wir durch die Party einnehmen, geht direkt an den Buchladen.«

Im ersten Moment klingt das gut, aber mir fallen tausend Dinge ein, die schiefgehen könnten, und *Wonderland* braucht nicht noch mehr Probleme.

»Ich weiß nicht, Mann.«

»Komm schon, Trey! Wie viele Leute passen in den Laden?«, will Boogs wissen.

»Vielleicht siebzig?«

Boogs hüpft jetzt regelrecht vor Begeisterung. »Bro, das sind siebenhundert Pfund!«

Das weckt nun doch mein Interesse. »Du denkst wirklich, wir kriegen das hin? Wir müssten das alles heute erledigen.«

»Na klar! Hör zu, ich kümmere mich um die Torte, ein paar Luftballons und Getränke –«

»Aber kein Alkohol!«, unterbreche ich ihn. »Es darf nichts auf dem Boden oder über den Büchern verschüttet werden.«

»Bro, wir können doch keinen achtzehnten Geburtstag ohne Alkohol feiern. Wie wär's, wenn wir die Bücher von den Verkaufstischen in den Keller bringen? Und vielleicht hängen wir Laken oder so vor die Regale? Keine Sorge, ich werde dafür sorgen, dass es keine Flecken gibt.«

Es ist eine verrückte Idee, aber auch eine geniale, und im Moment zählt jeder Cent für den Erhalt des Ladens.

»Okay, bin dabei.«

Wir klatschen uns ab, und ich nutze die Gelegenheit, Boogs eine Rose zu klauen. Dann renne ich los.

»Hey!«, schreit er mir hinterher.

»Sorry, ging nicht anders!«, rufe ich über die Schulter zurück. Mum meinte, ich solle *romantisch* sein. Und das kann ich.

Das Corden College ist ein fünfstöckiges Gebäude, das vor ein paar Jahren modernisiert wurde. Es hat eine große Fensterfront, so dass man von außen sehen kann, wie Schülerinnen und Schüler die Treppen hoch- und runtergehen oder der Fahrstuhl von Etage zu Etage fährt. Ich renne durch die Eingangstür und entdecke Blair und Santi an unserem üblichen Platz im kleinen Foyer, wo sie umgeben von unseren Freunden an den Holztischen sitzen. Meine Hände beginnen zu schwitzen, aber ich muss das für Blair tun. *Los, Trey.* Ich bleibe stehen und streiche meine Klamotten glatt. *Für Blair.*

Nach einem tiefen Atemzug schließe ich die Augen und stimme den Refrain von »The Most Beautiful Girl In The World« von Prince an. Kurz öffne ich die Augen, weil ich sichergehen will, dass ich Blairs Aufmerksamkeit habe, aber nicht nur sie, sondern auch alle anderen sehen mich an. Ich mache die Augen wieder zu und singe weiter. Als ich am Ende des Refrains angekommen bin, bricht im Foyer schallender Applaus aus. Ich atme durch und deute eine Verbeugung an. Als ich mich wieder aufrichte, steht Blair absolut fassungslos mit einer Hand vor dem Mund da. Santi legt sich die Hände auf die Brust und sieht aus, als würde sie gleich losheulen. Ich gehe auf Blair zu und überreiche ihr die Geburtstagskarte und die Rose.

»Happy Birthday, Babe.« Mein Herz hämmert wie verrückt, aber es ist vorbei. Ich hab's geschafft.

»Trey! Das war ... überwältigend!« Blair stellt sich auf die Zehenspitzen und küsst mich, Erdbeerlipgloss bleibt an meinem Mund zurück. »Das beste Geschenk ever!«

»War das romantisch!« Santi seufzt.

»Oh, ich wünschte, mein Freund hätte so was drauf.« Yarah stößt James mit dem Ellbogen an. »Wieso machst du nie was Romantisches für mich?«

Als Antwort bringt James nur ein Stottern hervor.

Ich beuge mich zu Blair, bis meine Lippen ihr Ohr streichen. »Und ich meinte jedes Wort auch so.«

»Baby!« Blair drückt mich fest.

»Das war nicht cool.« Boogs Stimme lässt Blair und mich

auseinanderfahren. Er schwitzt in seiner Winterjacke, ein paar der Rosen für Santi sehen aus, als wären sie heruntergefallen und zertrampelt worden. Finster starrt er mich an. »Du hältst dich wohl für sehr clever?«

In diesem Moment kommt mir Santi zu Hilfe, denn sie schnappt nach Luft, als sie die Blumen in seiner Hand sieht. »Die sind ja wunderschön!« Sie springt auf Boogs zu und umarmt ihn freudestrahlend. Über Santis Schulter hinweg wirft er mir einen tödlichen Blick zu, aber das bekommt Blair zum Glück nicht mit, weil sie zu sehr darin versunken ist, an ihrer Rose zu schnuppern.

»Babe, du hast was verpasst! Trey hat für Blair gesungen«, sagt Santi, die jetzt die Blumen im Arm hält.

»Ach, ein Ständchen?« Boogs hebt die Augenbrauen. »Wann hast du das denn geplant?«

Ich zucke mit den Schultern. »Das hatte ich schon seit ein paar Wochen auf meiner Liste.«

»Trey ist total romantisch«, bestätigt Blair. »Ich wusste, dass er mich nicht enttäuschen würde.«

»Klar, Trey ist ja so aufmerksam«, brummt Boogs ärgerlich.

Ich werfe ihm einen flehenden Blick zu, endlich den Mund zu halten, und bevor die Zwillinge auf seinen Tonfall aufmerksam werden, gebe ich ihnen ein Zeichen, sich zu setzen.

»Also, ihr wolltet euren Geburtstag zwar nicht übermäßig feiern –«

»*Santi* wollte das nicht«, unterbricht mich Blair.

»Wir fliegen auf die Bahamas!«, sagt Santi entrüstet. »Pizza und chillen reicht vollkommen aus. Und die Leute können übernachten, wenn sie wollen. Das wird lustig.«

Blair verdreht die Augen.

»Nun, Boogs und ich haben noch etwas ganz Besonderes geplant.« Ich grinse.

»Was denn?«, fragen Blair und Santi gleichzeitig.

Seit ich dieses Zwillingsding bei unserem Kennenlernen zum ersten Mal erlebt habe, bin ich fasziniert davon.

»Das ist eine Überraschung, aber es wird mega!«, erwidere ich.

Falls wir es rechtzeitig schaffen.

6

Ariels Playlist:
»Silent Night« von The Temptations

Da sind sie! Ich hebe den dicken Umschlag vom Boden auf und drücke ihn fest an meine Brust. Schon ewig warte ich auf die Zusendung der Bewerbungsunterlagen vom Artists' Studio. Um sie überhaupt zu bekommen, musste ich eine Mappe mit meinen besten Arbeiten einreichen. Dort studieren alle bedeutenden Künstlerinnen und Künstler.

Ich eile an der Küche vorbei, wo Mum das Frühstück vorbereitet, lasse mich im Wohnzimmer auf die Couch fallen und reiße den Brief auf. Seit ich klein war, wollte ich zum Artists' Studio. Dad hat es besucht und mir immer von seiner Zeit dort erzählt. Nach seinem Tod habe ich endgültig beschlossen, in seine Fußstapfen zu treten. Und ich weiß, wie stolz er auf mich wäre, wenn er jetzt hier sein könnte. Für einen Moment schnürt sich mir die Brust zu, wie immer, wenn mir bewusst wird, dass Dad nicht mehr bei uns ist. Ich schließe die Augen und atme ein paarmal tief durch, bis ich mich wieder gefangen habe. Dad würde sich für mich freuen, und darauf sollte ich mich konzentrieren.

Ich überfliege das Anschreiben, weil ich wissen will, ob die Studierenden immer noch für eine Woche zur *Art Basel* in die Schweiz geschickt werden ... und ja, das werden sie! Als ich weiterlese, schnappe ich nach Luft. Ich schiebe meine Brille hoch und reibe mir die Augen, um sicherzugehen, dass ich den nächsten Satz richtig gelesen habe. Die Arbeiten einer Studentin oder eines Studenten werden für ein Wochenende in der National Gallery am Trafalgar Square ausgestellt. Damit würden im Grunde all meine Träume wahr werden!

Meine Euphorie hält jedoch nur so lange, bis ich die Gebühren sehe, die fällig werden, wenn ich einen Platz bekomme. Wer soll sich das denn leisten können? Es gibt ein Stipendium, aber das ist hart umkämpft. Ich weiß, dass Mum ihr Bestes geben wird, um sich an den Kosten zu beteiligen – sie wünscht sich genauso sehr wie ich, dass ich angenommen werde –, aber im Supermarkt verdient sie nicht besonders viel.

Es muss einen Weg geben, die geforderte Summe aufzubringen. Vielleicht finde ich einen Job und spare das Geld zusammen. Ich sehe wieder auf den Brief und überfliege die Fragen auf dem Bewerbungsformular ... *Welchen Einfluss hat Ihre Kunst auf Ihr Wohnviertel oder Ihre Gemeinde?*

Ich klopfe mit den Fingern auf die Armlehne. Welchen Einfluss hat meine Kunst? Die einzige öffentliche Arbeit von mir ist das Bild auf dem Schulhof, aber das wird wohl kaum ausreichen. Ich brauche etwas Außergewöhnliches, etwas, das schreit: *Ich bin Ariel Spencer, und ich gehöre ins Artists' Studio!*

Aber ich habe nichts vorzuweisen.

»Ariel! Noah! Frühstück ist fertig«, ruft Mum.

Ich nehme das Anschreiben und die Bewerbungsunterlagen mit und setze mich an den Küchentisch neben Noah.

Mum wirft einen Blick auf die Papiere. »Was hast du da, Schatz?«

»Die Bewerbungsunterlagen vom Artists' Studio sind gekommen. Mum, es klingt alles so toll, bald gibt es auch einen Tag der offenen Tür. Aber der Abgabetermin für die Bewerbung ist der 31. Januar, und die Aufnahmegebühr ist sofort fällig, wenn man angenommen wird.«

»Das ist doch großartig! Wann erfährst du das Ergebnis?«

»Hier steht Mitte Februar.«

»Lass mich mal sehen.« Mum setzt sich hin, und ich gebe ihr den Brief.

Ich bin auf ihre Reaktion gespannt, wenn sie die Gebühren sieht, und tatsächlich, ihr Gesicht spricht Bände. Sie knallt den Brief auf den Tisch, als würde er in Flammen stehen. Noah zuckt zusammen und stößt seine Müslischale um.

»Machen die Witze?«, sagt Mum. »Mit so viel habe ich wirklich nicht gerechnet.«

Ich hole einen Lappen, um die Milch wegzuwischen. »Ich weiß, und es gibt auch keine Ratenzahlung, aber ich habe überlegt, dass ich einen Teilzeitjob annehmen könnte. Für das Weihnachtsgeschäft müssten doch massenweise Aushilfskräfte gesucht werden.«

»Ich weiß nicht, Schatz.« Mum steht auf, als die Toasts fertig sind. Sie sind leicht verbrannt, genau wie ich es mag. Mum gibt auch Noah eine Scheibe. »Du hast schon so viel für die Schule zu tun. Und vergiss nicht, dass du in ein paar Wochen auf dem Grotto-Markt deine Weihnachtskarten verkaufen willst.«

Als ich darauf nichts erwidere, sieht Mum mich eindringlich an. »Das hast du doch auch in diesem Jahr vor, oder?«

»Es fühlt sich seltsam an ohne Dad«, murmle ich.

»Oh, Schatz.« Mum legt einen Arm um mich. »Dad würde wollen, dass du es machst.«

»Vielleicht.« Ich nehme mir Butter und Marmelade. »Aber damit verdiene ich nicht annähernd genug Geld. Ich könnte mich doch wenigstens nach einem Job umhören.«

»Kaufst du mir ein paar neue Farben?«, mischt sich Noah mit einem Bissen Toast im Mund ein. Noah interessiert sich seit Neustem auch für Kunst, und Mum hat ihn in einem Kunstkurs hier im Viertel angemeldet. Er kann kostenlos daran teilnehmen, weil ich manchmal ehrenamtlich aushelfe. Ich würde dort so gern richtig arbeiten, aber es ist nur ein kleines Gemeindezentrum, und ich weiß, dass es keine freien Stellen gibt.

»Rede nicht mit vollem Mund, Noah. Und Ariel, ich möchte nicht, dass die Schule darunter leidet ...«

»Wird sie nicht«, beteuere ich.

Mum schaut mich abschätzend an, dann seufzt sie. »Na schön.«

Ich werfe ihr eine Kusshand zu und beiße in meine Toastscheibe. Jetzt muss ich nur noch einen Weihnachtsjob finden.

Als ich in der Schule ankomme, habe ich nur noch zwei Minuten Zeit. Ich schlängle mich mit einem übergroßen Plakat unter dem Arm durch die vollen Gänge und hoffe, dass ich niemanden anremple.

»Ariel!«

Ich drehe mich um. Annika eilt auf mich zu. Sie hat ein hautenges schwarzes Jumperkleid, Lederstiefel und eine Bomberjacke an. Augenblicklich wünschte ich, mir auch mehr Mühe gegeben zu haben und nicht nur eine verblichene, ausgeleierte Jeans und ein kariertes Hemd unter dem Mantel zu tragen. Aber ich achte nun mal nicht auf meine Klamotten, wenn ich male, was so gut wie jeden Tag vorkommt. Annika hat einen roten Becher mit Lebkuchenlatte für mich dabei – mein Lieblingskaffeegetränk.

»Sorry, ich hätte dir sagen sollen, dass ich heute später dran bin.« Ich sehe auf meine vollen Arme.

»Ich komme einfach mit zum Kunstraum und halte deinen Kaffee so lange. Alles okay?«

»Artists' Studio hat mir die Bewerbungsunterlagen zugeschickt, was wirklich toll ist. Aber wenn ich angenommen werde, muss ich eine ziemlich fette Gebühr zahlen, also muss ich so schnell wie möglich einen Weihnachtsjob finden. Hast du vielleicht einen Tipp?«, frage ich.

»Okay, zuallererst: Das ist ja toll, Süße!« Annika stößt mich anerkennend in die Seite. »Die Weihnachtjobs sind um diese Zeit meistens schon weg, aber guck nachher mal im Foyer. Da hängen eigentlich immer Jobangebote an der Pinnwand.«

»Danke«, erwidere ich lächelnd.

»Du hast heute Morgen übrigens etwas echt Romantisches verpasst«, wechselt Annika das Thema.

Ich hebe die Augenbrauen. »Romantik? Am Cordon College?«

»Kaum zu glauben, oder? Trey hat Blair im wahrsten Sinne des Wortes ein Ständchen gebracht. Er hatte sogar eine Rose für sie dabei. Wo kriege ich so einen Freund her?«

Ich seufze. Wahrscheinlich lerne ich nie einen Kerl kennen, der so etwas Nettes für mich tut.

Annika begleitet mich in den Kunstraum und setzt sich hin, weil alle noch auf unsere Lehrerin Eden warten. Ich nehme den grünen Schal ab und ziehe meinen Mantel aus, bevor ich das Plakat auf den Tisch lege.

Annika verschlägt es den Atem. »Süße, das ist ja phantastisch!«

»Findest du?« Mit klopfendem Herzen beobachte ich, wie sie das Plakat betrachtet. Es macht mich immer nervös, wenn sich jemand meine Kunst ansieht, denn es ist, als würde ich meine Seele in die Farben fließen lassen. »Ich wollte mal ausprobieren, wie das Bild auf dem Schulhof in Pop Art wirkt. Da hab ich mich von Warhol inspirieren lassen.«

»Diese Farben sind einfach mega!«

In diesem Moment kommt Eden in ihrer üblichen schwarzen Kluft herein, ihr dichter Lockenkopf wippt bei jedem Schritt. Annika steht auf und gibt mir den Kaffeebecher.

»Wir sehen uns beim Mittagessen«, verabschiedet sie sich, und ich winke, als sie geht.

Eden ist meine Lieblingslehrerin. Sie ist erst dreißig, deshalb wirkt sie eher wie eine Freundin. Und obwohl wir hier in Hackney sind, ist sie eine der wenigen Schwarzen Lehrkräfte an der Schule. Sie ist unglaublich hübsch, und alle Jungs stehen auf sie – ich bin sogar ziemlich sicher, dass Boogs nur ihretwegen Kunst gewählt hat.

Eden verschwendet keine Zeit und lässt uns weiter an unseren Mappen arbeiten. Ich suche mir ein paar Farben aus, die ich mit zu meinem Platz nehme, wo Eden steht und mein Pop-Art-Plakat inspiziert. Immer wenn sie sich eine Arbeit von jemandem aus unserem Kurs anschaut, bleibt ihre Miene für eine Weile ausdruckslos, bevor sie entweder zu lächeln beginnt oder die Stirn runzelt. Heute bekomme ich ein breites Lächeln.

»Wow, Ariel! Das ist großartig.«

»Danke, Eden. Ich wollte hier noch etwas mehr Rot reinbringen.« Ich deute auf die Stelle, und sie nickt.

»Ja, dann fügt sich alles gut zusammen.«

»Übrigens hatte ich heute Morgen Post vom Artists' Studio«, sage ich.

Eden klatscht in die Hände, was die anderen im Raum aufhorchen lässt. »Entschuldigt, Leute, macht einfach weiter«, erklärt sie, und alle gehen wieder an die Arbeit. »Ariel, das ist unglaublich! Das muss so aufregend für dich sein.«

»Ja, das ist es. Aber die Studiengebühren sind echt hoch«, erwidere ich leise.

»Was ist mit einem Stipendium?«

Ich zucke mit den Schultern. »Natürlich werde ich mich dafür bewerben, aber ich will nicht meine ganze Hoffnung darin setzen.«

»Mit deinem Talent kommst du trotzdem rein. Und ich stelle dir ein super Empfehlungsschreiben aus.« Eden lächelt mir zu, und ich weiß, dass meine Bewerbung mit ihrer Unterstützung noch besser wird.

»Danke, das wäre toll. Im Bewerbungsformular geht es in einer Frage darum, welchen Einfluss meine Kunst auf mein Viertel hat. Zählt da auch der Schulhof?«

Eden runzelt die Stirn, sogar ihre kleine Nase kräuselt sich. »Da solltest du noch größer denken. Überleg doch mal, wie deine Kunst Stoke Newington besser machen kann. Was könntest du gestalten, damit die Leute beim Betrachten des Kunstwerks dasselbe empfinden wie du und ich? Es muss etwas sein, das die Menschen innehalten lässt.«

Ich seufze, denn ich habe keine Ahnung, was das sein könnte. Die Arbeit für den Schulhof anzufertigen, war schon herausfordernd genug, weil ich ständig darüber nachgegrübelt habe, was die anderen denken könnten, wenn sie das Bild sehen. Ganz Hackney zu beeindrucken ist noch mal eine andere Nummer. Einerseits schätzen und lieben die Leute hier das Hackney Peace Carnival Mural in Dalston, andererseits hat der Gemeinderat eine Arbeit von Banksy übermalen lassen. Am Ende wurde sie wiederhergestellt, aber erst nach großem Protest ... und etwa zehn Jahre später! Außerdem habe ich eine Menge andere geniale Street Art gesehen, die übermalt wurde. Nur bei dem Gedanken daran wird mir übel.

Eden tätschelt meine Schulter. »Dir fällt schon was ein, Ariel. Ich bin sicher, was immer du gestaltest, wird magisch werden.«

Ich hoffe wirklich, dass sie recht hat.

7

Treys Playlist:
»Rudolph the Red-Nosed Reindeer«
von DMX

Ich habe Englisch, als alle Handys gleichzeitig losgehen. Auch Mr. Johnson hebt den Blick von seinen Aufzeichnungen. Er steht auf, was seine viel zu kurze Hose zum Vorschein bringt, und stemmt die Hände in die Hüfte.

»Handys aus. Ihr kennt die Regeln.«

Ich ziehe mein Handy aus der Tasche und stelle es auf lautlos. Dabei sehe ich, dass Boogs offenbar die ganze Schule zu einer WhatsApp-Gruppe hinzugefügt hat, die er »Überraschungsparty in *Wonderland*« genannt hat. Ich überfliege die Nachricht und muss grinsen, als ich die letzte Zeile lese: »EIN WORT ZU DEN ZWILLINGEN UND EURE EINLADUNG IST GESTRICHEN.« Es sind jedoch so viele Leute in der Gruppe, dass sowieso niemals alle in den Laden passen würden ...

Ich klopfe nervös mit dem Stift auf meinem Buch herum.

»Trey!«, ermahnt mich Mr. Johnson.

»Oh, Entschuldigung.« Ich höre sofort auf.

Als ich das nächste Mal auf mein Handy schaue, ist es bereits Mittag, und ich habe über einhundert Mitteilungen in dem neuen Gruppenchat. Die Leute drehen wegen der Party total durch, was cool ist, aber ich hoffe trotzdem, dass nicht alle auftauchen werden.

In der Mensa entdecke ich Boogs und James an unserem üblichen Tisch. Wie immer sieht James mit seinen zerbeulten Schlabberklamotten und den ungekämmten mausbraunen Haaren aus, als hätte er sich gerade aus dem Bett gewälzt.

»Bin ich genial oder was?«, brüstet sich Boogs.

»Klar, aber du hast viel zu viele Leute eingeladen«, erwidere ich.

»Das ist doch das Geniale daran – alle werden sich darum reißen reinzukommen. Aber keine Sorge, ich werd schon dafür sorgen, dass der Laden nicht aus allen Nähten platzt. Hauptsache, du lässt mich nach dem ganzen Aufwand nicht mit dem Veranstaltungsort im Stich.«

»Werd ich schon nicht«, murmle ich.

»Rosa? Echt?«, mischt sich James ein. »Und ich muss keinen Eintritt zahlen, oder?«

»Alle müssen zahlen«, erwidert Boogs sehr ernst.

Bebe und Yarah gesellen sich zu uns, und unser Tisch füllt sich schnell. Die Zwillinge kommen zuletzt, sie tragen Plastikkrönchen und Buttons mit der Aufschrift: *It's my Birthday, Bitch!*

»Es ist so toll! Ich wünschte, ich könnte jeden Tag Geburtstag haben«, sagt Blair, als sie sich neben mich setzt. Sie dreht sich zur Seite und winkt. »Annika! Komm, setz dich!«

Annika kommt mit der Rothaarigen, die gestern auf Bebes Party ihre Cola über mich geschüttet hat, an deren Namen ich mich aber nicht erinnern kann, zu unserem Tisch. Ich fühle mich ihr gegenüber irgendwie schlecht, weil ich so genervt reagiert habe.

»Wieso bringt Annika *die* mit?«, nörgelt Blair vor sich hin.

»Happy Birthday, Zwillinge!« Annika grinst. »Ihr kennt

meine Freundin Ariel? Was dagegen, wenn sie sich auch dazusetzt?«

»Natürlich nicht.« Santi klopft auf den Stuhl neben sich, und die Rothaarige setzt sich, während Blair einen Schmollmund zieht.

»Was geht, Annika?«, sage ich. Ich mag Annika. Sie bleibt allen gegenüber sie selbst, und solchen Menschen begegnet man nur selten.

»Trey!« Sie legt eine Hand an ihr Herz. »Du singst zum Sterben schön! Ich schwöre, wenn du irgendwann im Wembley auftrittst, werde ich in der ersten Reihe stehen.«

Ich senke den Blick und spüre, wie ich rot werde. »Danke.«

Blair beugt sich zu mir und gibt mir einen Kuss in den Nacken. »Mein Baby ist so talentiert.«

»Kleine Meerjungfrau!«, ruft Boogs plötzlich, und das Mädchen mit den roten Haaren verdreht lächelnd die Augen.

Na klar, sie heißt Ariel ... Aber woher kennt Boogs sie?

Die Frage muss mir im Gesicht stehen, denn Ariel sagt: »Wir hatten mal zusammen Kunst.« Gleichzeitig will sie nach ihrem Getränk greifen, stößt es dabei aber fast um.

Schnell strecke ich die Hand aus und halte es fest. »Soll ja nicht noch was verschüttet werden«, sage ich leise. Ich bin nicht sicher, ob sie mich gehört hat, doch sie schaut weg.

»Ich habe Kunst nur geschmissen, damit sie herausstechen kann«, witzelt Boogs, was alle zum Lachen bringt. »Jetzt ist sie echt berühmt für das Bild auf dem Schulhof und so.«

»Lasst doch mal hören, was ihr geschenkt bekommen habt«, fordert Annika die Zwillinge auf.

Blair streckt den Arm aus, an dem ein goldenes Kettchen hängt, das sich von ihrer dunklen Haut abhebt. »Mum und

Dad haben uns jeweils eins geschenkt, aber Santi gefällt es nicht.«

»Das stimmt doch gar nicht«, hält Santi dagegen. »Es passt nur nicht zu mir. Boogs hat mir den neuen Roman von Estee Mase geschenkt, das ist eher meine Wellenlänge.«

Ich sehe zu Boogs hinüber, der mir zuzwinkert, doch ich forme nur tonlos das Wort »Verräter«. Er zuckt mit dem Kopf zurück, als hätte ich ihm eine verpasst. Dachte er etwa, ich würde einfach so vergessen, dass er das Buch nicht im *Wonderland* gekauft hat?

»Es ist mehr als traurig, dass du zu deinem achtzehnten Geburtstag mit einem Buch zufrieden bist«, meint Blair spöttisch.

»Sagt die Frau, die mit einem angehenden Buchhändler zusammen ist!« Santi funkelt ihre Schwester an.

»Hey, lasst mich da raus!«, protestiere ich, während alle anderen am Tisch kichern. »Aber fürs Protokoll, ich freue mich immer über ein Buch als Geschenk zum Geburtstag.«

»Ich auch«, sagt Ariel leise.

»Siehst du! Jemand mit Geschmack. Was liest du denn gern, Ariel?«, fragt Santi.

Blair stößt nur ein verächtliches Geräusch aus, wendet sich ab und beginnt ein Gespräch mit Yarah. Sie redet nicht gern über Bücher.

»Ich muss zugeben, dass mir Estee Mase auch gefällt«, antwortet Ariel, und Santi klatscht in die Hände. »Um ehrlich zu sein, verschlinge ich alles aus dem Young-Adult-Bereich.«

Wir hatten mal einen YA-Buchclub im *Wonderland*, der für eine Weile ziemlich beliebt war. Allerdings mag Dad keine Veranstaltungen nach Ladenschluss, also haben wir damit wieder aufgehört.

»Aber lass Ariel bloß nicht von *Twilight* anfangen«, mischt sich Annika ein. »Sie und Jolie treiben mich in den Wahnsinn, wenn sie darüber reden.«

»*Twilight?*«, frage ich überrascht.

»Ich hasse sogar die Bibliothekarin, die ihr die Reihe empfohlen und mich damit dieser Tortur ausgesetzt hat«, fährt Annika fort.

Ariel verpasst ihr einen spielerischen Stoß in die Seite.

Ich erinnere mich noch gut daran, wie die Buchhandlung von Kunden nur so überschwemmt wurde, die eine Ausgabe davon kaufen wollten. In dem Sommer waren meine Eltern mit uns in Disneyland, also ja, ich verdanke Edwards und Bellas seltsamer Beziehung vermutlich die besten Ferien meines Lebens.

»Aber es ist eine unglaubliche Liebesgeschichte«, hält Ariel dagegen.

Keine Ahnung, ob es daran liegt, dass ich täglich von Büchern umgeben bin, aber ich schwöre, dass ich irgendwie darauf programmiert bin, immer meine Meinung zu jeder Form von Literatur abgeben zu müssen.

»Da kann ich nur widersprechen«, sage ich, und Ariel schnappt nach Luft. »Ich habe die Reihe gelesen, weil ich wissen wollte, was hinter dem ganzen Wirbel steckt, und ich finde die Story echt haarsträubend. Edward erklärt Bella wortwörtlich, dass sie nicht zusammen sein können, weil er sie dann töten würde, und Bella nur so, okay, klar, können wir jetzt Sex haben?«

Annika und Santi lachen, doch Ariel mustert mich mit einem Blick, den ich nicht deuten kann. Ich habe nicht versucht, besonders überzeugend mit meiner Meinung zu sein, aber mal ehrlich, *Twilight* ist doch keine unglaubliche Liebesgeschichte, sondern absolut schräg.

»Ich denke, da liegst du falsch«, sagt Ariel mit Nachdruck. »Aus meiner Sicht ist Bella so wahnsinnig verliebt, dass sie alles tun würde, um mit Edward zusammen zu sein. Sie würde sogar buchstäblich für ihn sterben. Wie viele solcher Beziehungen gibt es?«

Sie stochert in ihrem labbrigen Salat mit Hühnchen herum, und ich starre auf die Farbkleckse auf ihren Händen. Aus diesem Blickwinkel habe ich das noch nie betrachtet. Vielleicht hat Edward Cullen doch mehr zu bieten, als ich dachte. Ich kann meine Freundin nicht mal dazu bringen, ein Buch zu lesen, das mir gefällt, geschweige denn, dass sie sich für mich in einen Vampir verwandelt.

8

Ariels Playlist:
»A Child Is Born« von Rihanna

Ich warte darauf, dass Trey dagegenhält, deshalb bin ich überrascht, als er sagt: »Vielleicht sollte ich *Twilight* noch mal lesen.«

Mit einem Blick zu ihm versuche ich abzuschätzen, ob er mich nur verarschen will, aber er wirkt aufrichtig.

»Hat Ariel gerade einen Buchhändlersohn über ein Buch aufgeklärt?«, mischt sich Santi ein.

Trey lacht, und sein ganzes Gesicht erwacht zum Leben.

Okay, bei den coolen Kids zu sitzen, ist doch gar nicht so unangenehm, wie ich dachte. Als Annika meinte, dass sie zugestimmt hatte, mit ihnen Mittag zu essen, wollte ich mir zuerst eine Ausrede einfallen lassen, vor allem, weil Jolie heute nicht da ist. Heute Morgen kam eine Nachricht von ihr, dass sie den schlimmsten Kater aller Zeiten habe.

Ich sehe mich am Tisch um und bemerke, dass Blair und Bebe über irgendetwas tuscheln. Bei den beiden steige ich nicht durch. Hat Blair nicht gestern erst Bebe auf ihrer eigenen Party die Show gestohlen? Sie werfen mir nicht gerade diskrete Blicke zu, die kurz auf meine Hände fallen, bevor sie leise vor sich hin lachen. Plötzlich habe ich ein flaues Gefühl im Magen. Annika hatte es total eilig, weil sie unbedingt etwas von dem Peri-Peri-Chicken abbekommen wollte, das heute auf dem Speiseplan steht, so dass ich keine Chance mehr hatte, mir nach Kunst gründlich die Hände zu waschen. Ich verstecke sie rasch unter dem Tisch.

»Es sagt eine Menge über eine Person aus, wenn sie nicht mal auf saubere Hände achtet«, raunt Bebe laut genug und mustert mich.

Mein Herz beginnt zu rasen. Annika unterhält sich gerade mit Santi und hat nichts mitbekommen. Sie hätte Bebe und Blair Kontra gegeben, wenn sie das gehört hätte. Ich möchte so gern endlich für mich selbst einstehen, damit sie mich in Ruhe lassen, aber was soll ich sagen?

Trey räuspert sich. »Ich finde künstlerisches Talent total cool. Mein kleiner Bruder zeichnet und malt ständig, und seine Hände sind immer voller Farbe, denn das macht wahre Künstler aus, oder?«

Ich bin überrascht, dass Trey mir beisteht. Mit einem Blick bedanke ich mich, und er nickt als Antwort.

Blair lässt ihre Hand über seinen Nacken wandern. »Trey *liebt* es, was ich mit *meinen* Händen anstellen kann.«

»Blair, bitte ...« Santi verzieht das Gesicht, was alle zum Lachen bringt.

Trey schüttelt den Kopf, lächelt aber gleichzeitig.

Ich zwinge mich, ebenfalls zu lachen, doch jetzt, wo wir nicht mehr über Bücher reden, frage ich mich wieder, was ich hier überhaupt verloren habe.

»Trey, habt ihr bei euch im Buchladen vielleicht eine Stelle frei?«, fragt Annika plötzlich. »Ariel sucht einen Job.«

»Ach, tatsächlich?«, sagt Trey an mich gewandt, die perfekt geformten Augenbrauen hochgezogen. Ob er sie sich zupft?

Ich schlucke einen Happen lauwarmes Hähnchen hinunter. »Ja. Welcher ist denn euer Laden?«

»*Wonderland* auf der Stokey High Street.«

»Nicht dein Ernst! Da war ich schon ein paarmal, aber ich habe dich dort noch nie gesehen«, erwidere ich überrascht.

»Dann haben wir uns wohl verpasst. Im Moment ist keine Stelle frei, aber du kannst gern vorbeikommen und mit meiner Mum sprechen. Vielleicht weiß sie, wo gerade jemand gesucht wird.« Trey lächelt mich an, und ich spüre einen Stich, den ich nicht erwartet hätte. Meine Schwärmerei für ihn ist seit Jahren vorbei ... zumindest dachte ich das.

Blairs Arme liegen über seiner Schulter, und ihre super gepflegten Hände hängen lässig über seiner Brust, was sehr deutlich macht, zu wem Trey gehört. Bebe beugt sich vor, und ich bin sofort auf der Hut. Sie fixiert mich für einen Moment mit verengten Augen, als könnte sie mich nicht richtig sehen.

»Hast du schon immer diese Haarfarbe?«

Meine Haare sind so rot wie Rihannas auf ihrem Album »Loud«. Es hat etwas gedauert, den richtigen Farbton zu treffen, und ich liebe es so, aber jetzt wünschte ich, ich hätte immer noch meine natürlichen schwarzen Haare, nur um nicht diesem Blick von Bebe ausgesetzt zu sein.

»Schon seit einer Weile«, sage ich möglichst selbstbewusst.

»Es wirkt irgendwie so ›Seht mich an‹«, meint Bebe. »Als könntest du leicht übersehen werden.« Sie lacht.

Auch Blair prustet los und hält sich eine Hand vor den Mund.

Augenblicklich werde ich daran erinnert, wie ich als Kind gemobbt wurde, weil ich dicker war als die anderen Mädchen. Wenn ich nach Hause kam, habe ich alles in mich hineingeschlungen, was ich im Kühlschrank oder in den Küchenschränken finden konnte, bis ich das Gefühl hatte, platzen zu müssen – nur damit ich für kurze Zeit vergessen konnte, was passiert war. Zum Glück habe ich diese Esssucht inzwischen überwunden, aber ich komme mir immer noch oft minderwertig vor.

»Hört auf«, sagt Trey scharf.

»Was denn?«, erwidert Blair mit scheinheiliger Unschuldsmiene.

»Knallrote Haare wie diese zu tragen, erfordert eine Menge frechen Mut. Die kleine Meerjungfrau hat ihn«, mischt sich Boogs ein, aber eine Stimme in meinem Kopf flüstert mir zu, dass er nur nett sein will.

»Und Bebe, deine Frisur sieht seit mindestens einem halben Jahr nicht mehr gut aus. Diese Perücke ist echt öde«, bemerkt Annika und steht auf.

Blair, die offenbar niemandem gegenüber loyal ist, bricht in Gelächter aus.

»Komm, Ariel.« Annika wendet sich zum Gehen.

Ich schiebe meinen Stuhl zurück, lasse meinen Teller auf dem Tisch stehen und folge ihr ohne ein Wort aus der Mensa.

»Tut mir leid wegen Bebe«, sagt Annika, als wir auf dem Flur sind.

»Schon gut.« Das ist es nicht wirklich, aber Annika kann nichts dafür, dass ihre Cousine so ein Miststück ist und mich eindeutig nicht leiden kann.

»Nein, ist es nicht.« Annika bleibt stehen und sieht mich an. »Niemand sollte so mit dir reden dürfen. Du musst lernen, für dich einzustehen und die Situation richtig zu lesen, um entsprechend reagieren zu können.« Annika schnipst mit den Fingern.

»Das Einzige, was ich lesen kann, ist ein Buch.«

Annika lacht, aber das war kein Witz. Ich war noch nie gut

darin, anderen meine Meinung direkt ins Gesicht zu sagen. Mir fällt immer erst Stunden später eine passende Reaktion ein.

Ich hake mich bei Annika unter. »Ich habe Schluss für heute, also werde ich mal in Treys Buchladen vorbeischauen. Willst du mitkommen?«

Annika stöhnt auf. »Würde ich gern, aber ich muss noch an meinem Filmprojekt arbeiten. Treys Eltern sind wirklich nett, aber wenn sein Dad da ist, steh lieber nicht nur rum. Mich hat er deshalb schon angemotzt.«

»Alles klar, kein Herumlungern.«

»Ruf mich an.« Sie umarmt mich und macht sich auf den Weg zum Medienraum.

Ich atme tief durch. Zeit, einen Job zu finden.

Als ich am *Wonderland* ankomme, steht eine Schwarze Frau mit Brille an der Kasse, weiße Lamettagirlanden hängen um ihre Schultern. Ein Mann, der wie eine ältere Version von Trey aussieht, trägt einen Bücherstapel. Das müssen Treys Eltern sein.

Der Buchladen ist mit hübschen Lichterketten geschmückt, und ein leuchtender Weihnachtsbaum steht in einer Ecke. Ich sehe mich um. Hauptsächlich werden hier Kinderbücher, Young Adult und Belletristik verkauft, mit ein paar Sachbüchern dazwischen. Nur eine Handvoll Leute schlendern durch den Laden, was mich überrascht. Ich hätte gedacht, dass mehr los ist, vor allem, weil Weihnachten immer näher rückt. Vielleicht wird es aber auch erst später am Nachmittag voller. Ich bleibe vor einem Bücherregal stehen und warte darauf, dass die beiden Kundinnen an der Kasse bezahlen, doch dann fällt mir ein, dass Annika gesagt hat, ich solle *nicht* herumstehen. Also schnappe ich mir das erstbeste Buch und stelle mich damit an.

Wenn ich ehrlich bin, verströmt *Wonderland* trotz der Dekoration nicht gerade viel »Wunder«. Der Laden wirkt veraltet und müsste dringend etwas aufgepeppt werden, zum Beispiel mit einem coolen Bild oder ein paar neuen Einrichtungsgegenständen. Wenn die eine Wand weiß gestrichen wäre, würde der Verkaufsraum heller wirken. Oh, und es könnten dort ein paar Zitate von bekannten Autorinnen und Autoren stehen ...

»Hallo!«

Ich habe gar nicht mitbekommen, dass ich inzwischen an der Reihe bin. Treys Mum lächelt mich an, als ich an die Kasse trete.

»Willkommen im *Wonderland*. Soll das als Geschenk verpackt werden?«

Ich sehe auf das Buch, das ich in der Hand halte. Ich habe nicht mal genügend Geld dabei, um es zu kaufen.

»Oh ... ähm ...« Ich lege das Buch auf den Verkaufstresen. »Eigentlich habe ich mich gefragt, ob sie einen Job für mich hätten, oder einen Tipp, wo ich einen finden könnte? Ihr Sohn Trey meinte, Sie können mir vielleicht weiterhelfen.«

»Gehst du in seine Schule?«, fragt Mrs. Anderson.

»Ja, ich bin Ariel.« Ich lächle.

Mrs. Anderson lächelt entschuldigend zurück. »Nett, dich kennenzulernen, Ariel. Aber ich fürchte, wir haben gerade nichts frei.«

»Oh, Sie haben schon eine Weihnachtsaushilfe eingestellt?«, frage ich und schlucke meine Enttäuschung hinunter.

Mrs. Anderson stutzt, und ich runzle die Stirn. Habe ich

etwas Falsches gesagt? Ihr Blick wandert über meine Schulter, und ich drehe mich um. Mr. Anderson steht auf einer Leiter und stellt Bücher in das oberste Regal.

»Clive, sei vorsichtig!«, ruft Mrs. Anderson. Sie verdreht die Augen. »Er ist so ungeduldig. Ich habe ihm heute schon zweimal gesagt, dass Trey die Bücher später wegsortieren kann. Na ja, entschuldige, Ariel. Vielleicht versuchst du es im Floristikgeschäft nebenan ...«

Ein plötzliches Krachen lässt uns zusammenzucken. Mrs. Anderson kommt mit aufgerissenen Augen hinter der Kasse hervor und rennt durch den Raum. Auch die wenigen Leute im Laden eilen auf Mr. Anderson zu. Er liegt am Boden, überall um ihn herum sind Bücher verstreut. Sein linkes Bein ist in einem eigenartigen Winkel verdreht, und ich halte den Atem an, als er laut stöhnt.

Ich eile hinüber und hole mein Handy aus der Tasche. »Soll ich einen Krankenwagen rufen?«

Mrs. Anderson nickt und hält die Hand ihres Mannes, während ich den Notruf wähle.

Fünfzehn Minuten später ist der Krankenwagen da, und ich gehe aus dem Weg, während die Sanitäter eine Trage auf den Boden legen. Völlig erstarrt sehen alle dabei zu, wie Mr. Anderson versorgt wird. Meine Gedanken versetzen mich zu dem Moment zurück, als Dad zusammengebrochen ist und der Notarzt in unser Haus kam. Die gewohnte Enge, die mich jedes Mal erfasst, wenn ich an Dad denke, schnürt mir die Brust zu. Ich muss mich zwingen, ruhig zu bleiben. Um mich abzulenken, sammle ich die Bücher vom Boden auf und bringe sie zur Kasse. Langsam löst sich die Enge, und ich atme erleichtert auf.

»Ariel ...« Mrs. Anderson kommt zu mir, als ich die Bücher gerade auf dem Verkaufstresen ablege. »Ich fahre mit Clive in die Klinik. Trey wird in den nächsten zwanzig Minuten hier sein. Wäre es möglich, dass du so lange hierbleibst und auf den Laden aufpasst?«

»Natürlich«, sage ich, obwohl ich überrascht bin, dass sie für heute nicht einfach schließen.

»Trey kümmert sich dann um alles, wenn er kommt.«

»Ich bleibe auch gern länger und helfe weiter mit, wenn Trey da ist«, biete ich rasch an. »Ich lerne schnell. Wie wäre es heute mit einem kostenlosen Probenachmittag? Wenn ich mich gut mache, könnte ich vielleicht ein paar Stunden pro Woche hier arbeiten?«

Ich weiß, ich dränge mich ganz schön auf, und das Timing ist nicht gerade das Beste, aber ich brauche wirklich dringend einen Job. Hinter meinem Rücken überkreuze ich die Finger. Mrs. Anderson sieht zur Kundschaft und dann wieder zu mir.

»Du bist mit Trey befreundet? Und du hast schon mal in einer Buchhandlung gearbeitet?«

Ich nicke. Na gut, wir sind keine echten Freunde, aber wir haben heute zusammen Mittag gegessen. Und wie schwer kann es sein, über Bücher zu reden?

»Okay«, sagt sie nach einer Pause, und ich muss mich sehr zusammenreißen, um nicht loszukreischen. »Ich werde Trey anrufen, damit er Bescheid weiß. Sag den Kunden, dass die Kasse in zwanzig Minuten wieder besetzt sein wird. Und wenn du Bücher aus den oberen Regalen brauchst, warte bitte auf Trey. Das Büro ist dort hinten, falls du deine Sachen ablegen willst.«

»Danke, und ich hoffe sehr, dass es Ihrem Mann bald wieder besser geht.«

Mr. Anderson stöhnt, als würde er mir antworten. Mrs. Anderson wirft mir noch rasch ein Lächeln zu, bevor sie zu ihm zurückeilt.

Ich lege meinen Schal und meinen Mantel ins Büro, ehe ich einen Rundgang durch den Laden mache. Alle wenden sich langsam wieder den Büchern zu.

Ich kann das schaffen.

9

Treys Playlist:
»Loneliest Time of Year« von Mabel

Sobald ich das Telefonat mit Mum beendet habe, renne ich zum Buchladen, wobei ich in meinen dicken Klamotten ins Schwitzen komme. Ich wünschte, Mum hätte mich auch in die Klinik fahren lassen, aber sie meinte, wir könnten es uns nicht leisten, den Laden früher zu schließen. Mann, das ist so nervig. Wen interessiert *Wonderland*, wenn Dad verletzt ist? Und ich kann nicht glauben, dass sie Ariel im Laden allein gelassen hat. Wie konnte Ariel überhaupt nach einem Probenachmittag fragen? Sie hat doch mitbekommen, in welcher Situation meine Familie steckt. Wer tut so etwas?

Außer Atem platze ich in den Laden. Der Türlüfter bläst mir warme Luft entgegen, so dass mir noch wärmer wird. Ein Stapel Bücher liegt neben der Kasse, hinter der Ariel steht und einen Kunden bedient. Was denkt sie sich dabei? Mum hat gesagt, dass Ariel nur auf den Laden aufpasst, bis ich komme. Ich sehe, wie sie Geld von dem Kunden nimmt und ihre Hand hinter die Kasse wandert. Klaut sie etwa? Sie verabschiedet sich von dem Mann, bevor sie etwas auf ein Stück Papier schreibt.

Ich marschiere auf sie zu. »Hey.«

Sie schaut auf und lächelt. »Hi, Trey.« Dann verzieht sie betrübt das Gesicht. »Das mit deinem Dad tut mir leid. Gibt es schon Neuigkeiten?«

»Noch nicht«, sage ich knapp.

Als ich um die Kasse herumgehe, entdecke ich einen Behälter mit Geldscheinen und Münzen.

»Sorry, einige Kunden wollten bar bezahlen. Ich denke, es tat ihnen leid, was passiert ist. Zwar hatte ich nichts zum Wechseln, aber das war kein Problem für sie.« Sie lacht nervös.

Ich überfliege den Zettel, auf den sie geschrieben hat. Dort stehen die Titel der Bücher, von wem sie sind, die ISBN und der Preis. Ich sehe genauer hin, um sicherzugehen, dass ich richtig gelesen habe.

»Du hast bereits sechs Bücher verkauft?« *Und ein paar davon lassen sich wirklich schwer verkaufen.*

Ariel nickt, eine rote Haarlocke löst sich aus ihrem lockeren Haarknoten. »Es war nicht besonders viel los, aber ich konnte ein paar Leute davon überzeugen, mehr als ein Buch zu kaufen.«

Ich weiß, dass ich mich bei ihr bedanken sollte, weil sie meinen Eltern geholfen und auch noch gut verkauft hat, doch stattdessen blaffe ich nur: »Also mein Dad fällt von der Leiter, und du nutzt das aus, um dir einen Job unter den Nagel zu reißen?«

Ariel klappt der Mund auf. »Nein! Warte ... so war es nicht ...«

Ohne sie ausreden zu lassen, verschwinde ich im Büro. Ich setze mich auf den Drehstuhl, lehne den Kopf zurück und schließe die Augen. Mum hat gesagt, Dads Bein sah nicht gut aus, und jetzt habe ich dieses Bild vor Augen, wie es ganz verdreht ist. Was, wenn es nicht gerichtet werden kann und für immer geschädigt ist? Mum hat noch keine Nachricht geschickt, seit wir telefoniert haben, aber sie meinte, dass Tante Latrice ebenfalls Bescheid weiß und Reon aus der Schule abholt. Wenn ich ihn heute Abend mit nach Hause nehme und

Mum und Dad noch nicht zurück sind, was soll ich ihm dann sagen?

Als es zaghaft an der Tür klopft, öffne ich die Augen. Ariel steht im Türrahmen. Sie hält den Kopf gesenkt und trommelt mit den Fingern auf ihrem Oberschenkel.

»Entschuldige, Trey, aber da ist ein Mann, der deine Eltern sprechen möchte.«

Ich folge ihr in den Laden, wo ein weißer Typ in einem teuren Anzug steht. Sofort ahne ich, wer das ist. Er ist so groß wie ich, hat kurze schwarze Haare, kleine Augen, einen gepflegten Kinnbart und eine schwarze Tom-Ford-Aktentasche dabei. Ich schätze ihn auf Ende dreißig. Als sich unsere Blicke treffen, grinst er mich an, was ich nicht erwidere.

»Kann ich Ihnen helfen?«, frage ich in schärferem Ton als beabsichtigt.

Weiterhin grinsend streckt er mir eine Hand entgegen. »David Raymond von Raymond & Raymond Immobilien.«

Ich schüttle seine Hand. »Meine Eltern sind nicht da. Kann ich etwas für Sie tun?«

»Ich wollte mit Ihren Eltern über das Ladenobjekt sprechen.« Er sieht sich um, als wolle er seine Worte unterstreichen. »Darf ich Ihnen meine Karte geben?«

Bevor ich etwas erwidern kann, zieht er ein Visitenkärtchen aus seiner Brusttasche und reicht es mir. Das Papier ist dick und glatt und mit Goldfolie veredelt, die das Licht einfängt. Gereizt drehe ich die Karte zwischen den Fingern.

»Ich freue mich darauf, von Ihren Eltern zu hören«, sagt er noch, dann nickt er mir und Ariel zu, die hinter mir steht.

Kaum ist er aus der Tür, knülle ich die Visitenkarte zu einer kleinen Kugel zusammen und werfe sie in den Papierkorb hinter dem Verkaufstresen. Ariel verfolgt das Ganze, sagt jedoch nichts.

Ich gebe den PIN-Code für die Kasse ein, und die Schublade springt auf. Die Einnahmen sehen ganz gut aus, aber wenn wir den Laden behalten wollen, brauchen wir viel mehr Umsatz – und zwar schnell. Ich schaue kurz zu Ariel, die gerade nicht vorhandenen Staub vom Tresen wischt. Auch wenn das ihr einziger Arbeitstag sein wird, brauche ich sie, um noch ein paar Bücher zu verkaufen, genau wie vorhin. Irgendwie bringt sie die Kundschaft dazu, Geld auszugeben.

»Denkst du, du kannst zwei Bücher pro Person verkaufen, jetzt wo die Kasse wieder offen ist?«

Ariel zögert, doch dann nickt sie.

Ich hasse mich jetzt schon für die Lüge, die mir bereits auf der Zunge liegt. »Wenn du den Job willst, ist das die Bedingung.«

Ariel runzelt die Stirn. »Oh, deine Mum hat nicht erwähnt...«

»Ich habe das Sagen, wenn sie nicht da ist. Ist das ein Problem für dich?«, unterbreche ich sie kalt.

Ariels Miene verfinstert sich. »Nein.«

Ich schaue auf die Uhr und seufze. Noch zwei Stunden, bevor wir schließen. Es wäre ein Wunder, wenn die Leute im Laden die angespannte Atmosphäre heute nicht bemerken.

10

Ariels Playlist:
»My Gift to You«
von Alexander O'Neal

Am liebsten würde ich Trey sagen, dass er sich den Job sonst wohin schieben kann. Ich weiß, wie es wirkt, dass ich nach einem Probenachmittag gefragt habe, während sein Dad von einem Krankenwagen abgeholt werden musste, aber zumindest habe ich dem Laden etwas Geld eingebracht.

Trey zieht die ganze Zeit ein langes Gesicht und hat nicht mehr als zwei Worte mit mir gewechselt. Ich sollte darüber hinwegsehen, denn ich brauche den Job, aber ich kann einfach nicht anders, als genauso bissig zu reagieren. So hatte ich mir meinen ersten Arbeitstag nicht vorgestellt.

Ich spreche jede Person im Laden mit meinem freundlichsten Lächeln an. Es ist echt komisch, dass ich in Gegenwart der beliebten Kids in der Schule so gut wie kein Wort herausbekomme, während es mir überhaupt nicht schwerfällt, mit irgendwelchen Fremden zu reden. Aber es sind auch nicht besonders viele. Ich warte die ganze Zeit darauf, dass es voller wird, doch es läuft weiterhin nur schleppend.

Ich spüre, wie Trey mich beobachtet, wenn ich im Gespräch bin oder den Kunden dabei helfe, die Bücher zur Kasse zu bringen. Schön, er soll ruhig mitbekommen, wie gut ich bin.

»Danke«, sagt er, als ich drei Bücher für eine ältere Dame auf den Verkaufstresen lege.

Mit einem spöttischen Blick gehe ich wieder. Ich kann es kaum erwarten, dass endlich Feierabend ist.

Die Stunden ziehen sich, und ich bin froh, als die letzte Kundin geht. Trey ist damit beschäftigt, die heutigen Einnahmen zu zählen, also weiß ich nicht so richtig, was ich mit mir anfangen soll. Ich beginne, Bücher wegzuräumen und befestige die Lichterkette, die sich an einer Seite vom Regal gelöst hat. Erst als ich nach Handfeger und Kehrblech greife, blickt Trey auf.

»Das musst du nicht machen«, sagt er.

»Schon okay«, erwidere ich und bemerke, dass er mit hängenden Schultern dasteht. Ich hatte gar nicht mehr daran gedacht, was seinem Dad passiert ist. Sofort fühle ich mich schlecht. Als mein Dad ins Krankenhaus musste, habe ich kaum noch funktioniert.

»Irgendwelche Neuigkeiten?«

Trey beugt sich vor und stützt sich mit den Unterarmen und verschränkten Händen auf dem Tresen ab. »Meine Mum hat mir gerade eine Nachricht geschickt, dass sie bald zu Hause sind. Also gute Neuigkeiten, schätze ich.«

»Auf jeden Fall.« Ich beiße mir auf die Lippe. Es ist nicht der beste Zeitpunkt, danach zu fragen, aber ich muss wissen, ob er seiner Mum wenigstens erzählen wird, dass ich heute einen guten Job gemacht habe. Vielleicht stellt sie mich dann doch ein. »Wie war der Umsatz?«

»Oh.« Trey wirft einen Blick in die Kasse. »Ja, sehr gut ... danke. Du hast echt was drauf.«

Ich lächle. »Also denkst du, ich habe eine Chance auf einen Job hier?« Ich sehe, wie er zögert, was ich nicht verstehen kann. Er hat mir gerade praktisch gesagt, dass ich ein Naturtalent bin.

»Meine Mum wird dich anrufen«, sagt er schließlich, bevor er die Kasse zumacht und zum Büro geht.

Was zur Hölle ist sein Problem?

Ich stehe mit Handfeger und Kehrblech da und warte darauf, dass er zurückkommt. Keine Ahnung, ob er mir nur aus dem Weg gehen will oder etwas zu tun hat, aber er kommt nicht zurück. Ich fege trotzdem und werfe alles in den Papierkorb. Dann klopfe ich an die Bürotür.

»Ist es okay, wenn ich gehe?«

Trey packt gerade seinen Rucksack, schaut kurz auf und nickt.

Ohne ein weiteres Wort schnappe ich mir meine Sachen und verlasse den Laden. Draußen ist es dunkel und kalt, und ich gehe schnell, um mich warm zu halten. Trey ist offenbar immer noch sauer auf mich. Ich hatte mich so darauf gefreut, Mum zu erzählen, dass ich einen Job gefunden habe, und jetzt weiß ich nicht einmal, ob das wirklich stimmt.

Die Bushaltestelle ist verwaist, als ich dort ankomme, der nächste Bus kommt erst in fünf Minuten. Also hole ich mein Handy und meine Kopfhörer heraus. Annika findet es kitschig, dass ich für jede Situation eine Playlist anlege. Ich habe eine fürs Malen, eine fürs Kochen und natürlich auch eine für Weihnachten, die ich jedes Jahr aktualisiere, auch wenn die Klassiker natürlich nicht zu übertreffen sind. Alexander O'Neal schmachtet mit »My Gift to You« durch meine Kopfhörer. Das war einer von Dads Lieblingssongs. Leise summe ich mit, was mich augenblicklich beruhigt.

Der Bus kommt, aber er ist so voll, dass ich nicht einsteigen kann. Inzwischen ist es noch kälter, und ich will meinen Schal enger ziehen – aber ich habe ihn gar nicht um! Verdammt, wieso habe ich das nicht gemerkt? Mein Herz beginnt wild zu klopfen. Der grüne Schal ist das letzte Geschenk von meinem Dad, bevor er starb. Der Schal ist mein wertvollster Besitz. Ihn nicht bei mir zu haben, fühlt sich an, als hätte ich einen Teil von Dad verloren. Habe ich ihn in der Schule vergessen? Hatte ich ihn heute überhaupt mit? Ich atme tief ein.

Ganz ruhig, Ariel.

Ich schließe die Augen und versuche, den Tag Revue passieren zu lassen. Ja, ich hatte ihn in Kunst dabei, und dann beim Mittagessen. Hatte ich ihn auch um, als ich *Wonderland* betreten habe? Ich runzle die Stirn. Ich kann mich nicht erinnern. O nein, wo habe ich ihn nur gelassen? Tränen steigen mir in die Augen, doch dann sehe ich Mr. und Mrs. Anderson vor mir, wie sie den Buchladen mit den Sanitätern verlassen, und ich erinnere mich, wie ich den Schal abgenommen und zusammen mit meinem Mantel ins Büro gelegt habe. Ich hatte es so eilig, in den Laden zurückzukehren, dass er von der Lehne gerutscht sein muss, über die ich beides gehängt hatte.

Ich drehe mich um und mache mich sofort auf den Weg zurück zur Buchhandlung, in der Hoffnung, dass Trey noch da ist. Aber als ich um die Ecke biege, sehe ich, dass der Laden dunkel ist. Ich drücke mein Gesicht gegen das Schaufenster, mein Atem lässt die Scheibe beschlagen, doch im Inneren ist tatsächlich alles still. So ein Mist. Nun bleibt mir nichts anderes übrig, als morgen mit Trey zu sprechen. Dabei wollte ich genau das eigentlich vermeiden.

11

Treys Playlist:
»The Little Drummer Boy«
von The Jackson 5

»Hey, mein Schöner.« Tante Latrice, Mums jüngere Schwester, macht einen Schritt zur Seite, damit ich eintreten kann und endlich aus der Kälte rauskomme.

Falls sie sich wundert, wieso ich einen knallgrünen Schal um den Hals trage, lässt sie es sich nicht anmerken. Ariel hat ihn im Buchladen vergessen, und bei den frostigen Temperaturen fand ich es nicht verkehrt, ihn mir umzubinden. Ariel wird ihn zurückhaben wollen ... das heißt, ich werde ihn Annika geben. Ich möchte Ariel nicht wirklich gegenübertreten, nachdem es heute so unangenehm zwischen uns war.

Reon und unser Cousin Cayan schreien im Wohnzimmer um die Wette, und ich drehe mich zu dem Krach um.

»Sie beenden gerade ein Spiel. Möchtest du etwas essen?«, fragt Tante Latrice.

Ich schüttle den Kopf, folge ihr aber trotzdem in die Küche, wo ich meine Jacke und den Schal ablege. Sie drückt ein paar Knöpfe an der Mikrowelle, und das Gerät erwacht zum Leben. Dann wendet sie sich traurig lächelnd wieder mir zu, ein Grübchen zeigt sich an ihrer rechten Wange, genau wie bei Mum.

»Geht es dir gut?«

Ich nicke, während ich einen Stuhl hervorziehe und mich hinsetze. »Hat Mum dich angerufen?«

»Sie hat mir gerade eine Nachricht geschickt, dass sie bald zu Hause sind. Ich möchte nur mal wissen, warum Clive überhaupt auf die Leiter gestiegen ist.«

»Genau! Er wusste, dass ich mich darum kümmern wollte.« Frust schleicht sich in meine Stimme. Dad benutzt die Leiter so gut wie nie, deshalb verstehe ich auch nicht, was ihn ausgerechnet heute dazu gebracht hat. Diesen zusätzlichen Stress können wir zu all den Sorgen wegen der Schulden echt nicht gebrauchen.

Die Mikrowelle pingt, und Tante Latrice reicht mir einen dampfenden Teller mit Reis, Erbsen und gebratenem Hähnchen. Dann drückt sie mir mit einem wissenden Lächeln eine Gabel in die Hand. »Du sagst immer, dass du nichts möchtest, und dann isst du mir die Haare vom Kopf.«

»Danke.« Ich schmunzle, und plötzlich knurrt mein Magen, was meine Tante so sehr zum Lachen bringt, dass ihr Goldzahn zu sehen ist.

Beim Essen schließe ich die Augen und lasse den Geschmack auf der Zunge zergehen. Ich vergesse immer, wie gut Tante Latrice kochen kann. Als ich fast fertig bin, kommen Reon und Cayan in die Küche gerannt. Reon lehnt sich an mich und legt einen Arm auf meiner Schulter ab. Ich stupse ihn zur Begrüßung sanft mit dem Kopf an, denn mein Mund ist voller Reis.

»Können wir ein Stück Kuchen haben?«, fragt Cayan außer Atem, obwohl er nur von nebenan gekommen ist.

Tante Latrice funkelt ihn an. »Schlafenszeit.«

»Manno«, mault Cayan und stapft davon, ohne mir hallo zu sagen.

»Gehen wir nach Hause?«, fragt Reon.

Ich nicke.

»Bist du sicher, dass ihr nicht warten wollt, bis sie zurück sind?«, fragt Tante Latrice.

»Nein, ist schon okay. Ich werde sowieso dafür sorgen müssen, dass Reon sich bettfertig macht.« Ich gebe ihr einen Kuss auf die Wange, und sie tätschelt meinen Arm. »Danke«, sage ich. »Sobald sie zurück sind, schreibe ich dir.«

»Ist gut. Na komm, lass dich drücken, Großer«, sagt sie mit ausgestreckten Armen zu Reon. Er läuft grinsend zu ihr, und sie wirbelt ihn herum. »Du wirst langsam wirklich zu groß. Kannst du bitte aufhören zu wachsen?«

»Das ist nicht möglich«, erklärt Reon ernst, als sie ihn wieder herunterlässt. »Wusstest du, dass Kinder etwa sechs Zentimeter im Jahr wachsen?«

»Oh, stimmt das?« Tante Latrice schaut mich über seinen Kopf hinweg an und formt lautlos das Wort: »Wirklich?«

Das ist so eine Sache mit Reon. Manchmal platzt er einfach mit irgendeiner Information heraus. Ich habe keine Ahnung, ob er sie in einem Buch aufgeschnappt oder aus der Schule hat, doch ich zeige ihm immer, wie gefesselt ich von den neuen Fakten bin, die ich gerade durch ihn gelernt habe. Schließlich möchte ich, dass Reon Spaß daran hat, sein Wissen zu teilen.

»Wow, das ist ja spannend, kleiner Mann«, sage ich deshalb. Reon strahlt mich an.

Wir verabschieden uns noch einmal und ich bereite mich innerlich auf die Kälte vor. Als wir die Straße überqueren, nehme ich Reon fest an die Hand.

»Sind Mum und Dad jetzt zu Hause?«, will er wissen.

»Ich denke noch nicht.« Ich sehe ihn an. »Du weißt, was passiert ist?«

»Tante Latrice hat gemeint, dass Dad hingefallen ist und sich am Bein verletzt hat«, sagt Reon leise.

»Alles okay?«, frage ich behutsam.

»Ja. Ich habe nur überlegt, ob Dad jetzt Superkräfte hat.«

Ich lache. »Was? Wieso?«

»Na ja, Spider-Man wurde von einer Spinne gebissen und dann wurde er zu Spider-Man. Also kann Dad hinterher vielleicht auch etwas Cooles?« Reon sieht mich so hoffnungsvoll an, dass ich mir Zeit nehme, bevor ich antworte. Ich wünschte, mein Hirn könnte mich an den Punkt bringen, wo Reon gerade ist. Wenn ihm die Vorstellung, dass Dad ein Superheld werden könnte, dabei hilft, besser mit den Geschehnissen zurechtzukommen, werde ich diese Hoffnung bestimmt nicht zerstören.

»Du weißt, dass es Wakanda wirklich gibt, oder?«, sage ich, und Reon nickt. »Vielleicht setzen sie bei Dad Vibranium ein wie bei Bucky.«

Reon schnappt nach Luft und nickt heftig. »Das werden sie bestimmt.«

Das Haus ist dunkel und leer, als wir zurückkommen, und ich schicke Reon mit dem Versprechen ins Bett, dass ich gleich noch mal nach ihm sehe. Er ist so aufgedreht wegen seines Superhelden-Dads, dass ich mir sicher bin, dass er ihn bei Taschenlampenlicht unter der Decke malen wird. Ich ziehe meine Jacke aus, lege Ariels Schal ab und lasse mich mit einem Seufzen aufs Sofa fallen. Ich möchte einfach nur, dass meine Eltern nach Hause kommen.

Mein Handy vibriert, und ich beeile mich, die Nachricht zu

lesen. Aber es ist nur Boogs, der mir mitteilt, dass er morgen nach Ladenschluss in der Buchhandlung vorbeikommen wird, um alles für die Party vorzubereiten. Ich habe seit Stunden nicht mehr an die Überraschungsparty für die Zwillinge gedacht, geschweige denn daran, meinen Eltern meine Alibigeschichte aufzutischen. Ich musste die Mitteilungsfunktion des Gruppenchats auf stumm stellen, weil es mir zu viel wurde. Würde es nicht darum gehen, Geld für *Wonderland* zu sammeln, würde ich das Ganze sofort abblasen.

Mein Blick fällt auf Ariels Schal. Vielleicht sollte ich ihr sagen, dass ich ihn habe? Ich habe ihre Nummer nicht, also suche ich auf Instagram nach ihr. Wow, sie ist wirklich talentiert. Das Wandbild auf dem Schulhof ist schon der Hammer, aber das hier ist noch besser. Alles wirkt so lebendig und strahlend. Das letzte Foto ist ein Selfie von ihr vor einer farbigen Leinwand. Sie schaut über ihre Schulter in die Kamera und lächelt. Ich weiß nicht warum, aber ich muss zurücklächeln, also gebe ich dem Bild ein Like, als die Haustür aufgeht.

»Mum? Dad?« Ich haste zur Tür.

Mum kommt herein, langsam gefolgt von Dad. Er hat Krücken unter den Armen und ein Gipsbein.

»Hi, Schatz.« Mum gibt mir einen Kuss auf die Wange und reibt sich die müden Augen. »Ist Reon im Bett?«

»Ja, aber ich muss noch mal nach ihm sehen.«

»Lass nur, ich mach das. Behältst du deinen Dad im Auge?«, sagt sie, bevor sie nach oben geht.

Dad humpelt ins Wohnzimmer.

»Tut dein Bein sehr weh?«, frage ich.

»Ein bisschen«, antwortet er, aber sein Gesicht ist verzerrt, als würde er den Schmerz unterdrücken.

Er legt die Krücken zur Seite, balanciert auf einem Bein und legt die Arme auf meine Schultern, damit ich ihm aufs Sofa helfen kann. Sein Atem geht schwer, und ich hebe behutsam sein Bein an, um es auf die Sitzfläche zu legen. Dann ziehe ich ihm den Schuh aus und schiebe ihm ein Kissen in den Nacken.

Er lächelt. »Danke, mein Sohn.«

Ich sehe mich um und frage mich, was ich sonst noch für ihn tun kann. »Möchtest du ein Glas Wasser oder etwas anderes?«

»Nein, alles gut. Aber ich werde in den nächsten sechs Wochen nicht arbeiten können.«

»Im Ernst?« Ich setze mich ihm gegenüber.

»Ich weiß, es ist viel verlangt, vor allem, weil Weihnachten vor der Tür steht, aber du musst jetzt für Mum da sein, okay? Bitte tu alles, was du kannst, um ihr etwas von dem Druck zu nehmen, ja?«

Ich nicke. Erst schnüffelt dieser Immobilienmakler im Laden herum, und jetzt hat Dad auch noch ein gebrochenes Bein. Mum muss kurz vorm Durchdrehen sein. Dad fallen die Augen zu, also stehe ich leise auf und verlasse das Wohnzimmer, damit er sich ausruhen kann. Ich gehe nach oben, wo Mum gerade die Tür zu Reons Zimmer schließt. Als sie mich sieht, deutet sie mit dem Kinn auf mein Zimmer.

Mum setzt sich an meinen Schreibtisch und stützt den Kopf mit den Händen ab. Ich weiß nicht so recht, was ich sagen soll, also lege ich eine Hand auf ihre Schulter. Es ist ungewohnt, Mum so fertig zu sehen, und es macht mich nervös. Mum ist normalerweise die Starke, die alles zusammenhält – das Rückgrat unserer Familie. Was sollen wir tun, wenn sie zusammenbricht? Traurig lächelnd nimmt sie meine Hand.

»Ich bin da und helfe dir, wo ich kann«, sage ich.

»Danke. Ich habe vor ein paar Minuten mit Latrice gesprochen. Sie kümmert sich gern um Dad. Es wird nicht leicht, aber wir können die Buchhandlung nicht vorübergehend schließen. Wie lief es mit Ariel?«

»Es lief wirklich gut. Sie hat richtig Umsatz gemacht. Mir gefällt nur nicht, zu welchem Zeitpunkt sie nach dem Job gefragt hat.«

»Ich bin ziemlich froh, dass sie da war. Wenn du nicht allein im Laden stehen musst, habe ich immer ein besseres Gefühl.« Mum mustert mich. »Ich hoffe, du warst nett zu ihr?«

»Ja, ja, natürlich«, murmle ich gereizt, weil sie nicht meiner Meinung ist. Was hat Ariel nur an sich, das mich immer gleich zum Kochen bringt? Zuerst die verschüttete Cola, dann mein Kommentar zu ihrer Meinung über *Twilight* ... und jetzt das.

»Hast du ihre Nummer? Sag ihr doch bitte, sie kann Samstag vorbeikommen, dann mache ich einen Vertrag fertig und lege die Stunden fest. Jetzt, da Dad außer Gefecht gesetzt ist, brauchen wir jede Hilfe, die wir kriegen können.«

»Die Nummer habe ich nicht, aber ich erwische sie bestimmt in der Schule.«

Mum runzelt die Stirn. »Ich dachte, ihr seid befreundet? Das hat sie jedenfalls gesagt.«

Befreundet?

Ich zögere. »Wir ... verstehen uns ganz gut. Aber können wir es uns überhaupt leisten, sie einzustellen?«

Mum zuckt mit den Schultern. »Uns bleibt nichts anderes übrig, Trey. Ich möchte nicht, dass du in jeder freien Minute arbeitest, wenn du auch noch Schule hast. Latrice kümmert sich ab diesem Wochenende um Dad, aber morgen brauche ich jemanden bei ihm.«

»Mach dir keine Gedanken, ich kann morgen arbeiten und am Samstagvormittag.« Zumindest hätte ich dann noch etwas Zeit, die Partyreste zu beseitigen, bevor die ersten Kunden kommen.

Mum hebt die Augenbrauen. »Bist du sicher? Ich übernehme dann am Samstag die Nachmittagsschicht. Vielleicht hätte Ariel nichts dagegen, schon an diesem Wochenende einzuspringen?«

»Ich frage nach.«

Mum steht auf, ihre Augen sind gerötet und wirken müde. Sie geht nach unten, als mein Handy eine Instagram-Benachrichtigung anzeigt. Ich habe ein Like von Ariel unter einem Selfie, das ich vor ein paar Tagen gepostet habe. Ob sie nicht mehr sauer auf mich ist? Das könnte meine Chance sein, ihr zu zeigen, dass ich kein Arsch bin ... zumindest nicht absichtlich. Ich folge ihrem Profil und sende ihr eine DM:

@TreyAnderson: Hey. Dad ist zu Hause und krank geschrieben. Danke für heute und dass du dich so reingehängt hast. Du hast den Job. Mum fragt, ob du dieses Wochenende arbeiten könntest? Du bekommst einen Vertrag von ihr, den du unterschreiben kannst. Das bedeutet aber, du wirst es eine Weile mit mir aushalten müssen. ☺ Übrigens ist dein Schal bei mir. Morgen habe ich keine Schule, also werde ich den ganzen Tag im *Wonderland* sein. Aber du kannst den Schal auch mitnehmen, wenn du zur Überraschungsparty kommst.

Ich füge ein X hinzu, lösche es aber wieder, bevor ich die Nachricht abschicke, dann gehe ich nach unten. Dad schläft, während Mum den Fernseher eingeschaltet hat.

»Alles okay?« Ich setze mich neben sie.

Sie tätschelt mein Knie und lächelt. »Ja, mir geht's gut.«

Dad schnarcht laut auf, als wollte er sagen, dass bei ihm auch alles okay ist. Wir müssen lachen, was augenblicklich die Stimmung hebt.

»Lass uns eine Folge *Housewives* gucken. Möchtest du etwas aus der Küche?«, fragt Mum und steht vom Sofa auf.

Ja, ich geb's zu, *The Real Housewives* ist mein heimliches Laster. Dad hält die Serie für bescheuert, aber ich finde sie saukomisch, und Mum ist froh, dass sie jemanden hat, der sie mit ihr guckt.

»Am besten einen Berg Schokolade«, erwidere ich.

Mum zwinkert mir zu und geht in die Küche, ich checke mein Handy. Ariel hat meine DM gelesen, aber nicht geantwortet. Ich schätze, sie ist doch noch sauer auf mich. Eine WhatsApp von Blair ploppt auf – ein Foto von schwarzen Spitzendessous auf ihrem Bett. Sofort verdecke ich das Display, auch wenn meine Eltern das nicht sehen können.

Ist das für mich?

Ich sehe, dass sie zurückschreibt.

Vielleicht? Komm vorbei und überzeug dich selbst. ;)

Ich seufze auf. Wieso ausgerechnet heute? Jetzt habe ich ein Bild von Blair in Dessous im Kopf und spüre, wie mir heiß wird. Aber ich kann Mum nicht allein lassen. Das wäre nicht fair.

Ich kann nicht. Familienkram. Morgen nach der Überraschung?

Alles okay? x

Ja, erzähl ich dir später ... Also morgen Abend?

Morgen klingt gut. Wenn du jetzt hier wärst,
würde ich mich langsam über dich –

»Trey«, sagt Mum, und ich mache sofort mein Handy aus, um Blair mit ihrem Dirty Talk so weit wie möglich von Mum fernzuhalten.

Sie reicht mir zwei Tafeln Schokolade. »Und, heute Atlanta oder Potomac?«

»Was dir lieber ist«, erwidere ich, dankbar für den Themenwechsel.

Mum nimmt die Fernbedienung und geht auf Sky. Ich wünschte, ich könnte bei Blair sein, welches Kopfkino sie auch immer mit mir durchspielen wollte.

12

Ariels Playlist:
»Christmas Time to Me«
von Jordin Sparks

Fünfzehn Tage bis Weihnachten

Wenn ich gestresst, traurig oder glücklich bin, hilft es mir meistens zu malen – also so ziemlich jeden Tag. Ich kann auf allem malen: Papier, Leinwand, Wände, Klamotten. Die Unterlage spielt keine Rolle, Hauptsache, ich tobe mich kreativ aus. Nur einmal war ich nicht dazu in der Lage ... als Dad gestorben ist.

Während meiner Freistunde bin ich wieder im Kunstraum und arbeite an einem Bild, das nichts mit meiner Mappe für den Kunstunterricht zu tun hat. Auf einem Hintergrund aus Schwarz- und Grautönen lasse ich ein Gewitter aus gelben und weißen Blitzen entstehen. Wer das sieht, wird glauben, dass ich wütend bin, aber das bin ich nicht. Ich bin durcheinander, und das liegt allein an Trey.

Gestern im *Wonderland* war er total abweisend zu mir, und dann gibt er am selben Abend einem meiner Instagram-Posts ein Like. Und es war nicht nur irgendein Foto – es war ein Selfie von mir, was bedeuten muss, dass ich ihm darauf gefalle. Aus diesem Grund habe ich auch sein Selfie geliked. Ich dachte, ich wäre längst über die Schwärmerei für Trey hinweg, aber als die Instagram-Mitteilung kam, war ich so aufgeregt, dass ich mich langsam frage, ob da nicht doch noch etwas ist. Und als wäre das nicht genug, folgt er mir jetzt auch noch auf Instagram. Trey hat über zehntausend Follower, folgt selbst jedoch nur etwas mehr als einhundert Accounts, hauptsächlich Musik- und Sportstars, und jetzt gehöre ich ebenfalls dazu. In seiner Nachricht hat er auch etwas von einer Party erwähnt. Ich habe keine Ahnung, welche Party er meint, aber zumindest ist mein Schal in Sicherheit.

Trotzdem habe ich ihm immer noch nicht geantwortet. Und ich weiß nicht wieso, aber ich bin nervös deswegen. Mit einer schwungvollen Bewegung klatsche ich mehr Schwarz auf die Leinwand. Ich will den Job. Ich brauche den Job. Aber mit jemandem zusammenzuarbeiten, der so launisch ist, stelle ich mir nicht gerade prickelnd vor.

Mein Handy klingelt, was mich aus meinen Gedanken reißt, und ich stöhne auf. Meine Hände sind voller Farbe, also sehe ich mich nach etwas um, wo ich sie abwischen kann. Weil ich auf die Schnelle nichts finde, schmiere ich sie an meiner zerrissenen Jeans ab – vielleicht denken die Leute, das muss so sein.

»Hallo?«, melde ich mich.

»Ich hatte gerade Jolie am Telefon, und sie ist heute erst später in der Schule«, redet Annika wie immer direkt drauflos. »Du kommst doch mit zur Party heute Abend, oder?«

Ich drücke das Handy mit der Schulter gegen mein Ohr, so dass ich weitermalen kann. »Party?«

»Süße! Lebst du hinterm Mond?«

Ich kann praktisch durch das Handy hören, wie sie die Augen verdreht. »Alle reden von nichts anderem ... also über WhatsApp, weil es eine Überraschung ist.«

Ich schnaube. »Ich habe WhatsApp gelöscht, weil mein Speicherplatz voll war, weißt du noch?«

»Ts«, macht Annika. »Komm heute Abend zu mir. Jolie wird auch da sein, dann gehen wir zusammen hin. Das Motto ist Rosa, okay? Ach, und kein Wort zu den Zwillingen, sonst kriegen Trey und Boogs die Krise.«

Ich stutze. »Trey?«

»Ja, er und Boogs organisieren das Ganze. Und sie verlangen Eintritt – warum auch immer. Aber das kann ich übernehmen. Sekunde ... Ariel, ich muss los. Bis später, okay?«

»Hallo?«, sage ich, doch sie hat bereits aufgelegt. Annika muss da etwas durcheinandergebracht haben. Treys Dad hatte gestern einen Unfall, also wieso sollte Trey heute Abend eine Party veranstalten?

Ich füge noch etwas Grau zu meinem Bild hinzu, trete einen Schritt zurück und betrachte es, aber ich kann nur an *Wonderland* denken. Mum hat sich so gefreut, als ich ihr von dem möglichen Job erzählt habe, und ich wünschte, der Tag gestern wäre anders verlaufen, so dass ich mich auch freuen könnte. Ich seufze, stelle die Farben weg und wische meine Hände noch einmal an der Jeans ab. Dann greife ich nach meinem Handy, mein Finger schwebt über Treys Profil, das »Auch folgen«-Feld starrt mich an. Schließlich klicke ich darauf und tippe eine Antwort auf seine DM.

@ArielArt: Bin froh, dass dein Dad okay ist. Tut mir leid wegen des Timings für meine Jobanfrage. Ich freue mich schon, wieder ins *Wonderland* zu kommen. Und ja, ich kann Samstag arbeiten. Heute bin ich den ganzen Tag in der Schule, aber ich hole mir den Schal auf der Party ab. Danke X

Ich starre auf das X. Ist es seltsam, es hinzuzufügen, obwohl wir uns nicht wirklich nahestehen? Außerdem war auch keins am Ende seiner Nachricht. Ich lösche es schnell und schicke die Nachricht ab, ehe ich mich wieder meinem Bild zuwende.

Mein Stundenplan ist heute voll mit Sozialkunde und Englisch und am späten Nachmittag bin ich völlig erledigt. Zum Glück habe ich in der letzten Stunde Kunst und kann mich mit der Arbeit an meiner Mappe beschäftigen.

Ein paar Minuten, bevor es zum Unterrichtsschluss klingelt, wasche ich meine Pinsel am Waschbecken aus, als Ezekiel Rada zu mir kommt und von der Party schwärmt. Sein riesiger Afro wippt, während er redet. Nichts gegen Ezekiel, aber er hängt definitiv nicht mit den coolen Kids ab. Ich kann mich nicht erinnern, dass Boogs auch nur einmal mit ihm geredet hätte, als er noch im Kunstkurs war, und dennoch hat *er* eine Einladung erhalten.

»Ich glaube, die ganze Schule geht hin. Und anscheinend kommt man nicht rein, wenn mein kein Rosa trägt, also habe ich mir noch schnell ein rosa Hemd gekauft.«

»Ist es eine Weihnachtsfeier?«, frage ich, höre aber nur mit halbem Ohr zu.

»Nein, es ist eine Überraschungsparty für die Zwillinge.« Ezekiel schaut mich komisch an. »Bist du nicht in der WhatsApp-Gruppe?«

Ah, die berühmte WhatsApp-Gruppe.

»Und warum müssen alle Eintritt bezahlen?«, übergehe ich seine Frage.

Ezekiel zuckt mit den Schultern. »Ja, das ist schon ein bisschen merkwürdig. Auch dass die Party in einer Buchhandlung steigt. Das hätte ich jetzt nicht unbedingt erwartet.«

Ich lasse die Pinsel, die ich gerade saubergemacht habe, in das verfärbte Wasser fallen. Was hat er gesagt?

»Buchhandlung?«

»Ja, *Wonderland*. Du weißt schon – der Laden, der Treys Familie gehört.« Ezekiel fischt die Pinsel aus dem Waschbecken. »Seine Eltern sind auf jeden Fall cooler als meine.«

Ich wette, seine Eltern wissen nichts davon, hätte ich fast gesagt, beiße mir aber rasch auf die Lippe.

13

Treys Playlist:
»I Still Have You« von Charlie Wilson

Die Buchhandlung ist wieder leer, und ich klopfe mit den Fingern auf der Kasse herum. Obwohl ich die Bücher im Schaufenster umgestellt und einen Kranz an die Ladentür gehängt habe, in der Hoffnung, das würde Kundschaft anlocken, ist nicht mehr los. Ich wette bei *Books! Books! Books!* ist es rammelvoll.

Als ich zur Tür sehe, kommt gerade Boogs herein. Er hat gigantische rosa Luftballons, auf denen eine achtzehn steht, und einen Haufen Einkaufstüten dabei. Ich zeige zum Büro.

»Irgendwie habe ich ein schlechtes Gewissen, weil du die ganze Vorbereitung allein machen musst«, sage ich, nehme ihm ein paar Tüten aus der Hand und stelle sie ab.

Boogs lässt sich auf den Stuhl fallen und zieht seine Mütze vom Kopf. »Alles cool, Bro. Du stellst dafür die Location zur Verfügung. Außerdem ist bei dir schon genug los.« Er seufzt. »Sechs Wochen?«

»Ja, er muss sechs Wochen zu Hause bleiben. Zum Glück springt Ariel ein, solange Dad ausfällt.«

Boogs nickt. »Ich mag Ariel. Sie ist echt cool.«

»Ja, Mann.« Ich denke an Ariels Antwort auf meine DM. Wenigstens wird es jetzt nicht peinlich, wenn wir zusammen arbeiten müssen.

»Wann hast du dich mit den Zwillingen verabredet?«, fragt Boogs.

»Ich habe ihnen gesagt, sie sollen um acht vor *Whole Foods* warten. Hoffentlich sind alle bis halb acht hier, nicht gerade die übliche Partyzeit. Kriegst du den Rest auch hin?«

Ich möchte nicht undankbar klingen, aber es kommen viel zu viele Leute. Und es werden immer noch Namen zur Gruppe hinzugefügt. Ich musste mein Handy vorhin weglegen, weil ich eine Kundin bedient habe, und als ich wieder draufgeschaut habe, hatte ich über eintausend Mitteilungen nur in diesem Chat.

»Ja, ich schaff das schon«, sagt Boogs, der offenbar viel gechillter ist als ich.

»Denkst du, dass auch alle kommen werden?«, frage ich leicht nervös.

»Nee, nicht jeder will dafür blechen, aber der Andrang wird bestimmt fett.« Boogs reibt sich die Hände. »*Wonderland* wird richtig Kasse machen.«

Ich schnaube. »Ich habe mir noch nicht mal überlegt, wie ich meinen Eltern das zusätzliche Geld in der Kasse erklären soll.«

Boogs zuckt mit den Schultern. »Sag ihnen die Wahrheit.«

Ich reiße die Augen auf. »Bist du verrückt?«

»Denkst du wirklich, sie werden sauer sein, wenn du dem Laden so viel Kohle einbringst? Hör zu, wenn es sein muss, schiebst du die Party einfach auf mich.« Er setzt seine Mütze wieder auf. »Die Torte kommt in ein paar Stunden, okay? Ich bin bald zurück.«

Boogs haut wieder ab, und ich gehe zum Verkaufstresen zurück. Ein paar Kunden schlendern durch den Laden. Ich muss unbedingt positiver denken. Heute Abend wird es brechend voll, aber dadurch wird auch Geld reinkommen, um *Wonderland* zu helfen, und nur das zählt.

Eine ältere Dame kommt mit einem Arm voller Kinderbücher zu mir. Lächelnd legt sie den Stapel ab. »Enkelkinder«, erklärt sie.

Schräg vor ihr steht ein kleiner Aufsteller mit bunten Weihnachtsstickerheften. Ich konnte Dad überreden, sie für den Kassenbereich zu kaufen, obwohl er sich zuerst gesträubt hat. Die Frau wirft einen Blick darauf, und ich nehme ein Heft, öffne es und zeige ihr die Rentiere und den Weihnachtsmann.

»Alle Kinder lieben diese Hefte«, sage ich.

»Wirklich?« Sie nimmt eins und schaut auf den Preis, bevor sie es mir zurückgibt. »Es ist Weihnachten! Ich nehme eins für jedes Enkelkind.«

Ich grinse. »Sehr schön.«

In der Mittagspause komme ich endlich dazu, wieder einen Blick auf mein Handy zu werfen. Blair schreibt mir schon den ganzen Tag und bettelt nach Hinweisen auf die Überraschung. Ich kann gar nicht glauben, dass sich noch niemand verplappert hat. Schnell tippe ich eine Nachricht an sie.

>   Zieh dich einfach heiß an. X

Blair antwortet sofort.

> Klar, als wäre das schwer! Um es mit Elle Woods zu sagen ...

Ich verdrehe die Augen und lache. Letztes Jahr sind wir in der Weihnachtszeit zufällig im *Backyard Cinema* gelandet. Als wir reinkamen, habe ich mich regelrecht gefühlt, als würde ich *Narnia* betreten oder so. Wir dachten, dass dort nur Weihnachtsfilme gezeigt werden, aber es lief *Natürlich blond*. Blair hat laut aufgekreischt. Sie ist besessen von diesem Film. Ich bin ziemlich sicher, dass sie nur deswegen immer die rosa Handtasche mit sich herumschleppt.

Kurz vor Ladenschluss taucht Boogs wieder auf. Er hat eine Tortenschachtel in den Händen und trägt einen rosafarbenen Slim-Fit-Anzug zu einem blütenweißen Hemd. Mir klappt die Kinnlade herunter. Boogs legt eine perfekte Drehung hin und grinst.

»Geil, oder? Hab ich mir von meinem Cousin Jermaine geliehen.«

Nur Boogs bringt es fertig, einen rosafarbenen Anzug zu tragen. Wenn man ihn so sieht, kann man sich kaum vorstellen, dass er mal in einer Gang war.

»Du siehst aus wie ein Zuhälter aus den Siebzigern.«

Boogs zieht eine Grimasse. »Hater. Du wünschst dir doch nur, auch so gut auszusehen.«

Um ehrlich zu sein, hätte ich mich tatsächlich etwas mehr ins Zeug legen können. Mein Hemd ist eher violett als rosa, aber etwas Passenderes konnte ich auf die Schnelle nicht auftreiben.

»Zeig mal die Torte«, sage ich gespannt.

Boogs stellt den Karton vorsichtig auf den Schreibtisch und öffnet den Deckel. Eine hübsche babyrosa Torte kommt zum Vorschein. Die eine Hälfte ist bedeckt mit pinken Rosenblüten und Macarons, die andere mit Erdbeeren, die in weiße Schokolade getaucht wurden. Darauf thront ein knallpinker Absatzschuh. Und auf dem Tortenaufsatz steht: *HAPPY 18TH B & S*. Es ist nicht einfach, eine Torte zu finden, die beide mögen, denn die Zwillinge haben einen unterschiedlichen Geschmack, aber diese ist perfekt.

»Eine Hälfte Vanille für Santi, die andere Schoko für Blair. Außerdem ist der Teig ohne Eier und Milch. Ich hab echt keine Lust auf einen von Santis Vorträgen.«

»Nice!« Die ganzen Details sind echt irre. Die Torte muss ein Vermögen gekostet haben. »Wie viel?«

»Du weißt doch, dass Bev Smith schon immer eine Schwäche für mich hatte. War praktisch umsonst.« Boogs wirft mir ein Lächeln zu.

Ich lache und stelle die Torte in den Kühlschrank, bevor ich das Schild an der Tür von GEÖFFNET zu GESCHLOSSEN umdrehe. Wir hängen die Schaufenster mit Müllsäcken zu, so dass niemand reingucken kann, dann pusten wir die restlichen Luftballons auf und verteilen sie im Laden. Zum Glück müssen wir gar nicht mehr viel machen, weil alles bereits weihnachtlich geschmückt ist.

Wir bringen ein paar Bücher von den Verkaufstischen in den Keller und stapeln sie neben einem der Bücherkartons auf dem Boden. Dann schieben wir die leeren Tische zur Seite und füllen Schalen mit Chips, Süßigkeiten und Mince Pies. Ich zeige darauf.

»Was?«, fragt Boogs, als er mein verwundertes Gesicht sieht. »Es ist bald Weihnachten. Außerdem waren die im Angebot.«

Ich öffne eine der Einkaufstüten, die Boogs vorhin vorbeigebracht hat, und schüttle nach einem Blick hinein den Kopf. »Und was ist hiermit?«

In dem Beutel sind mehrere grüne Sträuße mit rotem Schleifenband. Ich halte einen davon hoch.

»Mistelzweige. Mrs. Avard von nebenan hat mir eine ganze Ladung für einen Spottpreis verkauft. Ich dachte, wir können die irgendwo aufhängen«, meint Boogs.

»Als würde irgendjemand aus der Schule einen Grund brauchen, um auf einer Party rumzuknutschen«, sage ich spöttisch. »Ich will nichts an der Wand befestigen. Nicht, dass hinterher noch die Farbe abgeht. Wir könnten sie höchstens auf dem Tisch hier verteilen.«

Boogs verdreht die Augen und beginnt, alkoholische Getränke und Becher auf den Tisch zu stellen. Ich greife nach dem Wodka.

»Boogs, ich weiß nicht ...«

»Eine Geburtstagsparty ohne Alkohol geht gar nicht! Aber keine Sorge, ich versteh dich. Den Büchern wird schon nichts passieren.«

»Wolltest du nicht noch Laken zum Abdecken besorgen?«, frage ich.

Verlegen wendet er den Blick ab. »Hab ich vergessen. Mein Fehler.«

Seufzend stelle ich die Flasche wieder hin. »Ich geh mich umziehen. Bin gleich zurück.«

Ich trotte nach unten und ziehe mir rasch mein »rosa« Hemd an. Das Licht im Keller ist nicht besonders gut, aber mit der Taschenlampe an meinem Handy kann ich einen prüfenden Blick in den Spiegel werfen.

»Das wird cool, hör auf, dich zu stressen«, sage ich zu meinem Spiegelbild.

Als ich wieder oben bin, sehe ich mich anerkennend um –

bis ich ein paar brennende Kerzen entdecke, die verstreut im Laden stehen.

»Boogs!« Ich drehe eine Runde und puste jede einzelne aus. Ich weiß nicht mal, wie er Mums Notfallschachtel im Büro überhaupt finden konnte.

»Hey, wieso hast du das gemacht? Ist doch viel besser, wenn das Licht aus ist.«

Ich boxe ihm gegen den Arm, und er reibt sich über die Stelle. »Papier und Feuer. Du erkennst das Problem?«

Boogs schnaubt. »Wie oft denn noch? Den Büchern wird nichts passieren!«

»Keine Kerzen.« Ich sammle sie ein und bringe sie zurück ins Büro, bevor ich Mum eine kurze Nachricht schicke, um sie daran zu erinnern, dass ich heute erst spät nach Hause komme und sie nicht auf mich zu warten braucht. Sie denkt, dass ich die Bücher im Lager und im Keller umsortiere. Keine Ahnung, was sie sagen wird, wenn sie sieht, dass ich nichts davon gemacht habe ...

Nicki Minaj tönt aus Marcus' Boxen. Boogs Cousin ist DJ und die einzige Person, die wir heute Abend kostenlos reinlassen, weil er für die Musik sorgt. Er guckt mich die ganze Zeit genervt an, weil ich ihn gebeten habe, die Lautstärke runterzudrehen. Ich kann jetzt echt keine Nachbarn gebrauchen, die mich nach der ganzen Mühe verpetzen.

Alle wissen Bescheid, dass sie den Liefereingang hinten benutzen sollen, und als ich einen Blick nach draußen werfe, steht dort eine lange Schlange mit rosa angezogenen Teenagern. Um etwas runterzukommen, wedele ich mir immer wieder mit dem Hemdkragen Luft zu. Dabei ist es im Laden gar nicht besonders warm. Ich bin einfach nur gestresst. Viel zu viele Leute warten auf den Einlass – ich hätte Boogs niemals die Einladung überlassen dürfen.

Ich begrüße die Gäste, während Boogs an der Tür das Eintrittsgeld abkassiert und in eine schwarze Gürteltasche steckt.

»Das sieht mega aus, Trey!« Yarah umarmt mich. Sie trägt ein superenges pinkes Latexkleid, das nichts der Phantasie überlässt.

James sieht mich finster an. »Zehn Pfund, Bro?«

Ich lache und zucke mit den Schultern. »Du hättest ja mit Boogs handeln können.«

»Ach, lass ihn«, sagt Yara. »Die Zwillinge werden es lieben!«

Der Laden füllt sich schnell, und bevor ich es richtig mitbekomme, ist es voll und alle tanzen und trinken. Ich versuche, jeden Becher mit den Augen zu verfolgen, um sicherzugehen, dass niemand etwas über den Büchern verschüttet. Fehlt nur noch, dass Mum vorbeikommt, um zu sehen, wie ich mit der Inventur vorankomme. Ich checke alles zum tausendsten Mal, aber es ist nichts von ihr zu sehen.

»Hier.« Boogs drückt mir einen Becher in die Hand.

»Wolltest du nicht an der Tür bleiben und aufpassen?«, frage ich.

»Bro, ich seh doch, wie du hier alle anglotzt. Kannst du nicht mal chillen oder so?« Er hebt die Augenbrauen, und ich nicke widerstrebend. »Trink was, Mann, und vergiss nicht, die Leute zu begrüßen, okay?«

Er geht wieder, und ich leere den Becher in einem Zug. Als

ich das bittere Getränk hinunterschlucke, verziehe ich das Gesicht. *Entspann dich, Trey, einfach entspannen.*

Es dauert nicht lange, bis der Alkohol zu wirken beginnt, und plötzlich weiß ich nicht einmal mehr, weshalb ich mich so verrückt gemacht habe. Alle geben auf die Bücher und den Laden acht. Und genau das brauche ich jetzt: eine coole Party und die Möglichkeit abzuschalten. Bis eben kam mir alles noch so erdrückend vor, jetzt kann ich wieder atmen.

Ich sehe zu Boogs, der mir zu verstehen gibt, dass ich mich auf den Weg machen soll. Es ist fast acht Uhr, und ich muss zum Treffpunkt, um die Zwillinge abzuholen. Ich schnappe mir meine Jacke und gehe zu Marcus hinüber.

»Vergiss nicht, die Musik auszumachen, wenn ich mit den beiden zurück bin.«

Marcus hält seine Daumen nach oben. Ich verlasse den Laden durch den Hintereingang, wo Boogs mit dem Einlass der letzten Gäste in der Schlange beschäftigt ist. Dabei ist der Laden jetzt schon zu voll. Vielleicht sollte ich ihn bitten, niemanden mehr reinzulassen? Doch dann muss ich wieder an das Geld denken ... Rasch gehe ich weiter, bevor ich es mir anders überlegen kann. Ich hoffe wirklich, dass es das wert ist.

14

Ariels Playlist:
»Christmas Love« von Ashanti

Auf Partys zu gehen ist überhaupt nicht mein Ding, erst recht nicht zweimal in einer Woche, doch genau das tue ich. Obwohl es arschkalt ist, stehe ich in einem rosa Sommerkleid vor Annikas Haus. Es ist das einzige rosa Kleidungsstück, das ich habe, und es beißt sich auch noch mit meinen roten Haaren. Zumindest habe ich es diesmal geschafft, mir die ganze Farbe von den Händen zu schrubben. Ich brauche keine dummen Sprüche, mit denen sich andere über mich lustig machen.

Annika und Jolie kommen aus dem Haus, und wir umarmen uns zur Begrüßung. Annika trägt ein rosafarbenes bauchfreies Top mit einem farblich passenden Rock. Jolie hat mit ihrer pinken Haarfarbe und einem neonpinken Jumpsuit alles rausgeholt, was ging. Sie sagt, dass sie sich nach Bebes Party immer noch nicht hundertprozentig fit fühlt und sich geschworen hat, heute Abend keinen Tropfen Alkohol anzurühren.

Ja, klar!

Wir steigen in den Bus, und ich beuge mich über Jolie, um mit Annika zu sprechen.

»Findet die Party wirklich im *Wonderland* statt?«

Annika nickt. »Ich war auch überrascht, aber wo hätten sie sonst so kurzfristig eine Location auftreiben sollen?« Sie öffnet ihre Tasche und trägt rosa Lippenstift auf. »Ich weiß, dass die

Zwillinge einen ruhigen Pizza-Abend geplant hatten, aber eine Überraschungsparty ist natürlich viel besser.«

Jolie seufzt. »Ich bin echt neidisch, weil sie mit so unglaublichen Jungs zusammen sind!«

»Aber wieso müssen wir Eintritt bezahlen?«

Genau wie Ezekiel zuckt Annika mit den Schultern. »Vielleicht um die Kosten wieder reinzuholen? Auf jeden Fall müssten sie ein Vermögen machen, denn es gehen wirklich alle hin.«

»Ich hab gehört, dass sogar Leute vom Felts College kommen«, fügt Jolie hinzu.

Ich sehe aus dem Fenster. Irgendetwas stimmt hier nicht. Erst haut Trey von Bebes Party ab, *nur* weil ich meine Cola über ihm verschüttet habe. Jetzt ist sein Dad verletzt, und er veranstaltet eine Party, bei der alle Eintritt zahlen müssen ... Steckt die Buchhandlung vielleicht in Schwierigkeiten? Aber das kann nicht sein, sonst hätten sie mich bestimmt nicht eingestellt.

Als wir am *Wonderland* ankommen, sind die Schaufenster von innen mit etwas Schwarzem verdeckt. Ich höre keine Musik und für einen Moment denke ich, dass Annika sich geirrt haben muss. Aber dann biegt sie in die Seitengasse ein und geht auf den Hintereingang zu. Ich zögere und bleibe stehen. Es macht mich total nervös, auch nur einen Fuß in den Buchladen zu setzen. Ich habe den Job erst gestern bekommen und möchte keinen Ärger, weil ich auf eine Party gehe, von der Trey seinen Eltern garantiert nichts erzählt hat.

»Los komm, Ariel.« Jolie schiebt mich sanft vorwärts.

Wir gehen auf den Liefereingang zu, wo niemand zu sehen ist außer Boogs in einem rosafarbenen Anzug. Er macht ein Zeichen, dass wir uns beeilen sollen. Na ja, wir sind auch fast eine halbe Stunde zu spät. Jetzt höre ich auch das Dröhnen der Musik.

»Nicht schlecht.« Annika mustert ihn von oben bis unten, während sie ihm ein paar Scheine hinhält.

»Du kennst mich doch!« Boogs grinst und stellt seinen Kragen auf.

»Sind sie hier?«, will Annika wissen.

»Noch nicht, aber gleich. Trey ist gerade los, um sie abzuholen.«

Boogs drückt uns einen Stempel auf die Hand, der einen schwarzen Kreis zurücklässt, dann macht er uns die Tür auf. Sofort schlägt uns der Geruch nach Alkohol und Schweiß entgegen, untermalt von lauter Musik und einem Meer aus Rosa. Becher stehen in Bücherregalen, einige Bücher werden sogar als Untersetzer benutzt. Das ist nicht gut.

Boogs folgt uns in den Laden und läuft zum DJ. Gleich darauf geht die Musik aus, und Boogs hat ein Mikrophon in der Hand. »Die Zwillinge kommen. Also Ruhe, Leute!«

Ein aufgeregtes Gemurmel geht durch den Raum, bevor es von einem energischen »Psssst« übertönt wird. Endlich herrscht Stille, während sich draußen etwas regt.

»Was sollen wir hier?«, dringt Blairs Stimme deutlich herein. Ein paar Leute lachen, doch Boogs bringt sie mit einem tödlichen Blick zum Schweigen.

Eine dunklere Stimme antwortet, aber ich kann sie nicht richtig verstehen. Ich weiß nur, dass es Trey sein muss. Plötzlich geht die Ladentür auf, und alle rufen: »Überraschung!« Im nächsten Moment dröhnt Steve Wonders »Happy Birthday« aus den Boxen, und ich klatsche wie alle anderen im Rhythmus des Songs in die Hände.

Blair schlägt die Hand vor den Mund, Santi winkt den Leuten zu, und Trey schaut prüfend in die Menge. Er lächelt, aber da ist noch etwas anderes in seinem Blick. Ist er nervös? Vielleicht liegt es an meinen roten Haaren, aber seine Augen landen auf mir. Ich winke zögernd, und er nickt mir zu.

»Aus dem Weg«, ruft eine Stimme.

Sofort fühle ich mich an Bebes Party erinnert, als ich zur Seite geschubst wurde, nur dass es diesmal Boogs ist, der sich langsam einen Weg durch die Menge bahnt und eine Torte voller Kerzen in den Händen hält. Alle holen ihre Handys heraus und filmen, wie die Zwillinge die Kerzen auspusten.

Währenddessen sehe ich mich zwischen den Partygästen um, die den Laden bevölkern. Ich kenne nicht mal die Hälfte von ihnen. Vielleicht hat Jolie recht, und es sind auch Leute aus anderen Schulen hier.

»Vielen, vielen Dank euch allen! Das ist so schön!«, sagt Blair ins Mikrophon. Sie sieht wie immer umwerfend aus in ihrem babyrosa Kleid. »Wir sind ehrlich so glücklich, dass wir diese Jungs haben. Ich liebe dich, Trey!«

Er beugt sich hinunter, um sie zu küssen, und alle jubeln – alle, außer mir. Mein Blick wandert stattdessen zu den rosa Luftballons, denn es fühlt sich merkwürdig an, ihnen beim Küssen zuzusehen. Was stimmt bloß nicht mit mir?

Seit einer Stunde versuche ich zu tanzen, denn all meine Lieblingssongs werden gespielt, aber es sind einfach zu viele Leute hier, so dass ich mich kaum bewegen kann. Andauernd stoße ich mit jemandem zusammen und werde immer genervter.

»Ich gehe zur Toilette«, rufe ich Annika zu.

Sie hebt den Daumen.

Die Toilette ist im Keller, und ich brauche ewig, um mich durch die Partymeute zu drängeln und nach unten zu kommen. Vorsichtig gehe ich die Stufen hinunter, damit ich in meinen Absatzschuhen nicht stolpere. In der Ecke stehen haufenweise Bücherkartons, Bestseller sind auf dem Boden aufgestapelt. Unwillkürlich muss ich daran denken, dass Trey die Bücher hätte abdecken sollen, um sie vor den betrunkenen Gästen zu schützen, die zur Toilette wollen.

Die Musik ist hier unten gedämpft, und es ist viel ruhiger. Ich streiche über eins der Bücher, bevor ich es hochhebe und durch die Seiten blättere, während ich den Geruch einatme.

»Hey.« Trey steht an der Treppe, und ich sehe zu, wie er die Stufen herunterkommt. »Alles okay?«

»Ja, entschuldige. Ich wollte nur zur Toilette«, erwidere ich mit einem Lächeln, während ich das Buch zurücklege.

Trey bleibt neben mir stehen. »Du siehst toll aus.«

Ich werfe einen Blick auf mein Kleid, als würde ich es zum ersten Mal sehen, und spüre, wie meine Wangen rot anlaufen. »Oh, danke. Das ist mein einziges Teil in Rosa.« Ich schiele auf sein Hemd. »Ist das Pink?«

Trey lacht. »Nee, ich hatte nichts anderes.«

»Warum musste das Motto dann Rosa sein?« Ich grinse.

»Das war Boogs' Idee. Eigentlich das Ganze hier.« Trey seufzt. »Der Buchladen läuft im Moment nicht so gut, also haben wir nach einer Möglichkeit gesucht, etwas Geld für *Wonderland* zu sammeln.«

Mir vergeht das Lächeln. »Oh, ich hatte keine Ahnung. Das tut mir leid, Trey.«

»Muss auch nicht gerade jeder wissen.« Er senkt den Blick.
»Also deshalb habt ihr Eintritt verlangt. Und deine Eltern ...«
»Sie wissen nichts davon«, unterbricht mich Trey. »Morgen habe ich Frühschicht, so dass ich vorher aufräumen kann. Ich mache drei Kreuze, wenn heute Abend alle weg sind.« Er sieht mich unsicher an. »Bitte sag meiner Mum nichts, okay? Das würde ich garantiert nicht überleben.«

Ich ziehe eine Grimasse. »Nur wenn du mir versprichst, dass ich nie hier war, falls es doch rauskommt.«

»Deal!« Er hält mir seine Hand hin, und ich schlage ein. Seine Handfläche ist warm, und ich spüre wieder diesen aufgeregten Stich. Rasch ziehe ich meine Hand zurück. Trey sieht mich stirnrunzelnd an, doch wir werden von Boogs unterbrochen, der die Treppe herunterkommt.

»Flipp nicht aus, aber ein paar Bücher ...«

Trey lässt ihn nicht mal ausreden, sondern rennt bereits die Treppe hoch. »Boogs! Ich hab doch gesagt, dass diese Scheiße passieren wird.«

»Brauchst du vielleicht Hilfe?«, rufe ich ihm nach. Er bleibt kurz stehen und dreht sich zu mir um. »Mach dir keine Gedanken, ich regle das schon. Genieß die Party, Ariel.«

Trey und dann auch Boogs verschwinden aus meinem Blickfeld, und ich gehe zur Toilette. Erst jetzt fällt mir ein, dass ich Trey nicht nach meinem Schal gefragt habe.

15

Treys Playlist:
»Santa Claus Goes Straight to the Ghetto«
von Snoop Dogg ft. Nate Dogg,
Daz Dillinger, Tray Deee und Bad Azz

Ich wusste es! Fuck, es war einfach nur dämlich, Alkohol auszuschenken. Chaos überall! Bücher liegen auf dem Boden, Bücher werden als Untersetzer benutzt ... Ich schreie laut auf, als ich ein zerrissenes Buch auf dem Verkaufstresen liegen sehe.

»Alles gut, alles gut«, sagt Boogs schnell. »Es ist nur ein Buch.«

»Nur ein Buch?! Wir wollten Geld einnehmen, nicht verlieren«, brülle ich zurück.

Das alles war eine blöde Idee. Wieso habe ich mich darauf eingelassen? Mum wird mich umbringen.

»Trey«, säuselt Blair und kommt auf mich zu. »Freust du dich schon auf nachher, Baby?«

Sie legt ihre Arme um mich, doch ich zucke mit dem Kopf zurück. Sie stinkt nach Alkohol. Toll. Sex steht dann wohl nicht mehr auf dem Programm. Ich hätte sie besser im Auge behalten sollen. Sie verträgt höchstens zwei Drinks. Boogs bringt das zerrissene Buch ins Büro und lässt mich mit Blair allein, die sichtlich betrunken ist.

»Hast du Spaß?«, frage ich und zwinge mich zu einem Lächeln.

»Das ...«, sie reißt die Arme weit auseinander, »ist die beste Party aller Zeiten.« Sie stolpert in ihren High Heels, und ich halte sie an der Taille fest. Dann legt sie die Hand an meine Brust und sieht mit ihren großen braunen, mit schwarzem Eyeliner umrahmten Augen zu mir auf. »Tanzt du mit mir?«

Ich bin in Gedanken immer noch bei den Büchern, deshalb zögere ich einen Moment.

Blair löst sich von mir. »Du willst nie Zeit mit mir verbringen!« Ihre Stimme klingt schrill, fast kreischend, und ist so laut, dass ein paar Leute sie trotz der Musik gehört haben und zu uns herüberschauen.

Ich kann gar nicht mehr zählen, wie oft Blair mich auf Partys auf eine emotionale Achterbahnfahrt geschickt hat, wenn sie Alkohol getrunken hatte.

»Babe, das ist nicht wahr«, sage ich sanft und ziehe sie zu mir.

»Du interessierst dich nicht mehr für mich«, jammert sie.

»Nein, ich ...« Aus dem Augenwinkel sehe ich einen Typen, den ich nicht einmal kenne, einen unserer Weihnachtsbestseller wie ein Telefon benutzen. Er ruft »Hallo? Hallo?« in das Buch, knallt es dann gegen das Bücherregal und wiederholt das Ganze ... immer wieder.

Was zur Hölle?

»He!«, rufe ich ihm zu, und er sieht zu mir. »Das ist ein Buch, Mann!«

Der Typ starrt es dümmlich an, dann lacht er los und lässt es einfach auf den Boden fallen. Ich mache einen Satz dorthin, hebe es auf und wische es an meinem Hemd ab.

Blair verzieht das Gesicht, als würde ich schlecht riechen. Sie beäugt mich von oben bis unten, dann geht sie davon.

»Blair!«, rufe ich ihr nach, aber sie ignoriert mich. Wenn ich ehrlich bin, ist ein kleiner Teil von mir sogar froh, dass ich mich in ihrem Zustand nicht mit ihr auseinandersetzen muss. Sie schaut nicht zurück, und ich verliere sie in dem rosa Gedränge aus den Augen.

Ich bemühe mich, die restliche Zeit zu genießen und »gut drauf« zu sein, wie der Trey, den alle lieben, aber ich bin nicht mit dem Herzen dabei. Die Party endet um Mitternacht, dann werde ich sehen, welche Schäden angerichtet wurden. Blair ist nirgendwo zu sehen. Jedes Mal, wenn ich glaube, ich hätte sie entdeckt, ist es nur Santi. Schließlich lehne ich mich mit einem Becher Wodka-Cola an den Verkaufstresen und habe plötzlich Ariel im Blick. Mit ihren roten Haaren sticht sie aus dem Gedränge heraus und ... wow, das Mädchen kann *tanzen*! Sie macht sogar Boogs Konkurrenz. Es ist das erste Mal, dass ich sie so unbeschwert erlebe. Sie wirkt immer so zurückhaltend und verschlossen, aber jetzt lacht sie und tanzt mit fliegenden Haaren, und es tut irgendwie gut, das zu sehen. Offenbar spürt sie meinen Blick, denn sie schaut auf – direkt in meine Richtung. Ich winke etwas verlegen und proste ihr zu.

Eine schwere Hand landet auf meiner Schulter, und mein Becher wird mir weggeschnappt.

Ich drehe mich um. »Hey!«

Boogs kippt meine Wodka-Cola in einem Zug hinunter. Keine Ahnung, wo sein rosa Blazer geblieben ist, aber seine Hemdärmel sind hochgekrempelt, und ein paar Knöpfe stehen offen.

»Wieso tanzt du nicht?«, fragt er. »Diese Party ist der Hammer.«

»Ich musste mal was trinken.« Ich schaue mich suchend um. »Hast du Blair gesehen?«

Boogs mustert mich mit einer erhobenen Augenbraue. »Sie tanzt mit irgend'nem Typen. Hattet ihr Streit?«

Sogar Boogs weiß, wie Blair tickt, wenn sie sauer ist. Ich zucke mit den Schultern. Normalerweise würde ich zu ihr hinübermarschieren und mir den Typen vorknöpfen. Blair würde mich dann vor allen als ihren Helden feiern und behaupten, dass sie zum Tanzen gezwungen wurde, aber heute Abend habe ich auf sowas keine Lust.

»Okay, ich hab Neuigkeiten, die dich umhauen werden«, sagt Boogs grinsend. »Wir haben mehr als einen Riesen gemacht.«

Mir treten die Augen hervor. »Echt?«

»Echt! Kannst du dich also endlich mal locker machen? Wir haben's geschafft, Mann. Der Scheiß ist aufgegangen.« Boogs schüttelt mich, bis ich lachen muss. »Das ist so gut, Bro.«

»Ich weiß, ich weiß, ich schulde dir was.« Gott sei Dank, dann war es die Party doch wert.

Boogs legt einen Arm um mich. »Wieso du an mir zweifelst, werde ich nie verstehen. Übrigens ist da dieses heiße Girl, und ich soll dich fragen, ob du mit ihr tanzt.«

Ich werfe ihm einen Blick zu. »Auf Blairs Geburtstagsparty?«

Boogs zuckt mit den Schultern. »Schieb's auf den Alkohol«, meint er, und ich muss grinsen. »Hör zu, wir haben noch etwa eine Stunde, also machst du jetzt endlich mit, oder was? Mann, du lässt hier die coolste Party des Jahres steigen und hast die geizige Meute sogar dazu gebracht, dafür zu bezahlen.«

Boogs hat recht. Wir haben Geld für die Buchhandlung eingenommen, und die Party wird garantiert als legendär in die Schulgeschichte eingehen.

Ich klopfe ihm auf die Schulter. »Lass uns feiern!«

Der Raum dreht sich leicht, und ich habe eine vage Erinnerung daran, dass Blair mich anschreit, aber ich weiß nicht mehr, aus welchem Grund oder wo sie jetzt ist. Die Party neigt sich dem Ende entgegen, und immer wieder bleibt jemand neben mir stehen, um mir zu sagen, wie toll es war. Sogar Leute, die ich gar nicht kenne, wünschen mir frohe Weihnachten, was mich dazu animiert, aus voller Kehle »We Wish You a Merry Christmas« loszuschmettern.

Boogs hält in einer Ecke einen Mistelzweig über Santi und küsst sie. Das Mädchen, mit dem ich getanzt habe, gibt mir zum Abschied einen Kuss auf die Wange. Sie verschwindet, und ich tanze allein weiter. Im Moment könnte ich nicht glücklicher sein. Meine Eltern werden staunen, wenn sie das ganze Geld sehen.

Die Musik wird langsamer, Ushers samtige Stimme erfüllt den Raum. Ich fühle mich wie auf einer Bühne mit einem Mikrophon in der Hand, ein Zuschauermeer ruft meinen Namen. Ich beginne zu singen.

»Geil, Trey!«, ruft jemand, und ich winke in diese Richtung.

Ich gleite hin und her, drehe mich wie in einem Musikvideo aus den Neunzigern. Fehlt nur noch ein zerrissenes weißes Hemd und Regen. Ich entdecke Ariel, die mich lächelnd ansieht, und bewege mich langsam auf sie zu. Je näher ich komme, desto unsicherer wird ihr Lächeln. Als ich schließlich die

Hand nach ihr ausstrecke, weicht sie zurück und schüttelt den Kopf.

»Na los«, sagt eine ihrer Freundinnen und schiebt sie in meine Arme. Sie schwankt und fällt fast hin, aber ich halte sie fest.

Sie ist so weich und sexy und riecht so verdammt gut. Ich beginne, in ihr Ohr zu singen, vergesse alle anderen um uns herum.

»Du bist betrunken.« Sie lacht, aber ich merke genau, dass sie mich nicht wegstößt. Dafür weicht sie mir aus. »Ich denke, du könntest ein Wasser vertragen.«

»Tanz einfach mit mir.« Ich schlinge meine Arme um ihre Taille.

»Du hast eine echt schöne Stimme, wenn du singst«, sagt sie, und ich lächle.

Marcus scheint das ganze »Confessions«-Album von Usher zu spielen. Oder singe ich die Songs nur laut vor mich hin? Weil es nicht mehr so voll ist, finden sich immer mehr Paare zum Tanzen zusammen. Blair kommt mit einem breiten Lächeln auf mich zu, was seltsam ist, weil sie es eigentlich nicht ausstehen kann, wenn ich mit einer anderen tanze. Ariel zieht sich zurück, doch ich halte sie an der Hand fest. Sie schaut auf unsere Hände und dann in mein Gesicht. Ich weiß nicht wieso, aber ich will sie noch nicht gehen lassen.

»Trey, ich hau jetzt ab.« Es ist gar nicht Blair, es ist Santi.

Diesmal schafft es Ariel, ihre Hand wegzuziehen, bevor sie Santi etwas unbeholfen umarmt. »Noch mal Happy Birthday«, sagt sie und wendet sich dann an mich. »Ich hole dir ein Wasser. Wir müssen morgen arbeiten, erinnerst du dich?«

Santi und ich sehen ihr nach, während sie davongeht. Dann

schaut mich Santi mit erhobener Augenbraue an. Ich grinse und zucke mit den Schultern.

»Sie tanzt so gut«, sage ich.

Santi schüttelt den Kopf. »Du kannst froh sein, dass du angetrunken bist und Blair schon weg ist.«

»Blair ist schon weg?«, frage ich, ohne mir einer Schuld bewusst zu sein.

Santi verdreht die Augen. »Du musst echt erst nüchtern werden.« Sie gibt mir einen Kuss auf die Wange. »Danke für die tolle Party. Und keine Sorge, ich werde ihr nicht erzählen, dass du den Girls hier mit deiner unglaublichen Stimme den Kopf verdrehst.«

»Wollen wir einfach sagen, dass ich wie ein Häufchen Elend in der Ecke saß, weil sie gegangen ist?«

»Gute Idee.« Boogs kommt zu uns.

Santi deutet mit dem Kinn auf mich. »Sorg dafür, dass dein Kumpel wieder einen klaren Kopf bekommt, Babe.« Dann küsst sie ihn und geht.

»Okay, besorgen wir ... ah, kleine Meerjungfrau, dich schickt der Himmel.« Boogs nimmt Ariel das Wasser ab.

»Wieso Himmel? Ich dachte, sie kommt aus dem *Meer*?« Ich kichere, denn das ist buchstäblich das Lustigste, was ich jemals rausgehauen habe.

Boogs und Ariel wechseln einen Blick. Sie sind bestimmt nur neidisch, weil sie nicht so witzig sind wie ich.

»Trink das. Wir müssen noch aufräumen.« Boogs reicht mir das Wasser.

Ich trinke den Becher in einem Zug aus. Das Wasser ist kalt und erfrischend.

»Kann ich noch was haben?«, frage ich.

»Ich hole was«, erwidert Boogs. »Vielleicht setzt du dich einen Moment hin?«

Ariel sieht sich im Laden um. »Braucht ihr Hilfe beim Aufräumen?«

»Nee, das kriegen wir hin«, meint Boogs. »Sobald dieser Heini nüchtern ist, regeln wir das schon.«

Ariel berührt mich am Arm, und ich grinse sie dümmlich an.

»Wir sehen uns morgen«, sagt sie. »Ich hole noch meinen Schal aus dem Büro, dann gehe ich mit Annika und Jolie.«

»Okay, Ariel«, antworte ich singend. Eine rote Haarlocke hängt über ihrer Wange, und bevor ich mich davon abhalten kann, streiche ich sie sanft zur Seite.

Sie zuckt überrascht zurück.

»Trey!« Boogs schlägt meinen Arm zur Seite und schüttelt den Kopf. Ich zucke nur die Schultern und bewege mich zur Musik. Ah, ich liebe diesen Song ...

16

Ariels Playlist:
»Christmas (Baby, Please Come Home)«
von Jennifer Hudson

Annika und Jolie reden während der ganzen Busfahrt davon, wie gut die Party gewesen ist. Ich nicke ab und zu, aber ich höre kaum hin. Meine Gedanken drehen sich nur um Trey und dass er mit mir getanzt hat. Ich bin sicher, das hat nichts bedeutet. Er war betrunken und ist in einer festen Beziehung – na ja, vielleicht nicht mehr, nachdem wie er sich Blair gegenüber verhalten hat. Aber warum hat er mich ausgesucht? Und dann seine Berührung an meiner Wange ...

»Erde an Ariel?« Jolie wedelt mit der Hand vor meiner Nase herum, und ich blinzle.

»Was?«

Annika und Jolie lachen.

»Ich habe zweimal deinen Namen gesagt.« Annika hebt eine ihrer makellosen Augenbrauen. »Bist du betrunken?«

»Nein, ich habe nur an meinen Job morgen gedacht«, lüge ich. »Denkt ihr, Trey und Boogs schaffen es rechtzeitig, alles aufzuräumen?«

Jolie schnaubt. »Ich möchte nicht in Treys Haut stecken, falls sie es nicht schaffen.«

Jolie hat recht. Wenn die Buchhandlung morgen noch so aussieht, ist Mrs. Andersons Reaktion bestimmt ein Albtraum. Ich hoffe bloß, dass ich den Job dann noch habe.

Ich steige als Erste aus und winke den beiden zu, als der Bus weiterfährt. Im Haus ist es still und dunkel. Lautlos gehe ich die Treppe hoch und an Mums und Noahs geschlossenen Zimmern vorbei. Nachdem ich mich abgeschminkt, meinen Schlafanzug angezogen und meine Brille auf den Nachttisch gelegt habe, verkrieche ich mich unter meiner Bettdecke. Die Heizung muss schon vor Ewigkeiten ausgegangen sein, denn es ist ziemlich kühl.

Als ich die Augen schließe, finde ich mich plötzlich im *Wonderland* wieder, doch diesmal bin ich mit Trey allein und tanze in seinen Armen zu einem Song von Usher.

Unwillkürlich muss ich lächeln. Ich weiß, dass ich Trey im echten Leben nicht haben kann, doch in meinen Träumen gehört er ganz mir.

17

Treys Playlist:
»Wonderful Christmas Time«
von Kelly Rowland

Vierzehn Tage bis Weihnachten

In einem lichtdurchfluteten Raum wache ich auf. Ich schirme meine Augen mit einer Hand ab, richte mich langsam auf und lasse nach und nach meine Umgebung auf mich wirken – ein schwarzer Kleiderschrank, weiße Vorhänge, Basketballposter an der Wand. Wieso bin ich in Boogs Zimmer?

Ein Glas Wasser steht an der Seite, daneben liegt ein Päckchen Paracetamol. Keine Ahnung, für wen das ist, aber meine Kehle ist staubtrocken, und ich habe Kopfschmerzen, also schlucke ich eine Tablette und schütte das Wasser hinterher.

Die Zimmertür geht auf, und Boogs kommt herein. Er trägt eine blaue Pyjamahose und hat eine dampfende Tasse in der Hand. Er sieht mich an und lacht.

»Yo, ich schwöre, du warst so was von voll.«

»Echt?«, krächze ich. Verdammt, was ist mit meiner Stimme los? Ich huste und räuspere mich. »Und wie sah der Buchladen aus, als wir gegangen sind?«

»Ich denke, ganz okay. Es war nicht gerade hilfreich, dass du dich geweigert hast, mit mir sauberzumachen. Du hast dich die ganze Zeit mit diesem bescheuerten Wischmopp auf der Tanzfläche gedreht. In diesem Zustand konnte ich dich unmöglich nach Hause gehen lassen. Und keine Sorge, ich hab deiner Mum Bescheid gesagt, dass du bei mir bist. Aber dass du dich dann einfach in mein Bett geschmissen hast, Bro ... Ich musste auf der verdammten Couch schlafen. Hast du eigentlich mitbekommen, dass James in einer Ecke des Ladens eingeschlafen ist? Keine Ahnung, wie lange er da gepennt hat. Ich weiß nicht mal, wo Yarah abgeblieben ist.« Boogs nimmt einen Schluck aus seiner Tasse, und ich bin dankbar für den Moment des Schweigens. Er redet viel zu viel, und mir brummt der Kopf.

Ich sehe mich suchend um, bis ich mein Handy neben mir entdecke. Zuerst denke ich, dass der Akku leer ist, doch dann erwacht es zum Leben. Ich reibe mir die müden Augen, während mehrere Mitteilungen eingehen. Ein paar Nachrichten sind von Blair und eine irre Menge von einer Nummer, die ich nicht eingespeichert habe. Ich runzle die Stirn, als ich etliche verpasste Anrufe derselben Nummer sehe – und von Mum.

Es fühlt sich an, als hätte jemand einen Eimer mit eiskaltem Wasser über mir ausgeschüttet. Etwas ist schiefgelaufen. Das spüre ich.

Ich öffne die erste Nachricht der unbekannten Nummer.

Habe deine Nummer von Annika. Wo bist du? Es gibt ein Problem im Buchladen. Deine Mum ist hier. Ariel

»Shit!« Ich springe aus dem Bett und schnappe mir meine Klamotten von gestern Abend. Ich habe noch eine Stunde, bevor der Laden öffnet, aber von welchem Problem redet Ariel? Und wieso ist Mum im Laden?

»Ist gestern irgendwas zu Bruch gegangen?«, frage ich Boogs.

Er zögert. »Ähm ... ja.«

Ich erstarre, mein Herz beginnt wie verrückt zu rasen. »Was? Wieso hast du kein Wort gesagt! Was ist kaputt?«

»Es hat ein paar Bücher erwischt. Und ein Regal ist zerbrochen ...«

»Scheiße, scheiße, scheiße! Verdammt, Boogs, hättest du dich nicht darum kümmern können?« Ich versuche gar nicht erst, die Panik in meiner Stimme zu verbergen.

Boogs starrt mich an. »Dein Ernst? Ich hatte dich an der Backe, James wollte absolut nicht aufwachen, und dann soll ich auch noch Bob der Baumeister spielen oder was?«

Ich halte meinen Kopf zwischen den Händen und wünschte, ich könnte die Zeit zurückdrehen und hätte mich niemals auf diese dämliche Party eingelassen. Was soll ich Mum nur sagen?

»Hier.« Boogs gibt mir einen Umschlag. Ich öffne ihn und finde Hunderte Geldscheine darin.

»Danke, Mann«, sage ich kleinlaut.

Boogs zuckt mit den Schultern, aber ich weiß, dass er sauer auf mich ist. Ich bin selbst sauer auf mich! Wieso habe ich so viel getrunken und den Laden letzte Nacht nicht aufgeräumt? Ich schiebe den Umschlag zusammen mit meinem Handy in die Hosentasche. Ich weiß nicht mal, wo meine Jacke ist. Boogs gibt mir wortlos eine aus seinem Schrank. Er hat einen besseren Freund verdient als mich.

Ich renne den ganzen Weg zum *Wonderland*. Die kalte Luft macht mich wach, pustet mir den Kopf frei. Außer Atem komme ich an der Buchhandlung an. Mum und Ariel stehen mitten im Laden.

Ariel sieht mich zuerst, und ihre Augen weiten sich. Mum wirbelt herum und schaut mich an. Diesen Blick hat sie nur, wenn Reon oder ich etwas wirklich Dummes angestellt haben. Ihre Augen werden zu Schlitzen, ihre Nasenflügel beben und obwohl sie nur knapp ein Meter sechzig groß ist, scheint sie über mir aufzuragen, während ich zusammenschrumpfe.

»Was zur Hölle war hier los, Trey?«, schimpft sie.

Ich überfliege rasch den Schaden. Ein Brett in einem der Bücherregale ist gebrochen, die Lichterketten haben sich zu einem Haufen verheddert, Mistelzweige sind auf dem Boden zertrampelt, und ein paar rosa Luftballons und rote Becher liegen verstreut herum. Es ist schlimm, aber erstaunlicherweise nicht ganz so schlimm, wie ich es mir vorgestellt habe. Wahrscheinlich wirke ich deshalb nicht ganz so schuldbewusst, wie ich sollte, denn Mum verpasst mir plötzlich einen Stoß gegen die Brust, und ich zucke zusammen.

»Du findest es wohl okay, mich anzulügen, eine Party im Laden zu veranstalten und dann auch noch den Keller zu überfluten?«

»W-was?« Ich sehe von ihr zu Ariel, aber Ariel senkt nur den Blick. »Der Keller ist überflutet?«

»Irgendein Genie hat den Wasserhahn auf der Toilette angelassen. Der ganze Lagerbestand ist hinüber. Tausende Pfund einfach den Bach runter! Jetzt muss ich Luftentfeuchter besorgen und dafür Geld ausgeben, das ich nicht habe, um den Keller wieder trocken zu legen, der gar nicht erst hätte überflutet werden dürfen!« Mum stemmt die Hände in die Hüfte. »Wie konntest du nur so verantwortungslos sein? Du weißt von unseren Problemen und feierst hier eine Party mit der ganzen Schule?«

»Es tut mir wirklich leid«, murmle ich, Schamröte steigt mir ins Gesicht.

»Warst du auch hier?«, will Mum von Ariel wissen, die daraufhin heftig blinzelt.

»Nein, war sie nicht«, sage ich schnell, und die beiden wenden sich wieder mir zu.

Ariel formt ein »Danke« mit den Lippen.

Mum nimmt ihr Handy und öffnet die Instagram-Seite der Buchhandlung. Ich weiß, dass sie darüber auf meinem Account herumspioniert. Jetzt wünschte ich, ich hätte *Wonderland* blockiert. Einmal hat sie sogar ein Selfie von mir mit freiem Oberkörper kommentiert. Sie kennt sich mit Emojis nicht wirklich aus, also hat sie einfach einen Haufen Smileys mit Kussmund und Herzaugen hinterlassen ... Ich bin fast gestorben.

Jetzt klickt Mum auf meine Story, und ein Video geht los: *Wonderland*, rammelvoll und mit dröhnender Musik.

»Mum, ich weiß, wie das aussieht ... aber ich habe es für uns gemacht! Hier.« Ich halte ihr den Umschlag hin.

Als Mum ihn öffnet, verschlägt es ihr kurz den Atem. »Was ist das?«

»Ich wollte helfen, etwas Geld zu sammeln, damit wir *Wonderland* nicht verlieren, also habe ich eine Party für die Zwillinge organisiert, bei der alle Eintritt zahlen mussten. Ich wollte dich und Dad überraschen.«

»Oh, Trey.« Mum seufzt und schaut zur Decke auf.

Ich ziehe die Augenbrauen zusammen. Wie konnte ich eine schlimme Situation in eine noch schlimmere verwandeln?

»Es tut mir leid«, wiederhole ich und klinge dabei erbärmlich. »Ich schwöre, ich wollte es nicht noch schlimmer machen. Und ich werde alles wieder in Ordnung bringen.«

»Aber was ist mit dem Lagerbestand, den wir verloren haben?« Mum wedelt mit dem Umschlag in meine Richtung.

»Das wird nicht reichen.« Sie sieht mich mit gequälter Miene an, und für einen Moment fürchte ich, dass sie zu weinen beginnt. »Ich gehe in den Keller und räume auf«, sagt sie schließlich und lässt mich mit dem Gefühl zurück, der schlechteste Sohn der Welt zu sein.

18

Ariels Playlist:
»O Holy Night« von Mariah Carey

»Es tut mir leid ... Ich habe versucht, sie hinzuhalten, um dir mehr Zeit zu verschaffen«, erkläre ich.

»Ist schon gut.« Trey hebt einen rosa Luftballon auf. »Es ist allein meine Schuld.«

Mit einem tiefen Seufzen sieht er sich im Laden um. Er tut mir wirklich leid. Und ich frage mich, wo er übernachtet hat, denn er trägt immer noch die Sachen von gestern Abend. Auf keinen Fall bei Blair, nachdem was auf der Party vorgefallen ist.

Seit er gestern Abend mit mir getanzt hat, meine Hand gehalten und über meine Wange gestrichen hat, geht er mir nicht mehr aus dem Kopf. Ich habe sogar von ihm geträumt. Aber ich muss mir immer wieder bewusst machen, dass er eine Freundin hat und betrunken war. In meiner Gegenwart hat er schon mehrmals ziemlich genervt reagiert, also wer weiß, was wirklich in ihm vorgeht? Trotzdem kann ich nicht aufhören mir vorzustellen, der Abend gestern könnte ihm doch etwas bedeutet haben.

»Wenn wir *Wonderland* meinetwegen verlieren, werde ich mir das nie verzeihen«, sagt Trey, und ich höre die Sorge in seiner Stimme.

»Hey, denk positiv – ihr werdet den Laden nicht verlieren. Pass auf, wir räumen erst mal das Chaos hier auf. Und bestimmt lassen sich ein paar Bücher aus dem Keller retten. Außerdem sind deine Eltern doch versichert, oder?«

»Denke schon«, murmelt er.

»Dann ist der Schaden abgedeckt.« Ich schenke ihm ein kleines Lächeln.

»Schätze ja ... Magst du Kaffee?«

Zehn Minuten später stehen wir mit dampfenden Tassen in den Händen im Laden. Trey hat bereits seinen zweiten Kaffee, während ich meinen erst halb ausgetrunken habe. Ich hatte befürchtet, dass Mrs. Anderson uns erwischen und dann sauer werden könnte, aber Trey hat das nur mit einem Schulterzucken abgetan.

»Hattest du Spaß gestern Abend?«, fragt er.

Ich nicke. »Es war schön. Was ist mit dir? War es das wert?«

Trey lächelt. »Wir haben mehr Geld gemacht, als ich dachte, und um ehrlich zu sein, hat es sich gut angefühlt, einfach mal abzuschalten und alles andere zu vergessen, wenn auch nur für ein paar Stunden.«

»Ich habe eine Frage. Wieso wurde ich eingestellt, wenn *Wonderland* in finanziellen Schwierigkeiten steckt?«

»Dad fällt aus, solange sein Bein heilen muss, und wir können jede Hilfe gebrauchen«, erwidert Trey. »Außerdem kannst du gut verkaufen.«

Ich grinse, und er nimmt mir meine inzwischen leere Tasse ab.

»Lass mich die Beweise abwaschen, bevor Mum doch noch meckert.«

Kurz darauf machen wir uns an die Arbeit. Trey hebt zuerst das zerbrochene Regalbrett auf. Nachdem er es inspiziert hat, geht er ins Büro und kommt mit einem Werkzeugkoffer wieder. Ich sammle die Luftballons und die verstreut herumliegenden Becher vom Boden auf.

Mrs. Anderson kommt mit einem Stapel Bücher die Treppe herauf, und ich bin froh, dass sie uns nicht beim Kaffeetrinken erwischt hat.

»Brauchst du Hilfe?«, fragt Trey, aber sie ignoriert ihn. Sie legt die Bücher im Büro ab und geht wieder zurück.

»Ich kann Ihnen helfen«, sage ich schnell.

Mrs. Anderson nickt mir zu. »Danke, Ariel. Ich muss alle Bücher aus dem Keller hochtragen.« Sie wirft Trey einen Blick zu, bevor sie nach unten verschwindet.

Ich folge ihr und versuche, nicht nach Luft zu schnappen, als ich den Schaden im Keller sehe.

»Soll ich Ihnen auch dabei helfen, den Boden trocken zu wischen?«, frage ich.

Mrs. Anderson lächelt traurig. »Ist schon gut. Nimm einfach den Stapel dort und bring ihn ins Büro.«

Als ich vollbepackt wieder nach oben komme, unterbricht Trey sofort die Arbeit am Regal. »Ist es schlimm?«

Ich nicke, und er stöhnt auf.

Zuerst bringe ich die Bücher ins Büro, dann räume ich die Regale im Laden auf, in denen eine Menge umgefallen ist. Es ist sehr still. Am liebsten würde ich irgendeine Playlist anmachen, denn ich bin es gewöhnt mit Musik zu arbeiten. Aber Trey ist so konzentriert bei der Sache, dass ich ihn nicht unnötig stören will.

Noah hat mich heute Morgen gefragt, wann wir uns *Kevin – Allein zu Haus* ansehen, und ich habe es nicht übers Herz gebracht, meinem kleinen Bruder zu sagen, dass es sich falsch anfühlt, unseren Familienweihnachtsfilm ohne Dad anzugucken. Jetzt muss ich die ganze Zeit an den Soundtrack des Films denken und singe leise »Rockin' Around the Christmas

Tree« vor mich hin, während Trey an dem Regalbrett herumhämmert. Als ich zur Bridge komme, stimmt Trey plötzlich laut mit ein.

Ich pruste los. »Stehst du auf den Song?«

»O ja.« Trey hält mit seiner Arbeit inne und schwingt den Hammer. »Ein Klassiker. Ich habe ihn in meiner Weihnachts-Playlist für unterwegs.«

Meine Augen weiten sich. »Ich habe auch eine Weihnachts-Playlist! Eigentlich lege ich für alles eine Playlist an.«

Trey lacht. »Ich auch. Ich kann Stunden damit verbringen, passende Songs auszusuchen.«

Endlich jemand, der mich versteht!

»Lass uns testen, welche Songs übereinstimmen«, schlage ich vor, denn ich bin gespannt auf Treys Musikgeschmack.

Er grinst. »Geht klar. Fang du an.«

»Was ist mit ›All I Want For Christmas Is You?‹«

Trey winkt ab. »Das ist doch keine Herausforderung.«

Ich kichere. »Okay ... ›I Saw Mommy Kissing Santa Claus?‹«

»Na klar! Ich sagte Herausforderung. Lass mich mal. ›O Holy Night?‹«

Ich hüstele, das nennt er Herausforderung?

Doch Trey sieht mich mit einem Lächeln an. »Du musst noch die Version nennen.«

»Oh, wie raffiniert, Trey Anderson!«

Von »O Holy Night« gibt es unzählige Coverversionen. Ich habe ein paar davon in meiner Playlist, weil ich den Song einfach großartig finde, aber welche könnte Trey ausgesucht haben? Ich muss an gestern Abend denken, als er das Album von Usher nachgesungen hat. Er steht bestimmt auf gute Riffs.

Ich zögere noch einen Moment. »Ich glaube, es ist Whitney oder Mariah«, sage ich dann.

Trey verschränkt die Arme. »Interessant, bleibt aber immer noch die Frage, welche davon?«

Er mustert mich aufmerksam, und aus irgendeinem Grund ist es mir unglaublich wichtig, die richtige Antwort zu geben. Ich liebe Whitney Houston, aber meiner Meinung nach ist Mariah Carey die Königin der Riffs und der unmöglich hohen Noten. Außerdem ist ihr Cover meine Lieblingsversion.

»Mariah?«, sage ich unschlüssig.

Treys ausdruckslose Miene verrät nichts, doch dann singt er plötzlich Mariahs Version. Es klingt so echt und wunderschön und perfekt getroffen, dass ich mit offenem Mund zuhöre.

Er hält inne. »Du solltest mitsingen.«

»O nein.« Ich schüttle den Kopf. »Ich kann nicht so singen wie du.«

»Das spielt keine Rolle. Außer mir ist niemand hier.« Seine Mundwinkel verziehen sich zu einem ermutigenden Lächeln.

Als würde ich mich dadurch wohler fühlen.

»Soll ich dir ein Geheimnis verraten? Es fällt mir viel leichter, vor einer Person zu singen als vor vielen Menschen.«

Ich runzle die Stirn. »Aber ist das nicht viel intimer?«

Trey legt den Hammer auf den Boden und kommt zu mir. Mit einem Mal muss ich wieder an gestern Abend denken, und mir wird ganz heiß.

Er bleibt vor mir stehen und zuckt mit den Schultern. »Vielleicht gefällt es mir gerade deshalb. Es entsteht eine Verbindung zwischen mir und der anderen Person. Das ist viel weniger einschüchternd, als einen Haufen Leute gleichzeitig beeindrucken zu müssen.« Er beginnt erneut zu singen und legt alle Diva-Riffs in den Gesang hinein. »Komm schon, sing mit, Ariel!«

Ich sehe zur Decke, dann gebe ich nach und stimme mit ein. Und obwohl ich nicht besonders gut bin, während Trey wie ein echter Profi klingt, macht es Spaß und wirkt befreiend. Er lässt mich die ganze Zeit nicht aus den Augen, was unglaublich sexy ist. Auch wenn mir das irgendwie schräg vorkommt, während wir von Jesu Geburt singen.

»Trey, mach die Musik aus und hilf mir hier unten!«, ruft Mrs. Anderson aus dem Keller.

Ich zucke zusammen, und Trey lacht los. »Komme!«, ruft er zurück, dann verdreht er die Augen. »Befehl von unten.«

»Ich räume hier weiter auf.«

Trey nickt, rührt sich aber nicht von der Stelle. Er steht so nah vor mir, dass ich mit nur einem Schritt nach vorn auf seinen Füßen landen würde. Verdammt, wie schön er ist. Er sieht mich unter halb geschlossenen Lidern an – und plötzlich ist da diese Energie zwischen uns. Für den Bruchteil einer Sekunde denke ich, dass wir uns gleich küssen, und das macht mich nervös – aber auf eine gute, aufregende Art.

»Du hast eine schöne Stimme«, sagt Trey und reißt mich damit aus meinen Gedanken.

Ich fühle mich so dumm. Natürlich denkt er nur an das Singen. »Oh«, sage ich ausdruckslos.

Trey legt den Kopf zur Seite und versucht offenbar zu verstehen, wieso sich mein Tonfall verändert hat.

»Trey!«, ruft Mrs. Anderson noch einmal, und diesmal wendet er sich zum Gehen.

»Fass nicht das Regalbrett an«, sagt er über die Schulter zu mir, bevor er die Treppe nach unten nimmt.

19

Treys Playlist:
»Christmas in Hollis« von Run-D.M.C.

Ich nehme zwei Stufen auf einmal, aber in Gedanken bin ich bei Ariel. Es hat sich gerade angefühlt, als wäre da eine besondere Verbindung zwischen uns, als hätte ein Knistern in der Luft gelegen. Hat sie das auch gespürt? Aber als ich erwähnt habe, dass sie eine schöne Stimme hat, schien sie verwirrt zu sein. Vielleicht dachte sie, ich wollte sie nur auf den Arm nehmen?

Mein Handy vibriert in meiner Hosentasche, doch ich achte nicht weiter darauf, weil Mum mich böse anfunkelt. Der Boden ist mit Wasser bedeckt, die Bücherkartons sind durchweicht und die unverpackten Bücher klatschnass.

»Freut mich, dass du oben Spaß hast, während ich hier unten versuche, deine Sauerei in Ordnung zu bringen«, sagt Mum in bitterem Ton.

»Aber du hast gesagt, dass ...«

»Ich muss jetzt ein paar Tücher oder etwas in der Art besorgen, um das Wasser irgendwie aufzusaugen«, fällt mir Mum ins Wort. »Dann muss ich einen Händler suchen, der Entfeuchter verkauft. Ich muss auch noch Fotos für die Versicherung machen, mal sehen, was sie sagen.«

»Denkst du, sie helfen uns?«

Mum zuckt mit den Schultern. »Schau die Kartons durch und hol raus, was geht. Die noch trockenen Bücher bringst du oben ins Lager. Im Büro liegen jetzt schon zu viele.« Mum schiebt ihre Brille hoch und reibt sich die Nasenwurzel. »Trey, ich kann immer noch nicht glauben, wie verantwortungslos das von dir war.«

»Es tut mir unendlich leid. Ganz ehrlich.« Das Wasser schmatzt unter meinen Turnschuhen. Wenn ich wüsste, wer vergessen hat, den Wasserhahn zuzudrehen, würde ich ihm oder ihr den Hals umdrehen.

»Deine Entschuldigung bezahlt keine Rechnungen oder bringt irgendetwas davon in Ordnung. Was soll ich deinem Dad erzählen?«, fährt sie wütend fort.

Es gibt nichts, was ich sagen könnte, um die Situation zu verbessern, also schweige ich.

»Ich schließe noch den Laden auf, bevor ich gehe. Ariel kann oben bleiben. Ich möchte nur, dass du ab und zu nach ihr siehst. Bist du mit der Reparatur des Bücherregals fertig?«

»Fast«, murmle ich.

Mum sieht mich wieder an wie vorhin, dann lässt sie mich mit dem Aufräumen des Kellers allein.

Ich verliere völlig das Zeitgefühl, während ich nach unbeschädigten Büchern suche, ständig die Treppe hoch und runter renne, versuche, das Wasser loszuwerden und die Kasse zu bedienen, weil Ariel noch nicht damit vertraut ist. Ich schwitze den Alkohol aus, und meine Kopfschmerzen kehren zurück, aber ich wage es nicht, zu jammern. Ich wünschte, ich könnte bei Ariel bleiben, aber ich habe kaum die Möglichkeit, mit ihr zu reden.

Mum platzt immerzu mit neuem Putzzeug und Entfeuchtern herein, und sie hilft Ariel im Laden. Ich brauche bis zum Mittagessen, um den Keller in einen einigermaßen akzeptablen Zustand zu bringen, ehe ich Mum zur Kontrolle rufe. Meine Muskeln schmerzen, ich bin müde und habe Hunger, aber im Moment möchte ich nur, dass sie nicht mehr sauer auf mich ist. Während sie sich umschaut, halte ich den Atem an.

»Sieht gut aus«, sagt sie schließlich, und ich atme auf. »Ich habe etwas zum Mittagessen mitgebracht. Ist im Büro.«

»Danke«, erwidere ich und bin froh, dadurch eine Weile ihren Blicken zu entkommen.

Mein Handy vibriert erneut. Das ging den ganzen Tag so, aber ich vermute, dass mir nur Fotos und Videos von der Party zugeschickt werden. Als ich das Büro betrete, isst Ariel dort gerade ein Sandwich.

»Deine Mum hat gesagt, dass ich mir eins nehmen kann.« Sie hält das Sandwich hoch.

»Was ist drauf?« Ich setze mich ihr gegenüber.

»Hühnchen und Mais. Sie meinte, du magst am liebsten Hühnchen und Avocado.«

Ich hasse Avocado, und Mum weiß das.

»Und, wie gefällt dir dein erster offizieller Arbeitstag?«, will ich wissen, während ich die Avocadoscheiben von meinem Sandwich pule.

»Es macht Spaß. In der Weihnachtszeit bekomme ich immer gute Laune.« Ariel hält inne. »Du isst das gar nicht?« Sie zeigt auf die Avocado.

»Nee, bedien dich ruhig.«

Lächelnd nimmt sie ein paar Scheiben von meinem Sandwichpapier.

»Ich finde Weihnachten auch ganz cool. Es ist nur ätzend, dass die Geschäfte dann immer so voll sind. Aber in diesem Jahr ist alles anders. Ich wünschte, im *Wonderland* wäre mehr los.« Ich beiße von meinem Sandwich ab und konzentriere mich nur darauf, denn ich spüre, wie Ariel mich mustert. Was ich jetzt gar nicht gebrauchen kann, ist Mitleid.

Mein Handy vibriert schon wieder, und ich ziehe es seufzend aus der Hosentasche. In der WhatsApp-Gruppe reden alle über gestern Abend. Ich scrolle durch die Kommentare und muss unwillkürlich lächeln. Das war echt 'ne Party.

Außerdem habe ich einen Haufen verpasster Anrufe von Blair. Zögernd halte ich inne. Ich bin nicht in der Stimmung für einen Streit, denn ich kann mich vage daran erinnern, dass sie mich gestern Abend angeschrien hat. Nur den Grund weiß ich nicht mehr.

»Sag mal, hast du mitbekommen, wieso Blair gestern sauer auf mich war?«, frage ich Ariel, die plötzlich unbehaglich auf ihrem Stuhl herumrutscht. »Bitte, ich muss wissen, wofür ich mich entschuldigen sollte.«

Sie streicht sich eine rote Strähne aus dem Gesicht, und plötzlich fällt mir wieder ein, dass ich gestern dasselbe bei ihr gemacht habe.

»Du hast dich nicht entschuldigt?«

Ich bekomme ein mulmiges Gefühl.

»Wie kannst du dich daran nicht erinnern?«

»Erlöse mich von meinem Elend, bitte«, flehe ich.

»Die ganze Zeit hing ein Mädchen in deiner Nähe rum, und irgendwann habt ihr euch unterhalten. Blair hat das mitbekommen und wollte sie loswerden, aber du hast sie verteidigt. Keine Ahnung, ich schätze, Blair dachte, dass sie mehr von dir will als nur reden.«

Ich stöhne auf und kneife die Augen zusammen, wappne mich für mehr. »Und?«

»Blair ist offenbar durchgedreht deswegen und hat behauptet, du hättest die ganze Party ruiniert und ...« Ariel schaut weg.

Ich schlucke. »Noch schlimmer?«

Ariel nickt. »Du hast dagegengehalten und Blair vorgeworfen, dass sie auch mit irgendeinem Typen getanzt hätte, und wo das Problem wäre. Und dann hast du vor ihren Augen mit diesem Mädchen getanzt.«

Ich fasse mir an den Kopf. »Niemals, das kann nicht stimmen. Ich erinnere mich überhaupt nicht daran.«

»Blair sah aus, als würde sie gleich losheulen, und dann ist sie gegangen.«

Ich bin offiziell ein Arsch.

»Hat Santi nichts dazu gesagt?«, frage ich und versuche, meine Erinnerungen zusammenzukratzen.

»Sie war gerade nicht in der Nähe. Ich bin nur zufällig während deines Streits mit Blair vorbeigekommen.« Ariel sieht mich ernst an. »Ich kann gar nicht glauben, dass du dich noch nicht entschuldigt hast.«

Ich zeige ihr mein Handy mit all den verpassten Anrufen von Blair. »Ich geh mal kurz raus und ruf sie an.«

Nachdem ich die Bürotür hinter mir geschlossen habe, bleibe ich in dem schmalen Durchgang stehen, von wo aus ich Mum an der Kasse sehen kann. Ich drehe ihr den Rücken zu und wähle Blairs Nummer. Erst nach einigen Freizeichen geht sie endlich ran. Bevor sie etwas sagen kann, erkläre ich ihr, wie leid es mir tut.

»Ich war betrunken, Babe, auch wenn ich weiß, dass das keine Entschuldigung ist. Ich wollte dir nicht deine Party versauen.«

Sie erwidert kein Wort, aber ich höre ihre Atemzüge.

»Da ist nichts zwischen mir und dieser anderen. Du kennst mich. Ich würde es nie darauf anlegen, mit irgendwelchen Mädchen zu tanzen.« Anders als Blair, die mit jedem dahergelaufenen Typen tanzt, wenn sie sauer auf mich ist.

»Du hast meine Gefühle verletzt, Trey. Jeder hat mitbekommen, wie du dich verhalten hast.«

»Das weiß ich, und es tut mir leid. Lass es mich wiedergutmachen. Ich führe dich aus, an irgendeinen romantischen Ort«, schlage ich vor und hoffe, dass sie ja sagt.

»Heute Abend?«, fragt sie und klingt dabei schon etwas versöhnlicher.

Ich reibe mir über die Stirn. »Nein, heute kann ich nicht. Mum ist stinksauer. Jemand hat den Wasserhahn im Keller angelassen, und der Laden ...«

»Verdammt nochmal, Trey, dir geht es immer nur um die Buchhandlung!«, schreit Blair so laut, dass ich das Handy vom Ohr nehmen muss. »Du hast überhaupt keine Zeit mehr für mich. Im Grunde führe ich eine Beziehung mit mir selbst.«

»Ist das dein Ernst?«, zische ich ins Telefon. Wie kann sie nur so egoistisch sein? »Ich habe eine Party für dich organisiert.«

»Auf der du mich nicht beachtet hast«, kontert Blair. »Dir ist die Arbeit wichtiger als deine Beziehung.«

»Die Buchhandlung gehört meiner Familie, Blair. Wie kannst du auch nur denken, dass sie für mich keine Priorität haben sollte?« Wut brodelt in meiner Brust.

Blair lacht bitter auf. »Willst du mich verarschen? Es ist derselbe Buchladen, den du immer verfluchst, weil du gezwungen bist, dort zu arbeiten. Erst in letzter Zeit scheinst du wie ferngesteuert nur noch daran interessiert zu sein. Also, was hat sich verändert?«

Blair hat recht, aber ihre Reaktion tut trotzdem weh. Es liegt mir auf der Zunge, ihr zu erzählen, was mit dem Laden los ist. Doch zum ersten Mal, seit wir zusammen sind, fühle ich mich nicht wohl dabei, meine Angelegenheiten mit ihr zu teilen.

»Ich muss wieder an die Arbeit«, sage ich knapp.

»Natürlich musst du das.« Ihre Stimme trieft vor Sarkasmus, dann legt sie auf.

20

Ariels Playlist:
»Sleigh Ride« von TLC

Schon an Treys Gesicht kann ich ablesen, dass der Anruf bei Blair nicht besonders gut gelaufen ist. Er setzt sich wieder ins Büro, stützt die Arme auf den Oberschenkeln ab und starrt auf den Boden. Ich esse mein Sandwich weiter und weiß nicht, was ich sagen soll.

Mrs. Anderson öffnet die Tür und schaut von mir zu Trey. »Alles okay?« Sie tippt ihm sanft auf die Schulter, Trey blickt auf und schenkt ihr ein schwaches Lächeln.

»Ja, alles cool. Musst du los?«

»In etwa zehn Minuten. Also warte ich noch, bis ihr mit dem Mittagessen fertig seid und wieder in den Laden könnt. Ich hole Reon auf dem Heimweg von seinem Kunstkurs ab. Wann geht ihr morgen ins Kino?«, will sie wissen.

Ich schiele zu Trey hinüber, der die Stirn runzelt.

»Reon hat gesagt, du hättest es ihm versprochen?«, hakt Mrs. Anderson nach. »Er meinte, es hätte etwas mit Blair zu tun.«

Trey wirft den Kopf zurück und stößt ein lautes Seufzen aus. Mrs. Anderson sieht zu mir und verdreht die Augen, so dass ich mich zusammenreißen muss, nicht zu lachen, weil ich Trey nicht in den Rücken fallen will.

»Ariel, entschuldige, dass es heute so hektisch war«, sagt sie schließlich zu mir. »Aber ich hoffe, es hat dir trotzdem gefallen?«

Ich nicke. »Ja, es war gut, danke.«

»Könntest du morgen Vormittag eine halbe Schicht mit Trey übernehmen? Er muss für seinen Dad einspringen, und ich werde in der Kirche sein.«

»Kein Problem«, sage ich, während aus Trey zur gleichen Zeit ein »Was?« herausplatzt. »Ich muss arbeiten *und* mit Reon ins Kino?«

Mrs. Anderson geht nicht darauf ein, sondern zieht einen braunen Umschlag aus ihrer Tasche. »Hier ist dein Vertrag, Ariel. Lies ihn dir durch und wenn alles okay ist, kannst du ihn morgen unterschrieben wieder mitbringen.«

»Danke, Mrs. Anderson.« Ich nehme den Umschlag, und sie lächelt mir zu. Ein tiefes Grübchen taucht an ihrer Wange auf, das aber sofort wieder verschwindet, als sie den Blick auf Trey richtet. »Wir sehen uns zum Abendessen. Und vergiss nicht, du nimmst morgen auch Reons Freund mit. Oh, und ich erwarte, dass du für beide den Eintritt bezahlst.«

Als Mrs. Anderson geht, reibt Trey sich das Gesicht. »Ist das wirklich mein Leben?«

Er wirkt so niedergeschlagen, dass er mir schon wieder leidtut, und obwohl ich Blair nicht mag und Trey und ich vorhin diesen besonderen Moment hatten, fällt mir etwas ein, wie ich ihm helfen könnte. Ich achte nicht auf mein Herz, das mir raten will, den Mund zu halten, und sage zu ihm: »Jedes Jahr findet in Shoreditch dieser kleine Weihnachtsmarkt namens *The Grotto* statt.« Trey sieht mich an. »Dort wird Live-Musik gespielt, es gibt richtig coole Stände und man kann sogar Marshmallows in verschiedenen Geschmacksrichtungen über offenem Feuer rösten.« Ich zucke mit den Schultern. »Vielleicht könntest du mit Blair dorthin gehen?«

Ein Teil von mir hofft, dass Trey über meinen Vorschlag lachen wird, doch stattdessen richtet er sich interessiert auf. »Echt? Ist es teuer? Du weißt ja, dass ich gerade etwas knapp bei Kasse bin.«

Ich lächle. »Der Eintritt ist kostenlos, Geld brauchst du also nur, wenn du dort etwas kaufen willst. Ich bin nur nicht sicher, ob das so richtig Blairs Welt ist. Sie scheint eher der Up-West-Typ zu sein. Hier trifft sich eher die Hipster- und Kunstszene, aber es ist toll und wirklich festlich.«

»Mit Blair hast du wohl recht. Ihr Lieblingsfilm ist *Natürlich blond*. Aber dieser Markt klingt cool. Und du sagtest Kunstszene? Zeigst du da auch was von dir?«

»Mein Dad und ich haben dort immer zusammen mit seinem Freund Matty Weihnachtskarten verkauft. Aber in diesem Jahr mache ich das allein. Ist eine gute Möglichkeit, etwas Geld zu verdienen.«

»Wieso macht dein Dad nicht mehr mit?«

Es ist eine harmlose Frage, doch jedes Mal, wenn ich erwähnen muss, dass Dad nicht mehr da ist, fühlt es sich an, als würde mir jemand das Herz herausreißen, und mein ganzer Brustkorb tut weh. Denn je öfter ich es ausspreche, desto mehr wird es zur Realität. Und ganz ehrlich, ich habe keine Ahnung, wie ich den Grotto-Markt ohne ihn überstehen soll. Ich hole tief Luft.

»Krebs. Er ist Anfang des Jahres gestorben.« Ich zucke mit den Schultern, als wäre es keine große Sache, aber meine Augen verraten mich, denn sie füllen sich mit Tränen, und ich muss mehrmals blinzeln, damit sie wieder verschwinden.

Trey beugt sich vor und nimmt meine Hand. »Das tut mir sehr leid, Ariel.«

»Danke. Es ist seltsam ... manchmal fühlt es sich gar nicht real an.«

Trey drückt meine Hand. »Dein Dad muss stolz auf dich gewesen sein, bei deinem künstlerischen Talent und den großartigen Bildern.«

Mein Herz flattert wie immer, wenn jemand mir so ein Kompliment macht, aber diesmal ist das Gefühl noch stärker, weil die Worte von Trey kommen.

»Malen war unser Ding. Mein Dad hat am Artists' Studio in West London studiert, und seit er mir davon erzählt hat, will ich auch dahin. Dort gibt es die besten Lehrkräfte für Kunst, die mich bestimmt weiterbringen können. Mein größter Traum ist es, meine Bilder irgendwann in Galerien zu verkaufen und davon leben zu können. Ich schreibe gerade eine Bewerbung. Das ist auch der Grund, wieso ich nach diesem Job gefragt habe. Ich brauche das Geld, um mir die Gebühren leisten zu können.«

Wenn Dad vom Artists' Studio erzählt hat, klang es, als wäre es die beste Zeit seines Lebens gewesen. Er hat immer gesagt, dass er dort zu dem Künstler wurde, der er sein wollte. Während des Studiums hat er auch Nigel Harley kennengelernt, den exzentrischen Galeriebesitzer des *Attic* im *Barbican Centre*, wo Dads Kunstwerke jahrelang ausgestellt waren. Es gab nichts Schöneres für mich, als mir mit ihm seine neuesten Bilder anzusehen und ihm dann zu Hause nachzueifern.

»Weihnachten war eine besondere Zeit für uns, weil wir jedes Jahr auf dem Grotto-Markt unsere Karten verkauft haben. Ohne ihn wird es sich falsch anfühlen.« Ich schiebe meine Brille hoch und wische mir mit der freien Hand über die Augen.

Trey streicht mit seinem Daumen in kreisenden Bewegungen über meine Hand, und etwas an dieser kleinen Geste fühlt sich tröstlich an.

»Ich werde auf jeden Fall ein paar Karten bei dir kaufen«, sagt Trey mit einem Lächeln.

Normalerweise rede ich nicht über meinen Dad, besonders nicht mit Menschen, die ich kaum kenne. Mit einem Mal fühle ich mich seltsam entblößt, als hätte Trey mich gerade nackt gesehen. Ich stehe abrupt auf und entziehe ihm meine Hand. Er sieht mich an, Betroffenheit liegt in seinem Blick.

»Wir sollten lieber zurück in den Laden, damit deine Mum los kann.«

»Ja klar, du hast recht. Ist bei dir auch alles okay?«

Ich nicke und gehe voraus.

Während der restlichen Schicht sprechen Trey und ich alle Leute an, die hereinkommen, um so viel Umsatz wie möglich zu machen. Leider bleibt es den ganzen Nachmittag ziemlich ruhig. Ein paar Kunden kaufen mehr als ein Buch, also dachte ich, es lief trotzdem ganz gut, doch als Trey nach Ladenschluss die Einnahmen zählt, lässt er die Schultern hängen.

»Nicht so toll«, sagt er, als er meinen Blick bemerkt.

»Morgen kriegen wir das besser hin«, erwidere ich enthusiastisch, aber Trey zuckt nur mit den Schultern.

Bevor ich Feierabend mache, sortiere ich noch ein paar Bücher in die entsprechenden Regale ein. Dabei werfe ich immer wieder einen Blick zu dem Bereich des Ladens, wo der Boden um eine Stufe erhöht ist, so dass es wie eine Bühne wirkt. Das wäre die perfekte Stelle für eine ausgefallene Kulisse. Und dort hinten könnte eine Kinderecke sein, in der Eltern mit ihren Kindern Bücher anschauen. Ich sehe zu den Young-Adult-Regalen hinüber. Daneben wäre noch Platz für ein kleines Sofa und einen Couchtisch. Vielleicht könnte im *Wonderland* sogar ein wöchentlicher Buchclub stattfinden, der die Leute aus dem Viertel hereinlockt. Der Buchladen ist cool, aber überholt. Alles müsste heller, freundlicher und moderner gestaltet werden, was mit wenig Aufwand umsetzbar wäre. Wenn die Andersons nur ein paar Dinge verändern, könnte *Wonderland* eine der coolsten Buchhandlungen Londons werden.

Kaum bin ich zu Hause, rennt auch schon Noah auf mich zu. Ich strubble ihm durch die dicken Afrolocken. Er muss echt mal zum Friseur.

»Guck mal, was ich im Kunstkurs gemacht habe!« Er hält mir eine Weihnachtskarte hin.

»Wow!« Maria und Josef sind im Stall zu sehen und halten Jesus als Baby im Arm. Er hat einzelne Details und Schatten großartig herausgearbeitet – viel besser als ich in diesem Alter.

»Kannst du die auf dem Grotto-Markt verkaufen?«, fragt er.

»Natürlich.«

Noah grinst.

»Und kannst du noch mehr machen? Ich bin sicher, die gehen im Nu weg.«

Er schlingt die Arme um meine Taille. »Danke, Ariel!« Dann schnappt er sich die Karte und rennt die Treppe hoch.

Mum streckt den Kopf aus der Küche. »Noah! Mach mal langsam, ich will hier kein Gerenne!«

»'tschuldige, Ma!«, ruft Noah zurück.

Mum schüttelt nur lächelnd den Kopf, als sie mich sieht. »Wie war dein Tag, mein Schatz?«

Ich gehe zu ihr in die Küche und atme den Duft ihres Hühnereintopfs ein. »Es war gut. Morgen Vormittag soll ich auch arbeiten. Ist das okay?«

»Na klar. Ich bin morgen nicht da, aber ich bringe Noah vorher zum Kino. Er geht mit seinem Freund aus dem Kunstkurs hin.«

»Schön.« Mein Blick bleibt an der Kekspackung auf dem Küchentresen hängen, aber ich halte mich zurück. Stattdessen nehme ich mir einen Pfirsich, beiße hinein und wische den Saft weg, der mir am Kinn hinunterläuft. »Wann gibt es Abendessen?«

»In etwa einer halben Stunde.«

»Okay, ich hab einige Ideen für die Weihnachtskarten und mach noch schnell ein paar Skizzen.«

Mum sieht mich an, ihr Blick wird ganz weich. »Ich bin wirklich froh, dass du das machst, Ariel. Dad wäre so stolz.«

Ein Kloß bildet sich in meinem Hals, ich schlucke schwer. »Ich beeile mich«, sage ich und drehe mich zur Küchentür um.

In meinem Zimmer werfe ich Rucksack, Jacke und Schal aufs Bett und lasse die Bewerbungsunterlagen für das Artists' Studio links liegen, die auf meinem Schreibtisch darauf warten, ausgefüllt zu werden. Noch immer habe ich keine Idee, was ich machen könnte, um aus den anderen Bewerbungen hervorzustechen.

Stattdessen nehme ich mir ein Blatt Zeichenkarton und falte es in der Mitte. Ich weiß genau, wie das Motiv aussehen soll, also zeichne ich einfach drauflos. Ein großes Fenster rahmt die Karte ein. Es ist beschlagen, Eis überzieht den Rand. Dahinter stehen Bücherregale und ein Tisch, an dem ein junges Paar lehnt. Die beiden halten sich lächelnd an den Händen. Als ich fertig bin und die Karte betrachte, runzle ich nachdenklich die Stirn, denn ein paar Stellen stimmen noch nicht. Ich brauche noch Schnee ... und die Details des Buchladens müssen stärker betont werden. Das größte Problem ist jedoch, dass dieses Paar in der Mitte aussieht wie Trey und ich.

21

Treys Playlist:
»What You Want for Christmas« von Quad City DJ's, The 69 Boyz and K-Nock

Ich lasse mich Dad gegenüber auf die Couch fallen. Er sieht sich mit Reon gerade etwas an und blickt auf.

»Wo warst du gestern Abend?«

»Boogs«, sage ich. Ich weiß nicht, ob Mum ihm erzählt hat, was passiert ist, also warte ich lieber erst mal ab. Als er nur nickt, atme ich erleichtert auf. Dad wäre garantiert noch mehr ausgetickt als Mum.

»Was habt ihr da?« Ich deute auf das Blatt vor ihnen.

»Na los, zeig es ihm.« Dad stößt Reon sanft an.

Er kommt zu mir gerannt und drückt mir eine Comic-Zeichnung in die Hand.

»Das ist Superdad, ich brauche nur noch einen besseren Namen.«

Reon hat Dad gemalt, wie er zuerst auf den Boden fällt und dann mit dicken Muskeln und dem halben Körper von einer Art Stahl bedeckt wieder in die Höhe schießt. Das soll garantiert Vibranium sein, und es sieht wirklich toll aus.

»Hey, das müssen wir uns urheberrechtlich schützen lassen, damit Marvel es nicht klauen kann.« Ich strubble Reon durch die Haare. »Das ist richtig gut, Kleiner.«

Er strahlt mich an.

Mum kommt mit einem Tablett für Dad herein, und Reon

und ich setzen uns an den gedeckten Tisch. Seit Dads Sturz essen wir immer im Wohnzimmer. Ich find's toll, denn so können wir gleichzeitig fernsehen.

Mum hat Brathähnchen, Maiskolben, Reis und Bohnensalat gemacht – mein Lieblingsessen.

»Danke, Mum.« Ich lächle sie an, aber sie erwidert es nicht. Okay, vielleicht hat sie mir noch nicht ganz verziehen.

Im Fernsehen läuft eine Gameshow, der ich kaum folge. Ich will einfach nur essen, duschen und dann schlafen. Blöderweise muss ich noch eine Hausaufgabe für Wirtschaft beenden. (Das Fach war Dads Idee, nicht meine. Er meinte, es wäre nicht verkehrt, wenn ich mich früh genug auf die Ladenübernahme vorbereite.) Aber ich bin viel zu müde, also wird das bis morgen Abend warten müssen.

Ich werfe Mum einen Blick zu, denn sie ist seltsam still. Wenn wir uns Gameshows ansehen, ist sie normalerweise immer die Erste, die laut eine Antwort ruft. Doch heute sitzt sie nur schweigend da und rührt ihr Essen kaum an.

»Alles okay, Mum?«, frage ich.

»Äh, was?« Sie schaut zu mir auf. »Ja, natürlich ...« Dann schüttelt sie den Kopf. »Nein, eigentlich nicht. Es gibt da etwas, worüber ich mit euch reden muss.« Sie greift nach der Fernbedienung und stellt den Ton ab. Gebannt starren wir sie an. Mum atmet tief durch, und jetzt fange ich an, mir ernsthaft Sorgen zu machen.

»Ich hatte heute ein Gespräch mit David Raymond von Raymond & Raymond.«

»Wie bitte?« Dad wirft sein Besteck auf den Teller. Ein schepperndes Geräusch ertönt, dann landen Messer und Gabel auf dem Boden.

Reon macht ein fragendes Gesicht. »Wer ist das?«

»Mr. Raymond ist Immobilienmakler und hat mich um ein Treffen gebeten«, erklärt Mum. »Die Buchhandlung steckt in Schwierigkeiten, und es wird nicht besser. Heute gab es im Keller eine Überflutung.«

»Eine Überflutung? Was für eine Überflutung?« Dad schaut von mir zu Mum, und sofort steigen Schuldgefühle in mir hoch.

»Also, es ...«, beginne ich.

»Ich kann nicht genau sagen, woher das Wasser kam«, fällt Mum mir ins Wort, wobei sie meinem Blick ausweicht. »Es ist einfach passiert. Jedenfalls haben wir eine Menge Geld verloren, weil ein Teil des Lagerbestands zerstört wurde. Und wir erreichen einfach nicht mehr die Verkaufszahlen wie früher.« Mum steht auf, setzt sich auf die Sofalehne neben Dad und legt eine Hand auf seine Schulter. »Schatz, wir gehen unter und müssen etwas tun, solange wir noch können.«

»Ich verkaufe nicht«, sagt Dad entschieden und verschränkt die Arme.

Wenn er aufstehen könnte, hätte er garantiert schon den Raum verlassen.

»Ich will *Wonderland* auch nicht verkaufen, aber Mr. Raymond hat eine Summe angeboten, die über dem Wert der Ladenfläche liegt. Damit könnten wir ganz neu anfangen, wenn wir ...«

»Nein«, beharrt Dad.

Mum steht von der Sofalehne auf. »Ich habe meine Karriere aufgegeben, um dich in der Buchhandlung zu unterstützen.« Sie ist sichtlich um Fassung bemüht. »Clive, wir haben es versucht, okay? Aber wenn sich nichts ändert, bleibt uns keine andere Wahl, als den Buchladen nach Weihnachten zu verkaufen.« Mit diesen Worten stürmt sie aus dem Wohnzimmer.

Dad schnaubt. »Nimmt mir mal jemand das Essen ab?«

Reon hastet zu ihm, nimmt das Tablett und bringt es in die Küche. Ich stütze den Kopf in die Hände. Das ist alles meine Schuld. Wegen mir haben wir noch mehr Geld verloren, und jetzt verlieren wir auch den Laden.

»Trey ...«

Dads Stimme lässt mich aufschauen. Seine Miene wirkt gequält und zuerst denke ich, es liegt an seinem Bein, doch das ist es nicht.

Dad klopft sich auf die Brust. »*Wonderland* gehört unserer Familie. Wir dürfen die Buchhandlung nicht aufgeben. Bitte rede mit deiner Mutter. Bitte überzeuge sie ...«

»Hey, hey, ist schon gut, Dad.« Ich gehe neben ihm in die Hocke, und er lässt den Kopf hängen. »Alles wird sich wieder einrenken. Uns fällt bestimmt etwas ein.«

Dad nickt, und ich lege einen Arm um ihn. Ich *muss Wonderland* retten. Ich weiß nur nicht wie.

22

Ariels Playlist:
»Oh Santa!« von Mariah Carey

Dreizehn Tage bis Weihnachten

Ich stehe mit zwei Lebkuchenlatte in den Händen vor der Buchhandlung. Trey winkt, als er auf mich zukommt, und ich halte ihm einen der Kaffeebecher hin.

»Du Lebensretterin!« Er nimmt mir den Becher ab und schließt mit der anderen Hand die Ladentür auf. Er geht nach hinten, um die Alarmanlage abzuschalten, und macht dann das Licht an. Die Lichterketten blinken wie zur Begrüßung, was ihn zum Lächeln bringt. Ich gehe ins Büro, um meine Sachen abzulegen. Trey folgt mir kurz darauf und greift über den Tisch nach dem Zucker.

»Ich mag es extra süß«, sagt er, als er meinen Blick sieht, aber ich bin in Gedanken bei meiner Weihnachtskarte.

»Hast du sie mitgebracht?«

»Was?« Mein Herz setzt einen Schlag aus.

Woher weiß er davon?

»Die unterschriebenen Vertragsunterlagen?«

»Ach so ... ja, natürlich.« Erleichtert, dass er nicht die Karte gemeint hat, stehe ich auf, hole den braunen Umschlag aus meinem Rucksack und reiche ihn Trey. Er zieht den Vertrag heraus, weil er bestimmt prüfen will, ob ich wirklich unterschrieben habe, doch stattdessen sieht er mich ernst an.

»Ich weiß, dass du nur aushilfsweise hier arbeitest, aber du solltest trotzdem wissen, dass meine Mum *Wonderland* nach Weihnachten verkaufen will.«

»O nein! Wegen der Überflutung?«

»Es hilft einfach nichts. Mein Dad ist aber trotzdem dagegen. Die Buchhandlung ist schon seit Generationen in Familienbesitz.« Trey reibt mit der Hand über seine Haare. »Ich habe das Gefühl, es ist alles meine Schuld, verstehst du?«

»Du hast den Wasserhahn nicht angelassen«, halte ich dagegen.

»Aber ich habe auch nicht überprüft, ob er aus ist.« Trey trommelt mit den Fingern auf den Tisch. »Ich muss einfach dafür sorgen, dass *Wonderland* bleibt.«

Auch ich möchte, dass *Wonderland* bleibt. Zwar bin ich noch nicht lange dabei, aber ich arbeite gern hier, besonders mit Trey. Schon merkwürdig, was ein paar Tage ausmachen können.

»Ein Vorschlag«, sage ich und erzähle Trey von meinen Ideen, wie man den Verkaufsraum etwas cooler gestalten könnte. Er hört aufmerksam zu.

»Ja, so etwas Ähnliches hatte ich mir auch schon überlegt«, sagt er, als ich fertig bin. »Aber Dad würde dem nie zustimmen. *Wonderland* hat sich kaum verändert, seit mein Uropa den Laden geführt hat.«

»Wieso schlägst du es nicht noch einmal vor? Es bleiben nur zwei Wochen bis Weihnachten. Wir sollten es wenigstens versuchen, oder?«

Trey lehnt sich auf seinem Stuhl zurück und lächelt. »Wir?«

»Ich brauche den Job«, sage ich schnell.

Trey lacht. »Das ist ehrlich. Also, womit sollten wir anfangen?«

»Vielleicht mit dem Buchclub? Das würde die Leute aus dem Viertel dazu bringen, in den Laden zu kommen und ein lokales Geschäft zu unterstützen.«

»Die Wiederauferstehung des *Wonderland*-Buchclubs.« Trey bemerkt offenbar meinen verwirrten Gesichtsausdruck, denn er fügt hinzu: »Wir hatten vor Jahren schon mal einen, aber Dad hat ihn eingestampft. Ich habe nichts dagegen, ihn wiederaufleben zu lassen.«

»Okay, schön, und wie wäre es mit einer Weihnachtstalentshow oder etwas in der Art?«

Treys Augen leuchten auf. »Hey, das klingt gut. In der Kirche haben wir jedes Jahr einen Weihnachtsgottesdienst, bei dem alle singen, tanzen oder etwas vorspielen können. Das ist immer richtig cool. Vielleicht etwas in der Art?«

»Ja, toll. Wir könnten Mince Pies anbieten und vielleicht Glühwein, und wir könnten Spenden sammeln.«

Ich verliere mich bereits in meiner Phantasie, sehe einen Laden voller Menschen vor mir, die andächtig Treys Gesang lauschen, der auf einer Bühne Weihnachtslieder singt, vor einem beeindruckenden Wandgemälde, auf dem Schwarze Schriftstellerinnen und Schriftsteller zu sehen sind ... Ich halte den Atem an. Das wäre genau das Richtige für die Bewerbung im Artists' Studio! So ein Wandbild hätte auf jeden Fall Einfluss auf die Gemeinde – das Werk der talentierten einheimischen Künstlerin Ariel Spencer in einer Buchhandlung, die einer Schwarzen Familie gehört und vor der Schließung bewahrt werden muss.

»Ich könnte ein Wandbild malen!«, verkünde ich, als Trey gerade einen Schluck aus seinem Becher nimmt – und sich verschluckt.

»Was?«, stößt er hustend aus.

»Komm mit, ich zeig es dir.«

Er folgt mir in den Teil des Ladens, wo der Boden um eine Stufe erhöht ist, und ich deute auf die im Moment kahle Wand dahinter.

»Stell dir genau hier ein Wandbild in kräftigen Farben vor. Das würde den Laden richtig zum Leben erwecken. Nenn mir ein paar deiner Lieblingsschriftstellerinnen oder -schriftsteller.«

»Toni Morrison, Estee Mase ... Warte, du willst sie malen?«

Ich nicke enthusiastisch. »Und wenn es dir oder deinen Eltern nicht gefällt, kann ich es wieder überstreichen.«

»Als könnte mir etwas nicht gefallen, was du gemalt hast.«

Meine Wangen werden rot. Er hat keine Ahnung, dass seine beiläufige Bemerkung mir buchstäblich den Tag gerettet hat.

»Ich muss das alles erst mit Mum besprechen, aber denkst du nicht, dass wir Hilfe brauchen, wenn wir eine Talentshow organisieren wollen?«

Trey hat recht. Eigentlich bräuchten wir ein ganzes Team zur Unterstützung. Das ist es!

»Keine Sorge, ich weiß genau, wen wir fragen können.«

Der Laden ist seit zwei Stunden geöffnet, als Annika und Jolie hereinkommen. Annika hat einen Erdbeer-Sahne-Frappuccino in der Hand, obwohl draußen nicht mehr als null Grad sind. Trey ist gerade an der Kasse beschäftigt, und ich berate eine Kundin, bekomme aber mit, wie die beiden sich im Laden umsehen. Genau wie ich waren sie schon ein- oder zweimal hier, aber das reicht natürlich nicht aus, um sich die Gestaltung des Ladens zu merken. Um ehrlich zu sein, gehören wir eher zu den »von Amazon morgen geliefert«-Verwöhnten, aber nachdem ich erlebt habe, wie schwer es für die Andersons ist, ihre unabhängige Buchhandlung am Laufen zu halten, werde ich definitiv häufiger in lokalen Geschäften einkaufen.

Im Sommer haben Jolie und ich Annika bei einem Filmprojekt für ihren Medienkurs geholfen. Annika ist eine Visionärin, die genau im Kopf hat, wie alles aussehen soll. Ich war dafür zuständig, das Set zum Leben zu erwecken, und Jolie war die Pragmatische. Egal, was Annika und ich künstlerisch vorhatten, Jolie hat uns immer auf den Boden der Tatsachen geholt und uns daran erinnert, auch an die Umsetzbarkeit zu denken. Zu dem Zeitpunkt haben wir sie wirklich dafür gehasst, weil wir nicht einfach kreativ sein konnten, aber sie lag mit allem goldrichtig, und Annika hat nur Bestnoten für ihr Projekt bekommen.

Jetzt nimmt Annika alles mit abschätzenden Blicken in Augenschein, während Jolie ein Notizbuch in der Hand hat. Die Kundin, mit der ich gesprochen habe, möchte noch ein bisschen stöbern, und Trey ist an der Kasse fertig, so dass wir beide gleichzeitig zu ihnen gehen.

»Ich weiß, wo das Problem liegt«, erklärt Annika. »Es gibt hier zu viele Bücher.«

Trey guckt sie an, als wäre sie vom Mars. »Das ist eine Buchhandlung.«

Annika nimmt sein Gesicht in ihre Hände. »Trey, zum Glück bist du so ein Süßer.«

Trey zieht ihre Arme weg. »Deine Hände sind eiskalt.«

Um ehrlich zu sein, verstehe ich, was Annika meint. Es gibt

nirgendwo Raum zum Atmen, alles fühlt sich überladen und beengt an. Auf der Party gab es viel mehr Bewegungsfreiheit – zumindest wenn man die lächerlich große Zahl der Gäste außer Acht lässt.

»Wenn wir das eine oder andere umräumen, könnte das schon einen enormen Unterschied ausmachen.« Ich deute auf die Buchreihen, ohne auf Treys alarmierten Blick einzugehen.

»Ganz genau.« Annika schlürft an ihrem Frappuccino.

»Habt ihr Stühle, damit sich die Leute hinsetzen können?«, will Jolie von Trey wissen.

»Ähm ... nein.«

»Hmm.« Jolie schreibt STÜHLE in Großbuchstaben in ihr Notizbuch, bevor sie sich Annika zuwendet. »Ich denke, wir kriegen hier für die Talentshow etwa vierzig Plätze unter.«

»Klingt gut. Und wir brauchen noch einen coolen Hashtag«, erwidert Annika. »Wir setzen einen Trend, begeistern die Leute aus dem Viertel für die Talentshow und animieren sie zum Spenden, dann ist *Wonderland* fein raus. Wie wäre es mit *#WonderlandBlackOwned* oder *#SaveWonderland*?«

»Ja, finde ich super.« Jolie schreibt beide Vorschläge auf. »Kann man sich gut merken, und es wird deutlich, dass es um eine Schwarze Buchhandlung geht.« Sie sieht Trey an und streckt ihre Hand aus. »Handy, bitte.«

»W-was?«, stammelt Trey, zieht aber trotzdem sein Telefon aus der Hosentasche und gibt es ihr.

»Passwort?« Jolie hält ihm das Handy hin, und er tippt den Code ein. »Okay, dann lass mal sehen.«

Trey beugt sich vor, doch Jolie sagt ohne aufzublicken: »Keine Sorge, ich will mir nicht deine Nacktbilder ansehen.«

»Ich habe keine Nacktbilder!«, protestiert Trey, was aber nicht sehr überzeugend klingt. Als hätte er meine Gedanken gelesen, dreht er sich zu mir und fügt hinzu: »Wirklich nicht!«

»Ich habe doch gar nichts gesagt.« Ich unterdrücke ein Lachen. Gegen ein Selfie von ihm mit freiem Oberkörper hätte ich auf jeden Fall nichts einzuwenden.

Jolie geht direkt auf Treys Instagram-Account. »Du hast zehntausend Follower und postest nur Bilder von dir? Wieso nutzt du die Plattform nicht, um den Buchladen mit der Welt zu teilen?«, will sie wissen.

Trey zuckt mit den Schultern. »*Wonderland* hat einen eigenen Account.«

»Ja, aber der hat nur vierhundert Follower.« Jolie tippt auf dem Display herum. »Boogs hat elftausend. Ist ja irre, dass euch so viele Girls folgen, nur weil sie euch heiß finden. Boogs Tanz-Videos bekommen immer die meisten Likes. Wie wäre es, wenn du ein Video postest, auf dem du singst und dann über den Buchladen redest?«

Trey schüttelt den Kopf. »So etwas öffentlich teilen? Ich weiß nicht ...«

»Vielleicht ohne singen«, schlage ich vor.

Trey wirft mir einen dankbaren Blick zu.

»Aber Jolie hat recht. Überleg mal, wie viele deiner Follower dich unterstützen würden, wenn du sie darum bittest.«

»Denkst du?« Trey wirkt nachdenklich, als er sein Handy zurückbekommt. Hat er vergessen, dass er eine ganze Horde Leute dazu gebracht hat, Eintritt für die Party im Buchladen zu bezahlen?

»Also, eine Talentshow an Heiligabend im *Wonderland* so gegen sechzehn Uhr?«

»Vielleicht lieber mittags, falls es Leute gibt, die ihre Familien außerhalb von London besuchen wollen«, erwidert Jolie.

»Gut mitgedacht.« Annika prostet Jolie mit ihrem Frappuccino zu.

Trey schaut zwischen den beiden hin und her.

»Jetzt brauchen wir nur noch einen groben Ablauf. Trey, kannst du dich darum kümmern?«, fragt Annika.

Alle Blicke richten sich auf Trey.

Er schluckt. »Ähm ...ja, denke schon.«

»Sehr gut! Ihr Süßen, ich muss los, aber ruft mich nachher an, ja?« Annika beugt sich vor, und wir umarmen uns.

»Danke!« Als Nächstes umarme ich Jolie. »Ich erzähle euch dann auch noch von der Buchclubidee.«

»Unbedingt!«

Sie winken zum Abschied.

»Ich wusste gar nicht, dass Jolie so ... energisch sein kann«, meint Trey, als die beiden weg sind.

»Ist sie normalerweise auch nicht, aber gib ihr eine Aufgabe und sie kniet sich voll rein. Und, was denkst du?«

Trey reibt sich über das Kinn. »Glaubst du wirklich, das wird funktionieren?«

Ich nicke. »Vor allem, wenn du deine Reichweite nutzt, damit die Leute über *Wonderland* reden. Und wer weiß, womöglich unterstützen sogar andere Buchläden oder Autorinnen und Autoren die Aktion. Und vielleicht denkst du doch noch mal darüber nach, bei der Talentshow zu singen?«

»Ich werde nicht singen«, sagt Trey, und es klingt endgültig.

»Okay, Boogs kann ja tanzen, und es gibt bestimmt eine Menge Talente hier in der Gegend.« Ich warte, dass Trey etwas erwidert, doch er mustert mich nur mit einem Gesichtsausdruck, aus dem ich nicht schlau werde. »Was?«

Er schüttelt den Kopf. »Sorry, ich musste nur gerade daran denken, wie sehr du mir geholfen hast, seit ich dich besser kenne. Danke, Ariel. Ich schätze das wirklich sehr ... ich schätze dich sehr.«

Mein Magen schlägt Purzelbäume. Ich möchte Trey dasselbe sagen, als er hinzufügt: »Auch wenn du einfach behauptet hast, dass wir befreundet sind, um den Job im *Wonderland* zu bekommen.«

»Ach, halt den Mund, Trey!«, kontere ich scherzhaft.

»Weißt du, was ich mir gerade überlegt habe? Hast du zufällig Lust auf einen kleinen Spionagefeldzug?« Er hebt bedeutungsvoll eine Augenbraue.

»Wie lautet die Mission?«

Trey grinst. »*Books! Books! Books!*«

Ich verlasse *Wonderland* und gehe zu *Books! Books! Books!*. Es ist viel los auf der High Street. Alle haben es eilig und schleppen Einkaufstaschen mit sich herum. Könnten sie nicht auch ins *Wonderland* kommen und dort für Umsatz sorgen?

Bei *Books! Books! Books!* ist es brechend voll, als ich eintrete, und ich bin froh, dass Trey nicht mitkonnte, denn bei diesem Anblick hätte er sich bestimmt sofort mies gefühlt. Die Buchhandlung hat zwei Etagen, Angestellte hetzen in blauen T-Shirts hin und her. Überall sind Schilder aufgestellt, die der Kundschaft die Angebote regelrecht entgegenschreien: HALBER PREIS! oder 3 BÜCHER für £5! oder 6 KINDERBÜCHER für einen ZEHNER! Ich hole mein Handy heraus und schreibe ein paar Stichworte auf. Anders als im *Wonderland* gibt es hier Bücher für alles, von Gartentiteln über Romane bis hin zu Bastelbüchern. Ich mache ein Foto von einem Stapel des neuen Romans von Estee Mase, der hier zehn Prozent günstiger ist. Wie soll *Wonderland* da mithalten?

In der Mitte des Ladens entdecke ich ein paar Leute, die sich über etwas beugen, das wie eine Art Rohr aussieht. Jemand vom Verkaufspersonal kommt an mir vorbei.

»Entschuldigung?«, sage ich.

Rachel – dem Namensschild nach – dreht sich lächelnd um. Ich zeige auf das Rohr. »Was ist das?«

»Oh, das ist die Schnäppchenröhre. Wir werfen jeden Tag Bücher hinein, die sich nicht so gut verkaufen, und bieten sie für ein Pfund an. Ein echter Verkaufshit.«

Bücher für ein Pfund? Ich kann mir kaum vorstellen, dass Mrs. Anderson sich darauf einlassen würde, aber falls sie doch zustimmt, würden wir damit täglich ein paar zusätzliche Titel verkaufen.

Trey begrüßt mich mit einem eifrigen Lächeln, als ich zurückkomme.

»Hier ein paar Infos.« Ich reiche ihm mein Telefon und sein Lächeln verschwindet nach und nach.

»Diese Preise! Ich werde mit Mum reden. Vielleicht können wir bei den Großhändlern einen besseren Rabatt aushandeln, aber ob das klappt ...«

»Wieso wenden wir uns nicht direkt an die Verlage?«, schlage ich vor. »Ich bin sicher, sie unterstützen gern eine unabhängige Buchhandlung. Einen Versuch ist es zumindest wert. Was soll schon passieren?«

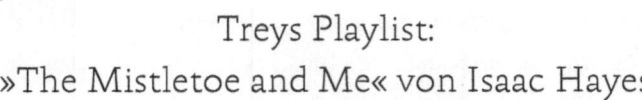

23

Treys Playlist:
»The Mistletoe and Me« von Isaac Hayes

»Ariel!«

Es ist Nachmittag, und ich sehe von dem Buch auf, das ich an der Kasse lese, als ich die Stimme meines Bruders höre. Reon flitzt in den Buchladen, gefolgt von meiner Mum, doch er rennt direkt auf Ariel zu, die ihn lachend in die Arme nimmt. Woher kennen die beiden sich?

Nachdem ich Mum begrüßt habe, gehe ich zu ihnen hinüber. »Erklärt mir das mal einer von euch?«

»Ariel ist meine Kunstlehrerin.« Reon umarmt mich. »Sie ist Noahs Schwester. Du weißt doch, Noah, mein bester Freund aus dem Kunstkurs? Mit ihm gehen wir ins Kino.«

»Warte, du bist seine Kunstlehrerin?«

Ariel sieht mich mit einem ebenso überraschten Blick an. »Und du nimmst meinen Bruder mit ins Kino?«, erwidert sie.

»Kommst du auch mit?«, fragt Reon. Er schaut Ariel gespannt an und guckt dann wieder zu mir.

Als Ariel meinen Blick auffängt, wird mir auf einmal bewusst, dass ich sie auch gern dabeihätte. Ich zucke die Schultern, als wäre es keine große Sache, aber mein Herz beginnt zu klopfen.

»Klar, komm doch mit, wenn du nach der Arbeit noch nichts vorhast«, sage ich lässig.

Ariel legt einen Finger an ihr Kinn und schaut zur Decke auf, als müsste sie erst gründlich darüber nachdenken.

»Bitte!«, drängelt Reon mit zusammengeschlagenen Händen.

»Also gut«, sagt Ariel.

»Yay!« Reon hüpft vor Freude umher, und ich beiße mir innen auf die Wangen, um das dümmliche Grinsen zu unterdrücken, das sich über mein ganzes Gesicht auszubreiten droht. Um ehrlich zu sein, bin ich wahrscheinlich noch mehr aus dem Häuschen als mein Bruder.

Mum übernimmt den Laden, während ich im Keller noch mal ins Bad gehe, um meine Waves vor dem Spiegel zu bürsten.

»Trey, bist du da unten?«, ruft Mum.

»Ja«, rufe ich zurück.

Einen Moment später lehnt sie am Türrahmen und mustert mich über den Rand ihrer Brille hinweg.

»Hey, ich hab dir noch gar nicht erzählt, dass ich Ariel zum Spionieren zu *Books! Books! Books!* geschickt habe. Die bieten dort unglaubliche Schnäppchen an. Können wir nicht auch ein paar Preisangebote machen und sehen, wie es läuft? Und wie wäre es, wenn wir uns direkt an die Verlage wenden, um einen höheren Rabatt auszuhandeln? Vielleicht sind sie etwas großzügiger, wenn sie hören, dass eine unabhängige Buchhandlung gegen die Schließung kämpft.«

»Das ist eine gute Idee.« Mum wirkt beeindruckt. »Ich kann auf jeden Fall fragen.«

Ich grinse sie im Spiegel an. »Ich habe auch noch ein paar andere Ideen. Kann ich dir später davon erzählen?«

»Sicher.« Sie lächelt. »Also, Ariel geht mit euch ins Kino?«

»Ja. Wusstest du, dass sie Reon Kunstunterricht gibt? Die Welt ist echt klein.«

»Trey«, sagt Mum mit so ernster Stimme, dass ich regelrecht erstarre und mit weiteren schlechten Nachrichten rechne. »Hältst du es für eine gute Idee, sie mitzunehmen?«

Ich runzle die Stirn. Was ist denn daran schlimm? Es ist ja kein Date oder so.

»Weiß Blair, dass Ariel mit dir ins Kino geht?«, hakt Mum nach, weil ich nichts erwidere.

Als ich mich zu ihr umdrehe, hat sie die Arme vor der Brust verschränkt. Was hat Blair damit zu tun? Ich weiß, dass Mum sie mag, Blair ist auch besonders nett und höflich zu ihr. Sie hat sogar immer ein Geburtstags- und Weihnachtsgeschenk für Mum. Aber es ist ja nicht so, als würde ich Blair betrügen, nur weil Ariel mit ins Kino geht.

Aber du hast dir gewünscht, dass sie mitkommt, sagt eine Stimme in meinem Kopf.

»Es läuft gerade nicht so toll zwischen Blair und mir«, gestehe ich. »Aber nächste Woche lade ich sie ein ... falls ich sie dazu bringen kann, mit mir zu reden. Ariel und ich sind nur Freunde. Du interpretierst da eindeutig zu viel hinein.« Ich wende mich wieder dem Spiegel zu.

»Hmmm«, macht Mum misstrauisch. »Ich habe dich noch nie Haare kämmen sehen, wenn du dich mit ›Freunden‹ triffst.«

Sie geht, bevor ich etwas erwidern kann. Ich mag Ariel, aber nicht auf diese Art. Oder? Ich meine, ja, sie ist hübsch und klug und talentiert und echt fürsorglich, aber wir sind befreundet. Nur befreundet ... Außerdem habe ich schon eine feste Freundin.

Eine korpulente, dunkelhäutige Frau, die ihre Haare zu einem Dutt gebunden hat, wartet neben einem Jungen mit Afrolocken vor dem Kino. Sie winken, als wir näher kommen.

»Ariel!« Der Junge, der offenbar Noah ist, rennt ihr entgegen. »Was machst du denn hier?«

»Ich arbeite mit Reons großem Bruder Trey zusammen, also schließe ich mich euch Jungs an.« Ariel deutet mit dem Kopf in meine Richtung. »Sagst du hallo zu Trey?«

»Hi.« Noah winkt mir schüchtern zu, bevor er sich mit meinem Bruder abklatscht. Sofort beraten die beiden aufgeregt darüber, welche coolen Süßigkeiten ich ihnen kaufen könnte.

Ich gebe Ariels Mum zur Begrüßung die Hand.

»Schön, dich kennenzulernen, Trey.« Sie greift in ihre Handtasche.

»Keine Umstände, Mrs. Spencer, ich übernehme das«, sage ich. »Heute geht alles auf mich.«

»Ein Gentleman.« Mrs. Spencer nickt mir anerkennend zu.

Ich habe immer noch Mums Worte im Kopf und frage mich, ob Ariels Mutter jetzt denkt, wir hätten ein Date.

»Reon hat Ariel gefragt, ob sie mitkommt«, erkläre ich schnell. »Ich habe erst heute erfahren, dass Ariel in seinem Kunstkurs unterrichtet.«

»Oh, das wusstest du nicht? Die Kinder lieben sie.« Mrs. Spencer wirft ihrer Tochter einen stolzen Blick zu.

Ariel verdreht die Augen, aber sie lächelt dabei.

»Also, viel Spaß, Kinder. Noah, gib mir einen Kuss und mach deiner Schwester und Trey keinen Ärger, okay?«

Als wir das Kino betreten, ist nicht viel los, deshalb ist die Schlange auch nicht lang. Im Hintergrund läuft Weihnachtsmusik, und mir fällt auf, dass Ariel mit ihrem Fuß auftippt und an ihren Haaren spielt, als wäre sie nervös. Etwa weil sie mit mir hier ist? Bis jetzt habe ich von ihr noch keine Anzeichen in dieser Richtung bekommen. Ich sehe nach den Jungs, die ihre Nasen an die Eistheke pressen, so dass die Scheibe beschlägt.

Ich wünschte, es würde Marvel-Weihnachtsfilme geben, denn wir haben nur die Wahl zwischen einem Star Wars Spin-off (zu lang) oder einer Liebeskomödie (zu erwachsen). Beides wäre trotzdem besser, als der Film, den Reon und Noah sich ausgesucht haben. Es geht um irgendwelche Tiere, die Weihnachten retten wollen. Ich muss schon gähnen, wenn ich nur daran denke.

»Neunzig Minuten, die wir nie zurückbekommen«, flüstert Ariel mir zu, als hätte sie meine Gedanken gelesen.

»Wenigstens haben wir uns«, erwidere ich, und sie wird rot. »Ich meine, wir müssen es nicht allein ertragen.«

Hör auf zu reden, Trey.

Als wir an der Reihe sind, kommen Reon und Noah zu uns gerannt.

»Viermal *Die unerwarteten Weihnachtsretter* bitte«, sage ich zu der Frau am Ticketschalter.

»Kriegen wir ein Eis?«, fragt Reon, Noah nickt begeistert.

»Eis *oder* Popcorn«, erkläre ich.

»Ooh, dann Popcorn«, sagt Noah sofort, während Reon erst überlegt.

»Von Popcorn geht eine weit verbreitete Erstickungsgefahr aus. Außerdem ist es trocken, so dass man mehr trinkt und während des Films zur Toilette muss. Ich denke, Eis ist die bessere Wahl.«

Die Frau am Ticketschalter starrt ihn perplex an, was mich zum Lachen bringt.

»Okay, wie wäre es mit einer Kugel Eis für jeden und einer großen Portion Popcorn für alle zum Teilen.«

»Für mich kein Eis, danke«, sagt Ariel. »Mir reicht Popcorn.«

Wir bekommen unsere Tickets und unser Popcorn und gehen zur Eistheke hinüber.

Kurz darauf betreten wir den Kinosaal. Ich überlege, wo ich sitzen soll, doch die Entscheidung wird mir von den Jungs abgenommen. Noah setzt sich auf den Platz an der Wand, Reon lässt sich direkt neben ihn plumpsen. Insgeheim freue ich mich darüber, bin aber auch etwas nervös, weil Ariel und ich während des ganzen Films nebeneinandersitzen werden. Ich setze mich hin und stelle die Popcorntüte auf meinen Schoß.

Noah hat auf eine Eiswaffel bestanden, auf der das Eis überquillt. Er beugt sich vor und sagt zu Ariel: »Probier mal. Ist echt lecker.«

Ariel zögert, doch dann gibt sie ein Zeichen, ihr die Waffel herüberzureichen. Also geht das Eis von Noah zu Reon, und dann von mir zu Ariel.

»Ah, Mist!«

Ich sehe zu ihr und entdecke einen Eisklecks auf ihrer Brust. Rasch schaue ich wieder weg und hoffe, dass sie meinen Blick nicht mitbekommen hat. Aus dem Augenwinkel nehme ich wahr, wie sie den Klecks wegwischt und den Finger anschließend in den Mund steckt. Plötzlich ist mir ganz heiß, und ich greife nach Reons Wasser.

»Trockenes Popcorn?«, fragt er und sieht mich vielsagend an.

»Ja, du hattest recht«, erwidere ich lächelnd.

Zum Glück ist Ariel fertig mit Kosten, Noah hat sein Eis wieder, und ich kann mich auf die Leinwand konzentrieren. Das Licht geht aus, und die Filmvorschau beginnt. Ich will mir etwas Popcorn nehmen – im selben Moment wie Ariel – und für den Bruchteil einer Sekunde umfassen meine Finger ihre.

»Sorry.« Rasch ziehe ich meine Hand zurück.

Was geht hier vor? Ich nehme sie so intensiv wahr. Ihr Arm liegt auf der Armlehne neben meinem, was mich normalerweise stört – ich habe Armlehnen lieber für mich allein –, aber es fühlt sich schön an, wie ihre Haut meine berührt. Auch ihr Bein streift mich gelegentlich, was immer wieder für einen angenehmen Schauer sorgt. Und ihre Brüste ... Ich kneife die Augen zusammen. *Denk NICHT an ihre Brüste.* Ich schiele zu ihr hinüber, doch sie ist völlig in den Film vertieft. Ich betrachte ihre vollen Lippen, die heute dasselbe Rot haben wie ihre Haare; ihre großen braunen Augen hinter der schwarz umrahmten Brille; den Leberfleck neben ihrem Ohr.

Und zum zweiten Mal an diesem Tag frage ich mich, ob ich Ariel mag.

24

Ariels Playlist:
»Hallelujah« von Fantasia

Ich spüre, dass Trey mich mustert, also halte ich meinen Blick angestrengt auf die Leinwand gerichtet. Checkt er mich ab? *O Gott, ja bitte!*

Der Film beginnt, und ich versuche reinzukommen, was nicht leicht ist mit Trey neben mir. Er hat so fein geschnittene Gesichtszüge, wie ich sie im echten Leben noch nie gesehen habe. Und wie kann seine Haut so rein sein? Seine Muskeln zeichnen sich unter seinem Shirt ab, was seine Arme noch kräftiger aussehen lässt.

Konzentrier dich auf den Film, Ariel!

Trey lehnt sich zu mir herüber, und seine Lippen streifen mein Ohr. Ich muss mich echt zusammenreißen, um nicht in Ohnmacht zu fallen.

»Auf einer Skala von eins bis zehn, wie schlecht findest du den Film?«

»Zehn«, sage ich, und Trey lacht.

»Pst!« Reon funkelt uns böse an.

Trey presst die Lippen zusammen, um ein Lachen zu unterdrücken.

Ich richte den Blick wieder auf die Leinwand, aber ich bekomme von der Handlung nichts mit. Dabei lachen sich Reon und Noah fast kaputt.

Schließlich beginnt der Abspann, und ich fahre kurz mit der

Zunge über meine Zähne, in der Hoffnung, dass sich keine Popcornreste dazwischen befinden. Als das Licht angeht, stehe ich auf und ziehe mir Mantel und Schal an.

»Da muss noch eine Bonusszene kommen«, protestiert Reon.

»Das ist kein Marvel-Film«, sagt Trey.

»Wenn wir nicht warten, werden wir es nie erfahren«, erwidert Reon.

Trey verdreht die Augen, und ich setze mich wieder hin. Es stört mich nicht mal, denn so haben wir noch etwas mehr Zeit zusammen.

»Deine Lieblingsstelle im Film?«, frage ich Trey, der eine spöttische Miene zieht.

»Denkst du etwa, ich habe mir das angeguckt? Ich bin froh, wenn ich wieder zu Hause bin und mich hinhauen kann.« Trey gähnt. »Mist! Ich muss ja noch eine Hausaufgabe beenden.«

Ich lache. »Hast du eigentlich schon mit deinen Eltern über unsere Ideen geredet, zum Beispiel die Talentshow?«

Trey nickt. »Mum schien der Vorschlag mit den Aktionsangeboten zu gefallen. Hoffentlich lassen sie und Dad uns ein bisschen was ausprobieren.«

Uns!

»Ich habe noch mal über die Social-Media-Sache nachgedacht. Und du hast recht – ich sollte meine Reichweite nutzen. Irgendwelche Tipps?«

»Hmm, sei einfach du selbst und mach deutlich, worum es geht. Vielleicht ist ein Instagram-Post besser als nur eine Story. Und die Leute teilen den Beitrag dann hoffentlich.«

Trey hebt die Augenbrauen. »Oberkörperfrei oder nicht?«

»Auf jeden Fall oben ohne«, sage ich in einem verführerischen Ton, den ich gar nicht von mir kenne.

Treys Blick wandert langsam von meinen Augen zu meinen Lippen. Mir stockt der Atem.

»Es gibt doch keine Bonusszene!«, jammert Noah laut und durchbricht damit, was auch immer gerade zwischen mir und Trey war.

Erst jetzt bemerke ich auch, dass der Kinosaal bereits leer ist. Es sind nur noch wir und die inzwischen schwarze Leinwand.

»Jacken an, Jungs«, sage ich und stehe wieder auf.

Trey gibt ihnen die Tüte mit dem restlichen Popcorn, und sie bewerfen sich auf dem Weg nach draußen lachend damit. Im Foyer angekommen, geht Trey mit den Jungs zur Toilette. In der Zwischenzeit sehe ich mir die Poster der angekündigten Filme an, als ich jemanden meinen Namen rufen höre.

Ich drehe mich um. Bebe und Kyle Torano aus unserer Schule kommen Hand in Hand auf mich zu. Auf den ersten Blick wirkt Bebe wie eine Kardashian-Kopie mit ihren langen schwarzen Haaren, den künstlichen Lippen und dem engen Kleid unter ihrem Fellmantel.

»Oh, hey«, sage ich überrascht.

»Was machst *du* hier?«, fragt sie.

Ich zucke unwillkürlich zusammen. Etwas an der Art wie sie das »du« ausspricht, fühlt sich an, als würde sie sich fragen, was ich überhaupt in einem Kino zu suchen habe.

»Ich habe mir einen Film angesehen«, erwidere ich.

Wieso sollte ich sonst hier sein?

»Hab den beiden gesagt, dass ich draußen warte ... Bebe? Hey, Kyle.« Trey kommt zu uns und begrüßt Kyle zuerst.

Bebe schaut mit gerunzelter Stirn von mir zu Trey, dann kreuzen sich unsere Blicke, und ein schmales Lächeln kriecht in ihr Gesicht. Ihre Miene erinnert mich an die der Schurken in Filmen, wenn ihnen klar wird, wie sie dem Helden schaden können.

»Hi, Trey.« Bebe umarmt ihn, ohne mich aus den Augen zu lassen. Nachdem sie sich von ihm gelöst hat, sagt sie: »Ihr beide seid also zusammen hier?«

»Ja«, erwidert Trey locker. Merkt er denn nicht, wie hinterhältig Bebes Worte sind? Er beginnt ein Gespräch mit Kyle, während Bebe mich mit einem gehässigen Grinsen aufmerksam mustert.

»Wir sind mit unseren kleinen Brüdern hier«, füge ich hinzu. »Die beiden sind beste Freunde.«

Bebe beugt sich vor und schaut von links nach rechts. »Ach ja? Ich sehe sie gar nicht.«

»Sie sind auf –«

»Babe, wir verpassen noch den Film«, fällt Bebe mir ins Wort und zieht Kyle am Arm.

»Alles cool. Bis morgen, T.« Er und Trey verabschieden sich mit dieser Handschlag-Umarmungsgeste, die Typen immer machen, dann winkt mir Kyle zu.

Ich sehe ihm und Bebe nach. Bebe wirkt etwas wacklig in ihren Lederstiefeln mit den hohen Absätzen, und ich wünsche mir insgeheim, dass sie stolpert.

Die beiden sind gerade außer Sichtweite, da kommen die Jungs auf uns zugerannt – typisch mein Glück. Reon und Noah sind noch ganz aufgedreht von dem Film. Sie reden wild durcheinander. Trey schafft es wirklich gut, interessiert zu tun, während in meinem Bauch dieses ungute Gefühl rumort, das mich davon abhält, mich an dem Gespräch zu beteiligen.

Wieso lässt mich der Gedanke nicht los, dass Bebe es irgendwie auf mich abgesehen hat?

25

Treys Playlist:
»3 Kings« von Yo Gotti,
Fabolous und DJ Khaled

Wir kommen rechtzeitig zum Abendessen nach Hause. Reon flitzt sofort ins Wohnzimmer, um Dad – so ein Glückspilz – alles über den Film zu erzählen. Ich gehe zu Mum in die Küche, wo es bereits köstlich riecht.

»Und, wie war's?«, fragt sie, während sie einen großen Topf mit gebratenem Reis umrührt.

»Langweilig, aber Reon und Noah fanden es toll.«

»Und hat es Ariel auch gefallen?«, fragt Mum mit einem unterschwelligen Ton in der Stimme.

»Ja, Ariel, mit der ich *nur befreundet* bin, hat es gefallen«, erwidere ich, wobei ich *nur befreundet* besonders betone.

Mum schüttelt den Kopf, sagt aber nichts. Ich habe keine Ahnung, warum sie so darauf herumreitet, dass ich Ariel mit ins Kino genommen habe. Sie weiß, ich würde Blair nie betrügen.

»Können wir uns jetzt wieder vertragen?« Mit ausgebreiteten Armen gehe ich zu ihr.

»Ich koche«, sagt Mum, aber ich höre einfach darüber hinweg und drücke sie fest.

Sie klopft mir leicht auf den Arm. »Keine Ausrutscher mehr, Trey.«

»Jawohl, Ma'am.« Ich salutiere vor ihr. »Nach dem Abendessen würde ich gern die Ideen für den Buchladen mit dir und Dad durchgehen.«

»Schatz, ich habe darüber nachgedacht, was du gesagt hast, und ich habe nichts dagegen, ein paar Bücher zu einem Sonderpreis anzubieten, aber ich möchte es nicht übertreiben, wenn die Gewinnspanne für uns nicht ausreicht.« Sie sieht mich mit einem traurigen Lächeln an, bevor sie fortfährt: »Die Versicherung hat sich heute endlich bei mir zurückgemeldet, und sie sagen, dass der offene Wasserhahn unsere Schuld war. Etwas anderes wäre es gewesen, wenn es ein Leck gegeben hätte oder ähnliches. Sie kommen nicht für den Schaden auf.«

»Echt jetzt?«

Verdammt! Jetzt muss diese *#SaveWonderland*-Idee unbedingt funktionieren.

»Das tut mir so leid, Mum.«

Sie winkt ab, als wollte sie sagen *Vergiss es*. »Abendessen ist gleich fertig. Du kannst schon mal den Tisch decken.«

Während wir essen, erzählt Reon den Film Szene für Szene nach. Ich bin froh, dass meine Eltern dadurch mitbekommen, was ich im Kino ertragen musste.

»Wie war es noch im Laden?«, frage ich, als Reon endlich Luft holt.

»Ruhig«, sagt Mum. »Auf dem Nachhauseweg bin ich bei *Books! Books! Books!* vorbeigegangen, und es war immer noch voll. Hätten wir nur ein Viertel ihrer Kundschaft, würde das schon einen gewaltigen Unterschied ausmachen.«

Dad zieht nur scharf die Luft ein.

Ich lege meine Gabel hin. »Also, ich habe über Möglichkeiten nachgedacht, die *Wonderland* helfen könnten. Erinnert ihr euch noch an den Young-Adult-Buchclub im Laden, als ich noch klein war? Wie wäre es, wenn wir so etwas neu aufziehen, nur größer und besser? Wir könnten einen Estee-Mase-Abend veranstalten und zwei Bücher von ihr zum Preis von einem anbieten.«

»Ein Buchclub *jetzt*? Ich denke, das ist ein bisschen knapp vor Weihnachten«, meint Mum.

»Ich würde alles organisieren«, erwidere ich so nachdrücklich wie möglich. »Und Ariel und ihre Freundinnen Annika und Jolie haben auch schon ihre Hilfe angeboten.«

Mum wirkt zwar nicht überzeugt, aber sie nickt.

»Ariel hat auch gesagt, dass sie ein Wandbild mit Gesichtern aus der Schwarzen Literaturszene malen könnte, um den Laden moderner zu gestalten.« Ich werfe Dad einen Seitenblick zu, warte auf seinen Einwand, doch auch er nickt überraschenderweise. Angespornt fahre ich fort: »Außerdem haben wir uns überlegt, dass wir eine Weihnachtstalentshow organisieren könnten, um Spenden für *Wonderland* zu sammeln. Wir sollten überall verbreiten, dass eine Schwarze unabhängige Buchhandlung, die schon seit Jahrzehnten an der High Street existiert, in Not geraten ist und Hilfe braucht.«

»Almosen?« Dad sieht mich finster an. »Wir bitten auf keinen Fall um Almosen!«

»Nein, natürlich nicht! Aber es wäre eine Möglichkeit, Weihnachten zu feiern und die Nachbarschaft mit einzubeziehen. Hört zu, als die Black-Lives-Matter-Bewegung in vollem Gang war, hat die Öffentlichkeit eine deutliche Solidarität gezeigt. Daraus ist auch eine der wenigen Gelegenheiten für Schwarze Unternehmen entstanden, tatsächlich Unterstützung zu erhalten. Ich glaube, wir sollten es versuchen.«

Mum greift über den Tisch nach meiner Hand. »Ich finde

es großartig, wie sehr du dich für *Wonderland* einsetzt, Schatz. Aber ich denke nicht, dass wir mit einer Talentshow genügend Geld zusammenbekommen würden. Obwohl es eine gute Idee ist, mit den Leuten aus der Nachbarschaft Weihnachten zu feiern. Ein Abschiedsfest, bevor wir schließen?«

»Was ist mit Crowdfunding?«, fragt Reon, und alle Blicke richten sich auf ihn. »Meine Freundin Asia hat erzählt, ihre Mum hat das mal für ihre Grandma gemacht, als sie einen neuen Rollstuhl brauchte, und sie hat eine Menge Geld zusammenbekommen.«

»Du kleines Genie!« Ich gebe ihm einen Kuss auf die Stirn, und er drückt mich weg. »Das ist es! Wie hoch sind unsere Schulden?«

Mum lacht. »Trey, glaubst du wirklich, dass irgendjemand Geld spenden würde?« Sie schaut uns über den Tisch hinweg nacheinander an. »An diese Familie?«

Ich nicke. »Ja, das glaube ich. Also, wie viel brauchen wir?«

Mum und Dad wechseln einen Blick.

»Wir bräuchten fünfzigtausend Pfund.« Mum presst die Lippen zusammen.

Ich schlucke. *Fünfzigtausend?*

»Wir müssen davon Hypothekenraten, Rechnungen und Gehälter bezahlen, den Wasserschaden beheben, den verlorenen Bestand ersetzen ... *und* die nächsten sechs Monate finanzieren«, erklärt Mum. »Denkst du wirklich, dass du diese Summe vor Weihnachten zusammenbekommst?«

Ich spanne die Kiefermuskeln an. »Ich will es auf jeden Fall versuchen. Und mit der Organisation der Talentshow fange ich an. Es wird die Leute aus dem Viertel daran erinnern, dass wir noch da sind – und schon immer da waren.«

Dad sieht mich perplex an. »Wie funktioniert dieses Crowdfunding überhaupt?«, fragt er dazwischen.

»Ich zeig's dir.« Reon geht zu Dad hinüber, der bereits auf seinem Handy herumscrollt.

»Trey, das klingt alles gut, aber sei nicht zu enttäuscht, wenn es nicht klappt«, sagt Mum.

Dad ist mit Reon beschäftigt, aber ich senke trotzdem die Stimme. »Ich werde *Wonderland* nicht einfach so aufgeben. Besonders nachdem ich es mit der Party noch schlimmer gemacht habe. *Wonderland* gehört zu uns.«

Mum schüttelt den Kopf. »Ich bin mir nicht sicher, wie du das alles so kurz vor Weihnachten noch auf die Beine stellen willst – und ohne dass wir dabei noch mehr Geld verlieren. Aber wenn du denkst, dass du es schaffst, werde ich dir nicht im Weg stehen.«

»Danke.« Ich reibe die Hände. Jetzt muss ich es durchziehen.

»Man bekommt also Geld von irgendwelchen Fremden?«, höre ich Dad Reon fragen. »Warum haben wir das nicht schon eher ausprobiert?«

Ich sitze auf meinem Bett und mache mich bereit, ein Video für TikTok aufzunehmen. Das müsste der beste Weg sein, um möglichst viele Buchbegeisterte zu erreichen – die BookTok-Community ist riesig. Die Crowdfunding-Kampagne ist bereits angelegt und kann gestartet werden, aber auch wenn ich vorhin im Gespräch mit meinen Eltern selbstsicher und zuversichtlich gewirkt habe, bin ich jetzt nervös. Fünfzigtausend Pfund sind eine Menge Geld. Als die Black-Lives-Matter-Bewegung überall Thema war, haben viele Menschen Hilfsbereitschaft gezeigt, aber vielleicht war das nur eine vorübergehende Phase. Interessiert das die Leute noch, nachdem der Hype etwas nachgelassen hat?

Bevor mir noch irgendwelche Ausreden einfallen, stelle ich die Kamera auf mich ein und setze mein bestes Lächeln auf.

»Hey, Leute, ich bin's, Trey Anderson. Meine Familie besitzt eine der ältesten Schwarzen Buchhandlungen in London, das *Wonderland* an der Stoke Newington High Street. Mein Urgroßvater hat sie eröffnet, seitdem wird sie von Generation zu Generation fortgeführt. *Wonderland* bedeutet meiner Familie und mir unglaublich viel, aber in letzter Zeit läuft es nicht besonders gut. Mein Dad hatte einen Unfall, so dass er eine Weile ausfällt, und ganz in der Nähe hat eine große Buchhandelskette eine Filiale eröffnet, die unsere Kundschaft weglockt – was bedeutet, dass wir kurz davorstehen, unser Familiengeschäft zu verlieren. Wir werden an Heiligabend eine Weihnachtstalentshow veranstalten, und ich würde mich freuen, wenn ihr alle kommt. Und bitte spendet über den Link in meiner Bio, wenn ihr könnt. Lasst uns Schwarze Unternehmen unterstützen und *Wonderland* retten!«

Als ich mir das Video ansehe, fällt mir auf, dass ich fast ohne zu blinzeln in die Kamera starre, also nehme ich es noch ein paar Mal auf, bis es passt. Ich füge noch die Eckdaten für die Talentshow und den Spendenlink hinzu, bevor ich alles hochlade. Auch auf Instagram und Twitter stelle ich das Video, dann atme ich tief durch.

Okay, jetzt bin ich richtig nervös.

26

Ariels Playlist:
»Rain & Snow« von B2K

Ich bin so aufgedreht wegen unserer Pläne für *Wonderland* und der Wandbildidee, dass ich gleich nach dem Kino die Bewerbungsunterlagen für das Artists' Studio zu Ende ausfülle. Jetzt muss ich das Wandbild nur noch malen, um dann hoffentlich einen Studienplatz zu bekommen.

Als Belohnung verbringe ich den Abend mit Michael B. Jordan. Ja, ich habe *Creed* schon viel zu oft gesehen. Mum ist noch auf Arbeit, und Noah macht sich bettfertig, also liege ich allein auf dem Sofa, als mein Handy klingelt. Mein Magen macht einen Purzelbaum, als ich Treys Namen auf dem Display sehe, und ich halte den Film an.

»Hey«, sage ich, ein Lächeln umspielt meine Mundwinkel.

»Also, wir haben denselben Musikgeschmack. Wie sieht's bei Büchern aus?«, kommt Trey gleich zur Sache.

Ich setze mich auf. »Alles okay?«

»Ja, ich habe gerade etwas über die *Wonderland*-Weihnachtstalentshow gepostet.«

Das muss ich sehen.

»Warte, ich guck's mir gleich an.«

»Nein, nein, lenk mich lieber ab. Ich bin gerade echt nervös«, erwidert Trey. »Rate, welche meine Lieblingsbuchreihe ist.«

Weil er nervös ist, ruft er mich an und nicht seine Freundin? Was hat das zu bedeuten?

»Ariel? Bist du noch dran?«

»Sorry, ja ... ähm ... Ich brauche wenigstens einen Tipp. Genre?«, will ich wissen.

»Young Adult mit einer Wahnsinnsprotagonistin.«

Ich stehe auf, gehe zum Bücherregal im Wohnzimmer und überfliege meine YA-Bücher. Da gibt es eine Menge Möglichkeiten. »Noch ein Hinweis.«

Trey überlegt einen Moment, dann sagt er: »Sie ist ein Symbol.«

Ich lasse meine Hand über ein paar Buchrücken wandern, bevor ich einen Titel auswähle. Das könnte das Buch sein, von dem er redet, und es gehört auf jeden Fall zu einer meiner Lieblingsbuchreihen.

»Die Tribute von Panem?«

Trey lacht. »Mann, du bist echt schnell, hätte ich nicht gedacht. Hast du die Reihe zu Hause?«

»Na klar! Und ich habe mir immer gern vorgestellt, dass ich die Spiele überlebt hätte. Aber inzwischen bezweifle ich das ... es sei denn, ich tarne mich wie Peeta.« Jetzt lache ich. »Aber für einen Katniss-Fan hätte ich dich nicht gehalten.«

»Mir gefällt, wie vielschichtig sie ist«, erwidert Trey. »Und sie nimmt an den Spielen teil, um ihre Schwester zu beschützen. Dasselbe würde ich für Reon machen.«

»Ja, und ich für Noah, obwohl es mich mit ziemlicher Sicherheit als Erste erwischen würde. Jetzt musst du raten. Die Hinweise sind Young Adult, Schwestern, Liebesbriefe ...«

»*To All The Boys I've Loved Before*«, sagt Trey, bevor ich meinen Satz beenden kann.

»Was? Wieso hast du das sofort gewusst?«, frage ich fassungslos.

»Die Briefe haben es verraten. Und, nein, die Reihe gehört nicht in meine Lieblingsliste. Aber wenn ich mich festlegen müsste, wäre ich Team Peter.«

Ich pruste los. Die Vorstellung, dass Trey Anderson sich die Liebesprobleme von Lara Jean durchliest, ist einfach zu witzig.

Über mein Kichern hinweg fährt er fort: »Ich bin kein großer Fan von YA-Romance, aber Nicola Yoon finde ich gut. Ich vermute mal, du stehst auf diesen schmalzigen Romantikmist?«

Ich schnappe nach Luft. »Du hast nicht gerade *Romantikmist* gesagt!«

»Dieses ganze ›Enemies to Lovers‹-Getue oder das heimliche Geknutsche in der Bibliothek ...«

»Als hättest du noch nie in der Schulbibliothek herumgeknutscht«, kontere ich.

»Denkst du etwa, Blair setzt einen Fuß in die Bibliothek?«

Ich lache noch lauter. YA-Romance ist in meinen Augen ein wunderbares Genre, das nur unterschätzt wird, und die Tatsache, dass Trey offensichtlich ein heimlicher Fan ist, sagt alles.

»Hast du *Twilight* inzwischen noch mal gelesen?«, frage ich.

»Nee, ich muss mich erst mental auf den Unsinn vorbereiten, der mir da bevorsteht.«

»Trey Anderson, ich werde dich blockieren, wenn du weiter über *Twilight* herziehst.«

Trey lacht. »Sorry, aber ich kann Edward echt nicht ausstehen, weil er eine Freundin hat, die einfach alles für ihn tut.«

Ich stutze. Haben Trey und Blair immer noch Streit? »Ist alles in Ordnung?«

Trey schweigt für einen Moment. »Ach, unwichtig ... Ich bin nur komisch drauf. *Ungeküsst* läuft nachher im Fernsehen. Das gucke ich mir an, dann wird meine Laune besser.«

Jetzt muss ich wieder lachen. »Du bist ganz anders, als ich erwartet habe, Trey.«

»Was hast du denn erwartet?«, fragt er nach einer kurzen Pause.

Dass du ein Arsch bist. Doch das sage ich natürlich nicht. »Keine Ahnung, aber zumindest nicht, dass wir uns so ähnlich sind.«

»Geht mir genauso. Hey, Mum meinte übrigens, wir können unsere Ideen für *Wonderland* ruhig ausprobieren.«

»Oh, toll! Okay, du hast also schon etwas über die Weihnachtstalentshow gepostet. Soll ich die Organisation des Buchclubs übernehmen? Jolie würde uns unheimlich gern dabei unterstützen. Wir könnten das auf den Mittwoch legen«, schlage ich vor.

»Ja, cool, aber ich hab es meinen Eltern als Estee-Mase-Abend verkauft. Was hältst du davon, wenn wir den Laden noch etwas umgestalten und uns ein paar Aktionsangebote überlegen, bevor die Schule morgen losgeht. Ich hoffe, wir verkaufen dann etwas mehr«, sagt Trey.

Ich lächle, als ich die Begeisterung in seiner Stimme höre. »Das werden wir garantiert«, erwidere ich. *Wonderland* verdient eine gute Chance. »Möge das Glück stets mit euch sein.« Ich versuche, wie Rue zu pfeifen, aber es kommt nur ein Zischen heraus. Echt zum Heulen.

»Was ist das für ein Geräusch?«, fragt Trey.

»Nichts«, erwidere ich und lege rasch auf.

27

Treys Playlist:
»12 Days of Christmas« von Gucci Mane

Zwölf Tage bis Weihnachten

Mein Handy vibriert auf meinem Nachttisch. Ich greife noch im Halbschlaf hinüber, um den Wecker auszustellen, aber es ist Boogs. Seit dem Tag nach der Party haben wir nicht mehr richtig miteinander gesprochen.

»Hey, Bro«, sage ich.

»Hey! Hast du gesehen, was mit deinen Posts passiert ist?«, johlt Boogs aufgeregt.

Ich setze mich mit klopfendem Herzen auf und öffne Tik-Tok. Ich habe einhunderttausend Likes, über zehntausend Kommentare und das Video wurde fast vierzigtausendmal geteilt. Ich schnappe nach Luft. Auf Twitter habe ich fünfzigtausend Likes, über dreißigtausend Retweets und einhundertzweiundsechzig Kommentare. »Was zum …?«

Ich klicke auf Instagram, wo ich elftausend Views und dreihundert Kommentare habe. Ich scrolle sie durch.

Gespendet.

Klingt unglaublich!

#BlackOwnedForLife

»Wie konnte das so schnell gehen?«, frage ich.

»Guck mal zum Crowdfunding«, übergeht Boogs meine Frage einfach.

Ich klicke sofort auf den Link – und lasse beinahe mein Handy fallen. Es sind bereits fünftausend Pfund zusammengekommen.

»Das ist ja total verrückt!« Und dann tue ich etwas für mich völlig Untypisches. Ich stehe auf, springe auf mein Bett und schreie aus vollem Hals: »Ja!«

Meine Tür geht auf, und Reon sieht mich mit großen Augen an.

»Hol Mum«, sage ich. Wie der Blitz rennt er aus dem Zimmer. »Boogs, ich ruf dich später zurück.«

»Alles klar, Mann. Und, Trey ... das ist so krass!«

Ich lege gerade auf, als Mum ins Zimmer kommt.

»Trey, was um Himmels willen ist los?«

»Fünftausend Pfund, Mum! Hier!« Ich springe vom Bett und halte ihr mein Handy hin.

Sie wirft einen Blick darauf und schlägt sich die Hand vor den Mund. »Und das ist ... für uns?«

Ich nicke.

»O Mann! Clive! Clive, hast du das gesehen?« Mum schnappt sich mein Handy und rennt damit aufgeregt die Treppe hinunter.

Ich nehme Reon an den Händen und tanze mit ihm durch das Zimmer.

»Darf ich auf deinem Bett hüpfen?«, fragt mein Bruder begeistert.

»Klar, Kumpel!«, erwidere ich mit einem breiten Grinsen im Gesicht.

Wir hüpfen zusammen, und ich fühle mich, als könnte ich Luftsprünge bis in den Himmel machen. Am liebsten würde ich jetzt Gott die Hand schütteln.

Als ich ins Wohnzimmer komme, zappelt Dad ausgelassen auf dem Sofa herum. »Das ist unglaublich, mein Sohn! Kennst du die Leute, die da gespendet haben?«

Ich schüttle den Kopf. Ein paar Namen habe ich erkannt, aber die meisten sind Fremde. Wenn Menschen, die ich nicht einmal kenne, an *Wonderland* glauben, schaffen wir die Fünfzigtausend ganz bestimmt.

Mum kommt mit ausgebreiteten Armen zu mir und streicht mir über den Rücken, als sie mich umarmt. »Gut gemacht, Trey. Das ist ein unfassbarer Start.«

»Danke, Mum.« Wir lassen uns los. »Ich treffe mich vor dem Unterricht noch mit Ariel im Laden. Wir wollen ein bisschen umräumen. Ist das okay?«

Mum mustert mich, dann lächelt sie zustimmend. »Ich komme später nach.«

Ariel wartet bereits vor dem *Wonderland*, als ich dort ankomme. Sie trägt eine schwarze Bomberjacke und klatscht, als sie mich sieht.

»Gratuliere! Ich bin aufgeblieben und habe gesehen, wie deine Posts durch die Decke gegangen sind.«

»Echt?«, sage ich verblüfft.

Sie lächelt. »Ja. Und ich habe gespendet, auch wenn es nicht viel war.«

»Ariel! Du machst doch schon genug.«

Sie legt ihre Hand, die in einem Handschuh steckt, auf meinen Arm. »Ich wollte es aber.«

Ich lächle. »Danke. Ich weiß, dass meine Familie dir das

hoch anrechnet. Aber jetzt lass uns reingehen, bevor wir hier festfrieren.«

Im Laden gehe ich zuerst zur Heiztherme, doch als ich den Schalter umlege, bleibt das rote Lämpchen dunkel. Ich runzle die Stirn, während ich die Therme ausmache und wieder anschalte. Aber nichts passiert. Das darf doch nicht wahr sein, es ist eiskalt hier drin.

Ich schicke Mum eine Nachricht, bevor ich zurück in den Laden gehe, wo Ariel von einem Fuß auf den anderen tritt, um sich warm zu halten.

»Okay, die Jacken bleiben erst mal an. Die Heizung ist ausgefallen.«

»Shit. Aber lass uns einfach anfangen, dann wird uns nicht kalt.« Sie grinst verschmitzt und holt ihr Handy aus der Tasche. »Ein bisschen Musik, während wir arbeiten? Das hier ist meine Lieblingsplaylist.«

Während Ariels Neunziger-Playlist läuft, sind wir über eine Stunde fleißig. Wir dekorieren das Schaufenster um und richten die Büchertische neu her. Mum hält nicht viel davon, Bücher für nur ein Pfund zu verkaufen. Also haben wir ein paar Restbestände in Weihnachtspapier eingewickelt und mit Geschenkanhängern versehen, auf denen Teaser zu den Büchern stehen, die wir für fünf Pfund anbieten. Wir nennen die Aktion: Auf den Inhalt kommt es an!

Als wir fertig sind, begutachte ich unsere Arbeit. In jeder Ecke tauchen Sonderangebote auf. Zum ersten Mal sieht *Wonderland* anders aus, als ich es kenne, und der Laden wirkt sofort moderner. Wir brauchen nur noch unseren eigenen unverkennbaren Stil, denn im Moment ähneln wir noch zu sehr *Books! Books! Books!*. Aber bald haben wir ein cooles Wandbild von Ariel, und wir wollen einen Graphic-Novel-Bereich einrichten, für den Reon einen seiner Superhelden malen könnte. Das würde bestimmt gut aussehen und uns helfen, eine andere Kundschaft anzusprechen. *Books! Books! Books!* bietet keine Graphic Novels an, also müssen wir das für uns nutzen. Denn *Wonderland* zu retten, heißt nicht nur, die Buchhandlung im Familienbesitz zu halten. Es geht darum, dem Laden ein zweites Leben einzuhauchen, um ihn auf ein neues Level zu bringen.

»Was hältst du davon?«, will Ariel wissen und zeigt mir ein Angebotsschild mit aufgemalten Schneeflocken.

»Schön! Damit fällt es viel mehr auf.«

Ariel lächelt. »Das dachte ich auch. Ich nehme mir noch die anderen Schilder vor ... dauert nicht lange.«

Ich hebe die Geschenkpapierreste auf, die noch auf dem Boden liegen, während Ariel sich hinkniet und die Schilder bemalt. Ihre Hand bewegt sich schnell, mühelos lässt sie Schneemänner und Engel entstehen. Ich schaue ihr einen Moment lang zu. Ein leichtes Lächeln umspielt ihre Lippen. Sie ist ganz in ihrem Element, und sie sieht wunderschön aus.

»Bei dir wirkt das so einfach«, sage ich.

Ariel wirft mir einen Blick zu, ohne ihre Handbewegung zu unterbrechen. »Meine Mum sagt, ich konnte schon immer malen.«

»Wolltest du auch schon immer Künstlerin werden?«, frage ich neugierig.

»Ja. Es ist fast so, als hätten meine Hände schon immer malen wollen. Falls das einen Sinn ergibt.«

Genauso geht es mir beim Singen. Ich möchte nicht eingebildet klingen, aber meine Stimme ist wirklich besonders. Nur mein Hirn blockiert mich. Aber was wäre, wenn ich meinem

Talent genauso vertrauen würde wie Ariel ihrem? Wenn ich mich darauf einlassen und aufhören würde, an mir selbst zu zweifeln? Vielleicht könnte ich dann meinem großen Traum folgen und Sänger werden.

Mum kommt in den kalten Laden und schnappt erst mal nach Luft, als sie uns nur in T-Shirts sieht. Wir sind beim Arbeiten so ins Schwitzen gekommen, dass wir unsere Jacken schon vor einer Weile ausgezogen haben. Mum hatte mir vorhin geschrieben, dass der Monteur frühestens morgen vorbeikommen könnte, deshalb hoffe ich, dass die Leute sich nicht von der Kälte abschrecken lassen.

»Sieht toll aus!«, sagt sie. »Ihr seid offensichtlich ein gutes Team.«

»Ja, das sind wir.« Ich werfe Ariel einen Blick zu, und sie wird rot.

Hmm ... vielleicht mag sie mich doch? Bei dem Gedanken macht mein Magen einen Salto.

Mum klatscht in die Hände. »Ihr solltet euch lieber beeilen, sonst kommt ihr noch zu spät zum Unterricht. Und Ariel, wann willst du mit dem Wandbild anfangen?«

»Heute nach der Schule?«, schlägt sie vor. Sie sieht kurz zu mir, und ich nicke. »Ich habe auch Plakate für die Talentshow und den Buchclub angefertigt. Ich werde ein paar Kopien machen und sie heute verteilen.«

»Irgendwelche Neuigkeiten von den Verlagen?«, frage ich Mum.

»Einige Unabhängige haben konkurrenzfähige Rabatte angeboten, das ist schon mal etwas«, erwidert sie.

»Sehr gut! Wir werden heute eine Menge verkaufen«, sage ich überzeugt.

Die Sache läuft. Ich freue mich jetzt schon, nach der Schule wieder herzukommen, um zu sehen, wie viel wir eingenommen haben.

28

Ariels Playlist:
»Just Ain't Christmas« von Ne-Yo

In meiner Freistunde nach Psychologie gehe ich schnell in die Bibliothek. Ich will noch vor dem Mittagessen Kopien von meinen Plakaten machen. Gerade habe ich auf »Kopieren« gedrückt, als Jolie außer Atem hereinplatzt.

»Hast du Treys Posts gesehen?«, fragt sie.

Ich grinse. »Unglaublich, oder? Und alles dank dir!«

Jolie wird rot. »Wenn es so weitergeht, kann *Wonderland* das Spendenziel sogar übertreffen.«

Daran hatte ich noch gar nicht gedacht. *Wonderland* könnte das Doppelte der benötigten Summe zusammenbekommen!

»Wie war dein restliches Wochenende?«

»Trey und ich waren mit unseren kleinen Brüdern im Kino.« Ich sehe, wie Jolies Mund aufklappt, und füge rasch hinzu: »Die Betonung liegt auf *kleine Brüder*.«

»Hört sich trotzdem irgendwie nach einem Date an«, sagt sie gedehnt.

»Nein, tut es nicht.« Das klingt zwar, als würde ich mich verteidigen wollen, aber es war kein Date!

Jolie nimmt eins der kopierten Plakate in die Hand. »Brauchst du Hilfe beim Aufhängen?«

»Ja, bitte!«, erwidere ich, dankbar für den Themenwechsel.

»Lass uns ein paar in der Schule verteilen und die restlichen in der Nähe der Buchhandlung. Der Buchclub soll schon in zwei

Tagen stattfinden, und wir müssen so viele Leute wie möglich erreichen. Ich leite dir den Link weiter, über den die Tickets verkauft werden.« Ich sehe mich um. »Wo ist Annika?«

»Sie hat mit ihrem Filmprojekt zu tun, weil sie es noch vor den Weihnachtsferien abgeben muss. Oh, und Bebe hat gefragt, ob wir uns zum Mittagessen nicht zu ihr setzen wollen.« Jolies Lächeln ist so breit, dass es von einem Ohr zum anderen reicht.

Ich lasse mir Zeit beim Einsammeln der Kopien. Meine Hände schwitzen. Was hat Bebe vor? Unsere Begegnung im Kino läuft vor meinem inneren Auge ab, und ich hoffe, dass sie nichts Fieses geplant hat.

»Ach ja? Und was hast du zu ihr gesagt?«, frage ich, obwohl ich die Antwort bereits kenne.

»Natürlich ja! Wer will nicht bei den coolen Kids sitzen?«

»Ich.«

Jolie lacht, aber das war kein Witz.

»Ich vermute, Trey und Boogs werden auch da sein?«

»Nur Girls, hat sie gesagt. Das wird bestimmt lustig.«

Na toll.

Wir hängen die Plakate direkt vor dem Mittagessen in der Schule auf, und je näher wir der Mensa kommen, desto unwohler fühle ich mich. Ich wünschte, Annika wäre bei uns. Sie würde Bebe in die Schranken weisen, sollte sie zu weit gehen.

Nachdem wir uns Essen geholt haben, winkt uns Bebe zu ihrem Tisch, an dem auch Blair, Santi und Yarah sitzen. Santi lächelt uns freundlich an, Yarah winkt, Blair ignoriert uns. Bebe grinst, während wir Platz nehmen.

»Wir haben gerade über *Wonderland* geredet«, erklärt sie.

»Ich wusste nicht, dass *Wonderland* in Schwierigkeiten steckt«, sagt Santi zu Blair. »Du etwa?«

»Klar, wusste ich davon«, erwidert Blair, doch mir fällt auf, wie sie dabei den Blickkontakt vermeidet.

»Also ich habe gespendet«, sagt Yarah. »Ich hoffe wirklich, dass sie die Summe zusammenkriegen.«

»Ich auch«, mischt sich Jolie ein.

Bebes Grinsen wirkt jetzt wieder so gehässig wie im Kino. Was für eine Ironie, dass ich gestern Abend mit Trey über *Die Tribute von Panem* geredet habe und mich jetzt wie eine Gejagte fühle.

»Wie war denn euer Wochenende? Also ich war im Kino und habe dich dort getroffen, stimmt's, Ariel?« Bebes Augen leuchten auf. »Mit Trey.«

Mir wird flau im Magen. Blair sieht mich scharf an und runzelt die Stirn. »Trey?«

»Unsere kleinen Brüder sind beste Freunde«, erkläre ich mit rasendem Herzen.

Bebe klopft mit ihren langen Nägeln auf den Tisch. »Ich habe gar keine Kinder bei euch gesehen.«

»Sie waren auf der Toilette.« Ich sehe zu Blair hinüber, die mich immer noch anfunkelt, also füge ich hinzu: »Es war kein Date.«

»Uuh, niemand hat was von einem *Date* gesagt«, säuselt Bebe.

Ich könnte ihr eine klatschen.

Blair wirft ihre Braids nach hinten und zuckt mit den Schultern. »Natürlich war es kein Date. Trey ist vergeben, und außerdem bist du absolut nicht sein Typ.«

Ich fühle mich, als hätte Blair mir einen Schlag in die Magengrube verpasst. Die einzigen physischen Unterschiede zwischen uns bestehen darin, dass ich eine Brille trage und dicker bin als sie ... und alle wissen, dass es ihr nicht um meine Brille geht.

»Blair!«, sagt Santi. »Sei nicht so gemein.«

Ich bin dankbar, dass Santi mich verteidigt, aber Blairs Worte haben mich bereits schwer getroffen. In meinem Kopf hallen die Stimmen wider, die mich jahrelang als fett beschimpft haben, und ich balle unter dem Tisch die Fäuste, während ich versuche, ruhig zu atmen. Doch die Stimmen werden immer lauter.

»Ich meinte nicht, weil du dick bist«, sagt sie demonstrativ, und ich würde am liebsten im Boden versinken. »Ich kenne Trey einfach nur zu gut.«

Sie hat recht. Wieso sollte Trey mich mögen, wenn er »Black Barbie« an seiner Seite haben kann? Aus dem Augenwinkel sehe ich, wie Jolie den Kopf schüttelt, und ich weiß, dass sie etwas sagen will. Aber sie hätte keine Chance gegen die anderen, genauso wenig wie ich.

»Aber du wusstest nicht, dass Trey gestern im Kino war?«, legt Bebe nach.

Blairs hübsches Gesicht verzieht sich zu einer hässlichen Fratze.

»Genau wie auf meiner Party, als er dich einfach ohne ein Wort sitzengelassen hat.«

In diesem Moment wird mir klar, dass es hier gar nicht um mich geht. Es dreht sich alles um Bebes absurden Machtkampf mit Blair. Ich bin dabei nur ein Kollateralschaden.

»Bebe, lass es einfach«, sagt Santi genervt. »Natürlich wusste sie, wo Trey war.«

»Ganz genau«, bestätigt Blair, doch für den Bruchteil einer Sekunde bemerke ich ihren unsicheren Blick. Sie wusste es nicht. Blair steht auf und schiebt sich ihre rosa Handtasche über die Schulter. »Wenn ihr mich entschuldigt, ich gehe meinen Freund suchen.«

»Und ich hänge lieber noch mit Boogs ab«, sagt Santi. »Danke für das ruinierte Mittagessen, Bebe.«

Blair schießt noch einen Blick auf Bebe ab, bevor sie den Tisch verlässt. Bebe hat die Kiefer zusammengepresst, aber welche Reaktion hat sie denn erwartet? Ohne ein Wort steht sie ebenfalls auf und geht, ihren halb vollen Teller lässt sie einfach stehen.

Yarah seufzt. »Tut mir leid, wie das gelaufen ist, Mädels. Ich werde mal nach Bebe sehen.«

Nachdem Yarah weg ist, bleiben nur Jolie und ich zurück.

»Was war das denn gerade?«, sagt Jolie langsam.

Ich schiebe Reis auf meine Gabel, lasse sie dann aber auf den Teller fallen. »Das war eine Mittagspause mit den coolen Kids. Beim nächsten Mal sagst du einfach nein, okay?«

Jolie nickt mit betretener Miene. »Bei dir alles gut? Das war echt fies von Blair.«

Ich zucke mit den Schultern, als hätte es mir nichts ausgemacht, doch Jolie greift über den Tisch und drückt meine Hand. Sie kennt mich gut genug, um zu wissen, wie sehr mich Blair verletzt hat. Ich senke den Blick auf den Reis mit Fisch und schiebe den Teller weg. Nicht, weil ich schon satt bin, sondern weil ich jetzt mehr brauche als das – am besten frittiert und fettig. Wieso soll ich mich gesund ernähren? Es spielt keine Rolle, wie sehr ich mich anstrenge, um Gewicht zu verlieren. Ich werde trotzdem immer als das fette Mädchen gesehen.

29

Treys Playlist:
»Ghetto Christmas« von Love Renaissance
(LVRN), 6LACK und Summer Walker

Ich schließe mein Mathebuch und werfe einen Blick auf die Uhr. Ich habe gerade noch genug Zeit, um mir ein paar Pommes aus der Mensa zu holen, bevor die Mittagspause vorbei ist. Als ich meinen Rucksack über die Schulter hänge und auf den Flur trete, stoße ich beinahe gegen Blair, die mit verschränkten Armen vor mir steht und mich wütend anfunkelt.

»Du warst mit Ariel im Kino«, stellt sie in nüchternem Ton fest, bevor ich überhaupt hallo sagen kann.

»Nein«, erwidere ich gedehnt. »Ich musste meinen und Ariels Bruder ins Kino begleiten, und Reon hat sich gewünscht, dass sie mitkommt. Wir waren in diesem albernen Weihnachtstierfilm.« Mein schlechtes Gewissen meldet sich, weil ich nicht die ganze Wahrheit sage – dass ich Ariel auch dabei haben wollte und nicht aufhören konnte, sie anzustarren. »Es war nur ein Kinobesuch, Babe.«

Blair atmet erleichtert auf. »Bei Bebe klang das ganz anders. Warum hast du mir nichts davon erzählt?«

»Wir haben seit unserem Streit nicht miteinander gesprochen. Außerdem haben Ariel und ich gestern gerade Feierabend gemacht, als Reon in den Laden geplatzt kam und sie gefragt hat. Das war gar nicht geplant.«

Über Blairs Schulter hinweg entdecke ich ein buntes Plakat,

auf dem *Wonderland* steht. Ich gehe darauf zu, lese die Infos zur Weihnachtstalentshow und zur Spendenkampagne und lächle. Ariel hat gute Arbeit geleistet. Als Blair sich neben mich stellt, meldet sich erneut das schlechte Gewissen, weil ich an Ariel denke ... schon wieder.

»Ich wünschte, du hättest mir von den Problemen mit *Wonderland* erzählt. Ich habe es wie alle anderen erfahren.« Sie zieht einen Schmollmund.

Ist das ihr Ernst? Sie war doch diejenige, die sich beschwert hat, weil sich bei mir in letzter Zeit alles nur noch um *Wonderland* dreht. Hat sie das etwa vergessen? Aber das Letzte, was ich jetzt will, ist ein neuer Streit mit Blair, also schlucke ich meinen Ärger hinunter.

»Entschuldige, ich hätte es erwähnen sollen. Eigentlich hatten Annika und Jolie die Idee mit den Hashtags ...«

»Seit wann bist du mit Jolie befreundet?«, unterbricht sie mich.

»Das bin ich nicht wirklich. Ariel hat sie und Annika gebeten, in den Laden zu kommen, um bei der Planung der Talentshow zu helfen.«

Auf Blairs Stirn bildet sich eine Falte.

»Aber, hey, vergiss das alles«, füge ich rasch hinzu. »Das Wochenende ist noch eine Weile hin. Wie wäre es, wenn ich dich dafür am Donnerstag einlade? Es gibt da einen coolen Ort, zu dem ich dich gern mitnehmen würde.«

Sofort verschwindet die Falte, und Blair klatscht in die Hände. »Wohin denn?«

»Das ist eine Überraschung.« Ich beuge mich zu ihr und küsse sie. Es fühlt sich warm und vertraut an, einfach nach Blair. Als ich mich von ihr löse, sind ihre Augen immer noch geschlossen, als wollte sie den Moment noch genießen, doch eine Bewegung aus dem Augenwinkel weckt meine Aufmerksamkeit, und ich sehe etwas rot Leuchtendes um die Ecke verschwinden. Ariel?

Diesmal erfasst mich eine ganze Welle aus Schuldgefühlen, obwohl ich weiß, dass ich nichts Falsches getan habe. Wieso fühle ich mich schlecht bei dem Gedanken, dass Ariel vielleicht gesehen hat, wie ich meine Freundin küsse?

»Es geht immer noch nur die Mailbox ran«, erkläre ich Mum.

Ich habe Ariel zehnmal angerufen. Sie arbeitet heute Nachmittag nicht, aber sie wollte mit dem Wandbild anfangen. Ich schicke ihr eine kurze Nachricht, um sicherzugehen, dass bei ihr alles okay ist. *Wonderland* ist gerade richtig voll. Es fühlt sich an, als kämen die Leute aus ganz London, um sich den neuen Trend-Buchladen anzusehen – ja, wir sind auf Twitter getrendet! Ist das nicht irre? Autorinnen und Autoren sowie andere unabhängige Buchhandlungen haben das Video wie verrückt geteilt. Mum sitzt deshalb ständig am Telefon, um weitere Preisnachlässe auszuhandeln. Ein paar Autorinnen und Autoren haben sogar angeboten, ihre Bücher zu signieren, die wir auf Lager haben. Ich wünschte nur, die Spenden würden genauso schnell in die Höhe schießen wie unsere Followerzahlen auf Social Media.

Unsere Angebotsschilder funktionieren gut und bringen zusätzlichen Umsatz, aber die meisten Leute scheinen eher daran interessiert zu sein, Fotos zu machen – vor oder im Laden und seltsamerweise von mir.

»Entschuldigen Sie, ich würde gern etwas spenden«, sagt eine ältere Dame, die ich aus der Gegend kenne. Egal ob es regnet oder die Sonne scheint, sie trägt immer einen schwarzen Fellmantel.

»Oh, vielen Dank. Sie müssen nur den Link anklicken, dann können sie online spenden.«

Sie schüttelt den Kopf. »Ich benutze diese neumoderne Technik nicht. Haben Sie vielleicht eine Dose, wo ich etwas Geld hineinstecken kann?«

»Äh ... eine Sekunde.«

Mum ist gerade zu sehr in ein Kundengespräch vertieft, um ihre Aufmerksamkeit zu bekommen. Also schnappe ich mir eine leere Kakaodose, die noch nicht im Recycling gelandet ist, und schreibe SPENDEN darauf, obwohl ich nicht mal weiß, ob das auch legal ist. Als ich zu der Frau zurückkehre, steckt sie ein paar Münzen hinein und klopft mir freundlich auf den Arm.

»Ich hoffe wirklich, dass der Laden bleibt.«

»Danke sehr, ich auch«, erwidere ich lächelnd.

Ich lasse die Spendendose auf dem Verkaufstresen stehen und kümmere mich wieder um die Kasse. Als sich der Kundenansturm ein paar Stunden später gelegt hat und Mum den Kassenbereich aufräumt, bemerkt sie die Dose.

»Trey.« Sie winkt mich zu sich. »Was ist das?«

Ich zucke mit den Schultern. »Es gibt Leute, die kein Internet benutzen und trotzdem spenden möchten.«

»Nun, dann bring sie doch dazu, stattdessen ein Buch zum vollen Preis zu kaufen.« Sie nimmt die Dose und schüttelt sie, bevor sie einen Blick hineinwirft. Sie ist bis oben hin mit Münzen voll, sogar ein paar Scheine sind dabei. »Vergiss es ... wir lassen die Dose hier einfach stehen«, sagt Mum lachend.

Ich bin gerade fast mit einer Kundin fertig, die eine Handvoll reduzierte Bücher gekauft hat, als Blair und Santi hereinkommen.

»Sekunde noch«, forme ich mit den Lippen in ihre Richtung, während ich der Kundin ihren Beutel reiche. »Vielen Dank für Ihren Einkauf im *Wonderland*. Und frohe Weihnachten!«

»Frohe Weihnachten! Ich bringe auf jeden Fall meine Familie zur Weihnachtstalentshow mit«, sagt sie, und ich lächle.

Nachdem sie weg ist, gehe ich zu den Zwillingen hinüber.

»Hey.« Ich gebe Blair einen Kuss und umarme Santi. »Was macht ihr denn hier?«

Santi hüpft regelrecht auf der Stelle. »Rate, wer einen Retweet gemacht hat?«

»Beyoncé?«, sage ich grinsend.

Blair lacht, Santi verdreht die Augen.

»John Boyega?«

»Eine Autorin, Trey!«, sagt Santi. »Meine Lieblingsautorin aller Zeiten.«

Niemals ...

Santi reicht mir ihr Handy. Und tatsächlich, Estee fucking Mase hat meinen Tweet geteilt!

»WAS?!« Ich greife mir an den Hinterkopf. »Das ist verrückt!«

Estee Mase ist eine Number One Sunday Times und New York Times Bestsellerautorin. Und sie kennt *Wonderland*!

»Du brauchst eine namhafte Größe wie sie, um den Buchladen zu retten«, sagt Blair.

»Und was soll ich jetzt machen?«

»Frag sie, ob sie am Tag der Talentshow Bücher signiert!«,

sagen Blair und Santi gleichzeitig. Sie werfen sich einen Blick zu und prusten los.

Das ist *die* Idee! Wir haben immer noch kistenweise Bücher von ihr hier, dabei hatte ich gehofft, dass wir heute mehr davon verkaufen. Auch die Nachfrage bei den Buchclub-Tickets hält sich in Grenzen.

»Denkt ihr, sie würde wirklich kommen?«

Santi nickt. »Sie ist Schwarz, sie ist hier in der Gegend aufgewachsen, und sie weiß, wer du bist und worum es für *Wonderland* geht. Hör zu, wir machen ein Foto von dir mit ihren Büchern und du fragst sie einfach.«

»Okay«, sage ich aufgeregt.

Ich schnappe mir ihren neusten Roman und grinse in die Kamera. Santi macht das Foto, leitet es an mich weiter und ich tweete es an Estee Mase. Wenn sie wirklich kommt, wäre das der Kracher.

Santi quiekt. »Ich glaube, ich falle in Ohnmacht, wenn ich sie sehe. Wie lief es heute im Laden?«

»Es war viel los, aber die meisten haben nur gestöbert oder Fotos gemacht. Wir haben längst nicht so viel verkauft, wie ich erwartet hatte.«

Blair hakt sich bei mir unter. »Das wird noch, keine Sorge. Und Ariel arbeitet heute gar nicht?«

»Nein, sie ist nicht aufgetaucht. Habt ihr sie in der Schule gesehen?«

»Nein«, sagt Blair rasch.

Santi wirft ihr einen Blick zu, sagt aber nichts.

Die Ladentür geht auf, und Boogs spaziert mit einem Stapel Plakate unter dem Arm herein.

»Ihr trefft euch ohne mich?«, fragt er.

»Wir sind nur zufällig vorbeigekommen.« Santi springt auf ihn zu. »Trey hat gerade Estee Mase auf Twitter gefragt, ob sie zur Weihnachtstalentshow kommt.«

»Nice!« Boogs zeigt auf die Plakate. »Ich weiß, dass Ariel auch Plakate gemacht hat. Aber ich habe hier ein paar mit einem QR-Code. Den müssen die Leute nur scannen, dann landen sie direkt auf der Spendenseite.« Boogs schaut sich um. »Keine Ariel heute?«

Ich schüttle den Kopf und sehe mir eins der Plakate an, das super aussieht. Es ist mir immer noch ein Rätsel, wieso Boogs den Kunstkurs geschmissen hat. »Danke, Mann. Die sind echt cool.«

»Hey, wieso kommt ihr zwei nicht mit zu uns?«, schlägt Blair vor.

»Ja, wir haben schon ewig nicht mehr zusammen rumgehangen«, fügt Santi hinzu.

Boogs und ich sehen uns an und nicken.

»Schaut euch noch einen Moment um, dann bin ich hier fertig, und wir können los. Wird nicht lange dauern«, sage ich.

30

Ariels Playlist:
»The Christmas Song« von Gregory Porter

Ich wollte nach der Schule ins *Wonderland* und mit dem Wandbild anfangen, aber ich fühle mich gerade nicht danach, von anderen Menschen umgeben zu sein. Blairs Worte wiederholen sich in Dauerschleife in meinem Kopf. Egal, wie sehr ich mich auch anstrenge, den Vorfall vom Mittagessen zu vergessen, ich schaffe es nicht. Als ich Blair und Trey dann auch noch auf dem Gang beim Küssen gesehen habe, wurde mir klar, dass er und ich nur eine dumme Phantasie sind. Die beiden passen optisch perfekt zueinander, und ich bin mir sicher, Trey würde lachen, wenn er wüsste, dass ich auf ihn stehe. Blair hat recht – ich bin nicht sein Typ.

Also gehe ich nicht zum Buchladen, sondern zu McDonalds. Dabei ignoriere ich die Stimme in meinem Kopf, die mich daran erinnert, wie hart ich gearbeitet habe, um Gewicht zu verlieren, und dass es die Sache nicht wert ist, alles wieder zunichtezumachen. Doch nichts davon interessiert mich. Ich bestelle einen Big Mac, zwei große Portionen Pommes, Chicken Nuggets, ein Vanillemilchshake, eine heiße Apfeltasche und ein Oreo McFlurry. Die Leute gaffen mich an, weil ich Schwierigkeiten habe, alles zu halten, aber auch darauf achte ich nicht.

Als ich nach Hause komme, ist zum Glück niemand da. Ich stelle alles auf den Küchentisch und esse hastig los, ohne etwas zu schmecken. Schon nach der Hälfte bin ich satt, aber ich zwinge mich, immer weiter zu schlingen, bis ich Magenschmerzen habe und mein Bauch sich ganz aufgebläht anfühlt. Danach stopfe ich die Verpackungen in eine Mülltüte, die ich draußen wegwerfe, damit Mum nichts davon mitbekommt.

Sobald ich in meinem Zimmer bin, ziehe ich die Vorhänge zu und schließe den Rest der Welt aus. Dann lege ich mich ins Bett und lasse den Tränen freien Lauf, bis sie von meinen Wangen auf das Kissen tropfen.

31

Treys Playlist:
»You're Mine« von Jeremih

Die Zwillinge wohnen in einem großen Haus in Angel, Islington, mit ihren Chirurgen-Eltern, die oft lange arbeiten. Ihr Wohnzimmer ist dreimal so groß wie bei mir zu Hause, und sie haben einen dieser coolen Fernseher, die an der Wand hängen und wie ein Gemälde aussehen, wenn sie nicht eingeschaltet sind.

»Ich bin für *Urlaub mit Hindernissen*«, sagt Santi. »Ich meine, Morris Chestnut ...«

»Hey!«, beschwert sich Boogs. »Macht der dich etwa heiß?«

Santi lacht. »Wieso, willst du das lieber übernehmen?«, kontert sie grinsend.

»Uuuh!«, machen Blair und ich.

»Wollen wir hochgehen?«, schlägt Boogs vor, aber Santi zieht nur eine spöttische Miene und startet den Film.

Blair schaltet das Licht aus und kuschelt sich zu mir. Der Film läuft noch keine zehn Minuten, da spüre ich ihre Hand langsam an meinem Bein entlangwandern. Mein Körper reagiert augenblicklich, aber meine Augen bleiben auf den Fernseher gerichtet. Ich weiß, wohin das führen wird – sie will mit mir nach oben gehen. Mein Körper will das offensichtlich auch, aber aus irgendeinem Grund fühle ich mich heute nicht danach. Ich glaube, so ging es mir mit Blair noch nie. Ich nehme ihre Hand und halte sie fest. Sie wirft mir einen überraschten

Blick zu, was ich verstehen kann. Normalerweise wäre ich jetzt bereits mit ihr an der Treppe. Aber sie denkt hoffentlich, dass ich zu sehr in den Film vertieft bin, auch wenn ich ihn schon oft genug gesehen habe.

Von Santi und Boogs ist auf der anderen Seite des Wohnzimmers nichts zu hören. Erst als ich hinübersehe, bemerke ich, dass sie nicht mehr da sind. Sie müssen sich irgendwann einfach weggeschlichen haben. Jetzt schaut auch Blair in diese Richtung und bekommt mit, dass sie weg sind.

»Eine Sekunde«, sagt sie zu mir.

Sie steht auf und schließt die Wohnzimmertür. Auf dem Weg zu mir zurück zieht sie ihr Top aus, unter dem ein roter Spitzen-BH zum Vorschein kommt, der unglaublich gut an ihr aussieht. Sie setzt sich breitbeinig auf meinen Schoß und beginnt, mich im Nacken zu küssen. Normalerweise reagiere ich darauf, indem ich sie weiter ausziehe, und obwohl ein Teil von mir sofort loslegen möchte, bekomme ich einfach nicht den Kopf dafür frei. Meine Arme bleiben an meiner Seite, und ich sehe mir über ihre Schulter hinweg weiter den Film an.

Blair mustert mich und folgt meinem Blick, dann springt sie auf, als hätte sie sich an mir verbrannt, und macht das Licht an. Die Lampen sind so hell, dass ich blinzeln muss.

»Verarschst du mich gerade, Trey?«, schimpft sie. »Du guckst echt diesen blöden Film?«

»Nein, nein, ich wollte ... Ich meine, das wollte ich nicht.« Ich schlucke nervös.

»Was ist los mit dir?« Blair hebt ihr Top vom Boden auf. »Ich werfe mich dir regelrecht an den Hals, und du tust gar nichts.«

»Tut mir leid, ich ...« Resigniert breche ich ab und senke den Blick auf meine Hände.

Was ist mit uns passiert? Ich konnte Blair immer alles sagen, und es gab diese irre sexuelle Chemie zwischen uns. Aber jetzt scheint all das weg zu sein. Es ist weg, seit ... na ja, seit Ariel auf der Bildfläche erschienen ist. Ich denke die ganze Zeit nur darüber nach, wieso sie nicht in den Laden gekommen ist und ob es ihr gut geht. Ich schüttle den Kopf. Über Ariel nachzudenken, während Blair halb nackt vor mir steht, ist eine echt miese Nummer.

»Es tut mir leid«, wiederhole ich. »Vielleicht sollten wir einfach ...«

»Was, Trey?«, sagt Blair leise.

Ich hebe den Kopf und sehe, dass sie Tränen in den Augen hat. Was genau wollte ich sagen? Dass ich mit ihr Schluss mache? *Will* ich denn mit ihr Schluss machen? Ich weiß nicht, was ich will! Wieso ist plötzlich alles so kompliziert? Blair hält sich ihr Top vor die Brust und wirkt so ... verletzlich.

»Nichts.« Ich stehe auf und nehme sie fest in den Arm. »Ich bin einfach nur gestresst wegen *Wonderland*.«

»Ist zwischen uns alles okay?«, murmelt sie an meiner Brust.

Ist es das? Ich weiß es nicht. Anstatt ihr zu antworten, lege ich einen Finger unter ihr Kinn, hebe sanft ihren Kopf und küsse sie. Ich warte auf das leidenschaftliche Gefühl, das Verlangen, das immer da war, aber es kommt nicht.

Unter einem Bogen aus Lichterketten gehe ich eine ruhige Kopfsteinpflasterstraße entlang. Nach der Sache mit Blair hatte ich ein schlechtes Gefühl, also habe ich mich verabschiedet und bin gegangen. Sie hat mich nicht aufgehalten, deshalb weiß ich, dass sie sich genauso unwohl gefühlt hat. Ich habe keine Ahnung, wie ich das mit uns in Ordnung bringen soll – und wenn ich ehrlich bin, weiß ich nicht einmal, ob ich das überhaupt will. Ich habe Ariel mehrere Nachrichten geschickt, aber sie hat immer noch nicht geantwortet. Was ist los mit ihr? Ich rufe sie zum gefühlt hundertsten Mal an, aber es klingelt nur. Seufzend lege ich auf, doch gleich darauf vibriert mein Handy, und ihr Name erscheint auf dem Display.

»Ariel? Alles okay bei dir?«, platzt es sofort aus mir heraus.

»Hey ... und ja, entschuldige, alles okay. Nur vorhin habe ich mich nicht besonders gut gefühlt. Wie war's heute im *Wonderland*?«

»Es läuft, mach dir keine Gedanken. Aber ich habe mir Sorgen um dich gemacht. Geht es dir besser?«, frage ich vorsichtig.

»Jetzt ja.«

Ein Auto hupt auf der Straße, und ich zucke zusammen.

»Wo bist du gerade?«, fragt Ariel.

»Bin auf der Upper Street unterwegs. Die Lichter sind hier so schön. Warte ... ich schick dir ein Foto. Das muntert dich bestimmt etwas auf.«

Das Bild wird dem Anblick zwar nicht ganz gerecht, aber ich schicke es ihr trotzdem und höre, wie sie staunend die Luft ausstößt.

»Wow, das sieht umwerfend aus. Bist du auf dem Heimweg?«

»Nein, ich laufe einfach herum. Ich hatte einen nicht so tollen Abend.«

»Könnte ich vielleicht dazukommen?«

Ich lächle. »Ja, das wäre schön.«

Es ist arschkalt, und ich wünschte, ich hätte eine Mütze, denn der eisige Wind in meinem Gesicht macht es nicht besser. Ariel steigt in einem taillierten Mantel und roten Handschuhen, die zu ihren Haaren passen, aus dem Bus. Sie sieht müde aus, aber ihr Gesicht erwacht zum Leben, als sie mich entdeckt und lächelt. Mit einem Mal habe ich Schmetterlinge im Bauch, was völlig verrückt ist. Dieses Gefühl hatte ich nicht mehr, seit ich vor zwei Jahren mit Blair zusammengekommen bin. Aber da ist etwas an Ariel, das sich trotzdem anders anfühlt.

Wir gehen die Upper Street ein paarmal hoch und runter, damit wir nicht frieren. Wenn es nicht so kalt wäre, würde ich stehenbleiben und die ganze Zeit nur die Lichter betrachten.

»Ich möchte dir etwas zeigen.«

Ariel schaut mich fragend an, während ich sie in die Seitengasse führe, wo ich vorhin war. Ihre Augen weiten sich, als sie die Lichterketten sieht, die wie ein Torbogen über uns gespannt sind.

»Wow.« Sie blickt zu den Lichtern auf und dreht sich dabei im Kreis.

»Cool, oder? Abends komme ich am liebsten hierher.«

Ganz in der Nähe steht eine Bank, und wir setzen uns hin. Die Kälte kriecht durch meine Jeans, und ich schiebe die Hände in meine Jackentasche.

Ariel stößt mich sanft an. »Was ist los?«

»Nur Beziehungskram.« Ich schüttle den Kopf, denn ich will nicht über Blair reden. »Übrigens habe ich Estee Mase einen Tweet geschickt ... sie gefragt, ob sie zur Talentshow kommt und ein paar Bücher signiert.«

»Echt?« Ariel staunt.

Ich lache. »Hoffentlich meldet sie sich zurück.«

Sie holt ihr Handy heraus und beginnt zu scrollen. »Sieh dir das an.«

Ich beuge mich hinüber. Alle möglichen Leute twittern Estee Mase und bitten sie, ins *Wonderland* zu kommen.

»Boah!« Ich scrolle noch weiter. »Ich kann nicht glauben, wie groß das Interesse ist.«

»Ihr habt es verdient. Und warst du auch mal wieder auf der Spendenseite?«

»Ja, vor einer Weile, aber wir liegen immer noch in der Nähe der fünftausend Pfund Marke. Die Sonderangebote haben auch nicht so viel gebracht, wie wir dachten.« Ich seufze. »Weiß nicht, aber vielleicht müssen wir noch etwas anderes ausprobieren.«

»Wir haben immer noch den Buchclub. Wie läuft es denn damit?«

»Bis jetzt wurden nur zehn Plätze reserviert, aber das ändert sich vielleicht noch, wenn der Termin näher rückt.«

Um ehrlich zu sein, hatte ich gehofft, die Tickets wären bereits ausverkauft. Vielleicht haben wir die Leute nicht genug darauf aufmerksam gemacht?

Ariel erstarrt neben mir, und ich sehe sie an. Sie hält sich eine Hand vor den Mund, ihre Augen sind weit aufgerissen.

»Was? Was?« Ich werfe einen Blick auf ihr Handy.

Zehntausend Pfund in vierundzwanzig Stunden!

»ICH FASS ES NICHT!« Ich springe auf, ziehe Ariel mit mir, umarme sie und juble aus voller Kehle.

Wir hüpfen so ausgelassen umher, dass uns ein paar Passanten amüsiert mustern. Aber das ist mir egal. Dieser Moment hier ist perfekt.

32

Ariels Playlist:
»Comin' for X-Mas?« von Usher

Trey hält mich in den Armen. Es ist, als hätte es Blairs Bemerkung beim Mittagessen und meinen Esssuchtanfall danach nicht gegeben. All die Scham und die tief verletzten Gefühle haben sich unter dem sternenklaren Himmel in Luft aufgelöst. Ich bin so glücklich, dass es mir vorkommt, als würde ich schweben.

33

Treys Playlist:
»Come December« von Jordan Fisher

Ariel in meinen Armen zu halten, fühlt sich richtig an. Ihre lebhaften Augen strahlen mich an, ihre vollen Lippen wirken so verlockend. Wie gern würde ich sie jetzt küssen.

34

Ariels Playlist:
»Merry Christmas, Darling«
von Timi Dakolo und Emeli Sandé

Ich höre auf zu hüpfen, als ich bemerke, wie Trey mich ansieht. Wir halten uns immer noch fest, und ich würde mich am liebsten auf die Zehenspitzen stellen und Trey Anderson endlich *endlich* küssen. Langsam kommt sein Gesicht immer näher. *Scheiß drauf!* Ich schließe die Augen und stoße mich leicht mit den Füßen ab ...

35

Treys Playlist:
»Christmas With You« von Ceraadi

Ihre Lippen sind meinen so nah. Ich müsste mich nur noch ein winziges Stück nach unten beugen, dann könnte ich das tun, was ich mir seit unserem Besuch im Kino wünsche. Doch plötzlich habe ich Blair vor Augen. Blair, die den Tränen nahe ist und Angst um unsere Beziehung hat. Ariel zu küssen wäre nicht fair, niemandem gegenüber. Ich seufze und lege meine Stirn an ihre.

»Ich kann nicht«, flüstere ich, trete einen Schritt zurück und setze eine Grenze zwischen uns.

»Stimmt, das dürfen wir nicht«, sagt Ariel, ohne mich anzusehen. »Du hast eine Freundin.«

»Richtig.« Ich fahre mit der Hand über meinen Kopf. Keiner von uns sagt ein Wort, und ich wünschte, Ariel würde mich ansehen und nicht auf den Boden starren. Pärchen kommen an uns vorbei, halten Händchen oder machen Selfies unter dem Lichterbogen. Und in diesem Moment wird mir klar, dass ich Ariel nicht hierher hätte mitnehmen sollen. London sieht hier um diese Zeit des Jahres aus wie das Set eines romantischen Films.

Ariel schaut mich mit einem Lächeln an, das nicht ihre Augen erreicht. »Mir ist kalt. Wir sollten weitergehen.«

Ich suche in ihrem Gesicht nach Anzeichen, ob ich ihre Gefühle verletzt habe, aber sie lächelt immer noch, und ich habe keine Ahnung, was sie gerade denkt.

»Ja, lass uns gehen.«

Wir machen uns auf den Weg zurück zur Hauptstraße, aber die Leichtigkeit von vorhin ist verschwunden. Immer wieder sehe ich kurz zu ihr, aber entweder bemerkt sie es nicht oder sie weicht meinem Blick absichtlich aus. Sie schaut mich erst wieder an, als sie in den Bus steigt und mir zum Abschied zuwinkt.

36

Ariels Playlist:
»Santa Baby« von Rev Run feat. Puff Daddy,
Mase, Salt-N-Pepa, Snoop Dogg,
Keith Murray und Onyx

Instinktiv werfe ich einen Blick über die Schulter, um zu sehen, ob Trey dem Bus hinterherschaut. Ich kann einfach nicht anders. Aber er geht bereits in die entgegengesetzte Richtung davon, die Hände in den Jackentaschen vergraben. Es ist laut und voll, und ich will einfach nur mit meinen Gedanken allein sein, also steige ich zum Oberdeck hinauf, wo es zum Glück ziemlich leer ist. Ich lehne den Kopf an die kalte Scheibe und seufze. Das Glas beschlägt. Wieso muss ich immer alles ruinieren? Ich war so glücklich – *wir* waren glücklich – und dann mache ich eine falsche Bewegung. Trey wollte es auch, zumindest dachte ich das. Aber wenn ich jetzt darüber nachdenke ... Habe ich wirklich von ihm erwartet, dass er Blair mit mir betrügt? Blair mag sein, wie sie ist, aber es ist trotzdem nicht okay, mit ihrem Freund zu flirten. Das weiß ich, aber in dem Moment war es mir egal. Ich wollte ihn ganz für mich haben.

In meinen Schläfen klopft es dumpf, und ich knete sie leicht mit den Fingern. Nur vom Nachdenken bekomme ich schon Kopfschmerzen. Mit geschlossenen Augen lehne ich den Kopf an den Sitz und versuche mir klarzumachen, dass ich mich nicht so stressen darf.

Es funktioniert nur nicht.

37

Treys Playlist:
»Holiday Celebrate« von Toni Braxton

Elf Tage bis Weihnachten

»Morgen, Trey«, sagt Ariel strahlend, als sie das Büro betritt. Wir haben heute beide keine Kurse, deshalb habe ich den Laden früher aufgeschlossen, damit sie mit dem Wandbild anfangen kann.

»Morgen«, erwidere ich.

Sie dreht mir den Rücken zu, während sie sich den Mantel auszieht und den Schal ablegt. Ich habe meine Jacke angelassen, weil die Heizung noch kaputt ist, aber der Monteur hat versprochen, heute vorbeizukommen. Ich sehe dabei zu, wie sie ihre roten Haare zu einem lockeren Knoten zusammenbindet. Ihre zerrissene Jeans ist voller Farbe, und sie trägt ein Shirt, das genau an den richtigen Stellen anliegt. Ich könnte sie den ganzen Tag betrachten. Sie holt einen Beutel voller Farben in allen möglichen Schattierungen aus ihrer Tasche und legt ihn auf den Tisch. Dann nimmt sie den Wasserbecher, den ich ihr bereits hingestellt habe, und den Beutel und geht zur Tür.

»Ariel«, sage ich.

Sie bleibt stehen und dreht sich zu mir um, einen erwartungsvollen Ausdruck im Gesicht. Wahrscheinlich will sie von mir hören, dass ich meine Meinung geändert habe und sie hätte küssen sollen, aber das kann ich ihr nicht sagen. Ich wünschte, ich könnte ihr meine wahren Gefühle anvertrauen – dass ich oft daran denke, wie es wäre, sie zu küssen, und dass ich am glücklichsten bin, wenn sie in der Nähe ist. Aber ich muss zuerst herausfinden, wie es mit mir und Blair weitergeht. Und ich will nicht, dass Ariel denkt, sie ist nur zweite Wahl oder so, denn das könnte sie nie für mich sein. Kein Mädchen verdient es, hingehalten zu werden.

»Äh ... sagst du Bescheid, wenn du noch irgendwas brauchst?«

Auch ohne ein Wort von ihr, weiß ich, dass sie enttäuscht ist. Sie nickt und verlässt das Büro.

Ich folge ihr in den Verkaufsraum. Auch wenn wir erst in ein paar Stunden öffnen, sind bereits Leute vor dem Laden und machen Fotos. Ein Mädchen in meinem Alter klopft an die Schaufensterscheibe und deutet auf ihr Smartphone.

Zuerst schüttle ich den Kopf, dann forme ich ein »Später« mit den Lippen.

Das Mädchen hebt den Daumen und geht. Ariel hat das Mädchen auch gesehen, doch als sich unsere Blicke treffen, schaut sie schnell weg und macht sich an die Arbeit.

Mum findet es lustig, dass die Leute sich mit mir fotografieren wollen. Deshalb habe ich heute Morgen einen Scherz darüber gemacht, dass inzwischen auch nach Fotos mit ihr gefragt wird. Jetzt sitzt sie beim Friseur, nur für den Fall.

Ich hole mein Handy aus der Hosentasche und mache ein paar Bilder für *Wonderlands* Instagram-Account. Ich hatte die Mitteilungsfunktion in den letzten Tagen ausgestellt, weil mich die ständigen Benachrichtigungen ganz verrückt gemacht haben. Unsere Followerzahl ist quasi über Nacht von vierhundert auf vierzehntausend geklettert. Wenn jetzt jeder dieser Follower auch nur einen kleinen Betrag für uns übrig hätte ...

Ich stelle mich hinter Ariel und mache ein Foto von ihr beim Malen. Nachdem ich es an Mum geschickt habe, damit sie es posten kann, lade ich es auf Twitter hoch.

Hier im @WonderlandBooks entsteht etwas Besonderes zusammen mit @ArielArt! #SaveWonderland #WonderlandBlackOwned #BlackBusiness #BlackTalent

Augenblicklich erhalte ich eine Benachrichtigung.

Hi Trey, ich würde gern ein Interview mit dir und Ariel über *Wonderland* machen. Es ist bemerkenswert, was zwei Teens aus Hackney da Tolles auf die Beine stellen. Wann könnten wir uns unterhalten? Sarah Mills

Ich klicke auf Sarahs Profilbild. Sie arbeitet für einen großen Fernsehsender. Und sie will uns interviewen?

»Ariel! Sieh dir das an!«, rufe ich aufgeregt.

Ariel legt sorgfältig ihren Pinsel zur Seite und wischt sich die Hände an der Jeans ab. »Was ist denn?« Sie kommt zu mir, liest den Tweet und schnappt nach Luft. »Wir sollen ins Fernsehen?«

Am liebsten würde ich sie wieder in den Arm nehmen wie gestern, aber ich halte mich zurück. »Wäre das denn okay für dich? Ich hoffe nur, das ist nicht live. Dann bekomme ich garantiert kein Wort heraus.«

Als Ariel meinen Arm berührt, durchzuckt es mich wie ein Blitz. »Ich werde bei dir sein.«

Wir schauen uns an, und ich möchte ihren Blick nicht loslassen.

Ariel bricht den Bann als Erste. »Schreib ihr, dass sie gleich heute vorbeikommen kann.«

Ein paar Stunden später betritt Mum mit perfekt gestylten Locken den Laden. Normalerweise trägt sie nur Jeans und Blusen, aber heute hat sie ein schwarzes Strickkleid und Stiefel mit hohen Absätzen an.

»Oh, das ist ja mal was ganz Neues«, sage ich grinsend, und Mum dreht sich im Kreis.

»Sie sehen toll aus, Mrs. Anderson«, ruft Ariel herüber.

»Danke, Süße. Wie läuft der Verkauf?«

»Heute besser. Von den Angeboten haben wir schon einiges verkauft, aber Bücher zum vollen Preis gehen nach wie vor nur langsam weg.«

Mum runzelt die Stirn. »Lass uns noch ein paar Tage abwarten. Wir müssen die Leute dazu bringen, mehr auszugeben.«

In diesem Moment geht die Tür auf, und ein Mann in einem teuren Anzug kommt herein. Ich erkenne David Raymond sofort wieder, Mum neben mir strafft sich. Mr. Raymond schüttelt sich übertrieben, dann hebt er die Hand zur Türbelüftung, die natürlich nicht funktioniert. Er schaut zu Ariel, die an der Wand malt, und hebt eine Augenbraue. Gerade ist nur wenig Kundschaft im Laden, und ich wünschte, es wäre voller, damit er sehen könnte, wie gut es den Leuten hier gefällt. Er nimmt ein Buch von einem der Angebotstische und dreht es in der Hand.

»Mrs. Anderson, wie geht es Ihnen?«

»Gut, danke«, sagt Mum steif.

Ariel schaut von ihrer Arbeit auf.

»Sehr schön, sehr schön. Und nett, auch Sie wiederzusehen, Dre.« Er lässt das Buch achtlos fallen und streckt mir die Hand entgegen, doch ich reagiere nicht darauf.

»Ich heiße Trey«, sage ich, aber ich bin mir sicher, dass er mir gar nicht zuhört, denn sein Blick streift durch den Laden. Nur an den Büchern in Weihnachtspapier neben der Kasse verweilt er etwas länger.

Mr. Raymond lässt ein Lächeln aufblitzen. »Ich habe gesehen, dass sie eine Spendenaktion für *Wonderland* gestartet haben. Fünfzigtausend Pfund in elf Tagen aufzubringen, ist ein ganz schön hohes Ziel, und wie Sie wissen, bin ich sehr interessiert an dieser Immobilie. Ich dachte, Sie wollen verkaufen?«

Mum räuspert sich. »So sehr ich Ihr Angebot auch zu schätzen weiß, das hier ist ein Familienunternehmen, und wir wollen alles dafür tun, um es zu erhalten.«

Mr. Raymond nickt, während sie spricht. »Oh, ich verstehe, Sie wollen der nächsten Generation etwas weitergeben, aber ich war bereits sehr großzügig. Wie auch immer, lassen Sie mich Ihnen das Ganze noch etwas versüßen.«

Er klappt seine Aktentasche auf, öffnet ein Scheckheft, nimmt einen Stift und schreibt etwas hinein. Dann reicht er Mum den Scheck, und sie zieht scharf die Luft ein. Als ich einen Blick auf die Zahl werfe und die vielen Nullen sehe, weiten sich meine Augen. Meint der Typ das ernst?

»Nun, Mrs. Anderson, dieses Angebot gilt bis achtzehn Uhr an Heiligabend. Ich sehe ja, wie sehr sie sich bemühen.« Er schaut auf die Spendenbox. »Dennoch wird es nicht leicht werden, die Summe zusammenzubekommen. Reden Sie am besten mit Ihrem Mann und geben Sie mir Bescheid, wenn Sie eine Entscheidung getroffen haben.« Lächelnd schließt er die Aktentasche. »Ich hoffe, die Heizung kann repariert werden. Ist nicht gut fürs Geschäft. Einen schönen Tag noch.«

Ich mache einen Schritt nach vorn, aber Mum hält mich am Arm zurück. Wie gern würde ich diesem Kerl eine verpassen! Mr. Raymond verlässt den Laden, nur eine Wolke aus teurem Aftershave bleibt in der Luft hängen.

Als er weg ist, atmet Mum tief durch. Die abfällige Art, mit der er sich im Laden umgesehen hat, als wüsste er, dass wir es nicht schaffen, bringt mein Blut zum Kochen. Aber wir werden *Wonderland* retten! Das müssen wir.

»Das ist eine Menge Geld«, sagt Mum, während sie den Blick auf den Scheck gerichtet hat.

»Mum! Du hast gesagt, wir tun alles, was wir können!«

»Ich weiß, Schatz, aber dieses Geld könnte unser Leben verändern ...«

»Er gibt uns Zeit bis Heiligabend, richtig? Also lass uns bis dahin weitermachen. Wir nehmen gerade erst Fahrt auf.«

Mum schaut sich in dem inzwischen leeren Laden um.

»Erzähl ihr von dieser Fernsehreporterin«, kommt Ariel mir zu Hilfe, und ich könnte sie auf der Stelle küssen.

»Fernsehen?« Mum sieht mich fragend an.

Ich erzähle ihr schnell von Estee Mase und Sarah Mills, in der Hoffnung, dass sie ihre Meinung zu Mr. Raymonds Angebot ändert.

»Das ist ja toll! Und was für eine großartige Plattform für *Wonderland*. Schatz, ich möchte die Buchhandlung auch nicht verkaufen, aber ich muss gleichzeitig daran denken, was das Beste für die Familie ist. Wir machen es, wie du gesagt hast. Wir geben bis Heiligabend weiter Gas, und wenn du mit der Reporterin über *Wonderland* redest, lass dich nicht vom Thema abbringen. Erwähne bloß nicht *Books! Books! Books!*. Wir brauchen keinen Ärger mit denen. Du weißt, dass diese Fernsehleute gern herumschnüffeln und Öl ins Feuer gießen.«

Ich atme erleichtert auf und bin dankbar, dass Mum immer noch dafür ist, *Wonderland* zu retten. Ich lege einen Arm um sie. »Keine Sorge, Mum. Ich mach das schon.«

38

Ariels Playlist:
»Cold December Nights« von Boyz II Men

»Habt ihr auch Ausgaben von *Love Struck* da?«

Ich wende mich von meinem Bild ab und habe einen jungen, gut aussehenden Schwarzen vor mir. Er ist groß, trägt einen maßgeschneiderten Mantel zu Skinny Jeans und schaut mich durch seine Brille an.

Ich halte den Atem an.

»Sie sind Darren Acre«, platzt es aus mir heraus. Der YA-Bestsellerautor Darren Acre höchstpersönlich. Niemand schreibt Schwarze Liebesromane wie er.

Er lächelt, eine kleine Falte bildet sich an seinem Mund. »Der bin ich. Falls ihr meine Bücher vorrätig habt, würde ich sie signieren. Ich habe *Wonderland* auf Twitter gesehen und möchte gern helfen.«

»Natürlich! Das wäre großartig! Ich stelle Sie gleich Mrs. Anderson vor. Ihr gehört die Buchhandlung.«

Darren wirft einen Blick über meine Schulter auf das Wandbild. Ich bin noch ganz am Anfang und dokumentiere jeden Arbeitsschritt mit einem Foto für meine Bewerbung im Artists' Studio. Im Moment sind ein paar beliebige Farbflächen und Linien zu erkennen, die nur für mich einen Sinn ergeben. Trotzdem nickt er anerkennend und sagt: »Bin gespannt, wie es aussieht, wenn es fertig ist. Ich habe deine Bilder online gesehen und bin jetzt schon ein großer Fan.«

Ich schlucke. Darren Acre ist ein Fan von *mir*? Ich versuche, die richtigen Worte zu finden, aber mein Hirn scheint mich verlassen zu haben. Mein Gesicht muss knallrot sein, und meine Hände fühlen sich klamm an. Wieso kann ich nicht cool reagieren?

»Ariel? Alles okay?« Trey kommt zu mir und mustert Darren von oben bis unten.

»Hey, ich bin Darren Acre.« Darren hält ihm die Hand hin, und Treys Augen weiten sich staunend, als er sie schüttelt.

»Sie sind der Autor von *Love Struck*? Wow, ich liebe Ihre Bücher. Danke, dass Sie vorbeigekommen sind.«

»Kein Problem. Ich habe Ariel gerade gesagt, dass ich gern ein paar Bücher signieren würde«, erwidert Darren.

Trey grinst. »Ah, sehr schön. Folgen Sie mir.«

Sie gehen zur Kasse hinüber. Ich weiß, dass ich weitermalen sollte, damit ich vor Heiligabend mit dem Wandbild fertig bin, aber es kommt nicht jeden Tag vor, dass ein bekannter und schicker Autor in mein Leben tritt.

»Arbeiten Sie gerade an etwas Neuem?«, fragt Mrs. Anderson, während sie einen Stapel seiner Bücher vor ihm ablegt.

»Ja, und ich überlege, ob ich meinen neuen Roman in Paris spielen lasse, um mich ein bisschen vom London-Setting zu lösen. Ich lebe jetzt schon ein paar Monate in Paris.«

»Oh, das würde ich toll finden«, sage ich, und alle sehen zu mir herüber. »Ich war mal mit meinem Dad in Paris im Louvre. Die Stadt ist einer der schönsten Orte, an denen ich bis jetzt gewesen bin.«

Darren grinst. »Paris ist atemberaubend. Vielleicht mache ich meine Protagonistin zu einer rothaarigen Künstlerin.«

»Das würde ich auf jeden Fall lesen!« Mrs. Anderson zwinkert mir zu. »Ich bin gleich zurück. Ein paar Bücher habe ich noch im Lager.«

Darren ist immer noch mir zugewandt, mein ganzer Körper wird warm. Trey wirft Darren einen tödlichen Blick zu, und ich muss unwillkürlich lächeln, was Darren bemerkt.

»Oh, mein Fehler.« Darren zeigt auf mich und Trey. »Ihr zwei seid zusammen?«

Es entsteht eine peinliche Pause, und ich sehe zu Trey, der den Mund öffnet, um etwas zu sagen, es dann aber sein lässt und nur den Kopf schüttelt.

Darren greift in seine Tasche, kommt zu mir und reicht mir eine schwarze Visitenkarte, auf der sein Name, seine Telefonnummer und seine E-Mail-Adresse stehen. »Für den Fall, dass du irgendwann mal in Paris bist, ruf mich an.«

»Danke.« Lächelnd halte ich die Karte in der Hand.

Trey starrt mit angespanntem Kiefer darauf, sagt jedoch kein Wort.

Nachdem Darren die Bücher signiert hat, wir ein Foto machen durften und er gegangen ist, wird es zum Glück wieder voll im *Wonderland*. Wir stellen seine Bücher ins Schaufenster, die nach kurzer Zeit ausverkauft sind.

Der Tag vergeht schnell, auch wenn die Stimmung zwischen Trey und mir wegen gestern Abend immer noch etwas angespannt ist. Aber seitdem Darren Acre in Treys Beisein mit mir geflirtet hat, fühle ich mich schon viel besser. Darren ist attraktiv und talentiert, aber mein Kopf und mein Herz hängen an Trey, und ich weiß nicht, wie ich das ändern soll.

Ich werde von meinen Gedanken abgelenkt, als Sarah Mills in den Laden kommt. Sie ist eine große und schlanke weiße Frau, blonde Haare umrahmen ihr Gesicht, und sie trägt eine marineblaue Tweedjacke zu einer schwarzen Hose. Ich winke ihr zu, dann lege ich meinen Pinsel weg und wische mir die Hände an meiner bunt gefleckten Jeans ab. Trey und ich gehen ihr entgegen, um sie zu begrüßen.

»Schön, euch beide kennenzulernen.« Sie will mir die Hand schütteln, bemerkt dann aber die Farbe.

»Sorry, ich hatte keine Gelegenheit, mir die Hände zu waschen«, sage ich, doch Sarah schüttelt den Kopf.

»Nur keine Sorge. Ich bin wirklich gespannt, wie das Wandbild aussieht, wenn es fertig ist.« Sie schaut sich um. »Wow ... hier ist viel los.«

»Ja, die Resonanz ist sagenhaft. Jeden Tag werden es mehr Kunden«, erwidert Trey. »Ich bin froh, dass ich diese Posts geteilt habe, denn ohne die Unterstützung der Leute würde die Situation für *Wonderland* ganz anders aussehen.«

»Ich würde gern mehr darüber hören«, sagt Sarah. »Können wir irgendwo in Ruhe reden?«

»Ja, kommen Sie mit. Mum!«

Mrs. Anderson blickt auf, während wir auf sie zugehen.

»Wir setzen uns kurz ins Büro«, erklärt Trey.

»Okay, Schatz. Und nett, Sie kennenzulernen, Ms. Mills.« Mrs. Anderson schüttelt Sarah die Hand.

»Die Freude ist ganz meinerseits.« Sarah lächelt. »Es wäre wunderbar, wenn wir uns später auch unterhalten könnten, falls das okay ist.«

Mrs. Anderson streicht durch ihre neue Frisur, und ich mache den Fehler, in diesem Moment Treys Blick aufzufangen. Ich muss mich echt zusammenreißen, nicht loszulachen.

»Nein, das sollte kein Problem sein«, erwidert Mrs. Anderson.

Wir nehmen im Büro Platz, und Trey stellt den Wasserkocher an. Ich bemühe mich, die Farbe von meinen Händen zu kratzen, was Sarah mitbekommt.

»Ich würde sehr gern mehr über das Wandbild erfahren«, sagt sie.

Also erkläre ich ihr meine Idee von einer Wand voller Schwarzer Literaturgrößen, wobei Sarah immer wieder zustimmend nickt.

»Das klingt genial ... Ah, danke«, fügt sie hinzu, als Trey uns allen Tassen hinstellt. »Trey, erzähl mir von *Wonderland* und was die Buchhandlung so besonders macht.«

Trey setzt sich neben mich, und sein Bein streift meins, was ein Prickeln in mir auslöst, das ich zu ignorieren versuche.

»*Wonderland* gibt es schon, seit mein Urgroßvater den Laden hier eröffnet hat. Die Buchhandlung war nie etwas anderes als ein unabhängiges Geschäft, das von einer Schwarzen Familie geführt wird. Die Eröffnung der Filiale einer Buchhandelskette hat uns stark getroffen, so dass wir sogar über den Verkauf des Ladens nachgedacht haben, aber dank der öffentlichen Unterstützung bekommen wir hoffentlich genug Geld zusammen, um die Türen nicht schließen zu müssen.«

»Das klingt sehr gut! Wie findest du es, dass *Wonderland* im *Rebel Pop* Magazin unter der Rubrik »Fünfzig unterstützungswerte Schwarze Unternehmen« vorgestellt wird?«

Mir klappt die Kinnlade herunter. *Rebel Pop*? Ich sehe zu Trey, der genauso überrascht zu sein scheint wie ich. Wieso wussten wir nichts davon? Ich war so beschäftigt mit *Wonderland*, dem Wandbild, der Bewerbung für das Artists' Studio und der Schule, dass ich mich nicht erinnern kann, wann ich das letzte Mal einen Blick in die Zeitschrift geworfen habe.

Sarah lacht. »Ich vermute, ihr habt das noch gar nicht mitbekommen. *Wonderland* erhält von allen Seiten tolle Unterstützung. Es ist faszinierend zu sehen, welche Dynamik da entsteht.« Sie liest ein paar Namen vor – von Autorinnen und Autoren über Serienstars bis hin zu Fernsehmoderatoren – ich bin vor Freude ganz hibbelig, weil uns all diese Menschen helfen.

Und dann sagt sie: »Rihanna.«

»Moment, Moment, Moment!« Ich hebe die Hände. »Sagten Sie gerade *Rihanna* unterstützt *Wonderland*?«

Sarah nickt, als wäre das die normalste Sache der Welt, während Trey sich den Kopf hält, als würde er gleich explodieren. Ich kann es nicht glauben, bis ich mir mein Handy schnappe und es mit eigenen Augen sehe: @*BadGirlRiri* hat ganz locker etwas über *Wonderland* gepostet. Rihanna hat MEIN GANZES LEBEN geprägt! Ich zeige es Trey, und wir scrollen durch die Kommentare. Er deutet auf einen Kommentar von *Wonderland*, in dem ein Dankeschön steht.

»Wie kann Mum das gesehen haben, ohne uns etwas davon zu sagen? Oh, jetzt haben wir ein Problem.«

Sarah lacht. »Darüber wollte ich mit euch reden. Ihr zwei seid junge, ambitionierte, an der Gemeinschaft interessierte Teenager. Ihr seid eine Inspiration. *Wonderland* geht weltweit viral, und es scheint kein Halten zu geben. Ich hätte euch beide gern am Freitagabend in den Sechs-Uhr-Nachrichten, damit ihr den Zuschauern erzählen könnt, wieso wir alle hinter *Wonderland* stehen sollten. Ich glaube wirklich an das, was ihr hier tut, und ich bin sicher, dass es die Spendenbereitschaft weiter ankurbeln würde, wenn *Wonderland* zur Prime-Time im Fernsehen ist. Käme das für euch beide in Frage?«

»Ja!«, sage ich. Genau das brauchen wir. Ich sehe zu Trey, der genauso begeistert sein müsste wie ich, aber er ist völlig erstarrt.

»Es wird nur ein paar Minuten dauern«, fügt Sarah hinzu. »Und wir werden es hier vor Ort filmen, dann seid ihr in eurer vertrauten Umgebung.«

»Aber muss es denn live sein?«, fragt Trey, und ich höre die Unsicherheit aus seiner Stimme heraus.

Dass er so nervös wird, hätte ich nicht erwartet. Er ist Mr. Popular, deshalb verstehe ich nicht ganz, wieso es für ihn so beängstigend ist, in eine Kameralinse zu sprechen.

Sarah nickt. »Ihr werdet toll sein. Lass einfach deinen Charme sprühen, der auch in den *#SaveWonderland*-Posts steckt.«

»Und ich werde direkt neben dir sitzen«, sage ich.

Unsere Hände berühren sich leicht unter dem Tisch, und ohne darüber nachzudenken, nehme ich seine und drücke sie sanft. Trey schaut auf unsere Hände und dann auf mich. Er lächelt schwach, was ich erwidere.

»Okay«, sagt er schließlich. »Wir machen es.«

Auf das Wandbild kann ich mich kaum noch konzentrieren. Ich werde in den Nachrichten sein, und Rihanna hat auf Instagram einen Beitrag über *Wonderland* gepostet. Die Rihanna, deren Haarfarbe ich kopiert habe und deren Songs in so ziemlich allen meinen Playlisten sind.

Ist das alles überhaupt echt?

Hinter mir hustet jemand, und ich schaue über meine

Schulter. Ein paar Leute winken mir zu. Ich bin es nicht gewöhnt, vor Publikum zu malen, aber genau das passiert gerade. Aus irgendeinem Grund haben wir nie daran gedacht, dass die Kunden stehen bleiben und mir zusehen, Fragen stellen und Fotos machen würden. Ich habe es Mrs. Anderson gegenüber erwähnt, und sie hat vorgeschlagen, dass ich Kopfhörer aufsetzen und Musik hören solle – eine ziemlich eindeutige Art, den Leuten zu zeigen, dass ich nicht gestört werden möchte. Das Malen nimmt nun auch die meiste Zeit ein, es sei denn, Trey oder Mrs. Anderson geben mir zu verstehen, dass sie meine Hilfe im Laden brauchen. Mrs. Anderson hat gesagt, wenn die Buchhandlung nicht schließen muss, könnte ich unbefristet hier arbeiten, und sie würde mir die Kassenabläufe zeigen. Ich hoffe wirklich, dass es so kommt. *Wonderland* ist schon jetzt wie ein zweites Zuhause für mich.

Ich trete ein paar Schritte zurück und begutachte meine heutige Arbeit. Was ich sehe, gefällt mir. Meine Hände sind bunt verschmiert und bald ist Ladenschluss, also sollte ich die Farbe abwaschen, bevor sie ganz angetrocknet ist.

»Mrs. Anderson, ich gehe mich kurz waschen«, sage ich.

»Okay. Trey sortiert gerade etwas im Lager für mich. Sagst du ihm bitte, dass er raufkommen soll? Ich würde meine Schwester gern von ihren Babysitterpflichten erlösen.«

»Mach ich!« Ich gehe die Treppe in den Keller hinunter und bleibe stehen, als ich Treys vertraute Stimme einen meiner Lieblingssongs singen höre – »Cold December Nights« von Boyz II Men. Das ist ein so unterschätztes Weihnachtslied. Trey hat Kopfhörer auf und stapelt Kartons in einem eng anliegenden T-Shirt, unter dem sich seine Armmuskeln deutlich abzeichnen. Sein Pullover liegt achtlos auf dem Boden.

Wow ... jedes Mal, wenn ich Trey singen höre, bekomme ich eine Gänsehaut. Ich könnte ihm den ganzen Tag zuhören. Er ist so versunken in dem Song, dass er nicht mitbekommt, wie ich mein Handy heraushole und auf Aufnahme drücke.

Eine halbe Stunde später, dreht Trey das GEÖFFNET-Schild an der Ladentür um, und ich greife nach meinem Handy in meiner hinteren Hosentasche. Wegen der vielen Mitteilungen war es den ganzen Tag auf lautlos gestellt. Deshalb sehe ich erst jetzt den verpassten Anruf von Annika. Ich rufe sie zurück.

»Warum hast du mir nicht erzählt, was Blair in der Schule zu dir gesagt hat?«, fragt sie. Typisch Annika, sie kommt mal wieder direkt zum Punkt.

Ich zögere. »Oh, äh ... hat Jolie mit dir darüber gesprochen?«

»Ja, und wieso du nicht?«

»Ich weiß nicht«, murmle ich. Die Wahrheit ist, dass es mich zu sehr verletzt, darüber zu reden.

»Ich komme gleich im *Wonderland* vorbei. Lass uns dann reden. Hast du heute Abend schon was vor?«

»Nein, aber ich bin total eingesaut. Meine Jeans ist buchstäblich voller Farbe.«

»Ich habe zwei Paar Leggins an, weil es so kalt draußen ist. Du kannst eine davon haben. Bis gleich.« Und sie legt auf.

Ich hoffe, die Leggins sind dehnbar.

Ich habe gerade meine Farbhände gereinigt, als Annika zwanzig Minuten später den Laden betritt. Mrs. Anderson ist bereits weg, und Trey räumt den Kassenbereich auf.

»Bist du okay?«, fragt Annika und mustert mich eingehend. Ich nicke. »Ich habe gleich bei ihr angerufen und sie rundgemacht.«

Ich schnappe nach Luft. »Hast du nicht.«

»Wen rundgemacht?«, ruft Trey von der anderen Seite des Ladens.

»Deine F...«

Ich schüttle den Kopf und flehe Annika mit den Augen an, nichts zu sagen. Einen Moment lang befürchte ich, dass sie sich nicht darauf einlässt, doch dann lächelt sie.

»Nicht wichtig, Mädchenkram. Was dagegen, wenn ich Ariel mitnehme? Ich will mit ihr Abendessen gehen.«

»Kein Problem.« Trey kommt zu uns. »Bist du morgen beim Buchclub dabei?«

»Na klar! Ich bin immer zur Unterstützung da – ich habe nur das Buch nicht gelesen.« Sie grinst breit.

»Annika!« Ehrlich, sie hätte wenigstens das erste Kapitel lesen können.

»Ich hatte zu tun! Aber keine Sorge, auf Goodreads finde ich bestimmt eine Zusammenfassung des Plots.«

Ich verdrehe die Augen, als Trey sagt: »Hat Ariel dir erzählt, dass Darren Acre heute im Laden war? Du weißt schon, der Autor.«

Ich sehe ihn verwundert an, denn er sagt das so lässig, als hätte ihn das vorhin überhaupt nicht gestört.

»Niemals!«, sagt Annika.

»Yep, und seine Bücher sind bereits ausverkauft. Außerdem sind wir am Freitag in den Fernsehnachrichten.«

»Echt?« Annika lässt den Mund offen stehen. »Ich werd verrückt!«

»Oh, und Rihanna hat über uns gepostet«, fügt Trey hinzu.

Jetzt kreischt Annika los, und wir halten uns die Ohren zu. »Ach du scheiße! Rihanna? ›Work, work, work‹ Rihanna?«

Als würde es noch eine andere geben.

»Das ist absolut irre! *Wonderland* wird die Fünfzigtausender Marke so was von knacken.«

Ich löse meinen Haarknoten und lasse meine Haare über die Schultern fallen.

»Du hast da noch etwas Farbe.« Trey beugt sich vor und reibt sanft über mein Kinn. Seine Hand verweilt für einen Moment, bevor er den Arm rasch zurückzieht. Ich schiele zu Annika hinüber, die ihre Augenbrauen hochgezogen hat.

Trey räuspert sich. »Wir sehen uns morgen. Tschüss, Annika.« Ohne ein weiteres Wort geht er davon.

»*Grrrr!*« Annika mustert mich von oben bis unten. »Wir haben offenbar eine Menge zu besprechen.«

Wir landen in einer Pizzeria direkt um die Ecke. Es ist voll und laut, überall hängt goldenes Lametta, und im Hintergrund läuft merkwürdige Akkordeonmusik. Annika bestellt einen großen Teller Spaghetti Carbonara, der mir das Wasser im Mund zusammenlaufen lässt, aber nach meinem McDonalds-Esssuchtanfall habe ich mir geschworen, wieder gesünder zu essen. Also bestelle ich einen Thunfischsalat.

»Ach, komm schon.« Annika häuft ein paar Spaghetti auf meinen Teller. »Wir sind beim Italiener.«

»Ich hatte gestern einen schlechten Tag ... nach der Sache mit Blair.« Ich senke den Blick.

Annikas Miene verfinstert sich. Sie kennt mich schon so lange, dass sie weiß, was ein »schlechter Tag« bei mir bedeutet, ohne dass ich es erklären muss.

»Blair kann echt eine Bitch sein. Woher nimmt sie sich das Recht, so mit dir zu reden? Und sie streitet auch noch ab, eine Bemerkung über dein Gewicht gemacht zu haben. Aber Jolie ist keine Lügnerin. Außerdem bist du eine echt heiße Schnitte, also stehen die Kerle auch auf dich.«

»Davon habe ich aber noch nichts gemerkt«, sage ich spöttisch. Ich drehe ein paar Spaghetti auf meine Gabel und schiebe sie mir in den Mund. Sie sind so gut.

»Hey!«, schimpft Annika, und ich blicke auf. »Tu das nicht. Werte dich nicht ab. Du bist umwerfend und talentiert und liebenswert. Blair sollte sich Gedanken machen. Ich habe gesehen, wie Trey dein Gesicht gestreichelt hat.«

»Hat er nicht!«, protestiere ich.

»Ich meine, wer weiß, was passiert wäre, wenn ich nicht danebengestanden hätte. Wahrscheinlich hätte es auf dem Boden geendet ...«

»Annika!« Ich werde rot.

»Oder ihr hättet noch ein Date gehabt.«

»Das Kino war kein Date«, sage ich.

Sie lehnt sich auf ihrem Stuhl zurück. »Das redest du dir also ein?«

Ich grinse. »Vielleicht.«

Wir lachen los.

Als Annika den Kopf vorbeugt, um sich wieder ihrem Teller zu widmen, lächle ich vor mich hin. Es tut gut, mit meiner besten Freundin bei einem leckeren Essen zu sitzen und mich nicht wie gestern mit Blair und Bebe als das Letzte zu fühlen. Annika ist wirklich die Beste.

39

Treys Playlist:
»Christmas Love« von Victory

Als ich nach Hause gehe, ist ganz schön viel los auf der High Street. Es kommt mir vor, als wären alle in einem hektischen Weihnachtsshoppingmodus, obwohl immer noch über eine Woche Zeit ist. Zum Glück habe ich meine Geschenke schon besorgt, eingepackt und ganz oben im Kleiderschrank versteckt, hinter meiner Sporttasche, wo Reon nicht rankommt. Ich schwöre, wenn er wie letztes Jahr herumschnüffelt, tausche ich alles wieder um.

Der Reißverschluss an meiner Jacke ist offen, obwohl es eiskalt ist, aber ich friere trotzdem nicht, weil ich Boogs Jacke unter meiner trage. Ich vergesse ständig, sie ihm in der Schule wiederzugeben, deshalb bringe ich sie ihm jetzt auf dem Heimweg vorbei.

Ich denke an die peinliche Situation im Laden, bevor ich gegangen bin. Wieso musste ich Ariel unbedingt die Farbe aus dem Gesicht wischen? Und dann habe ich es sogar noch schlimmer gemacht, weil ich meine Hand an ihrem Kinn gelassen habe wie irgendein Spinner. Und ich habe Annikas Reaktion gesehen ... Ich hoffe nur, sie erzählt das niemandem, vor allem nicht Bebe oder Blair.

Ich komme bei Boogs an und klingle an der Tür. Er öffnet nur ein paar Sekunden später.

»Was geht?«, sagt er und lässt mich rein.

»Nicht viel, Mann. Ich wollte dir nur deine Jacke vorbeibringen.« Ich ziehe die beiden Jacken aus und gebe ihm seine. Dann höre ich Stimmen aus dem Wohnzimmer.

»Hast du Besuch?«

»Ja, ich hab dir doch geschrieben. James und Marcus sind hier.«

Ich will mein Handy checken, doch dann fällt mir ein, dass der Akku leer ist. Wir gehen ins Wohnzimmer, wo Bierflaschen auf den Tischen stehen und Snacks herumliegen – der Vorteil eines Einzelkindes, dessen Mum lange arbeiten muss.

»Nee, der würd ich's echt besorgen«, sagt James und öffnet eine Flasche, bevor er mich begrüßt. Seine blauen Augen sind gerötet. Ich setze mich neben Marcus, der einen Arm um mich legt.

»Trey, du bist berühmt!«, lallt er. »Krieg ich Riris Nummer von dir?«

»Wie viel habt ihr schon intus?«, frage ich.

Marcus zuckt mit den Schultern und beginnt zu lachen. Langsam nehme ich seinen Arm von mir herunter. »Wem würdest du's besorgen, James?«

»Bev Smith«, sagt James.

Boogs prustet los. »Wie besoffen bist du denn? Du hattest doch mal was mit Bev, schon vergessen? Als du von Yarah getrennt warst.«

»Ich?«, erwidert James mit Unschuldsmiene und zeigt auf sich. Alle lachen.

»Diese Party.« Marcus wedelt mit dem Finger in meine Richtung. »Diese Party.«

Wir warten darauf, dass er noch etwas anderes sagt, aber ihm fallen die Augen zu.

James schlägt mit der Faust auf den Tisch. »Ariel Spencer.«

»Was?«, sage ich, plötzlich alarmiert. Weiß James etwa, dass ich sie mag?

»Sie ist g-uuu-t. Was sagt sie so, Trey? Ist sie Single?«

Boogs wirft ein Kissen nach James. »*Du* bist kein Single, Schwachkopf.«

James grinst uns großspurig an. »Ich mach heute noch Schluss mit Yarah und schnappe mir stattdessen diese Rothaarige. Habt ihr gesehen, wie üppig die ausgestattet ist?« James beißt sich in die Faust. »Das ist mal 'ne Frau. Ich hab noch nie mit 'ner Dicken geschlafen.«

»Pass auf, was du sagst!«, zische ich.

Boogs sieht mich an und runzelt die Stirn.

James lacht, und am liebsten hätte ich ihm eine verpasst.

»Es heißt doch, dass Dicke immer scharf sind«, fährt er fort.

Abrupt springe ich auf. »Du redest nur Scheiße«, knurre ich.

James hebt beschwichtigend die Hände. »Was hast du für ein Problem, Trey?«, sagt er dann grinsend.

»Langsam, langsam!« Boogs legt eine Hand auf meine Schulter. »Lass uns kurz rausgehen, ja?«

Mein Atem geht so schwer, als wäre ich gerade gerannt, meine Fäuste öffnen und schließen sich. Wir treten vor die Tür, kalte Luft schlägt mir entgegen. Boogs mustert mich aufmerksam, aber ich sehe absichtlich überallhin, außer zu ihm.

»Was war das gerade?«, will er wissen, doch ich zucke nur mit den Schultern.

»Trey?«

»Er hat sich respektlos verhalten«, sage ich schließlich.

Boogs legt den Kopf schräg, seine Augen weiten sich langsam. »O Shit! Du stehst auf sie.«

»Wie bitte?«, sage ich zu schnell und zu abwehrend. Boogs kennt mich, er grinst, seine weißen Zähne leuchten in der Dunkelheit.

»Du stehst auf die kleine Meerjungfrau! Verdammt, ich werd nich mehr!«

»Nicht so laut«, zische ich, auch wenn niemand auf uns achtet.

»Also ich finde Ariel toll. Vor allem für dich ... und viel besser als Blair«, erwidert Boogs ernst.

»Echt?« Solange ich mich erinnern kann, sind wir ein Vierergespann, und Boogs hat nie ein schlechtes Wort über Blair verloren. Ich meine, sie ist die Zwillingsschwester seine Freundin, aber er hat kein einziges Mal erwähnt, dass wir nicht zusammenpassen. »Wieso?«

»Ich mag Blair auch, aber ... ich weiß nicht, Mann ... diese ganze Sache mit *Wonderland* hat alles in ein anderes Licht gerückt. Ich habe mitbekommen, wie Ariel dich unterstützt. Eine wie sie brauchst du an deiner Seite, eine, der du wichtig bist und die sich für das interessiert, wofür du brennst. Guck dir Santi und mich an. Mir sind Bio-Produkte egal, ich esse gern Fleisch, und ich bin kein großer Lesefan, aber wenn wir zusammen sind, mache ich gern etwas für sie, kaufe ihr Linsenchips, lade sie in das angesagteste vegane Restaurant ein oder überrasche sie mit dem neusten Roman von Estee Mase – und lasse mir dann sogar ein Ohr darüber abkauen. Denn all das ist ihr wichtig. Wann hat dich Blair zuletzt auch nur gefragt, welches Buch du gerade liest?«

Boogs hat recht. Ich glaube sogar, dass Blair mich noch nie gefragt hat, was ich gerade lese. Und macht nicht genau das eine gute Beziehung aus? Dass der andere an dir interessiert ist und hinter dir steht? Das habe ich bei Blair schon lange nicht mehr gespürt. Aber Ariel? Sie ist für mich da, begleitet mich seit dem Tag, als sie angefangen hat, im *Wonderland* zu arbeiten.

»Blair beschwert sich ständig vor Santi und mir darüber, wie viel Zeit du im Buchladen verbringst«, fährt Boogs fort. »Ich neulich so zu ihr, guck doch mal hin, *Wonderland* könnte geschlossen werden! Ehrlich, Mann, willst du wirklich noch mit ihr zusammen sein? Oder bist du das nur, weil die Leute es erwarten? Es ist bequem so, das verstehe ich, aber ich glaube, du wärst ohne sie glücklicher.«

Bequem. Ja, so ist es mit Blair. Natürlich ist sie verwöhnt, und ab und an frage ich mich, was wir überhaupt gemeinsam haben, aber ich konnte ihr immer alles sagen, und eigentlich ist sie eine gute Zuhörerin. Wir hatten schon eine Menge Spaß zusammen ... Aber wenn ich jetzt darüber nachdenke, kann ich mich nicht daran erinnern, wann es zuletzt so unbeschwert war. Als wären wir nicht mehr auf derselben Wellenlänge.

»Okay, ich mag Ariel ...«

»Ich wusste es!«

Ich lache. »Entspann dich mal.«

Boogs macht eine Reißverschlussgeste über seinem Mund.

»Ariel ist toll, also wirklich toll, aber ich bin jetzt seit fast zwei Jahren mit Blair zusammen. Es würde sich komisch anfühlen, wenn es nicht mehr so wäre, verstehst du?«

Boogs nickt. »Veränderungen fühlen sich zuerst immer komisch an, habe ich gehört. Ich habe mein altes Viertel verlassen, weil ich mein Leben ändern wollte. Für Santi habe ich mich um hundertachtzig Grad gedreht. Und sie ist es wert, weil sie mich zu einem besseren Menschen macht.« Boogs zuckt mit den Schultern. »Veränderungen können auch gut sein, Bruder.«

Ist es Zeit für eine Veränderung? Bin ich bereit dafür? Aber ich wollte am Donnerstag mit Blair zum Grotto-Markt. Wenn ich das jetzt absage, belastet das unsere Beziehung nur noch mehr.

»Was machst du am Donnerstag?«, frage ich. »Ich habe Blair eingeladen, aber unser letztes Treffen endete nicht so toll. Willst du nicht mit Santi mitkommen?«

»Klar, schick mir einfach die Infos«, erwidert Boogs. »Wie läuft eigentlich die Spendenaktion?«

»Das habe ich seit gestern nicht mehr gecheckt und jetzt ist mein Akku leer. Kannst du mal nachsehen?«

Boogs tippt auf seinem Smartphone herum und reißt plötzlich die Augen auf. »O Shit!« Er hält mir das Handy vor die Nase. »Zwanzigtausend Pfund für *Wonderland*!«

»Was?« Ich schnappe mir das Handy und scrolle die Spendenliste und die Kommentare durch. Es sind viele bekannte Autorinnen- und Autorennamen dabei, was cool ist, auch Darren Acre ist unter ihnen. Natürlich bin ich ihm dankbar, aber ihn mit Ariel flirten zu sehen, hat mich echt gestört. Das ganze Gerede über Paris und wie romantisch die Stadt ist. Ob er wirklich eine Figur nach ihr gestaltet? Ich frage mich, ob Ariel seine Karte aufheben wird. Ich schüttle den Kopf, denn ich schweife ab. Ariel ist Single und kann tun und lassen, was sie will. Ich sollte mich lieber auf meine Situation mit Blair konzentrieren. Aber insgeheim hoffe ich trotzdem, dass Ariel seine Karte nicht behält ...

»Wir sollten live gehen«, unterbricht Boogs meine Gedanken. Er nimmt mir sein Handy aus der Hand, und kurz darauf erscheint der rote Keis auf seinem Display. Die Zahl der Zuschauer steigt rasch.

»*Wonderland* hat gerade zwanzigtausend Pfund geknackt! Und ich stehe hier neben dem einzig wahren Trey Anderson.« Boogs dreht die Kamera zu mir, ich winke. »Bis Heiligabend sind noch dreißigtausend offen, also kommt schon, Leute, helft mit und rettet *Wonderland*. Der Buchladen liegt an der Stoke Newington High Street in Hackney, kommt vorbei und kauft ein Buch oder lasst eine Spende da. Peace!« Boogs schaltet die Kamera aus. »Darauf sollten wir anstoßen, aber bitte geh nicht auf James los, wenn wir wieder reingehen. Ich brauche keinen bewusstlosen weißen Typen in meinem Wohnzimmer, wenn Mum nach Hause kommt.«

Ich lache und bin viel zu aufgedreht wegen der Spenden, um mir Gedanken über James zu machen. »Ich werd's versuchen.«

Als wir zurückkommen, liegt Marcus laut schnarchend auf der Couch, während James uns den Rücken zugekehrt hat. Ein Song von 2Pac läuft, und er filmt sich auf TikTok, wie er den Text mit den Lippen nachformt. Boogs legt einen Finger an seinen Mund, und ich muss mich echt zusammenreißen, um nicht loszulachen. Ich ziehe mein Handy aus der Hosentasche, um James zu filmen, doch als ich das schwarze Display sehe, fällt mir sofort wieder ein, dass mein Akku leer ist. James macht einen Schritt nach hinten, stolpert über einen Rucksack und kracht direkt in mich hinein. Mein Handy rutscht mir aus der Hand und schlägt auf dem Boden auf – ein Splitternetz aus Linien überzieht das Display.

40

Ariels Playlist:
»Is It Morning Yet?« von James Fauntleroy

»Du stehst auf Trey«, stellt Annika nüchtern fest.

»Nein, ich ...«

Annika legt ihre Hand auf meine. »Du stehst auf Trey. Steht er auch auf dich?«

Plötzlich spüre ich den Drang, unbedingt mit jemandem über meine Gefühle zu reden, weil ich sonst platze. Also schütte ich ihr mein Herz aus. Annika unterbricht mich kein einziges Mal, aber als ich an der Stelle in der Gasse unter dem Lichterbogen bin und ihr erzähle, dass wir uns fast geküsst hätten, schnappt sie nach Luft.

»Es war nichts«, stelle ich klar.

»Aber denkst du, er hätte dich geküsst, wenn Blair nicht im Spiel wäre?« Annika nimmt einen Schluck aus ihrem Glas.

Ich trinke auch etwas, aber nicht, weil ich durstig bin, sondern um mir etwas Zeit zum Nachdenken zu verschaffen. Es ist merkwürdig, aber ich kann mir Trey nicht ohne Blair vorstellen. Sie sind praktisch vom ersten Tag an *das* Traumpaar an der Schule. Und dennoch fühlt es sich auch richtig an, wenn ich an Trey und mich denke.

»Ich glaube schon.«

Annika stellt ihr Glas neben ihren fast leeren Pastateller. »Verdammt.« Sie seufzt. »Kann ja sein, dass du irgendwann mit Trey zusammenkommst, aber ich möchte nicht, dass du verletzt wirst. Blair ist sehr besitzergreifend, und sie fackelt nicht lange, wenn es um Trey geht. Natürlich ist es verlockend, denn – machen wir uns nichts vor – Trey ist unfassbar attraktiv, aber er ist nun mal kein Single.«

»Ich weiß, ich weiß.« Jetzt seufze ich.

Ich wünschte, wir könnten von vorn anfangen, und ich hätte Trey kennengelernt, bevor er überhaupt wusste, dass Blair existiert. Wann bin ich endlich dran mit einem Happy End?

Annika klatscht in die Hände. »Lass uns das Thema wechseln. Freust du dich schon auf den Buchclub morgen?«

Ich verziehe nur das Gesicht.

»Verdammt, was ist denn nun wieder?«

»Wir haben erst zehn Tickets verkauft, aber mit mindestens fünfzig gerechnet. Ich hatte diese Vorstellung von einem Raum voller Estee-Mase-Fans, die ihren neuen Roman feiern und weitere Bücher kaufen, denn der Umsatz ist bis jetzt kaum gestiegen. Jolie hat das so toll gemacht und es überall verbreitet, aber das hat nicht gereicht.«

Annika trommelt mit ihren langen Nägeln auf den Tisch. Dann schnipst sie und zeigt mit dem Finger auf mich. »Ihr müsst das größer aufziehen – etwas finden, was die Leute noch aufmerksamer macht.«

Ich runzle die Stirn. »Was denn zum Beispiel?«

»Keine Ahnung, etwas Unerwartetes.« Sie zuckt mit den Schultern.

Etwas Unerwartetes? Was könnten wir tun, um die Leute zum Kauf eines Tickets für den Buchclub morgen zu bewegen? Es muss etwas sein, das einfach *Wow!* schreit. Dann fällt mir wieder ein, dass ich Trey beim Singen gefilmt habe. Ich sehe Annika an, die gerade die letzten Spaghetti auf ihre Gabel dreht. Trey würde mich killen, wenn ich das Video poste, aber was wäre, wenn jemand anderes es tut?

»Sieh dir das mal an.« Ich reiche Annika mein Smartphone, und sie drückt auf Play. Als sie Trey erkennt, weiten sich ihre Augen.

Sie schaut zu mir auf. »Er weiß nichts davon, oder?«

Ich schüttle den Kopf, und sie grinst.

»Er sieht heiß aus, und er klingt unglaublich. Warte! Was wäre, wenn wir das posten ...«

»Genau das habe ich auch gedacht.« Es ist so toll, dass wir auf derselben Wellenlänge sind.

»Und wir könnten ankündigen, dass Trey nach dem Buchtalk eine private Vorführung gibt.«

Was hat sie da gerade gesagt?

»Nein, nein, nein ... Trey singt nicht vor Publikum!«

Annika verdreht die Augen. »Aber das weiß doch niemand. Wir müssen die Leute nur in den Laden holen, und dann sagen wir einfach, keine Ahnung, dass Trey seine Stimme verloren hat oder so.«

Ich schüttle den Kopf. »Ich glaube nicht –«

»Vertrau mir, das wird funktionieren. Die Mädels werden sich scharenweise in die Kälte stürzen, um diesen Jungen singen zu hören. Lass mich mal machen ...« Annika tippt auf meinem Handy herum, bis ihr eigenes Smartphone piept. Dann fliegen ihre Finger über ihr Display. »Okay ... und erledigt.«

»Du hast es schon gepostet?« Ich nehme mein Handy und sehe auf ihrem Account nach.

»Logo! Der Buchclub ist morgen, Süße. Ich habe es auf einen Finsta-Account gestellt, so dass Trey es wahrscheinlich gar nicht mitbekommen wird. Und nach dem Event lösche ich es wieder.«

Und wenn er es trotzdem sieht? Er wird wissen, dass es von mir ist, da bin ich mir sicher. Und wie soll ich ihm erklären, dass ich ihn heimlich gefilmt habe, um seinen Gesang für mich auf dem Handy festzuhalten? Ziemlich creepy. Aber ich hoffe, wenn die Plätze für den Buchclub ausverkauft sind und *Wonderland* dadurch ordentlich Geld macht, ist es das wert.

Entweder ist das die blödeste Idee, die Annika jemals hatte oder die genialste ... Und es gibt nur einen Weg, das herauszufinden.

41

Treys Playlist:
»O Come, All Ye Faithful« von Kirk Franklin
und The Family

Ich habe keine Ahnung, ob er betrunken ist oder high oder beides, aber James scheint eine Weile zu brauchen, bis ihm klar wird, wie angepisst ich bin.

»Du bringst das besser in Ordnung, Bro«, sagt Boogs.

James nickt, doch dann sagt er: »Ich bin gerade etwas knapp bei Kasse ...«

»Und ich etwa nicht?«, schreie ich ihn an.

Marcus ist sofort hellwach.

»Ganz ruhig«, sagt Boogs und schiebt sich zwischen James und mich, wahrscheinlich weil er weiß, dass ich kurz davor bin, James eine reinzuhauen. »James, du gehst zu meinem Freund Ahmed in Dalston. Er hat eine Handyreparaturwerkstatt. Sag einfach, dass ich dich geschickt habe. Er wird sich darum kümmern.«

»Danke, Mann.«

Ich funkle James böse an, bis er den Blick senkt.

»Ich geh dann mal.«

Auch ich verabschiede mich von Boogs und trete schwer atmend in die Kälte hinaus. James ist so ein Idiot. In meinem Kopf herrscht das reinste Chaos, während meine Gedanken zwischen ihm, Blair und Ariel hin und her springen. In dieser Stimmung will ich nicht nach Hause, vor allem, weil ich weiß, dass meine Eltern wegen der Spendenkampagne völlig aus dem Häuschen sein werden und mir überhaupt nicht nach Feiern zumute ist. Ich gehe los, ohne ein Ziel vor Augen zu haben.

An diesem Abend sind viele Pärchen unterwegs, halten Händchen, küssen sich unter den Lichterketten, sind versunken im Weihnachtszauber – das Letzte, was ich jetzt gebrauchen kann. Ich bin schon eine Weile unterwegs, als ich stehen bleibe, um mich zu orientieren. Ich bin etwa zwanzig Minuten von zu Hause entfernt, in der Nähe von Newington Green. Ein Bus der Linie A 73 kommt vorbei, und ich will schon die Hand raushalten, damit er anhält und ich nach Hause fahren kann, als ich Gesang höre. Es ist niemand zu sehen, doch dann fallen mir ein paar junge Leute auf, die die Straße zu einem kleinen Park überqueren, und ich werde das Gefühl nicht los, dass sie der Musik folgen. Ich gehe ihnen nach, bis ich hinter Bäumen versteckt noch mehr Leute entdecke. Vor ihnen steht ein kleiner Chor aus sechs Personen, alt und jung. Sie sind in Rot und Grün gekleidet und singen perfekt aufeinander abgestimmt das Lied »O Come, All Ye Faithful«. Sofort werde ich ruhiger, schließe die Augen und lasse mich von den Stimmen berieseln.

»Möchtest du etwas?« Eine Frau hält mir ein Tablett mit Glühwein hin.

»Oh, ich habe kein Geld dabei.«

Sie lächelt. »Keine Sorge, es ist doch Weihnachten.« Sie fordert mich auf, mir einen Becher zu nehmen.

»Danke«, sage ich, woraufhin sie mir freundlich zunickt und geht. Ich nehme einen Schluck, der heiß und fruchtig ist und meinen ganzen Körper wärmt.

Der Weihnachtschor ist unglaublich gut. Alle singen völlig

frei. Immer, wenn ich jemanden singen höre, denke ich sofort an die Stellen, wo ich einstimmen oder improvisieren könnte, wo ich dem Song meinen eigenen Stempel aufdrücken könnte. Sie singen noch ein paar Lieder, und als sie fertig sind und ich meinen Glühwein ausgetrunken habe, fühle ich mich viel besser.

Die Menge beginnt sich aufzulösen, einige werfen Münzen in die Sammeldose. Ich wünschte, ich hätte Geld dabei, aber dann habe ich eine bessere Idee. Während der Chor mit ein paar Leuten aus dem Publikum redet, warte ich geduldig, bis einer der Sänger auf mich aufmerksam wird.

»Ich wollte nur sagen, dass ihr wirklich großartig seid.«

Der Mann dankt mir und schüttelt mir die Hand. Er scheint in Dads Alter zu sein und trägt einen Kinnbart.

»Ich habe mich gefragt, ob Sie sich vorstellen könnten, in der Buchhandlung *Wonderland* an Heiligabend bei einer Weihnachtstalentshow aufzutreten?«

Der Mann sieht mich verblüfft an. »Bist du der Typ aus dem Video? Natürlich! Wir finden es toll, was ihr da für den Buchladen macht. Wenn wir helfen können, sehr gern. Ich bin übrigens Michael.«

»Schön, Sie kennenzulernen. Und danke, das ist super. Haben Sie eine Visitenkarte oder so? Mein Handy ist leider kaputt.«

Michael kramt in seiner Jackentasche herum und reicht mir dann eine Karte, auf der HACKNEY GEMEINDECHOR steht. »Sag uns einfach die Uhrzeit, und wir werden da sein.«

Ich schüttle ihm noch einmal die Hand. »Danke, Michael. Ich schicke Ihnen die Details, sowie alles feststeht. Einen schönen Abend noch.«

Ich stecke die Visitenkarte ein und gehe mit einem Lächeln nach Hause. Die ganze Zeit summe ich Weihnachtslieder vor mich hin.

42

Ariels Playlist:
»Eyes for You« von Justine Skye

Zehn Tage bis Weihnachten

Jolie und ich beeilen uns nach der Schule, zum *Wonderland* zu kommen, um alles für den Buchclub vorzubereiten. Wir haben nach Ladenschluss nur eine halbe Stunde, bevor die Gäste eintreffen. Ein paar Mädchen warten bereits ungeduldig vor dem Laden, als wir dort ankommen, und ich frage mich, wieso ich Annikas Logik überhaupt in Frage gestellt habe. Sie liegt immer goldrichtig. Das Video von Trey beim Singen hat über fünftausend Views, und die Tickets für den Buchclubabend sind ausverkauft. Nur die Kommentare haben mich überrascht. Einige Mädchen sind echt dreist und haben versucht, sich an ihn ranzumachen. Ein paar haben Trey sogar ihre Liebe gestanden und nach besonderen Songs gefragt.

Ich habe den ganzen Tag befürchtet, dass Trey mich auf das Video anspricht, denn die Leute haben ihn in den Kommentaren markiert, aber bis jetzt hat er nichts erwähnt, was ziemlich merkwürdig ist. Vielleicht ist er einfach zu abgelenkt von den zwanzigtausend Pfund, die inzwischen für *Wonderland* gespendet wurden – oder er hat es noch nicht gesehen. Und wenn er mich damit konfrontiert, kann ich immer noch behaupten, dass nicht ich ihn gefilmt habe. Es könnte auch eine Kundin oder ein Kunde gewesen sein, was gar nicht so weithergeholt ist, weil in letzter Zeit immer mehr Leute reinkommen und Fotos machen wollen. Das hört sich sogar für mich plausibel an.

Nachdem wir mit den Vorbereitungen fertig sind, stemmt Jolie die Hände in die Hüfte und begutachtet den Laden. »Sieht toll aus!«

Die Stühle haben wir in Reihen aufgestellt, und auf jedem liegt der neue Roman von Estee Mase, auf den wir jeweils noch eine weiße Karte mit einem selbst gemalten Weihnachtsmotiv gelegt haben. Ich habe sie an diesem Nachmittag gezeichnet, und Jolie hat *Frohe Weihnachten wünscht Wonderland* in ihrer hübsch geschwungenen Schrift auf die Rückseite geschrieben. Die Floristin von nebenan hat netterweise ein paar Blumen gespendet, so dass der Raum herrlich duftet, was wunderbar zu den Lichterketten und dem dekorativen Baum in der Ecke passt. Estee Mases bisherige Romane sind zum halben Preis neben der Kasse ausgelegt, und ich hoffe wirklich, dass die Leute dieses Sonderangebot nutzen. Das einzige Problem ist die Kälte, weil der Monteur natürlich nicht zum vereinbarten Termin aufgetaucht ist. Erst am späten Nachmittag wurde doch noch jemand vorbeigeschickt. Trey ist jetzt mit ihm im Keller, aber die Heizung hätte schon vor Stunden repariert sein sollen.

»Wollen wir die Leute reinlassen?«, fragt Jolie mit einem Blick auf die Uhr.

»Ähm, lass mich erst Trey fragen«, antworte ich, doch da höre ich ihn mit dem Monteur die Treppe heraufkommen.

»In etwa zehn Minuten sollte es wieder warm sein«, sagt der Monteur.

»Danke«, erwidert Trey und bringt ihn zur Tür.

Ich beobachte, wie die Mädchen vor dem Laden eifrig auf

Trey einreden, und ich erstarre, bete innerlich, dass sie ihm gegenüber nicht das Video erwähnen. Trey schließt die Tür wieder und kommt mit finsterer Miene zu uns.

»Alles okay?«, frage ich nervös.

Er deutet über die Schulter. »Das war gruselig. Eine da draußen hat gesagt, dass sie schon ganz aufgeregt wegen meines Auftritts nachher ist. Keine Ahnung, was sie damit gemeint hat.«

Jolie wirft mir einen Blick zu, was er zum Glück nicht mitbekommt.

»Vielleicht meinte sie die Talentshow?«

»Ja, vielleicht.« Trey zuckt mit den Schultern. »Mum hat mich gebeten, noch ein paar Sachen zu sortieren und das Büro aufzuräumen. Ich komme dann dazu, sobald ich fertig bin. Und ruft mich, wenn ihr mich braucht. Es sieht hier übrigens super aus. Ich weiß eure Hilfe sehr zu schätzen.«

Als Trey weg ist, hole ich mein Handy heraus und suche nach Annikas Finsta-Account. Das Video wurde gelöscht, aber wenn ich auf *#SaveWonderland* klicke, erscheint es auf unzähligen Accounts.

»Ariel, ich glaube, du solltest es ihm sagen«, meint Jolie.

Ich beiße mir auf die Lippe. Trey wird garantiert sauer sein, wenn er es herausfindet, und ich möchte dann eigentlich nicht den Kopf hinhalten. Aber wenn er aus dem Büro kommt, werden ihn alle mit der Frage bestürmen, wann er singen wird, also kann ich es wohl nicht länger vor ihm verheimlichen.

»Ich werde mit ihm reden«, sage ich nicht besonders überzeugend. »Ganz bestimmt«, füge ich hinzu, weil Jolie mich mit hochgezogenen Augenbrauen mustert.

»Lassen wir die Leute rein«, sagt sie nur kopfschüttelnd.

Alle Plätze sind besetzt, und ich sehe mich aufgeregt um, während die Gäste sich unterhalten. Sogar Boogs ist mit Santi gekommen, hat aber gleich klargestellt, dass er das Buch nicht gelesen hat, wir ihn also nicht nach seiner Meinung fragen sollten – er ist nur hier, um *Wonderland* zu unterstützen. Viele der Mädchen werfen ihm immer wieder schmachtende Blicke zu, keine Ahnung, wie Santi dabei so gelassen bleiben kann. Ich bin froh, dass Blair nicht aufgetaucht ist, aber eigentlich hätte sie für Trey hier sein sollen, auch wenn Bücher nicht ihr Ding sind.

Jolie grinst mich an, und ich bin sehr stolz auf das, was wir hier auf die Beine gestellt haben. Der Raum wirkt hübsch und gemütlich, und wir haben viele Komplimente für die Buchhandlung bekommen. Ich wünschte, es wäre ein etwas gemischteres Publikum, aber wie zu erwarten war, sind die meisten Gäste etwa in unserem Alter oder höchstens Mitte Zwanzig und abgesehen von Boogs ausschließlich weiblich.

»Hallo, alle zusammen!« Ich stehe vor der ersten Reihe und winke. »Danke, dass ihr heute alle ins *Wonderland* gekommen seid. Ich bin Ariel Spencer, und das ist meine beste Freundin Jolie Love-Jones. Willkommen zu unserem Estee-Mase-Abend!«

Beifall geht durch die Reihen. Ein perfekt gestyltes Mädchen in einem Fellmantel, einem hautengen roten Top und mit langen lockigen Haaren hebt die Hand. Sie ist mit zwei Freundinnen in aufeinander abgestimmten Outfits hier, die ständig versucht haben, Boogs mit ihrem Wimpernaufschlag schöne Augen zu machen. Doch seit ihnen klar geworden ist, dass er nicht anbeißen wird, sitzen sie nur noch gelangweilt auf ihren Plätzen.

»Ja?«, sage ich.

»Wann wird Trey Anderson singen?«

»Trey?«, zischt Santi Boogs zu, der bereits auf seinem Handy tippt und ihr etwas zeigt, vermutlich das Video.

»Hat er das schon gesehen?«, will sie wissen.

»Ähm ...«, beginne ich.

»Genau, wir sind schon etwas spät dran, also sollten wir beginnen«, springt Jolie ein, und ich atme erleichtert auf.

Das Mädchen in dem Fellmantel sieht aus, als wollte sie noch etwas sagen, aber Jolie redet einfach weiter. »Lasst uns damit anfangen, über unseren ersten Eindruck beim Lesen des Romans zu sprechen. Dann eröffnen wir die Sitzung und können über einzelne Fragen diskutieren. Okay, wer möchte zuerst?«

Ich werfe einen Blick zum Büro und hoffe, dass Trey noch eine Weile beschäftigt ist und dabei die Zeit vergisst, dann wende ich mich wieder den Sitzreihen zu.

Selbstbewusst steht Annika auf. »Ich finde, der Roman ist brillant geschrieben.« Sie hält das Buch in der Hand und sieht sich lächelnd um. »Die Protagonistin ist keine typische Wahl für Estee Mase wegen ihrer angespannten Beziehung zu ihrer Mutter. Aber genau das zeichnet die Story aus, denn deshalb wünschen wir uns so sehr, dass Anthony ihr folgt, damit sie mit ihm ihr Happy End finden kann.«

Jolie klatscht. »Danke, Annika. Das ist ein ausgezeichneter Ansatz, um die Gesprächsrunde zu beginnen.«

Niemals hat sie das Buch so schnell gelesen, denke ich. Annika setzt sich wieder hin und wirkt dabei sehr zufrieden mit sich. Sie fängt meinen Blick auf und zwinkert mir zu, so dass ich unwillkürlich lächeln muss. Wie angekündigt, hat sie sich einfach bei jemandem auf Goodreads bedient. Santi hüpft regelrecht auf ihrem Stuhl herum und hält die Hand hoch, um als Nächste dranzukommen.

»Ja, Santi?«, sagt Jolie.

Santi springt auf, und die Fellmantel-Girls beäugen sie von oben bis unten. Sie sieht einfach umwerfend aus in ihrem bodenlangen rot und braun gestreiften Strickkleid mit dem breiten Gürtel. Grinsend hält sie das Buch in die Höhe. »Ich bin Estee Mases größter Fan, und ich denke –«

Doch was auch immer Santi sagen wollte, es geht in Gekreische unter, als plötzlich das Licht ausfällt und wir in völlige Dunkelheit getaucht werden.

»Okay, alle miteinander – keine Panik!«, rufe ich, was für nur noch mehr Panik sorgt.

Was zur Hölle ist passiert? Gab es einen Stromausfall in der Gegend? Schwach höre ich eine Stimme aus dem Büro.

»Jolie, ich geh mal nach Trey sehen«, sage ich in ihre Richtung.

»Macht eure Handytaschenlampen an!«, ruft Jolie über die Schreie hinweg.

»Kleine Meerjungfrau, warte!« Die Handylichter reichen aus, um die Bestürzung in Boogs Gesicht zu erkennen. »Bevor du zu Trey gehst, weiß er von diesem Video?«

»Ähm ... na ja ... nein, aber ich denke, der Stromausfall hat das Problem gelöst.« Ich kichere nervös, aber Boogs verschränkt die Arme.

»Trey ist bestimmt in der Lage, sich um die Sicherung zu kümmern, also wie willst du das mit dem angeblichen Auftritt richtigstellen?«

»I-ich weiß es nicht.« Ich fummle an meinen Haaren herum.

Das war so eine dumme Idee! Ich sehe über Boogs Schulter, dass die ersten Gäste bereits gehen. Was ist mit den ganzen Büchern von Estee Mase, die wir verkaufen müssen? Nein, das darf nicht passieren!

»Das ist eine Katastrophe«, sage ich.

Boogs dreht sich um und sieht, dass einige schon an der Tür sind.

»Okay, okay, keine Sorge. Ich regle das. Trey soll den Sicherungskasten checken und bring den Karton mit den Kerzen mit, den seine Mum im Büro stehen hat.«

Ich laufe zum Büro, die Taschenlampe an meinem Handy beleuchtet den Weg – und ich halte den Atem an, als ich Trey auf dem Boden liegen sehe.

43

Treys Playlist:
»Merry Christmas, Baby« von Otis Redding

In einem Moment stelle ich den Wasserkocher zurück, nachdem ich mir mit J Hus' Stimme im Ohr einen Tee aufgebrüht habe, und im nächsten geht das Licht aus, und ich werfe die Tasse um. Ich mache einen Satz zurück, um der heißen Flüssigkeit auszuweichen, stürze dabei über einen Stuhl und lande schmerzhaft auf dem Boden.

»Trey!«

Rote Haare und ein helles Licht tauchen vor mir auf.

»Alles okay?«, fragt Ariel besorgt.

»Ja, bin nur gestolpert. Hilfst du mir hoch?«

Sie nimmt meine Hand und zieht mich auf die Beine. Mein Hinterkopf schmerzt, und weil Tee auf meine Jeans gespritzt ist, tut mir auch mein Oberschenkel weh.

»Boogs hat was von Kerzen gesagt. Ich kann ein paar verteilen, bis wir wieder Strom haben.«

»Boogs ist hier?«, frage ich überrascht.

Wie aufs Stichwort höre ich Boogs rufen: »Wer ist bereit für die große Show? Dann klatscht mal alle.« Es folgen Jubelrufe.

»Was ist da los?« Ich runzle die Stirn. Sollte das nicht ein Buchclub sein?

»Keine Ahnung«, erwidert Ariel mit gesenktem Blick. »Die Kerzen?«

»Richtig, ja, entschuldige. Sie sind da drüben in der Ecke.

Ich gehe in den Keller und checke die Sicherungen ... Ah, verdammt, mein Handy liegt noch in der Reparaturwerkstatt. Wegen James, diesem Idioten, ist es gestern Abend kaputt gegangen.«

Ariel holt die Schachtel mit den Kerzen. »Ich helfe dir. Gib mir nur eine Sekunde.«

Während sie zurück in den Verkaufsraum geht, sehe ich aus dem Fenster. In den Gebäuden ringsherum brennt Licht, also scheint nur *Wonderland* vom Stromausfall betroffen zu sein – war ja klar. Kann es nicht mal einen Tag geben, an dem nichts schiefgeht?

»Na komm«, sagt Ariel, als sie zurück ist. Ihre Handytaschenlampe weist uns den Weg.

Langsam gehen wir die Kellertreppe hinunter. Oben sind immer noch Jubel und Fußgetrampel zu hören. Ich muss unbedingt wissen, was dort los ist. Es hilft jedenfalls nicht gerade gegen das Pochen in meinem Kopf. Das werden bestimmt fiese Kopfschmerzen.

Der Sicherungskasten hängt in der Ecke. Als ich die Klappe öffne, sehe ich, dass tatsächlich einige Sicherungen herausgesprungen sind. Doch als ich die Schalter wieder umlege, passiert nichts. Ich versuche es noch einige Male, doch es tut sich rein gar nichts. Fluchend schlage ich die Klappe wieder zu, was Ariel zurückschrecken lässt. Das Licht ihres Handys zuckt durch den Raum.

»Sorry«, sage ich. »Erst die Heizung, dann mein Handy und jetzt das. Langsam reicht's.«

»Ich möchte dich wirklich nicht noch mehr stressen, und das ist sicher auch kein guter Zeitpunkt, aber ich muss dir etwas sagen.«

Ich stöhne auf. »Was denn noch?« Als ich Ariel ansehe, bin ich überrascht, wie verunsichert sie wirkt. »Was? Was ist passiert?«

Ariel senkt erneut den Blick. »Also, irgendwie habe ich dich gestern im Keller beim Singen gefilmt, und weil der Ticketverkauf für den Buchclub nicht besonders gut lief, haben Annika und ich das Video auf Instagram gestellt und ... es wurde ziemlich oft geteilt. Jetzt sind die meisten Mädchen nur hier, weil sie davon ausgehen, dass du heute singst ...« Sie holt Luft. »Es tut mir leid, Trey. Ich hab echt Mist gebaut. Ich wollte, dass der Buchclub ein Erfolg wird, um *Wonderland* zu helfen, aber jetzt ist dieser Stromausfall dazwischengekommen, und alle wollen gehen, ohne dass wir ein Buch verkaufen konnten. Und ich vermute, dass sie ihr Geld zurückverlangen werden, weil ich gelogen habe. Ich glaube, Boogs tanzt da oben, um die Meute hinzuhalten, aber da sind auch ein paar hartnäckige Mädchen dabei, die dich unbedingt singen hören wollen.«

Ein Video? Ich soll für die Leute singen? Rückzahlung? Boogs tanzt ...?!

Ariel reicht mir ihr Handy, meine Stimme erfüllt den Keller. Ich klinge gut, sogar mehr als gut. Ich klicke auf die Kommentare. Über fünftausend Leute haben mich singen gehört, ein seltsames Gefühl. Die Kommentare sind echt nett, ein paar Leute fragen, ob ich das professionell mache. Für einen Moment denke ich, dass ich mich bei einem Gesangswettbewerb bestimmt gut schlagen würde, doch dann wird mir wieder bewusst, dass dieses Video nur existiert, weil Ariel mich ohne meine Zustimmung gefilmt und es dann gepostet hat.

»Trey, es tut mir leid«, wiederholt sie, ihre Augen füllen sich mit Tränen. »Ich fühle mich deshalb wirklich mies.«

»Wieso filmst du mich überhaupt?«, frage ich mit völlig ausdrucksloser Stimme, während in mir bereits eine wütende Hitze zu brodeln beginnt.

»Ich wollte nur ... Ich bin in den Keller gekommen, weil ich dich rufen sollte, aber dann habe ich dich singen gehört und es ohne nachzudenken aufgenommen. Das war falsch, ich weiß«, murmelt Ariel betreten.

Ich merke, wie die Hitze meinen Nacken hinauf bis in mein Gesicht kriecht. »Und dann hast du es nicht nur online gestellt, sondern auch noch behauptet, dass ich heute vor den Gästen auftreten werde? Obwohl du weißt, dass ich nicht gern vor Publikum singe?«

Ariel beißt sich auf die Lippe. »Ich wünschte, ich hätte es nicht getan.«

Aber das hat sie. Denn bei meinem Glück im Moment muss natürlich auch noch ein Video von mir viral gehen. Und natürlich sind die meisten nur hier, weil sie meine Stimme hören wollen. Das vertraute Gefühl der Angst streckt seine Klauen nach mir aus. Auf keinen Fall werde ich da rausgehen.

»Das ist so eine Scheiße.« Meine Stimme hebt sich mit jedem Wort, und Ariel weicht zurück. »Ich habe dir etwas anvertraut, und du stellst dieses Video einfach für alle abrufbar ins Netz. So etwas würde ich dir nie antun.«

Die Wahrheit ist, dass ich verletzt bin. Das möchte ich ihr auch sagen, aber ich bin gleichzeitig so wütend, dass ich nicht mehr klar denken kann.

Ariel legt die Arme um sich, als wollte sie sich vor mir schützen. »Trey, ich ...«

»Das mit dem Licht wird eine Weile dauern. Die Leute sollen gehen«, unterbreche ich sie.

»Aber ...«, versucht sie es noch einmal.

»Kein aber!«, schimpfe ich. »Du hast diesen Mist gebaut, also bringst du das auch wieder in Ordnung.«

Ich strecke den Kopf aus dem Büro und sehe mich im Laden um. Es ist immer noch voll. Überall stehen Kerzen, was dem Raum etwas Magisches verleiht, aber ich sehe auch die empörten Mienen, als Ariel erklärt, dass ich nicht singen werde. Boogs fängt meinen Blick auf und flüstert Santi etwas zu, die mich verständnisvoll anlächelt. Er nimmt eine der Kerzen und kommt zu mir. Ich gehe zurück ins Büro, Boogs folgt mir. Er schließt die Tür hinter sich und damit die aufgebrachten Stimmen aus.

»Tja, der Buchclub ist ziemlich schnell den Bach runtergegangen.« Boogs stellt die Kerze auf den Tisch, ihr warmes Licht erfüllt den Raum.

Ich schnaube nur verächtlich und setze mich. Boogs nimmt mir gegenüber Platz.

»Ich denke nicht, dass Ariel es böse gemeint hat. Damit will ich aber auch nicht sagen, dass es cool von ihr war«, fügt er hinzu, als er sieht, dass ich widersprechen will.

»Wer tut so etwas? Ich würde nie ein Foto von einem ihrer Kunstwerke machen und es online stellen, ohne sie vorher zu fragen.«

»Ja, das weiß ich doch, aber sie wollte helfen«, erwidert Boogs.

Das macht es nur noch schlimmer. Sie dachte, sie würde helfen, dabei hat sie damit eine so wichtige Grenze überschritten.

»Ich hab versucht, mit ein paar Tanzeinlagen für Unterhaltung zu sorgen, aber ich musste mich etwas zurückhalten. Die Girls sollen ja nicht völlig durchdrehen.«

Auch wenn ich immer noch stinksauer bin, muss ich lachen. »Als Ariel meinte, dass du tanzt, war ich nur so *Was?!*«

»Jede Gelegenheit zählt, oder?«, Boogs lacht. Dann schaut er auf den Tisch und trommelt mit den Fingern darauf herum. »Eigentlich wäre es keine so schlechte Idee gewesen, heute Abend zu singen. Als Sänger tut man das nun mal vor Publikum.«

Er hebt den Kopf, doch ich weiche seinem Blick aus. Ich weiß, dass er recht hat, und ich höre mich auf dem Video auch nicht schlecht an, aber ich möchte nicht zu etwas gezwungen werden, zu dem ich mich noch nicht bereit fühle. Wenn ich vor Leuten singe, ist das allein meine Entscheidung.

Ich schüttle den Kopf. »Sie hätte mich nicht in diese Situation bringen dürfen. Nichts daran ist cool oder hilfreich. Hör zu, kannst du dafür sorgen, dass alle gehen, auch Ariel, und mir dann beim Aufräumen helfen?«

Boogs nickt und steht auf. »Kein Problem, Mann.«

44

Ariels Playlist:
»Do You Hear What I Hear?«
von Destiny's Child

Neun Tage bis Weihnachten

Ich bin so eine Idiotin. Was dachte ich denn, was passieren wird? Dass Trey sich freut, an Ort und Stelle loszusingen? Bei dem Gedanken stöhne ich auf, so dass Ezekiel von seinem Tisch aus mit erhobener Augenbraue zu mir herüberschaut.

»Mir geht's gut«, sage ich, und er malt weiter an seinem Bild.

Der Buchclub war ein totaler Reinfall, und es gab viele Rückerstattungen. Trey ist nicht mal aus dem Büro gekommen, um sich zu verabschieden. Ich wollte mich erneut entschuldigen und beim Aufräumen helfen, aber Boogs meinte, dass ich lieber gehen soll. Bestimmt wollte Trey das so. Er hat gestern Abend auch nicht auf meine Entschuldigungstextnachrichten reagiert, aber nach der fünften ist mir eingefallen, dass er etwas von einem kaputten Handy erwähnt hatte.

Konzentrier dich, Ariel!

Nachdem ich eine Arbeit für meiner Mappe beendet habe, hole ich die Weihnachtskarten für den Grotto-Markt heute Abend heraus. Ich streue etwas Flitter darüber, denn ich habe die Erfahrung gemacht, dass sich glitzernde Karten besser verkaufen. Eden steht am Lehrertisch und sieht sich meine Bewerbungsunterlagen für das Artists' Studio an. Ich hatte sie darum gebeten, um sicherzugehen, dass ich auch alles richtig ausgefüllt habe.

Auch ein paar andere aus dem Kurs beenden noch ihre Arbeiten, bevor in der nächsten Woche die Weihnachtsferien beginnen, im Hintergrund läuft Radiomusik. Ich mag es, dass die Lehrer vor den Ferien immer etwas gechillter sind. Ich summe den Song leise mit und versuche, das seltsame Gefühl zu ignorieren, wenn ich daran denke, dass Trey und Blair heute auch zum Grotto-Markt kommen. Vielleicht macht ihn die festliche Stimmung auf dem Markt etwas versöhnlicher, und wir können uns wieder vertragen, natürlich nur abseits von Blairs Adleraugen. Er braucht auf jeden Fall eine Aufmunterung, weil *Wonderland* wegen des Stromausfalls auch noch einen Verkaufstag verliert.

»Ariel?« Eden winkt mich zu sich.

»Stimmt etwas nicht?«, frage ich nervös, als ich mich ihr gegenüber hinsetze.

»Deine Bewerbung ist super, und mit dem Wandbild im *Wonderland* hast du den Platz garantiert in der Tasche. Ich kann fast nicht glauben, dass du vorher nichts von diesem Buchladen wusstest.« Eden lächelt. »Das ist für dich.«

Sie gibt mir die Unterlagen mit einem Brief zurück. Mit gerunzelter Stirn werfe ich einen Blick darauf und schnappe die Wörter *herausragendes aufstrebendes Talent* und *wahres Geschenk* auf. Ich kann kaum glauben, dass Eden so etwas über *mich* geschrieben hat.

»Ich danke dir sehr, Eden.« Am liebsten hätte ich losgeheult, aber ich reiße mich zusammen.

»Ich meine jedes Wort so, wie es da steht«, sagt sie, bevor sie die Stimme senkt. »Du warst schon immer meine Lieblingsschülerin.«

In diesem Moment wünschte ich, dass Dad zu Hause auf mich warten würde, malend vor dem Kamin, so dass ich die Neuigkeiten mit ihm teilen könnte.

Ich lächle Eden an. »Und du meine Lieblingslehrerin.«

Mit einem breiten Grinsen verlasse ich die Schule und gehe nach Hause, wo ich mir einen Zuckerstangen-Weihnachtspullover anziehe und eine Weihnachtsmannmütze aufsetze, bevor ich mich auf den Weg nach Shoreditch mache. Als ich auf dem Grotto-Markt ankomme, empfängt mich sofort laute festliche Musik, und ohne dass ich etwas dagegen tun kann, wächst meine Aufregung. Ich weiß, dass es ohne Dad nicht dasselbe ist, aber ich habe mir vorgenommen, alle Weihnachtskarten zu verkaufen, um ihn stolz zu machen.

Wir sind jetzt seit ein paar Stunden auf dem Markt, und es wimmelt nur so von Menschen. Ich teile mir den Stand mit Dads Freund Matty – ein kleiner, stämmiger Weißer mittleren Alters mit dauergebräunter Haut. Er reicht mir einen Becher Glühwein, den ich gern annehme. Ich bin zwar warm eingepackt, aber ich friere trotzdem.

Matty pustet in seinen Becher. »Bis jetzt läuft's doch gut.«

Weihnachtsmusik dudelt aus den Lautsprechern, überall hängen Lichterketten, und es gibt jede Menge Imbissbuden, Stände mit Kunst und Süßigkeiten. An den berühmten Marshmallow-Feuerstellen ist am meisten los. Dort werden Marshmallows in verschiedenen Geschmacksrichtungen verkauft, die man selbst über dem Feuer rösten kann, was jedes Jahr der Hit ist. Am anderen Ende des Marktes steht ein Weihnachtschor neben der Eislaufbahn, wo es auch eine Eisbar für alle ab achtzehn gibt. Ich kann es kaum erwarten, mir die Bar im nächsten Jahr von innen anzusehen.

Meine und Noahs Weihnachtskarten liegen ausgebreitet vor mir, und sie sehen großartig aus. An manchen Ständen liegen dieselben Karten übereinander, aber ich vermische meine gern. Die Leute nehmen sich mehr Zeit, sich die Stapel anzusehen, wenn sie merken, dass darunter ein anderes Motiv steckt.

Matty ist kein Künstler, eigentlich ist er Fleischer, aber er war jahrelang mit Dad befreundet, und sein Cousin ist der Betreiber des Marktes. Er sorgt dafür, dass wir uns jedes Jahr einen Stand sichern können. Dad hat ihm immer einen Teil der Einnahmen abgegeben, um die Standmiete zu bezahlen, aber diesmal will Matty das übernehmen. Ich dachte, es würde sich ohne Dad irgendwie falsch anfühlen, aber eigentlich ist es sogar tröstlich, weil ich mit diesem Ort so viele schöne Erinnerungen an ihn verbinde. Außerdem kenne ich einige Leute hinter den Ständen schon seit Jahren, und ich sehe sie immer nur an diesem einen Abend. Auch ohne Dad sind alle lieb und herzlich.

»Danke noch mal, Matty«, sage ich.

Er prostet mir zu. »Das hätte dein alter Herr auch so gewollt. Er wäre stolz auf dich. Eine Bewerbung am Artists' Studio und ein Fernsehauftritt – das ist wirklich was!«

»Danke.« Ich trinke einen Schluck. Der Glühwein schmeckt fruchtig mit einer feinen Zimtnote – *Köstlich!* Mir wird augenblicklich wärmer.

Matty reibt sich den Bauch. »Mann, hab ich Hunger. Ich hol mir 'nen Burger. Möchtest du auch einen?«

»Ja, sehr gern, aber ohne Käse.« Ich versuche, mich weiterhin gesund zu ernähren, aber außer Pommes, Burger und Pies gibt es kein richtiges Essen auf dem Grotto-Markt, also habe ich keine große Wahl.

Matty hebt den Daumen und verschwindet in der Menge. Ich nehme noch ein paar Schlucke von meinem Glühwein, während ich gleichzeitig einen Blick auf mein Handy werfe – und mich fast verschlucke. Eine Nachricht von Trey! Mein Herz beginnt zu pochen, als ich die Nachricht öffne. Ich hoffe so sehr, dass er unserer Freundschaft noch eine Chance gibt.

Hey, mein Handy ist repariert, und ich habe deine Nachrichten gesehen.
Ich bin auf dem Grotto-Markt mit Blair, Boogs und Santi.

Okay, zumindest hat er mir zurückgeschrieben. Und obwohl ich ihm vorgeschlagen hatte, mit Blair herzukommen, wünschte ich jetzt, er wäre ohne sie hier. Vielleicht ist das meine Strafe.

45

Treys Playlist:
»Give Love on Christmas Day« von SWV

Wie kann es sein, dass ich noch nie hier war? The Grotto ist belebt und festlich und bunt. Als wäre Weihnachten mitten in Shoreditch ausgespuckt worden. Es ist phantastisch hier. Zum Glück sind die Kopfschmerzen weg, die ich nach meinem Sturz gestern den ganzen Tag hatte, deshalb kann ich das alles auch genießen. Ich stecke mein repariertes Smartphone zurück in die Jackentasche und halte Blair fest, die sich an meinen Arm klammert, weil sie unbedingt ihre neuen High Heels anziehen musste. Ich habe ihr gesagt, dass es voll werden könnte und wir eine Weile zu Fuß unterwegs sein würden, aber das war ihr egal. Wenigstens habe ich genug Geld dabei, so dass wir uns an einer der Feuerstellen, die ich gleich bei unserer Ankunft entdeckt habe, mit Marshmallows versorgen können.

»Es ist wunderschön hier«, sagt Santi mit strahlenden Augen, während sie sich staunend umsieht. »Wer hat dir von diesem Markt erzählt, Trey?«

Alle sehen mich an.

»Äh, das hat jemand im Vorbeigehen erwähnt, kann mich nicht mehr erinnern, wer das war«, lüge ich, denn ich möchte Ariel nicht vor Blair erwähnen.

Ich bin immer noch sauer auf Ariel, aber ich möchte heute Abend keine negative Stimmung verbreiten, besonders nicht, weil es das erste Mal ist, dass sie Weihnachtskarten ohne ihren Dad verkauft.

»Ich will mir alles ansehen«, sagt Boogs. »Wo wollen wir anfangen?«

»Es ist so kalt«, jammert Blair. »Ich muss mich hinsetzen. Meine Füße tun weh.«

»Blair, wir sind gerade erst angekommen«, bemerke ich.

»Und niemand hat von dir verlangt, diese Schuhe anzuziehen«, sagt Santi. »Komm doch mal in Weihnachtsstimmung!«

Blair schmollt und klammert sich noch fester an mich. »Geh langsamer.«

Ich verdrehe die Augen, verkneife mir aber einen Kommentar. Wir haben noch nicht über den Abend neulich bei ihr geredet, was weiterhin seltsam zwischen uns hängt. Ich war nicht sicher, wie sie darauf reagieren würde, dass Boogs und Santi heute mitkommen, aber sie schien erleichtert zu sein. Deshalb glaube ich, sie fühlt sich auch noch etwas unbehaglich, Zeit mit mir allein zu verbringen. Trotz des unpassenden Schuhwerks sieht sie in ihren weißen Klamotten umwerfend aus. Die langen Braids rahmen ihr Gesicht ein, und die Kälte zaubert eine natürliche Röte auf ihre Wangen. Rein optisch fühle ich mich nach wie vor von ihr angezogen, aber die innere Barriere zwischen uns scheint inzwischen unüberwindbar zu sein. Wenn wir uns früher nach einem Streit nicht gesehen haben und es in einer Trennung endete, habe ich alles dafür getan, die Dinge wieder in Ordnung zu bringen. Aber diesmal bin ich nicht sicher, ob ich das tun sollte ...

Wir bleiben stehen, damit Santi sich einen Veggie-Burger bestellen kann, von dem sie uns alle abbeißen lässt, um uns zu beweisen, wie lecker veganes Essen ist. Ich bin auf einen ekligen Geschmack gefasst, aber es ist tatsächlich so gut, dass ich mir auch einen Burger bestelle.

»Ich habe gehört, hier gibt es auch eine Eisbar«, sagt Blair. »Können wir da hin?«

»Dir ist klar, dass Eis kalt ist, oder?«, erwidert Santi, und wir lachen.

Blair streckt ihr nur die Zunge raus.

»Die Bar ist ab achtzehn, also würden Boogs und ich nicht reinkommen«, füge ich hinzu, bevor Blair sich nicht mehr bremsen lässt.

Ich sehe mich auf dem Markt um, bis ich Ariel an einem der Stände entdecke. Sie hat einen Pappteller mit Essen in der Hand und sieht mit ihrer Weihnachtsmannmütze so niedlich aus, dass mein Herz einen Sprung macht.

»Lasst uns doch nach Weihnachtskarten gucken«, schlage ich vor, und wir gehen los.

Boogs wirft mir einen »Bist du sicher«-Blick zu, als wir Ariels Stand näher kommen, und ich nicke. Ich möchte einfach nur hallo sagen und ein paar Karten kaufen, wie ich es versprochen habe.

Ariels ganzes Gesicht beginnt zu strahlen, als sie mich sieht. Schnell stellt sie ihren Pappteller zur Seite. »Trey! Hallo, alle zusammen.«

»Da ist aber jemand happy«, murmelt Blair leise, doch ich achte nicht auf sie.

»Wow, die ist unglaublich.« Ich nehme eine Karte, die total detailliert gezeichnet ist.

»Danke. Und die hier sind von Noah.« Sie reicht mir eine Karte, auf der Maria und Josef mit der Krippe zu sehen sind. »Mein Bruder«, fügt sie für die anderen hinzu.

Er hat denselben Stil wie Ariel und ist für sein Alter echt talentiert.

»Wie lange verkauft ihr hier schon Karten?«, will Boogs wissen. »Dieser Markt ist irre.«

»Seit ich zwölf war, komme ich mit meinem Dad her, in diesem Jahr zum ersten Mal allein. Das ist Matty.« Sie zeigt auf einen kleinen verwitterten Mann, der von einem Kunden aufblickt und kurz winkt. »Er hat mir mit dem Stand geholfen.«

»Hey, du bist doch der Typ von diesem *#SaveWonderland*!« Matty grinst mich an. »Ich habe beim Crowdfunding mitgemacht.«

»Danke, Mann«, sage ich lächelnd.

»Du verkaufst die Karten zum ersten Mal allein?«, fragt Santi, und Ariel nickt. »Wir müssen dich unbedingt unterstützen!« Sie greift in ihr Portemonnaie, Ariel lächelt. »Komm schon, Blair, nimm auch eine.«

Blair hat noch kein Wort zu Ariel gesagt, aber falls Ariel ihr das übelnimmt, lässt sie es sich nicht anmerken. Blair überfliegt Ariels Motive.

Ich suche mir Karten mit einem Weihnachtsbaum aus, auf dessen Spitze ein Stern in verschiedenen Farben erstrahlt. »Die werden meiner Mum und meiner Tante gefallen.«

»Trey«, sagt Ariel leise, so dass nur ich es hören kann. Ich blicke auf. »Wegen gestern tut es mir wirklich leid. Ich verspreche dir, dass ich so etwas nie wieder tun werde.« Ihr Gesicht wirkt besorgt und aufrichtig.

»Entschuldigung angenommen«, erwidere ich. Sie strahlt wieder, was meinen Magen flattern lässt. Doch dann nehme ich Blair aus dem Augenwinkel wahr und habe sofort wieder ein schlechtes Gewissen.

»Funktioniert der Strom im *Wonderland* wieder?«, fragt Ariel und trinkt einen Schluck aus ihrem Becher.

»Ja, aber die Rechnung war der Hammer. Mum ist angefressen, aber wenigstens gab es heute keine Fotos von dir, wie du versuchst zu malen, während dich jemand mit Fragen löchert.«

Ariel lacht, und ihr Blick fällt auf meine Hand, in der ich einen Stapel Karten halte. »Trey!«

»Für wen sollen die denn alle sein?«, fragt Boogs und schielt mich dabei an.

»Nur Familie«, murmle ich. Ich weiß nicht mal, wie viel sie kosten, aber ich möchte Ariel so gut wie möglich unterstützen.

Sie nimmt mir die Karten aus der Hand und legt sie weg, bis auf die zwei, bei denen ich erwähnt hatte, dass sie meiner Mum und meiner Tante gefallen würden. Sie steckt sie in eine Papiertüte und sagt: »Geht aufs Haus.«

»Nein, ich wollte –«

»Du und deine Familie habt so viel für mich getan. Deshalb ist das ein Geschenk.«

Sie drückt mir die Tüte in die Hand und streift dabei meine Haut. Sofort durchzuckt mich ein elektrischer Schlag. Ich fange ihren Blick auf und mustere ihr Gesicht, ohne mich darum zu kümmern, dass wir nicht allein sind. Hat sie das auch gespürt?

46

Ariels Playlist:
»What Christmas Means To Me«
von Stevie Wonder

Ich wende mich rasch von Trey ab und dafür Santi zu, die ein paar Karten in der Hand hält. Meine Wangen fühlen sich gerötet an, was nicht von der Kälte kommt. Als sich Treys und meine Hand berührt haben, ist mein ganzer Körper zum Leben erwacht. Ich wünschte, wir wären zusammen hier, nur er und ich.

»Ich bin gleich fertig«, sagt Santi. Ihr hübsches Gesicht ist konzentriert, und ich finde es toll, wie genau sie überlegt, welche Karten sie auswählt.

»Sag Bescheid, wenn du so weit bist«, erwidere ich.

»Werd ich. Boogs, hilf mir mal. Ich brauche deinen künstlerischen Kennerblick.«

Ich zögere kurz, bevor ich zu Blair hinübergehe. In ihrem weißen Mantel sieht sie aus wie eine wunderschöne Eiskönigin, aber sie könnte nicht weniger gelangweilt wirken. Ohne das geringste Interesse blättert sie durch die Karten, und ich sehe, wie dabei etwas Flitter herunterrieselt. Ich zucke zusammen, als hätte sie mir körperlich weh getan, was ihre Aufmerksamkeit auf mich lenkt.

»Entschuldige«, sagt sie, doch es klingt überhaupt nicht entschuldigend.

»Irgendwas dabei, was dir gefällt?«, frage ich trotzdem

freundlich, denn die Kundschaft hat immer recht, selbst wenn es sich um Blair handelt.

»Nein, nichts ...« Plötzlich verstummt sie und nimmt eine Karte hoch, aber ich kann nicht erkennen, welche es ist. Sie verzieht die Miene und hält sie etwas schräg, um sie aus einem anderen Winkel zu betrachten. Das wundert mich, denn die Motive sind eigentlich eindeutig. Dann schaut sie mit großen Augen langsam zu mir, und mein Herz beginnt zu rasen, auch wenn ich nicht weiß, wieso.

»Bist du das?«, will sie lauernd wissen.

Sie dreht die Karte zu mir, und es kommt mir vor, als hätte mich jemand mit Eiswasser übergossen. Das ist die Zeichnung von dem Paar in dem Buchladen – einem Paar, das Trey und ich sein könnten, das Trey und ich *sind*. Aber wie ist die Karte hier gelandet? Ich dachte, ich hätte sie weggeworfen.

»Natürlich nicht«, antworte ich und lache, aber es klingt schrill und überhaupt nicht wie mein normales Lachen.

Blair fixiert mich kalt, als wüsste sie, dass ich lüge. »Bist du sicher?« Sie wirft erneut einen Blick auf die Zeichnung. »Das sieht wirklich aus wie du, und dieser Junge könnte Tr–«

»Das stimmt nicht!«, sage ich so laut, dass sich alle Blicke auf uns richten. Aber was noch schlimmer ist: Ich weiß, dass ich schuldig klinge.

»Was hast du ausgesucht?« Trey geht zu Blair, die ihm die Karte geben will.

Er darf das auf keinen Fall sehen! Ich greife über den Verkaufstisch, reiße Blair die Karte aus der Hand, knülle sie zusammen und werfe sie auf den Boden.

Trey, Boogs, Santi, Matty und sogar ein paar der anderen Kunden sehen mich entgeistert an.

»Sorry, die Karte war nur aus Versehen hier gelandet«, sage ich leichthin. Ich versuche zu lächeln, was mir aber nicht gelingt, so dass es wahrscheinlich nicht freundlich, sondern eher gezwungen wirkt.

Blair fixiert mich immer noch aus schmalen Augen und mit geweiteten Nasenflügeln, als stünde sie kurz davor, über den Tisch zu springen und mir die Augen auszukratzen.

»Alles okay?«, fragt Trey, der Blairs starren Blick auf mich inzwischen bemerkt hat.

»Ja«, sagt sie schließlich in einem ruhigen und für sie sehr untypischen Ton. »Jetzt ergibt es einen Sinn.«

Ihr Gesichtsausdruck sagt alles. Sie weiß, dass ich Trey mag, und das wird sie nicht so einfach hinnehmen.

47

Treys Playlist:
»Another Lonely Christmas« von Prince

Was war das denn gerade zwischen Blair und Ariel? Ich will Blair fragen, aber die vielen Menschen lenken mich ab. Während wir auf dem Weg zu den Marshmallow-Feuerstellen sind, scheint es sogar noch voller geworden zu sein. Ich versuche, meine Größe zu nutzen, um besser durchzukommen, aber trotzdem werde ich ständig angerempelt. Blair hält sich an meinem Arm fest und Santi an ihrem, doch plötzlich werde ich zurückgezogen. Ich drehe mich um und sehe, wie Santi sich umschaut.

»Wo ist Boogs? Boogs!«, ruft sie.

Ich lege die Hände um den Mund. »Boogs!«

»Sorry, ich bin hier.« Boogs kommt zu uns. Er wirkt außer Atem und sieht mich an. »Ich hab da was fallen lassen.«

Schließlich erreichen wir die Feuerstellen. Es gibt ein riesiges Regal mit Schalen voller Marshmallows in verschiedenen Geschmacksrichtungen: Vanille, Schoko, Salted Caramel, Zuckerwatte, Cola. So etwas habe ich noch nie gesehen. Leute haben sich um die Feuerstellen versammelt und lassen ihre Marshmallows an langen Holzspießen über den Flammen schmelzen.

»Welche Geschmacksrichtung möchtest du?«, frage ich Blair, aber sie starrt nur vor sich hin. »Blair?«

Sie blinzelt. »Was?«

»Alles gut?«

Blair nickt lächelnd. »Ja, sorry. Oh, das klingt alles phantastisch. Was nehme ich nur?«

Als wir alle unsere Marshmallows haben, erwischen wir sogar eine gerade frei gewordene Feuerstelle. Die Wärme in meinem Gesicht fühlt sich wunderbar an.

»Lasst uns ein Foto machen«, schlägt Blair vor und holt ihr Handy aus der Tasche. »Zeigt eure Marshmallows.«

Wir heben die Spieße, bis die Kamera geblitzt hat, und halten sie dann wieder übers Feuer. Ich probiere mein Marshmallow als Erster. Es schmeckt heiß und süß und unfassbar lecker.

»Mmmm«, macht Boogs. »Wieso musste ich bis jetzt darauf verzichten?«

»Trey, hast du eigentlich was von Estee Mase gehört?«, fragt Santi, während sie ihr Marshmallow weiterröstet.

Ich verziehe das Gesicht. »Nein, sie hat nicht mal meine Nachricht gelesen.«

»Ach, Mann, ich hoffe echt, dass sie kommt«, erwidert Santi, während sich Boogs im selben Moment ein Stück von ihrem Marshmallow klaut.

»Hey!« Sie hält verteidigend ihren Spieß in die Höhe. »Mach das noch mal, und ich schwöre ...«

Ich wende mich Blair zu, die gerade auf ihr Handy schaut. Der Feuerschein erhellt ihr Gesicht. »Hast du diese Anmach-Kommentare gelesen?« Blair zeigt mir das Display. Die meisten Leute bringen ihre Unterstützung für *Wonderland* zum Ausdruck, aber ein paar Mädchen und Typen wollen offenbar mit mir flirten. »Sie wissen hoffentlich, dass du vergeben bist.« Sie sieht mich an.

»Du bist die Einzige in meinen Feeds«, sage ich.

»Und Ariel.«

Ich erstarre. Fuck. Habe ich aus Versehen Ariel gepostet?

»Da kommt eins ihrer Bilder vor«, erklärt Blair.

Jetzt erinnere ich mich an das Foto, und ich seufze innerlich auf. »Stimmt, aber das war für *Wonderland*.«

Blair zuckt mit den Schultern. »Manche Mädchen verwirrt es, wenn du zu nett bist.« Sie steckt ihr Handy zurück in die Manteltasche. »Sie könnten dann auf falsche Ideen kommen.«

Ich wedle mit der Hand über mein Marshmallow, damit es abkühlt und ich es essen kann, aber Blair mustert mich weiterhin.

Ich runzle die Stirn. »Was?«

»Stimmst du mir zu?«, fragt sie direkt.

»Ja, denke schon«, murmle ich, und sie lächelt zufrieden. Was soll das alles?

»Die Nachrichtensendung morgen«, wendet sich Boogs an mich. »Weißt du schon, was du sagen wirst?«

Ich schüttle den Kopf. Ich habe versucht, mir Stichpunkte zu *Wonderland* einzuprägen, damit ich nichts vergesse. Das ist unsere einzige Chance, die Spendenkampagne noch einmal deutlich anzukurbeln. Doch immer, wenn ich daran denke, dass mich Millionen Menschen sehen werden, dreht sich mir der Magen um. Ich möchte mich auf keinen Fall zum Trottel machen, und ich hoffe sehr, dass Ariel einspringt, wenn ich ins Stocken gerate oder gar keinen Ton herausbringe.

Blair schmiegt sich an mich, und ich lege einen Arm um sie.

»Wirst nur du interviewt? Oder du und deine Familie und Ariel?«, fragt Santi.

»Ich und Ariel.«

Ich spüre, wie Blair sich versteift, doch schon im nächsten

Moment bin ich sicher, mir das nur eingebildet zu haben, denn als ich sie ansehe, lächelt sie mich an.

»Du wirst großartig sein«, sagt sie. »Ich drück dir die Daumen.«

»Danke, Babe«, erwidere ich, bevor ich mein Marshmallow aufesse.

Als ich kurz nach zehn nach Hause komme, sitzt Dad am Laptop. Solange er nicht arbeiten kann, hat er nicht viel zu tun, also überwacht er die eingehenden Spenden und beantwortet E-Mails von Medienleuten, Gratulationen und Anfragen für die Weihnachtstalentshow.

Mum und Tante Latrice haben den Tag damit verbracht, den Laden zu putzen und Platz für Sitzgelegenheiten zu schaffen. Mum war der Meinung, dass sei nötig, bevor die Aufnahmen für die Nachrichtensendung gemacht werden, damit der Laden im Fernsehen auch gut rüberkommt. Nach dem Interview morgen veranstalten wir zu viert – also mit Jolie (ich habe sie darum gebeten, weil ich so beeindruckt von ihren Ideen für den Social-Media-Auftritt war) – ein Vorsprechen für die Weihnachtstalentshow. Tante Latrice ist ziemlich direkt, deshalb bin ich sicher, dass sie für die typische Simon-Cowell-Energie bei der Auswertung sorgen wird. Ariel habe ich nicht gefragt, weil sie bestimmt lieber mit dem Wandbild weitermachen will.

Die Zahl der Leute, die *Wonderland* helfen wollen, ist überwältigend, vor allem für Dad. Er wirkt in den letzten Tagen viel glücklicher, und ich glaube, die ganzen Sorgen wegen des

Ladens haben ihn viel mehr belastet, als er nach außen gezeigt hat. Ich hoffe, dass noch mehr Spenden kommen, aber wir haben immer noch etwas Zeit, um die benötigte Summe zu erreichen.

»Hey, mein Sohn«, sagt Dad, als ich ins Wohnzimmer komme. »Wie war's denn?«

»Richtig cool. Wir sollten nächstes Jahr zusammen hingehen, wenn du wieder laufen kannst. Wie sieht das Spendenkonto aus?«

Dad dreht den Laptop zu mir. Wir stehen inzwischen bei fünfundzwanzigtausend Pfund.

»Wenn du morgen in den Nachrichten bist, wird das definitiv noch mal hochgehen. Oh, und ich muss dir noch etwas zeigen.« Dad schaltet den Fernseher ein und startet eine aufgenommene Sendung aus einer der Morning Shows. *Wonderland* taucht auf dem Bildschirm auf, dann reden sie mit Dad! Verblüfft sehe ich ihn an, und er grinst.

»Sie haben immer wieder E-Mails mit Interviewanfragen geschickt, und na ja, irgendwann habe ich zurückgeschrieben, dass sie zu uns nach Hause kommen müssen.«

»Und wann wurde das gefilmt?«, frage ich immer noch fassungslos.

»Vor ein paar Tagen, als ihr alle nicht da wart.«

Ich verfolge das Interview. Dad macht das wirklich gut. Seine Leidenschaft und seine Liebe für die Buchhandlung sind deutlich zu spüren. Er redet über unsere Familie und Schwarze Unternehmen und die Gemeinde. Er zieht nicht einmal über *Books! Books! Books!* her, was mich überrascht. Wenn ich ihn nicht kennen würde, hätte ich auf jeden Fall das Bedürfnis, den Andersons zu helfen. Genau das möchte ich morgen auch erreichen. Mit dieser ungezwungenen, leidenschaftlichen und dennoch humorvollen Art, wie Dad sie hat.

»Sei morgen einfach du selbst.« Er sieht mich eindringlich an. »Sei der charmante junge Mann, den ich kenne.«

»Ich werd's versuchen«, erwidere ich und seufze. Als ich aufstehe, hält Dad mich am Arm zurück.

»Trey, ich wollte dir noch danke sagen, denn du tust so viel. Was auch mit *Wonderland* passiert, ich bin stolz auf dich. Und ich bin wirklich froh, dass wir alles getan haben, um den Laden zu retten.«

Ich lächle. Es bedeutet mir viel, diese Worte von Dad zu hören. Doch während er sich befreiter fühlt, spüre ich ein gewaltiges Gewicht auf meinen Schultern. Wenn ich es morgen versaue, werden wir wahrscheinlich nicht genug Geld für *Wonderland* zusammenbekommen, und es wird allein meine Schuld sein.

»Ja, ich auch«, sage ich schließlich.

Bitte, lass das alles nicht umsonst gewesen sein.

48

Ariels Playlist:
»8 Days of Christmas« von Destiny's Child

Acht Tage bis Weihnachten

Letzte Nacht konnte ich nicht schlafen. Wie ist die Karte in dem Stapel gelandet? Und wieso musste ausgerechnet Blair sie finden? Es war wie in einem schlechten Traum. Die anderen müssen sonst was gedacht haben, als ich Blair die Karte aus er Hand gerissen und sie zerknüllt habe. Doch das Schlimmste ist, dass ich sie hinterher nicht wiederfinden konnte. Aber solange Blair sie nicht hat, um sie Trey zu zeigen, bin ich wahrscheinlich noch mal davongekommen. Und sollte sie das Thema irgendwann ansprechen, werde ich einfach alles abstreiten und hoffen, dass Trey mir glaubt. Ich würde sterben vor Scham, wenn er wüsste, dass ich Bilder von uns zeichne.

Ich gehe durch mein Zimmer zum Spiegel. Meine Augen wirken müde und sind gerötet. Absolut interviewuntauglich. Ich nehme mir Zeit, Make-up aufzutragen, bis meine Haut makellos aussieht und die richtigen Stellen betont sind. Dann krame ich in meinem Kleiderschrank nach meiner besten schwarzen Jeans und einem cremefarbenen Pullover mit U-Ausschnitt, der genau die richtige Dekolleté-Weite hat. Keine Jeans mit Farbflecken heute! Um das Outfit zu vervollständigen, trage ich dazu goldene Creolen und Ringe. Mit meinen roten Haaren ist mein Look jetzt smart-casual mit einer funkigen Note. Die

Schmetterlinge in meinem Bauch flattern auf, als ich daran denke, dass ich ins Fernsehen komme. Sogar Mums Chef, der ein echter Arsch sein kann, meinte, dass sie von der Arbeit aus einschalten werden. Das Interview könnte auch Einfluss auf meine Bewerbung beim Artists' Studio haben, also muss ich mein Bestes geben.

In der Schule sind die Schmetterlinge immer noch da. Es hilft auch nicht gerade, dass mich ständig jemand auf das Interview anspricht. Offenbar weiß die ganze Schule, dass Trey und ich heute Abend interviewt werden. Alle wünschen mir viel Glück, sogar Leute, die ich gar nicht kenne. So muss es sich anfühlen, berühmt zu sein, denke ich. Aber ich bin nicht sicher, ob mir diese Aufmerksamkeit wirklich so gefällt, wie ich es mir vorgestellt hatte.

Als ich am Kunstraum vorbeikomme, warten Annika und Jolie davor auf mich, sogar mit einem Lebkuchenlatte.

»Du siehst großartig aus«, sagt Annika und umarmt mich.

»Danke.« Ich werde rot.

»Ich kann es kaum erwarten, euch beide heute Abend in den Nachrichten zu sehen.« Jolie klatscht begeistert in die Hände. »Wie fühlst du dich?«

»Ich bin nervös, aber ich freue mich auch darauf«, sage ich und nehme den Kaffeebecher entgegen. »Ich hoffe so sehr, dass wir danach das Spendenziel erreichen.«

»Auf jeden Fall! Und wie war's auf dem Grotto-Markt?«, will Annika wissen.

Ich zögere. »Es war gut. Ich habe alle Karten verkauft.«

»Das ist doch toll!«, sprudelt Annika los, dann runzelt sie die Stirn. »Und wieso machst du dann so ein betretenes Gesicht?«

»Stimmt, du klingst gar nicht froh darüber«, meint Jolie.

»Lasst uns reingehen.« Ich öffne die Tür zum Kunstraum und gehe vor. Der erste Kurs beginnt in einer Stunde, deshalb ist niemand hier. Wir setzen uns hin, und ich erzähle Annika und Jolie von gestern Abend, obwohl ich mir vorgenommen hatte, es einfach zu vergessen.

Jolie schnappt nach Luft. »Du und Trey?«

»Na ja, es gibt nicht wirklich ein ›Ich und Trey‹ …«

»Doch, absolut«, fällt Annika mir ins Wort. »Und du denkst, Blair weiß jetzt davon?«

»Glaubt mir, sie weiß es. Hat sie irgendwas angedeutet?«, frage ich und versuche dabei, nicht beunruhigt zu klingen.

Annika schüttelt den Kopf. »Ich habe sie heute Morgen getroffen, aber sie hat nur gesagt, dass sie gestern einen wirklich schönen Abend hatte. Sie schien gut drauf zu sein. Hast du das Foto gesehen, das sie auf Insta gepostet hat? Ach, warte, du folgst Blair ja nicht.«

Annika zieht ihr Handy aus der Tasche und zeigt mir das Bild. Mir rutscht das Herz in die Hose. Trey, Blair, Boogs und Santi halten an einer der Feuerstellen Spieße mit Marshmallows hoch und sehen aus wie zwei der süßesten Pärchen der Welt mit ihrem perfekten Lächeln und der weihnachtlichen Beleuchtung im Hintergrund. In der Caption steht:

Date-Night mit meinen Lieblingsmenschen. Best boyfriend ever!
@TreyAnderson #SaveWonderland #HandsOffHeIsMine

Ich bin so blöd! Trey wirkt total verliebt in Blair.

»Sieh dir die Zeitangabe an«, sagt Jolie. »War das, nachdem sie dich getroffen haben?«

Ich rechne nach. Blair muss das online gestellt haben, kurz nachdem sie an meinem Stand waren. »Ja, ich denke schon.«

»Dann hat sie es wahrscheinlich absichtlich gepostet. Guck dir den Hashtag an ... ziemlich raffiniert.«

Jolie ist viel zu nett. Es ist doch lachhaft, dass Blair sich von mir bedroht fühlen könnte.

Wir verlassen den Kunstraum. Annika macht sich auf den Weg zu ihrem Medienkurs, während Jolie und ich zu Sozialkunde gehen. Ich bekomme von der Stunde kaum etwas mit, weil ich die ganze Zeit an das bevorstehende Interview denken muss. Nach Unterrichtsende umarmt mich Jolie, weil sie gleich ihren Theaterkurs hat, während ich zu Englisch muss. Alle – selbst meine Dozentin Mrs. Taylor – fragen mich über das Interview aus und versprechen, dass sie die Nachrichten einschalten werden.

Nach dem Mittagessen habe ich nur noch Kunst. Der Geräuschpegel ist heute genauso hoch wie schon den ganzen Tag, weil mich auch hier alle mit Fragen bestürmen. Eden, die sonst nie laut wird, bringt die anderen mit deutlichen Worten zur Ruhe, und ich bin froh, als ich mich endlich meiner Arbeit widmen kann. Ich fange ein neues Bild für meine Mappe an und skizziere die Umrisse mit Bleistift. Ich verzichte zunächst auf Farbe, damit niemand meine fahrigen Hände bemerkt.

Die Zeit vergeht wie im Flug, schon ist der Kunstkurs vorbei. Jetzt bleiben mir nur noch zwei Stunden bis zum Interview.

»Vergesst nicht, euch Ariel und Trey nachher um sechs in

den Nachrichten anzusehen!«, sagt Eden, während die Klasse zusammenpackt.

»Und spendet! Wenn's geht, bitte mehrfach«, sage ich, bevor ich mich zu Eden umdrehe. »Hättest du etwas dagegen, wenn ich noch hierbleibe, um etwas Zeit totzuschlagen?«

»Natürlich nicht«, erwidert sie und wendet sich zum Gehen. »Aber lass die Tür offen.«

Einmal wurden Bebe und Jerome Michaels in einem Klassenraum mit geschlossener Tür erwischt – gegen die Wand gepresst und er ohne T-Shirt. Also bleiben die Türen jetzt immer offen, wenn man keinen Ärger bekommen will.

Ich platziere mein Handy so auf dem Tisch, dass ich mich selbst filmen kann. Seit *Wonderland* getrendet ist und die Kundschaft in der Buchhandlung Fotos von mir macht, ist meine Followerzahl auf Instagram massiv gestiegen. Es ist verrückt, dass sich inzwischen achttausend Leute für meine Kunst interessieren. Ich drücke auf Play, damit ich den künstlerischen Entstehungsprozess später teilen kann, nachdem ich das Video zugeschnitten habe. Ich nehme mir ein Blatt Papier und skizziere die ersten feineren Details des Gesichts von Toni Morrison, die ich als Vorlage für das Wandbild benutzen will. Außerdem kann ich die Skizze gut zu meiner Mappe hinzufügen.

Ich arbeite eine Weile konzentriert, als die Tür zuknallt, und ich zusammenzucke.

»Mann, du hast mich zu Tode erschreckt!«, sage ich und schaue auf.

Vor der geschlossenen Tür steht Blair, die Hände in die Hüfte gestemmt, die Augen verengt. Ich weiß sofort, dass das nichts Gutes bedeutet.

»Ich habe die ganze Nacht über diese Karte nachgedacht.« Blair kommt auf mich zu.

Ich stehe auf, mein Bleistift fällt mir aus der Hand.

»Und ich verstehe immer noch nicht, wieso du dieses Bild gemalt hast. Warum dich und Trey? Stehst du auf ihn? Ist es das?«

Shit!

»Nein, wir sind nur Freunde«, sage ich hastig.

Blair lacht, aber nicht auf die nette Art. »Malst du deine Freunde immer verträumt und Händchen haltend? Ich glaube, du verwechselst Treys Freundlichkeit mit etwas anderem.« Blair lehnt sich über den Tisch und funkelt mich böse an. Ihr Gesicht ist nicht weit von meinem entfernt, und ich schrumpfe unter ihrem Blick zusammen. »Er wird *nie* jemanden wie *dich* mögen.«

Jemanden wie dich. Als wäre ich ein Niemand. Abstoßend und unattraktiv. Ich spüre, wie Wut in mir aufsteigt. All die verdrängten Situationen, in denen Blair mich ignoriert oder herablassend behandelt hat, in denen sie grundlos gemein zu mir war, bahnen sich einen Weg an die Oberfläche. Ihre Worte neulich haben mich so tief verletzt, dass sie mich in einen Esssuchtanfall getrieben haben. Es reicht.

»Trey mag mich«, sage ich, bevor ich mich davon abhalten kann.

Blair zuckt zurück, als hätte ich sie geschlagen.

»Er mag mich sogar sehr. Und er ist ein guter Mensch, sogar ein ganz besonderer Mensch, der alles für seine Familie tut, was er kann. Und was hast du gemacht, um zu helfen? Es ist mir unbegreiflich, wieso er mit jemandem wie *dir* zusammen ist.« Ich ahme ihren Tonfall nach, und zu meiner Überraschung weicht Blair noch weiter zurück. Als hätte ich einen Nerv getroffen. »Du schaust mich an und siehst nur, dass ich dicker bin als du. Und das macht mich in deinen Augen unattraktiv. Aber ich weiß, was ich wert bin. Ich bin schön, und deine Worte bedeuten mir nichts.«

Blair öffnet und schließt den Mund, als wäre ihr die Antwort im Hals stecken geblieben. Zum ersten Mal fühle ich mich selbstbewusst und mutig. Für wen zur Hölle hält sich Blair? Wieso habe ich mich von jemandem wie ihr überhaupt so runtermachen lassen? Ich will nach meinem Handy auf dem Tisch greifen und gehen, aber Blair schnappt es mir weg. Sie hält es wie einen Preis in die Höhe, das Gesicht zu einer hässlichen Fratze verzogen.

»Gib mir mein Handy wieder!«, fordere ich sie auf und strecke ihr die Hand hin.

Blair zeigt auf mich. »Halt dich von meinem Freund fern! Ich weiß, dass dir *Wonderland* egal ist. Du tust das alles nur, um dich an ihn ranzumachen.«

»Du hast sie ja nicht mehr alle! Und jetzt gib mir mein Handy!«, schreie ich, aber sie ignoriert mich.

»Alle reden in letzter Zeit nur noch von Ariel, der talentierten Künstlerin. Das macht mich ganz krank! Du machst mich krank! Ich habe online sogar ein paar Kommentare gelesen, dass du und Trey ein süßes Paar abgeben würdet. Das ist ein kompletter Witz! Trey und ich sind fest zusammen, und ich werde nicht zulassen, dass du und dein verzweifeltes jämmerliches Selbst mir meine Beziehung kaputt machen.«

»Gib her!« Ich stürze auf mein Handy zu, aber Blair ist schneller als ich. Sie rennt zur Tür und knallt sie mir vor der Nase zu. Dann höre ich ein unverwechselbares Klicken. Ich zerre an der Tür, aber sie lässt sich nicht öffnen. Nein, das darf nicht wahr sein! Blair hat mich eingeschlossen! Und sie hat mein Handy!

»Hey!« Ich trommle mit den Fäusten gegen die Tür. »Blair, mach sofort die Tür auf!« Ich spähe durch die kleine Scheibe, aber Blair ist nicht mehr zu sehen. Der Gang ist leer.

Ich stemme mich mit meinem ganzen Gewicht gegen die Tür. Nichts. Mein Herz beginnt zu rasen. Ich versuche es noch einmal, aber die Tür gibt nicht nach.

»Hilfe!«, rufe ich und schlage gegen die Tür. »Ich brauche Hilfe!«

Tränen steigen mir in die Augen, aber ich wische sie energisch weg. Ich muss hier raus. Trey braucht mich. Ich muss ins *Wonderland*.

»Hilfe!« Meine Stimme ist bereits heiser, und meine Fäuste schmerzen vom Hämmern gegen die Tür. Ich lasse mich zu Boden sinken und mache mir nicht mal mehr die Mühe, meine Tränen wegzuwischen. Mein Mantel und mein Schal liegen auf einem Haufen neben meinen Füßen.

Ich kann nicht glauben, dass ich immer noch hier festsitze. Ich schwöre, ich bringe Blair um. Die Uhr an der Wand tickt unerbittlich laut und erinnert mich daran, dass ich komplett am Arsch bin, denn das Interview beginnt in zwanzig Minuten. Ich wette, Trey ist kurz vorm Durchdrehen. Er wird wissen, dass etwas passiert sein muss, denn ich hätte den Termin heute um nichts in der Welt einfach so sausen lassen.

Ich frage mich immer noch, wieso Blair den Schlüssel für

den Kunstraum hatte. Hat sie darauf gewartet, dass ich allein bin? Und wohin hat sie mein Handy geschleppt? Ich verdränge die Frage aus meinen Gedanken und sehe aus dem Fenster mir gegenüber. Was für eine Schule verriegelt die Fenster? Wir sind praktisch erwachsen.

Ein leises Geräusch vor der Tür lässt mich aufhorchen. Ich rapple mich auf und drücke mir die Nase an der Scheibe platt, um zu erkennen, wer da draußen ist. Und tatsächlich kommt jemand pfeifend den Gang entlang.

»Hallo?« Ich hämmre wieder gegen die Tür. »Hilfe, ich bin hier eingesperrt!«

Das Pfeifen hört auf, und für einen Moment denke ich, ich habe mir alles nur eingebildet, aber dann sagt eine Stimme: »Hallo? Ist da jemand?«

»Ja! Ich bin im Kunstraum und brauche Hilfe!«

Ich höre schnelle Schritte und sehe Ezekiels Afro, bevor ich ihn sehe. Seine Augen weiten sich, als er mich entdeckt.

»Ariel?«

»Ezekiel! Ich bin eingeschlossen!«

Er versucht, die Tür zu öffnen, ohne Erfolg. »Wie geht das denn?«

Ich schüttle den Kopf. »Spielt jetzt keine Rolle. Ich muss nur schnell hier raus. In weniger als zwanzig Minuten geht das Interview für die Nachrichten los.«

»O scheiße.« Er rüttelt noch einmal an der Tür. Am liebsten hätte ich ihn angeschrien, dass es nicht noch offensichtlicher werden wird. Dann bückt er sich plötzlich und verschwindet aus meinem Blickfeld. Als er wieder hochkommt, hat er ein Handy in der Hand. Mein Handy!

»Das ist meins!«, rufe ich erleichtert.

Ezekiel runzelt die Stirn. »Aber warum liegt es hier draußen?«

»Ist eine lange Geschichte. Ezekiel, bitte, kannst du jemanden holen, der die Tür aufschließt?«

Er nickt. »Bin gleich zurück.«

Ich atme erleichtert auf. Meine größte Angst war, dass mich erst morgen früh jemand findet. Ungeduldig laufe ich im Raum auf und ab und bete, dass Ezekiel schnell zurückkommt. Aber er taucht erst nach fünfzehn Minuten wieder auf. Er hat einen älteren weißen Mann dabei, der zu den Reinigungskräften gehört.

Das Schloss klickt. Gott sei Dank! Ich ziehe meinen Mantel an und schnappe mir Schal und Rucksack.

»Du musst das melden«, sagt Ezekiel und reicht mir mein Handy. Natürlich ist der Akku leer. »Wenn dich jemand hier eingeschlossen hat, muss die Schulleitung das wissen.«

»Ich werde es melden, aber jetzt muss ich los. Danke dir und Ihnen auch!«

Zwar bin ich keine gute Sprinterin, aber ich renne so schnell wie noch nie aus dem Schulgebäude, direkt zur Bushaltestelle, um zum *Wonderland* zu fahren. Ich muss es schaffen, bevor es zu spät ist.

49

Treys Playlist:
»The First Noël« von Whitney Houston

Ich bemühe mich wirklich, nicht in Panik auszubrechen, aber ich checke alle paar Minuten mein Handy. Das Fernsehteam ist bereits da und baut alles auf, aber von Ariel fehlt jede Spur. Ein paar Kunden sind im Laden, die zugestimmt haben, dass sie während des Interviews gefilmt werden, und draußen stehen Leute, die wegen des Vorsprechens hier sind oder einfach nur hoffen, ins Fernsehen zu kommen.

Wonderland sieht aus wie ein Weihnachtsgemälde. Mum hat ein paar der Restposten aufgestapelt, mit goldenem Schleifenband umwickelt und mit Weihnachtsbaumkugeln geschmückt. Außerdem blinken überall Lichterketten. Mum und Tante Latrice wollten beim Interview zusehen, aber ich hätte keinen Ton herausgebracht, wenn sie mich anstarren, also sind sie gegangen, um ein paar Snacks für das Vorsprechen zu besorgen. Nur Ariel ist immer noch nicht aufgetaucht. Jetzt wünschte ich, die beiden wären noch hier.

Wo ist Ariel?

Ich habe einen Zettel mit Stichpunkten in der Hand, den ich vor der Kamera natürlich nicht benutzen kann. Also murmle ich die ganze Zeit vor mich hin, was dort steht. Sarah Mills war so nett, mir vorher zu verraten, was sie uns fragen wird.

Uns ... Was soll ich machen, wenn Ariel nicht kommt?

»Schon was Neues?«, fragt Sarah mich.

Ich schüttle den Kopf. »Ich versuche es noch mal.«

Ich habe Ariel immer wieder angerufen. Zuerst hat es noch geklingelt, doch jetzt geht gleich die Mailbox an. Vielleicht ist ihr Akku leer? Als ich vorhin Jolie angerufen und sie gefragt habe, ob sie weiß, wo Ariel steckt, meinte sie nur, dass sie in der Schule noch mit ihr gesprochen hätte. Aber sie kann unmöglich noch dort sein. Ich reibe mit der Hand über meinen Kopf. Reon hat mir heute Morgen erzählt, dass sich über vierzehn Millionen Menschen die Nachrichten ansehen, und diese Tatsache lässt mich seitdem nicht mehr los. Ich kann nicht allein vor der Kamera sprechen, wenn ich weiß, dass vierzehn Millionen Leute zuschauen.

»Alles okay, Trey?« Sarah legt eine Hand auf meine Schulter. »Du wirkst ein bisschen blass.«

»Wirklich?« Ich schlucke schwer. »Was machen wir, wenn Ariel nicht auftaucht?«

Sarah runzelt die Stirn. »Na ja, wir müssen die Sendezeit schon ausfüllen. Ich könnte dir ein paar weitere Fragen stellen.

Noch mehr Fragen? Ich schüttle wieder den Kopf. »Entschuldigen Sie mich für eine Minute?«

Ohne ihre Antwort abzuwarten, mache ich auf dem Absatz kehrt, gehe ins Büro, schließe die Tür hinter mir und atme tief durch. Ich versuche es noch einmal bei Ariel, bete, dass sie rangeht, aber ich habe kein Glück.

Es klopft leise an der Tür.

»Ja?« Ich versuche, ruhig zu atmen.

Blair streckt den Kopf herein. Überrascht sehe ich sie an. Blair hätte ich jetzt am wenigsten erwartet. Sie trägt eine hautenge Jeans und ein weißes T-Shirt mit der Aufschrift *#Save-Wonderland*.

»Hey.« Ich umarme sie fest. »Was machst du hier?«

»Ich wollte dir viel Glück wünschen. Seid ihr bereit, du und Ariel?«

Ich schüttle den Kopf. »Sie ist nicht hier. Ich habe sie angerufen, aber sie geht nicht ran.«

Blair hält sich erschrocken die Hand vor den Mund. »O nein, ich hoffe, es ist alles okay bei ihr.« Sie streicht über meinen Arm. »Wie fühlst du dich?«

»Ich bin total fertig. Ich kann das nicht allein.«

»Oh, Baby, ich bin für dich da. Wenn du mich brauchst, bleibe ich hier.«

»Wirklich?« Blair hat sich noch nie für *Wonderland* interessiert ... nicht ein einziges Mal. Ich bin nicht sicher, ob sie die Richtige ist, die auch einspringen kann, wenn ich einen Hänger habe. Bietet sie das vielleicht nur an, um ins Fernsehen zu kommen?

»Das ist wirklich lieb von dir, aber –«

»Das neue Buch von Estee Mase ist euer Bestseller, und wir würden uns wünschen, dass sie ins *Wonderland* kommt, um ihre Bücher zu signieren«, unterbricht sie mich. »Wir haben ein paar Veränderungen im Laden vorgenommen, damit sich die Kundschaft entspannen und sich Zeit nehmen kann, die richtigen Bücher zu finden. An Heiligabend wird ein Wandbild enthüllt, das Schwarze Autorinnen und Autoren in den Mittelpunkt stellt.«

Ich sehe Blair erstaunt an.

Sie lächelt selbstgefällig. »Santi hat mich auf den neuesten Stand gebracht. Es tut mir wirklich leid, dass ich nicht schon eher für dich da war oder dich mehr unterstützt habe, aber jetzt bin ich hier, und ich werde nicht wieder gehen. Du musst nur darüber sprechen, wieso *Wonderland* deiner Familie und der Gemeinde so viel bedeutet. Und wenn du mich brauchst, springe ich ein.« Sie schaut auf ihr Shirt. »Das habe ich gestern Abend selbst gemacht, um meine Unterstützung zum Ausdruck zu bringen. Es sieht nicht besonders professionell aus, aber –«

»Es ist großartig – du bist großartig«, sage ich und meine es auch so. Okay, Blair kommt ziemlich spät damit, aber es bedeutet mir viel, dass sie jetzt hier ist. Ich berühre eine ihrer langen Braids. »Es ist süß von dir, dass du das für mich tust.«

Blair stellt sich auf die Zehenspitzen und küsst mich. »Ich bin deine Freundin. Niemand tut mehr für dich als ich.«

Sie nimmt meine Hand, und ich werde augenblicklich ruhiger. Ich schaffe das. Ich kann über die Buchhandlung reden. Ich kann dafür sorgen, dass wir die fünfzigtausend Pfund zusammenbekommen, um *Wonderland* zu retten. Auch wenn wir in unserer Beziehung schon einiges durch haben, ist Blair in dem Moment für mich da, wo ich sie wirklich brauche – während Ariel sich nicht blicken lässt.

Wie besprochen, halte ich den Blick auf Sarah gerichtet, die mit einem winzigen Hörer im Ohr neben mir steht. Blairs Hand liegt in meinem Rücken, was beruhigend wirkt.

Ein Typ aus dem Fernsehteam hebt die Hand und zählt lautlos: »Fünf, vier, drei, zwei ...«

»Wer auf Social Media aktiv ist, hat bestimmt schon von der kleinen Buchhandlung *Wonderland* an der Stoke Newington High Street in Hackney gehört, die um ihr Überleben kämpft.

Das von einer Schwarzen Familie geführte Geschäft stand vor der schweren Entscheidung, an Heiligabend endgültig die Türen zu schließen, als Trey Anderson, dessen Eltern der Buchladen gehört, ein Video teilte, in dem er von *Wonderlands* Schwierigkeiten erzählt. Dieses Video wurde mehr als eine Million Mal angeschaut und sowohl von Größen aus der Literaturszene als auch von Prominenten wie Rihanna unterstützt. Inzwischen hat die ins Leben gerufene Crowdfunding-Kampagne die Hälfte des Spendenziels von fünfzigtausend Pfund erreicht, und es bleiben noch sieben Tage Zeit. Ich stehe hier neben Trey Anderson und seiner Freundin Blair Bailey. Trey, kannst du uns ein wenig mehr über *Wonderland* erzählen?«

Vierzehn Millionen Zuschauer.

Ich weiß, dass ich etwas sagen sollte. Sarah nickt mir aufmunternd zu, während Blair sanft auf meinen Rücken klopft, aber ich kann meine Lippen einfach nicht bewegen. Meine Achselhöhlen werden heiß, mir bricht der Schweiß aus. Shit! Bekomme ich jetzt im Live-TV Schweißflecken unter den Armen?

»*Wonderland* wurde von Treys Urgroßvater eröffnet, dann von seinem Großvater und jetzt von seinem Vater weitergeführt«, sagt Blair. Dankbar sehe ich sie an. »*Wonderland* hat so einen positiven Wert für die Gemeinde, nicht wahr, Trey?«

»Ja ... ja, das stimmt. *Wonderland* ist mehr als eine Buchhandlung. Es ist ein Schwarzes Familienunternehmen, das seit Kurzem in einer schwierigen Situation steckt.« Plötzlich bin ich in meinem Element. Ich erzähle der Welt da draußen, warum *Wonderland* so wichtig ist, wie betroffen wir waren, als uns klar wurde, dass wir möglicherweise schließen müssen und dass ich niemals erwartet hätte, dass mein Video viral gehen würde. »Jeden Tag rücken wir unserem Spendenziel ein Stück näher, also falls ihr es noch nicht getan habt, bitte spendet für *Wonderland*.«

»Das klingt alles spannend, Trey. Erzähl uns doch noch etwas über die Weihnachtstalentshow.«

»Sie soll Heiligabend stattfinden. Ursprünglich wollten wir damit Geld sammeln, aber jetzt soll es ein besonderes Event werden, um *Wonderland*, Weihnachten und unser Viertel zu feiern. Ich hoffe, dass die Autorin Estee Mase vorbeikommen wird, denn sie ist in der Gegend hier aufgewachsen.«

»Nun, das wäre großartig!« Sarah lächelt mich an. »Wie hoch stehen denn die Chancen, was denkst du?«

»Na ja, sie sieht das hier hoffentlich und antwortet dann auf meine Nachricht!«

Sarah und Blair lachen.

»Noch eine abschließende Frage, Trey. Es kursiert auch ein Video im Netz, auf dem du hervorragend singst. Können wir uns an diesem Tag auf einen Auftritt von dir freuen?«

Wieso muss sie von diesem Video anfangen? Mir wird flau im Magen, und ich lege meine Hand auf den Bauch, um mich zu beruhigen. »Oh ... ähm ...«

»Wenn ihr das herausfinden wollt, müsst ihr vorbeikommen«, sagt Blair schnell. »Das Programm der Weihnachtstalentshow ist unglaublich. Alle sollten dabei sein und die Talente aus Hackney unterstützen.«

Zum Glück ist Blair hier!

Während Sarah den Zuschauern erklärt, wie sie für *Wonderland* spenden können, löst sich der Druck, der den ganzen Tag auf meiner Brust gelegen hat. Ich lächle in die Kamera, dann ist es vorbei.

»Das war großartig.« Sarah schüttelt mir und Blair die Hand »Ich bin so froh, dass wir dieses Interview machen konnten, und ich hoffe sehr, dass *Wonderland* die Spendensumme erreicht. Das ist eine wunderbare Buchhandlung.«

»Danke, Sarah, für alles«, erwidere ich.

Blair quiekt vor Freude, ich schlinge meine Arme um sie und wirbele sie herum.

Ich habe es geschafft!

50

Ariels Playlist:
»Soulful Christmas« von Faith Evans

Der Bus hält an, ich springe raus und renne zum Buchladen. Davor steht eine lange Schlange. Die Leute wollen bestimmt zum Vorsprechen, das im Anschluss an das Interview stattfinden soll. Ich schwitze, und ich brauche keinen Blick in den Spiegel, um zu wissen, dass mein Make-up verwischt ist und meine feinen Haare am Ansatz nicht mehr glatt sind. Außerdem schmerzt meine Brust vom Rennen. Ein paar aus der Schlange rufen meinen Namen, aber ich achte nicht darauf und eile an ihnen vorbei. Sowie ich an der Tür bin, werde ich von einem bulligen Typen aufgehalten.

»Da drin wird noch gefilmt, Miss.«

»Ja, ich müsste eigentlich dabei sein«, sage ich schwer atmend. »Ich bin Ariel Spencer.«

Der Mann zuckt mit den Schultern. »Niemand darf rein, solange die Kamera für die Nachrichten läuft.«

»Aber ich sollte auch in den Nachrichten sein!«

Der bullige Typ brummt nur und weicht keinen Schritt zur Seite. Das ist doch Schwachsinn!

Als ich durch das Schaufenster spähe, sehe ich ein paar Leute umherwuseln und Kameraequipment zusammenpacken. Mir rutscht das Herz in die Hose. Ich habe das Interview verpasst. Da entdecke ich Trey, der ein Mädchen herumwirbelt. Und als ich genauer hinschaue, schnappe ich nach Luft. *Blair!*

51

Treys Playlist:
»K for Christmas« von Lil Mosey

»Kann ich euch bei den Vorbereitungen für das Vorsprechen noch irgendwie helfen?« fragt Blair, nachdem ich sie abgesetzt habe.

»Danke, das wäre cool«, sage ich. »Das Ganze findet im Keller statt.«

»Im Keller? Ist denn dort alles wieder aufgeräumt?«

»Zumindest ist es trocken. Aber wir müssen noch einiges erneuern. Wir machen das Vorsprechen unten, damit Ariel an ihrem Wandbild weiterarbeiten kann.« Ich zucke mit den Schultern. Ich will nicht an Ariel denken. »Danke noch mal, dass du hier bist.«

Blair streichelt über meine Wange, ich greife nach ihrer Hand und küsse sie. Nur ihretwegen habe ich es geschafft, vor Millionen von Zuschauern über *Wonderland* zu reden. Ich verdanke ihr alles.

Sie geht in den Keller hinunter, und ich blicke ihr nach. Verdammt, sieht sie gut aus in dieser Jeans. Als hätte sie meine Gedanken gelesen, lächelt sie mir über die Schulter zu und zwinkert.

Ich drehe mich um und erstarre, als ich rote Haare vor dem Schaufenster sehe. Ariel? Ich gehe zur Tür, reiße sie auf, und da steht sie – Ariel, die Haare an der Stirn gekräuselt, die Wimperntusche unter den Augen verwischt. Sie diskutiert mit dem Sicherheitsmann, der zur Seite tritt, als er mich bemerkt.

»Trey!« Sie schaut mich mit großen Augen an. »Lass es mich erklären.«

Ich verschränke die Arme vor der Brust. »Ich höre.«

Sie wirft einen Blick auf die wartenden Leute in der Schlange, die uns beobachten. Einige holen bereits ihr Handy heraus. Ich brauche jetzt wirklich nicht noch ein Video, dass aus unpassenden Gründen viral geht. Also greife ich nach Ariels Arm und ziehe sie in den Laden.

»Wo warst du? Ich habe dich andauernd angerufen.«

Tränen steigen ihr in die Augen, was mich überrascht.

»Blair hat mich in einen Klassenraum eingesperrt und mir mein Handy weggenommen.«

Keine Ahnung, was ich erwartet habe, aber so eine Geschichte definitiv nicht. Warum sollte Blair das tun? Das ergibt überhaupt keinen Sinn. Ich sehe auf Ariels Hand, mit der sie ihr Handy fest umklammert hält. Wenn Blair es ihr angeblich weggenommen hat, wieso hat sie es dann bei sich? Sie folgt meinem Blick, und ihr Mund geht auf.

»Sie hat es vor dem Klassenraum liegen lassen, und als ich es zurückhatte, war der Akku leer.«

»Aha«, sage ich gedehnt und nicke. »Weißt du was, ich habe keine Ahnung, was heute passiert ist, aber du wusstest, wie wichtig das hier für *Wonderland* war und wie sehr ich deine Unterstützung brauchte, um vor laufender Kamera überhaupt einen Ton herauszubringen. Trotzdem hast du entschieden, ohne irgendein Wort einfach wegzubleiben. Und jetzt beschuldigst du auch noch Blair dafür? Sie war heute zumindest hier und hat mir geholfen.«

Ariels Augen treten fast hervor. »Sie hat das mit Absicht gemacht!«

Meine Miene verfinstert sich. »Wieso sollte sie das tun?«

Ariel beißt sich auf die Lippe und wendet den Blick ab. Sie wischt die Tränen weg, und aus irgendeinem Grund macht mich diese Geste noch wütender. Wieso heult sie denn? Wenn Blair nicht aufgetaucht wäre, hätte das Interview ein totaler Reinfall werden können.

»Ich muss mich auf das Vorsprechen für die Talentshow vorbereiten. Wenn du an deinem Wandbild weiterarbeiten willst oder was auch immer, mach das, ich werde mich mit Blair um alles andere kümmern.«

»Aber, Trey ...« Sie nimmt meine Hand, als ich mich zum Gehen wende.

»WAS?!«, brause ich auf und schüttle ihre Hand ab.

Alle im Laden sehen uns an. Mein Atem geht schwer, und ich spüre das wütende Brodeln in mir. Um ehrlich zu sein, bin ich vor allem sauer auf mich, weil ich dachte, dass Ariel versteht, wie wichtig das Ganze für meine Familie ist – und für mich. Ich dachte, sie ist für mich da, aber sie hat mich schon wieder enttäuscht. Erst das heimliche Video und jetzt das. Wie konnte ich sie so falsch einschätzen? Wie dämlich, dass ich sogar darüber nachgedacht habe, alles wegzuwerfen, was ich mit Blair habe.

Ohne mich noch einmal umzusehen, lasse ich sie stehen.

52

Ariels Playlist:
»In Love at Christmas« von K-Ci und JoJo

Die ganzen Fernsehleute sehen mich an, auch Sarah Mills. Sie lächelt mitfühlend und kommt auf mich zu. Am liebsten würde ich alles hinschmeißen, einfach gehen und nie wieder ein Wort mit Trey wechseln. Wie kann er nur glauben, dass ich absichtlich nicht gekommen bin? Ich dachte, er kennt mich inzwischen.

Ich drehe mich zur Tür um, doch dann fällt mein Blick auf das halb fertige Wandbild, und ich muss an Mrs. Anderson denken, die mir den Job im *Wonderland* gegeben hat, als ich ihn dringend brauchte, und die seitdem immer nett zu mir war.

»Ariel«, sagt Sarah. »Es tut mir leid, dass du die Aufnahme verpasst hast.«

»Schon okay.« Ich zwinge mich zu einem Lächeln. »Es gab da ein Problem an der Schule. Lief es denn gut?«

Sarah nickt. »Wenn wir einen Folgebericht bringen, können wir hoffentlich auch mit dir vor der Kamera reden.«

»Das wäre toll, danke.«

Zumindest habe ich den Kontakt nicht zerstört. Ich gehe zum Wandbild, lege Schal und Mantel ab und wünschte, ich könnte abtauchen und alle anderen ausblenden. Aber mit leerem Akku kann ich auf dem Handy keine Musik hören. Seufzend kümmere ich mich erst mal darum, es aufzuladen.

Ich brauche nicht lange, um in meinen Malrhythmus zu finden. Alle paar Minuten werfe ich einen Blick auf die Toni-Morrison-Skizze, die mich beim Malen anleitet. Ich bin mit den Umrissen beschäftigt, als die Ladentür aufgeht und ein Schwall kalte Luft hereinströmt.

»Ariel, was ist passiert?« Jolie stürzt auf mich zu, ihre Wangen sind rot vor Kälte. »Wieso war Blair in den Nachrichten? Ich habe dich angerufen.«

»Psst.« Ich schiele zur Treppe hinüber. »Sie ist im Keller. Lange Geschichte, erzähle ich dir später. Aber Trey ist wieder sauer auf mich, da kommt echt Freude auf.«

»Tut mir leid.« Jolie umarmt mich. »Ich weiß, wie sehr du dich darauf gefreut hast.«

In ihren Armen könnte ich losheulen, aber ich muss mich zusammenreißen. Ich will nur das Bild fertig machen und dann hier weg.

»Könntest du mir einen Gefallen tun?«

Jolie nickt.

»Falls jemand nach oben kommen und die Leute für das Vorsprechen abholen soll, könntest du das übernehmen?«

Ich will Trey nicht sehen, von Blair ganz zu schweigen, denn ich weiß nicht, wozu ich dann fähig wäre.

»Klar, mach ich«, sagt Jolie. Dann betrachtet sie das Wandbild. »Das sieht jetzt schon sagenhaft aus.«

Normalerweise bringt es mich immer zum Strahlen, wenn jemand ein Kompliment über meine Arbeit macht, aber heute passiert rein gar nichts. Ich bin nicht wütend oder enttäuscht, ich fühle mich einfach leer.

»Hier.« Jolie greift in ihre Tasche und reicht mir eine Zuckerstange. »Die wurden heute beim Bäcker verschenkt.«

»Danke.« Ich drehe die rot-weiße Süßigkeit in der Hand.

»Ich muss jetzt da runter. Bist du noch eine Weile hier? Wir könnten später was zusammen essen, und du verrätst mir, was passiert ist.«

Ich zögere. Ich wollte eigentlich gehen, bevor das Vorsprechen beendet ist, damit ich niemandem begegne, aber das Bedürfnis, mir alles von der Seele zu reden, ist stärker. Ich weiß noch, wie gut es sich angefühlt hat, Annika in dieser Pizzeria alles über Trey zu erzählen.

»Ja, lass uns das machen.«

Jolie lächelt. »Dann bis nachher.«

Mrs. Anderson und Treys Tante betreten die Buchhandlung, und ich winke ihnen zu, bevor sie sich ebenfalls auf den Weg in den Keller machen. Als ich endlich mein Handy wieder benutzen kann und K-Cis und JoJos wunderschöne Harmonien in meinen AirPods laufen, versinke ich ganz in meiner Welt. Ich habe zahllose Nachrichten und Anrufe, die ich alle ignoriere. Stattdessen konzentriere ich mich auf mein Wandbild, das großartig aussieht. Man erkennt jetzt Toni Morrison, Alice Walker, Maya Angelou und Estee Mase. Als Nächstes werde ich mit ein paar männlichen Schwarzen Schriftstellern beginnen. Vielleicht füge ich noch Zitate aus ihren Büchern hinzu, um das Ganze abzurunden.

Ich gehe ins Büro, weil ich mir die Hände waschen will, und stoße fast mit Trey zusammen. Er springt zur Seite, als hätte ich Läuse oder so, dann geht er, ohne ein Wort zu sagen. Ich achte nicht auf mein pochendes Herz, drehe den Wasserhahn auf und sehe zu, wie sich rote, gelbe und braune Farbreste zu einem Strudel verbinden und im Abfluss verschwinden.

Ich liege auf meinem Bett. Mum muss lange arbeiten, und Noah ist bei einem Freund. Es war ganz still, als ich nach Hause kam, dabei hätte ich mir das Gegenteil gewünscht, um meine Gedanken zu zerstreuen. Mums unzählige Nachrichten, wieso ich nicht im Fernsehen war, lasse ich unbeantwortet. Was sollte ich auch sagen? Schließlich schreibe ich ihr, dass ich meine Meinung geändert habe. Es ist eine dumme Ausrede, und ich bin mir sicher, dass sie mich später darüber ausquetschen wird.

Treys Interview sehe ich mir nun schon zum sechsten Mal an. Keine Ahnung, wieso ich mir das antue, aber ich kann einfach nicht aufhören. Ich stehe immer noch unter Schock, weil Blair dafür gesorgt hat, dass ich es verpasse, und weil Trey mir nicht glaubt. Jolie ist schon die Zweite, die mir rät, den Vorfall offiziell der Schulleitung zu melden, doch je mehr ich darüber nachdenke, desto weniger sehe ich einen Sinn darin. Blair wird einfach alles abstreiten. Soweit ich weiß, hat niemand sie im oder vor dem Kunstraum gesehen, also wird ihr Wort gegen meines stehen. Wahrscheinlich wird sie allen erzählen, dass ich in ihren Freund verknallt bin und das alles nur behaupte, um sie schlecht dastehen zu lassen.

Bin ich in Trey verknallt? Ich betrachte ihn auf meinem Display. Mein Herz sehnt sich danach, bei ihm zu sein, als Sarah ihm eine Frage stellt, die ihm fast die Luft abschnürt. Doch dann kommt er in Fahrt, seine Augen beginnen zu leuchten ... und *dieses* Lächeln. Etwas an seinem Lächeln weckt eine Wärme in mir, die sich in meinem ganzen Körper ausbreitet. Woher weiß man, dass man verliebt ist? Mit fünfzehn war ich mit einem Typen namens Damson Rayens zusammen, der total auf Animes stand. Aber es hielt nur zwei Wochen, obwohl ich ihn wirklich mochte. Das hatte garantiert nichts mit Liebe zu tun. Was Damson wohl so macht? Ich finde ihn auf Instagram, es geht ihm gut, und er hat eine Freundin. Natürlich hat er eine Freundin. Ist nicht jeder attraktive Kerl vergeben?

Seufzend werfe ich mein Handy zur Seite.

53

Treys Playlist:
»Coming Home for Christmas« von Luke

Sieben Tage bis Weihnachten

Ich wache in einem rosafarbenen Zimmer auf, ein brauner Arm liegt über meiner Brust. Ich drehe den Kopf zur Seite. Blair schläft ruhig neben mir. Als sie mich gefragt hat, ob ich nach dem Vorsprechen mit zu ihr komme, habe ich mir die Gelegenheit nicht entgehen lassen, und es hat sich gut angefühlt, ihr wieder so nah zu sein.

Der Nachrichtenbeitrag wurde auch auf Social Media geteilt und schon Tausende Male angeklickt. Mum und Dad waren total glücklich darüber, wie das Interview gelaufen ist, und ich bin es auch, abgesehen von meiner Nervosität zu Beginn. Es hat sich auch schon deutlich auf die Spenden ausgewirkt – wir liegen jetzt knapp unter vierzigtausend Pfund. Hoffentlich sieht Estee Mase die Nachrichten und meldet sich bei mir zurück. Alle wären total begeistert, sie einmal persönlich zu treffen. In knapp einer Woche findet bereits die Talentshow statt, und die Spendenaktion endet, also brauchen wir noch einen deutlichen Anstieg zum Abschluss.

Natürlich hat Mum mich gefragt, wieso Ariel beim Interview nicht dabei war. Ich habe gelogen und behauptet, Ariel hätte sich nicht gut gefühlt. Ich wollte Mum nicht erzählen, was sie über Blair gesagt hat, denn ich bin sicher, Mum wäre ausgeflippt. Sie mag Blair und weiß, dass sie so etwas nie tun würde. Und obwohl ich sauer auf Ariel bin, möchte ich keinen Konflikt zwischen ihr und Mum heraufbeschwören.

Als ich nach dem Vorsprechen aus dem Keller in den Laden zurückgekehrt bin, war ich überrascht, Ariel immer noch malen zu sehen. Sie hatte Kopfhörer drin, und ich habe sie für einen Moment beobachtet. Ein Teil von mir wäre gern zu ihr gegangen, um sie zu fragen, was wirklich passiert war. Ich hätte es verstanden, wenn sie gesagt hätte, dass sie nervös geworden war und ihre Meinung geändert hatte. Aber sich irgendeine Geschichte über Blair auszudenken, die sie angeblich eingeschlossen und ihr das Handy weggenommen hat, will mir einfach nicht in den Kopf.

Ich stehe vorsichtig aus dem Bett auf und ziehe mich an.

»Was machst du?« Blair setzt sich auf, die Decke rutscht von ihren Brüsten, was mich kurz ablenkt. Sie bemerkt es, hebt lockend den Finger und bedeutet mir, zurück ins Bett zu kommen.

Ich stöhne auf. Nichts würde ich lieber tun, als den ganzen Tag mit Blair zu verbringen, aber ich muss den Laden aufschließen. Also riskiere ich erst gar nicht, mich zu ihr zu beugen und sie zu küssen, denn es würde garantiert nicht lange dauern, bis wir beide wieder nackt wären. Stattdessen mache ich einen Luftkuss in ihre Richtung.

»Ich ruf dich nachher an.«

Sie zieht einen Schmollmund, als ich ihr zum Abschied zuwinke.

Rasch gehe ich die Treppe hinunter. Blairs Eltern sind zum Glück schon zur Arbeit gefahren. Sie wissen also nicht mal, dass ich mich gestern Abend reingeschlichen habe. Nur Santi sitzt im Pyjama und mit einer Müslischale in der Hand im Wohnzimmer vor dem Fernseher.

Ich strecke kurz den Kopf zu ihr hinein. »Bis später, Santi.«

»Warte!« Sie steht auf. »Wie geht es Ariel?«

Ich runzle die Stirn. »Keine Ahnung. Ich habe seit gestern nicht mit ihr gesprochen.«

»Oh«, macht Santi leise. Sie setzt sich wieder hin und stellt ihre noch volle Schale auf den Tisch.

Ich gehe zu ihr. »Alles gut?«

Sie öffnet den Mund, schließt ihn aber wieder. Ich kenne Santi schon lange, aber ich glaube nicht, dass ich sie schon einmal so erlebt habe. Als wäre sie wegen irgendetwas hin- und hergerissen.

»Geht es um Boogs?«

Santi reißt die Augen auf. »Was? Nein, es hat nichts mit ihm zu tun.«

In diesem Moment platzt Blair im Bademantel herein. »Trey, du bist noch nicht weg?«

Santi greift nach ihrer Müslischale und isst weiter.

»Du kommst noch zu spät«, sagt Blair zu mir.

»Ja.« Ich werfe noch einen Blick auf Santi, aber sie starrt auf den Fernseher und ignoriert mich. Ich gebe Blair einen Kuss auf die Wange und gehe.

54

Ariels Playlist:
»Little Drummer Girl Remixed«
von Alicia Keys

Die meisten würden es nicht besonders witzig finden, von dreißig lärmenden, mit Farbe bekleckerten Kids umgeben zu sein, aber ich liebe es. Ich helfe nun schon seit ein paar Jahren ehrenamtlich im Gemeindezentrum aus. Heute malen die Kinder Weihnachtskarten, die wir im Raum aufhängen wollen. Einige von ihnen sind nicht unbedingt die geborenen Künstler, und ich vermute, dass sie nur hier sind, weil ihre Eltern ein paar Stunden Ruhe haben wollen, aber es gibt auch außergewöhnliche Talente unter ihnen wie Noah oder Reon.

Als ich heute Morgen hier ankam, hatte ich die irrationale Befürchtung, dass sich Reon wegen Trey mir gegenüber anders verhalten könnte, aber er hat mich mit der üblichen Umarmung begrüßt. Heute muss ich nicht im *Wonderland* arbeiten, also kann ich nach dem Kurs gleich nach Hause gehen und den Rest des Tages chillen. Vielleicht mache ich noch einen Abstecher ins Shoppingcenter und kaufe ein paar Geschenke für Weihnachten. Ich weiß, welches Parfüm Mum gern hätte, und Noah wünscht sich noch mehr Malutensilien, aber bis jetzt bin ich noch nicht dazu gekommen, die Sachen zu besorgen.

»Kann ich dir was zeigen?«, fragt mich Reon, und ich nicke. Er greift in seinen Rucksack und zieht ein Blatt heraus.

Ich staune. »Bin ich das?«

Reon nickt. »Und Trey.«

Auf seinem Bild sehe ich aus wie Storm von den X-Men und Trey ist Captain America. Wir sind mitten in einer Schlacht, kämpfen gegen grüne Monster, die es auf *Wonderland* abgesehen haben. Ich fahre mit dem Finger über die großartige Zeichnung, nehme jedes Detail in mich auf.

»Gefällt dir das Bild?«, fragt Reon nervös.

Ich grinse. »Ich liebe es! Darf ich es behalten?«

Reon lächelt, was mich sehr an Trey erinnert. »Na klar! Ich habe es vorhin Trey gezeigt, und er meinte, ich soll es dir zeigen.«

»Wirklich?«

Also hat er an mich gedacht. Das kann nur ein gutes Zeichen sein, oder?

Mr. Arnold, der das Gemeindezentrum leitet, kommt in den Kunstraum, und alle Kinder rufen durcheinander, dass er zu ihnen kommen und sich ihre Karten ansehen soll. Ich mag Mr. Arnold. Mit seinem großen runden Bauch und dem weißen Bart erinnert er mich ein bisschen an den Weihnachtsmann.

»Sekunde, Leute, ich muss erst kurz mit Ariel sprechen.«

Ich folge ihm in eine Ecke, wo wir etwas ungestörter sind.

»Mrs. Anderson hat angerufen. Sie wird in der Buchhandlung aufgehalten und fragt, ob du ihr Reon nach dem Kurs vorbeibringen könntest.«

»Ja, kein Problem«, sage ich, dabei *ist* es ein Problem, denn es bedeutet, dass ich Trey begegnen werde.

Mr. Arnold lächelt. »Danke, Ariel. Ich richte es ihr aus.«

Auf dem Weg zum *Wonderland* reden Noah und Reon wie ein Wasserfall. Ich habe beschlossen, die schönere Strecke zu nehmen, um die Begegnung mit Trey noch etwas hinauszuzögern, deshalb kommen wir am großen Platz vorbei, wo ein riesiger ungeschmückter Weihnachtsbaum steht. Wir bleiben stehen und betrachten ihn staunend. In den letzten Jahren hatte der Gemeinderat keinen Baum aufstellen lassen, auch wenn die Anwohner sich darüber beschwert hatten. Aber es war wohl kein Geld dafür übrig. Ich frage mich, wie sie es in diesem Jahr hinbekommen haben.

Die Jungs rennen die vertraute High Street hinunter, ohne auf meine Rufe zu achten, dass sie langsamer machen sollen. Als ich *Wonderland* schließlich betrete, sind die beiden schon in der Kinderecke und durchstöbern die Bücher. Mrs. Anderson, Trey und eine junge Frau mit langen schwarzen Haaren, die vermutlich indische Wurzeln hat, unterhalten sich in der Mitte des Ladens.

»Ariel!« Mrs. Anderson winkt mich zu ihnen.

Trey begrüßt mich mit einem Nicken, und die junge Frau hält mir die Hand hin.

»Schön, dich kennenzulernen, Ariel. Mein Name ist Gita Agarwal, ich arbeite für den Gemeinderat von Hackney. Gerade habe ich zu Mrs. Anderson und Trey gesagt, wie großartig es ist, dass sich so viele Leute für die Weihnachtstalentshow begeistern. Wir haben uns deshalb gefragt, ob wir die Talentshow nicht auf dem großen Platz veranstalten sollten, weil dann noch mehr Leute zusehen könnten.«

»Wirklich?« Ich bin sprachlos. In den siebzehn Jahren, die ich hier lebe, habe ich noch nie eine Vorführung auf dem Platz erlebt.

Gita nickt. »Ich weiß nicht, ob du schon die Tanne gesehen hast, die wir gerade aufgestellt haben?«

»Ja, ich bin auf dem Weg hierher daran vorbeigekommen«, sage ich aufgeregt.

»Sehr gut! Daneben können wir eine Bühne mit Beleuchtung für die Talentshow aufbauen. Wir wollen die ganze Gemeinde mit einbeziehen, und ich werde dafür sorgen, dass die Presse vor Ort sein wird. Das wird bestimmt großartig. Wir möchten auch ein Kunst-Spotlight etablieren, um herausragende Talente unserer Gemeinde zu präsentieren, ähnlich wie die ›Ridley Road Stories‹-Ausstellung in Dalston. Dafür würden wir gern ein paar Fotos machen. Von deinem Wandbild hier und dem phantastischen Bild, das du für den Schulhof des Corden Colleges gemalt hast, falls du nichts dagegen hast. Natürlich wird das auch honoriert, und wir werden jeden Monat andere Kunstschaffende in den Fokus stellen.«

»Sie wollen meine Arbeiten ganz Hackney zeigen?«, frage ich vorsichtig, weil ich fürchte, mich verhört zu haben.

»Ist das okay?«, erwidert Gita.

Ob das *okay* ist? Das ist *mega*! Es wäre meine erste öffentliche Ausstellung. Dad würde vor Freude in die Luft boxen. Und wie genial ist das für meine Bewerbung am Artists' Studio!

Mrs. Anderson streicht über meinen Arm. »Ich freue mich so für dich, Ariel. Du hast es verdient.«

»Vielen Dank.« Ich sehe zu Trey, der mir ein flüchtiges Lächeln zuwirft, das aber nicht seine Augen erreicht.

»Hackney hat durch *Wonderland* sehr viel positive Aufmerksamkeit erhalten. Wir stehen alle hinter euch«, sagt Gita. »Und ich weiß nicht, ob Sie es schon gesehen haben, aber der Gemeinderat hat heute Morgen eine ordentliche Summe gespendet.«

»Tatsächlich?« Mrs. Anderson hält eine Hand an ihre Brust, und Trey legt einen Arm um sie. »Das ist wunderbar! Vielen Dank!«

»Gern geschehen. Mrs. Anderson, hätten Sie etwas dagegen, mich kurz über das Programm der Talentshow zu informieren? Und gibt es schon Neuigkeiten zu Estee Mase?«

»Lassen Sie uns am besten im Büro weiterreden«, erwidert Mrs. Anderson und geht voran.

Trey und ich bleiben allein zurück. Er hat die Arme verschränkt und schaut überallhin, außer zu mir. Wie ich das hasse.

»Das ist wirklich cool«, versuche ich, das Eis zu brechen.

»Ja«, brummt er.

Ich seufze. »Komm schon, Trey, wir arbeiten zusammen. Können wir uns zumindest zivilisiert verhalten?«

Trey nickt langsam. »Du hast recht. Wir sollten das rein geschäftlich betrachten, schließlich bist du hier angestellt. Abgesehen von den Abläufen im Laden haben wir jedoch nichts zu besprechen.«

Ich erkenne die abweisende Person vor mir kaum wieder. Trey weiß, was es für mich bedeutet, dass der Gemeinderat meine Arbeiten ausstellen wird, aber es scheint ihn kein bisschen zu interessieren. Ich mustere ihn von oben bis unten. »Kein Problem«, sage ich und wende mich zur Ladentür um. »Komm, Noah, wir gehen«, rufe ich noch über die Schulter.

Nachdem ich Noah nach Hause gebracht habe, mache ich mich auf den Weg zum Shoppingcenter, kaufe Geschenke für ihn und Mum, sowie zwei einfache Schmuckkästchen für Annika und Jolie, die ich bemalen und dekorieren will. Für die Andersons werde ich eine Karte gestalten.

Als ich zurück bin, habe ich einen Riesenhunger. Zum Glück hat Mum gerade Mittagessen gekocht.

Sie lächelt, als sie mich sieht. »Hi, Schatz. Was hast du gekauft?«

Zuerst versichere ich mich, dass Noah nicht in Hörweite ist, denn wenn er das Wort »Geschenk« aufschnappt, wird er sofort wissen wollen, was es ist und die ganze Zeit betteln. »Nur ein paar Geschenke für Weihnachten«, sage ich dann. Ich verstaue die Einkaufsbeutel im Schrank auf dem Flur. »Ich muss dir unbedingt erzählen, was heute passiert ist.«

Mum klatscht vor Freude in die Hände, als sie vom Vorhaben des Gemeinderats hört.

»Das ist ja phantastisch! Damit ist dir das Stipendium für das Artists' Studio sicher, das ist dir klar, oder?«

»Ich will mich lieber nicht zu früh freuen«, sage ich und nehme den Teller mit Essen, den sie mir reicht. »Aber ich glaube auch, dass ich jetzt noch bessere Chancen habe. Ich gehe am Dienstag zum Tag der offenen Tür. Möchtest du mitkommen?«

»Das würde ich gern. Mal sehen, ob ich meine Schicht tauschen kann.« Sie dreht sich zur Treppe um und ruft: »Noah! Mittagessen!«

»Komme!«, ruft er zurück.

Mum und ich setzen uns mit unserem Essen hin und warten auf Noah.

»Wir haben noch gar nicht richtig über das Interview gesprochen. Du meintest, dass du deine Meinung geändert hast?«, sagt sie in einem Tonfall, der geradezu *Schwachsinn!* schreit.

»Eigentlich war ich nur zu spät.« Eine Halbwahrheit. »Aber viel wichtiger ist, dass es für *Wonderland* ein Erfolg war. Ich war zuerst ein bisschen enttäuscht, weil meine Kunst nicht erwähnt wurde, aber da die Talentshow jetzt viel größer aufgezogen wird, ist das auch okay.« Außer dass Trey mich jetzt hasst und mit einer Irren zusammen ist.

Ich nehme ein Stück von meinem Lachs und weiche Mums Blick aus, weil ich wirklich nicht will, dass sie weiter nachbohrt. Ich kann nicht über Trey und Blair reden. Mein Handy vibriert, und als ich nachsehe, habe ich eine DM von einer Absenderin namens Estee Mase. Ich lasse mein Besteck fallen.

»Was ist los?«, fragt Mum.

Das kann auf keinen Fall *die* Estee Mase sein. Auf keinen Fall ... O Mann, sie ist es! Rasch lese ich die Nachricht.

»Mum, sieh dir das an!« Ich gebe ihr mein Handy, und Mum schnappt nach Luft. »Die Andersons werden so was von begeistert sein!« Ich hüpfe regelrecht auf meinem Stuhl herum.

Trey wird umfallen! Wir verstehen uns im Moment zwar nicht gerade glänzend, aber das wird für *Wonderland* alles ändern. Ich kann es kaum erwarten, Treys Gesicht zu sehen, wenn er davon erfährt.

Schnell schreibe ich zurück: *Das wäre großartig! Vielen, vielen Dank! Ich werde nichts verraten, versprochen!*

55

Treys Playlist:
»My Christmas« von Tony! Toni! Toné!

Sechs Tage bis Weihnachten

Wir sind jetzt bei einundvierzigtausend Pfund, aber ich verstehe nicht, wieso wir unser Ziel noch nicht erreicht haben, obwohl wir in den Nachrichten waren. Was haben wir falsch gemacht? Nach der ganzen harten Arbeit dürfen uns Raymond & Raymond nicht einfach aufkaufen. Doch bald ist Heiligabend, uns läuft die Zeit davon.

In der Buchhandlung ist viel los, und es ist merkwürdig, sich vorzustellen, dass ein voller Laden nun zur Normalität gehört. Tante Latrice hat Reon mit zum Weihnachtsgottesdienst in die Kirche genommen, damit Mum mir bei dem Kundenansturm helfen kann. Mum hat die Kasse übernommen, während ich umherschwirre, Kunden berate, sie ermuntere, mehr zu kaufen, und verstreut herumliegende Bücher einsammle.

Ariel lassen wir möglichst in Ruhe, damit sie das Wandbild zu Ende malen kann. Ein Laken verdeckt das meiste davon, weil sie uns gern überraschen will, aber aus einem bestimmten Winkel kann ich einen Blick auf sie und einen Teil des Bildes werfen. Sie steht auf einer Leiter mit ihren Kopfhörern im Ohr und bekommt nicht mit, dass ich sie beobachte. Ich habe es ihr noch nicht gesagt, aber was ich bis jetzt gesehen habe, ist atemberaubend. Auch alle anderen Arbeiten, die ich von ihr kenne, finde ich phantastisch. Aber das ist bei Weitem das Beste, was sie je gemalt hat. Die Details und die Farben sind einfach unglaublich. Es wirkt fast so, als würden die großartigen Schriftstellerinnen und Schriftsteller jeden Moment aus der Wand springen.

Zuerst betrachte ich immer wieder das Wandbild, doch dann beobachte ich nur noch sie. Meine Augen wandern über die Stelle an ihrer Hüfte, wo ihre Schürze zusammengebunden ist, und über ihre langen roten Haare. Ich vermisse sie. Ich finde es ätzend, wie es gerade zwischen uns läuft, aber wie soll ich das ändern?

Die Ladentür geht auf, und Boogs und Santi spazieren herein. Es ist so warm im Laden, dass ich nur ein T-Shirt trage, während sie in dicken Jacken, Mütze und Handschuhen stecken. »Was geht?« Ich nicke Boogs zu und umarme Santi.

»Wir waren gerade in der Nähe und ...« Santi verstummt, als ihr Blick durch die Lücke hinter dem Laken auf Ariels Wandbild fällt. Boogs sieht ebenfalls in diese Richtung, und seine Augen werden genauso groß wie Santis.

»Krass«, stößt Boogs aus.

»Redet ihr wieder miteinander?«, fragt Santi hoffnungsvoll.

»Nein, nicht wirklich«, antworte ich bedrückt.

»Vielleicht solltest du dir anhören, was sie zu sagen hat«, meint Santi.

Ich runzle die Stirn. »Sie hat blödes Zeug über deine Schwester erzählt. Das weißt du, oder?«

Santi schaut weg und sagt nichts. Boogs wirft mir nur einen »Keine Ahnung«-Blick zu.

»Ich geh mal zu den YA-Büchern«, meint Santi schließlich und lässt uns stehen.

Ich sehe ihr nach. »Was ist los mit ihr?«

Boogs zuckt mit den Schultern. »Sie ist jetzt schon seit ein paar Tagen so still. Sie behauptet, dass alles gut ist, aber ich weiß, dass ihr irgendetwas durch den Kopf geht.«

»Hmmm. Wie auch immer, ist Marcus eigentlich noch als DJ bei der Talentshow dabei?«

»Ja, absolut. Habt ihr schon entschieden, wer auftreten wird? Ich kann es kaum erwarten, meine Tanznummer zu zeigen«, sagt Boogs grinsend.

Ich nicke. »Wir haben Weihnachtschöre, Solistinnen und Solisten, Tanzgruppen und eine Zaubershow für Kinder. Es sollte für jeden was dabei sein.«

Boogs hebt die Hände. »Bevor du fragst, meine Nummer wird der Hammer, du solltest den anderen Teilnehmenden also vielleicht sagen, dass sie sich anschnallen können.«

Ich lache. »Okay, okay, dein Selbstvertrauen ist unschlagbar.«

»Apropos Selbstvertrauen, wirst du singen?« Boogs sieht mich mit hochgezogenen Augenbrauen an.

Ich schnaube. »Vor all den Leuten? Auf keinen Fall.«

»Aber du warst sogar live im Fernsehen«, sagt er ernst.

»Ja, aber Blair war bei mir und hat mir dadurch geholfen.«

»Dann nimm sie mit auf die Bühne.« Boogs stößt mich in die Seite. »Komm schon, Mann. Alle reden zurzeit fast nur noch über *Wonderland*, also werden eine Menge Leute zur Talentshow kommen. Die perfekte Möglichkeit für dich, deine Megastimme in echt zu präsentieren.«

Ich weiß, dass Boogs recht hat, aber die Vorstellung, tatsächlich vor Zuschauern zu singen, weckt bei mir das Gefühl, als würde mir eine fette Spinne über den Rücken krabbeln. Ich kann nicht mal sagen, wieso ich diese irrationale Angst davor habe. Tief in meiner Seele weiß ich, dass ich ein guter Sänger bin. Aber das ist das Problem mit dieser Angst ... sie ergibt keinen Sinn.

»Ich überleg's mir«, sage ich schließlich. Ich meine das nicht wirklich so, aber sonst gibt Boogs keine Ruhe.

Während meine Schicht weitergeht, bekomme ich seine Worte nicht aus dem Kopf. Ich weiß, dass ich nicht genügend Selbstvertrauen habe, um auf der Weihnachtstalentshow zu singen, aber vielleicht sollte ich meinen Neujahrsvorsatz in die Tat umsetzen und mich nach einer kleineren Talentshow umsehen. Mich auf eine Bühne zu stellen, ohne das Gefühl zu haben, gleich kotzen zu müssen, und dann auch noch zu singen, wäre ein guter Anfang.

Wonderland ist jetzt geschlossen, und abgesehen von Ariel und mir ist die Buchhandlung leer. Mit dem Kassenabschluss bin ich schon ewig fertig, aber weil es mir seltsam vorkommt, allein mit ihr im Laden zu sein, warte ich im Büro, bis sie ihre Arbeit beendet hat. Ich habe mir das Video, auf dem ich singe, inzwischen mehrfach angesehen, und es klingt wirklich gut. Je öfter ich es mir anschaue, desto sicherer bin ich mir, dass ich endlich über meinen Schatten springen und bei einer kleinen Talentshow mitmachen sollte. Aber was würde ich dann singen? Sollte ich einen aktuellen Song auswählen oder eher etwas Oldschoolmäßiges?

Ich bin so in Gedanken versunken, dass ich einen Moment brauche, bis ich Ariel wahrnehme, die mit Farbklecksen im Gesicht und an den Händen ins Büro gekommen ist. Sie zieht ihren Mantel an, legt den grünen Schal um und nimmt ihren Rucksack, bevor sie mir einen Blick zuwirft.

»Ich bin fertig. Willst du mitkommen und es dir ansehen?«

Ohne ein Wort folge ich ihr zum Wandbild – und bin absolut nicht darauf vorbereitet, was mir von dort entgegenblickt. Es gibt nur eine Möglichkeit, es zu beschreiben: Es ist ein Meisterwerk – beeindruckend, lebendig und voller Geschichte. Ich trete vorsichtig näher, aber nicht zu nah, weil die Farbe noch nicht ganz trocken ist. Ich erkenne ein Gesicht, das seltsamerweise aussieht wie mein Dad. Dann entdecke ich das Gesicht meines Urgroßvaters, der *Wonderland* eröffnet hat. Es verschlägt mir den Atem, als ich auch meinen Großvater sehe ... dann Mum ... Reon ... und mich.

»Das ist ...«

Ich finde keine Worte für die Gefühle, die dieses Bild in mir auslöst, so erfüllt bin ich von Freude und Stolz, mein Familienerbe zwischen all den literarischen Größen zu sehen. Beim Betrachten der Details im Gesicht meines Großvaters vermisse ich ihn sehr. Es ist fast so, als wäre er hier. Woher hat Ariel die Fotos für die Vorlagen? Ich blinzle rasch, damit sie nicht sieht, wie emotional mich der Anblick des Bildes macht.

»Es geht zwar vor allem darum, namhafte Persönlichkeiten aus der Schwarzen Literaturszene zu ehren, aber deine Familie ist *Wonderlands* Seele. Deshalb war es mir wichtig, auch euch zu würdigen«, sagt Ariel.

Ich räuspere mich. »Danke.«

Ich kann nicht glauben, was Ariel damit für uns tut. Meine Eltern werden es lieben. Wie gern würde ich es einrahmen und mit nach Hause nehmen. Aber was dieses Bild noch außergewöhnlicher macht, ist die Tatsache, dass Ariel es nicht gemalt hat, weil wir sie dafür bezahlen, sondern weil sie uns dieses unglaubliche Kunstwerk schenken wollte. Meine ganze Wut und mein Ärger sind verflogen, und als ich sie jetzt ansehe, wird mir klar, dass ich nichts anderes will, als sie in den Arm zu nehmen.

Ariel lächelt mich an, mein Herz pocht wie verrückt. Sie macht einen Schritt auf mich zu, während ich mich nicht von der Stelle rühre.

»Trey«, sagt sie leise.

Nur meinen Namen aus ihrem Mund zu hören, gibt mir das Gefühl, vom Boden abzuheben und den Himmel berühren zu können.

Ihr Haar fällt ihr ins Gesicht, und ohne nachzudenken, will ich es zur Seite streichen, doch sie nimmt meine Hand und hält sie fest. Ich sehe auf unsere verschränkten Hände. Sie sagt kein Wort, ihr Daumen wandert sanft über meine Haut, und ich fühle mich durch und durch lebendig. Am liebsten würde ich sie jetzt küssen.

Schließlich löst sie ihre Hand, und es ist, als würde mit ihr all die Wärme meinen Körper verlassen. Ich blicke auf meine Hand.

»Trey« wiederholt sie, diesmal eindringlicher, und ich sehe sie an. »Du musst Blair fragen, was am Freitag passiert ist. Warte ...« Sie hebt den Arm, als ich etwas sagen will. »Ich mag dich, Trey. Sehr sogar, und ich glaube, du magst mich auch. Du musst wissen, dass ich dich niemals im Stich gelassen hätte, also bitte, frag Blair nach der Wahrheit.«

Sie stößt einen tiefen Atemzug aus, bevor sie geht und mich allein im *Wonderland* zurücklässt.

Was zur Hölle passiert hier?

56

Ariels Playlist:
»All I Want for Christmas« von TLC

Ich habe Trey gesagt, dass ich ihn mag, ohne dass der Boden unter meinen Füßen aufgegangen ist und mich verschluckt hat. Ich bin nicht gestorben, er sah nicht abgestoßen aus, er hat mich nicht ausgelacht. Ich habe Trey gesagt, dass ich ihn mag, und ich fühle mich ... glücklich.

57

Treys Playlist:
»Sleigh« von Smino,
mit Monte Booker und Masego

Ich sitze auf dem Platz neben dem noch ungeschmückten Weihnachtsbaum. Der Gemeinderat hatte die Idee, dass die Leute aus dem Viertel am Tag der Talentshow dabei helfen könnten, den Baum zu dekorieren. In meinem Kopf dröhnt es, obwohl ich eine ganze Weile umhergelaufen bin. Es hört einfach nicht auf. Ariel mag mich – und ich habe ihr nicht gesagt, dass es mir mit ihr genauso geht. Ich mag sie sehr, aber ... da ist auch Blair. Ich liebe Blair, und ich dachte, es würde wieder besser zwischen uns laufen. Oder mache ich mir nur etwas vor? Blair hat Ariel am Tag des Interviews niemals in einen Klassenraum gesperrt und ihr das Handy weggenommen. Das würde sie nicht tun.

Oder doch?

Ich verscheuche die Stimme aus meinem Kopf. Nein, würde sie nicht.

Bist du sicher?

»Ja!«

Ein Pärchen, Hand in Hand, sieht mich erschrocken an und geht schnell weiter. Die beiden halten mich bestimmt für durchgeknallt.

Wieso sollte sich Ariel so etwas ausdenken? Sie könnte versucht haben, uns auseinanderzubringen, doch warum hätte sie damit bis jetzt warten sollen? Wir waren oft genug allein. Aber ich kann auch nicht sagen, was Blair zu so einer Aktion veranlasst haben könnte.

Ich reibe mir die pochenden Schläfen. Ich muss sie darauf ansprechen, auch wenn sie ausflippen wird, weil ich überhaupt danach frage. Doch wenn sie das wirklich getan hat, würde das bedeuten, dass ich Blair nie wirklich gekannt habe, was mir echt Angst macht. Ich bin seit fast zwei Jahren mit ihr zusammen, und ich dachte, ich kann ihr vertrauen. Ariels Aufforderung schien jedoch aufrichtig zu sein, und das beunruhigt mich. Ariel würde mich nicht bitten, Blair damit zu konfrontieren, wenn sie gelogen hätte ...

Ich muss mit jemandem darüber reden, und dafür kommt nur Boogs in Frage. Er kennt uns alle drei und kann mir seine Sicht von außen geben. Ich schreibe ihm eine Nachricht, dass ich bei ihm vorbeikomme, dann vergrabe ich die Hände in den Taschen und gehe los.

Als ich an seiner Tür klingle, öffnet Ms. Deton die Tür. Boogs könnte buchstäblich ihr Zwilling sein. Sie haben dieselben hellen Augen und dieselbe helle Haut. Sie hat einen Mantel an und eine Handtasche über der Schulter.

»Hi, Trey, wie geht es dir?«

»Mir geht's gut.« Ich umarme sie.

»Er ist im Wohnzimmer. Ich muss jetzt los zu meinem Reinigungsjob, also bis später.« Sie schiebt sich an mir vorbei.

»Okay, passen Sie auf sich auf.« Ich lächle sie an.

Als ich ins Wohnzimmer komme, liegt Boogs auf dem Sofa, die Arme hinter dem Kopf verschränkt, und guckt Football.

»Was geht ab?«, sagt er, ohne mich anzusehen.

»Keine Ahnung, Mann.«

Mit einem Seufzen lasse ich mich auf den Sessel ihm gegenüber fallen. Boogs wirft mir einen kurzen Blick zu, bevor er nach der Fernbedienung greift und auf Pause drückt, so dass der Ball mitten in der Luft stehen bleibt. Dann setzt er sich auf.
»Alles okay? Was ist los?«
Ich erzähle ihm, was Ariel zu mir gesagt hat. »Aber das ist doch verrückt, oder? Blair würde so etwas nie machen.«
Ich vermute, dass Boogs gleich so etwas raushaut wie *Nee, Mann, die kleine Meerjungfrau spinnt nur rum*, aber er schweigt.
»Du denkst, sie wäre dazu fähig?«, frage ich irritiert.
»Ich muss dir etwas zeigen. Gib mir mal meinen Rucksack rüber.«
Sein dunkelblauer Rucksack liegt neben dem Sessel, ich hebe ihn auf und werfe ihn Boogs zu. Er öffnet den Reißverschluss der kleinen Seitentasche und zieht eine zerknüllte Karte heraus. Ich beuge mich vor, um einen Blick darauf zu werfen, während Boogs die Karte auf seinen Schoß legt und glatt streicht.
»Hier.« Er reicht mir die immer noch ziemlich zerknitterte Karte, aber ich kann trotzdem Ariels unverwechselbaren Malstil erkennen.
Ein Fenster rahmt die Karte ein, leicht beschlagen und am Rand mit Schnee und Eis überzogen. Hinter dem Fenster sind Bücherregale zu sehen. An der Platzierung des Kassentresens und der kleinen Büchertische erkenne ich sofort, dass es *Wonderland* ist. In der Mitte des Buchladens steht sich ein Paar gegenüber und hält sich an den Händen. Das Mädchen hat rotes Haar und trägt eine Brille. Der muskulöse Typ mit der Waves-Frisur ihr gegenüber lächelt geheimnisvoll. Das Mädchen ist definitiv Ariel und der Junge ... *Bin ich das?* Ich betrachte das

Bild genauer und nehme nach und nach die feinen Details wahr. Bei dem Typen – also mir – hängen Kopfhörer aus der Tasche, die an einem Handy stecken, das auf dem Tisch liegt. »O Holy Night« steht auf dem Display. Ich schaue zu Boogs.

»Das hat Blair gesehen, als wir auf dem Grotto-Markt waren«, sagt er nüchtern.

Die Karte, die Ariel Blair aus der Hand gerissen und auf den Boden geworfen hat.

»Ich habe es aufgehoben, weil ich wissen wollte, warum Ariel sich so komisch verhalten hat. Das auf dem Bild seid offensichtlich ihr beide«, fährt Boogs fort.

Ich lasse die Finger über das Paar wandern. Ich habe keine Ahnung, wann Ariel das gemalt hat, aber nur deshalb würde Blair doch nicht so ausflippen.

»Weißt du, was ich denke? Ich denke, Blair hat die Karte gesehen, ist durchgedreht und hat Ariel dann tatsächlich in den Klassenraum eingesperrt.«

»Wegen einer Karte?«, sage ich spöttisch. »Ariel und ich haben nie Händchen gehalten.«

»Sieh dir das Bild an. Sieh genau hin«, erwidert Boogs ernst.

Also tue ich das, wobei mir bewusst wird, dass die Blicke des Pärchens so ineinander versunken sind, als wären die beiden verliebt ineinander. Ich denke an die Zeit, die ich mit Ariel verbracht habe und dass es Momente gab, in denen ich sie genauso angelächelt habe. Ich hole tief Luft. »Shit.«

»Mit Blair bist du nicht auf einer Wellenlänge, mit Ariel schon. Nachdem du mir gesagt hast, dass du sie magst, habe ich euch beobachtet und die eindeutigen Blicke gesehen, die ihr euch zuwerft.«

Ich runzle die Stirn. »Eindeutige Blicke?«

»Du weißt, was ich meine. Selbst auf der Geburtstagsparty der Zwillinge hast du versucht, in Ariels Nähe zu sein und mit ihr getanzt. Ich glaube, Blair wollte Ariel eins auswischen und sie schlecht dastehen lassen, damit du dich nicht in sie verliebst.«

Ich schüttle den Kopf. Das kann doch nicht sein! Ich kenne Blair, so weit würde sie nicht gehen ...

»Blair spielt sich immer auf«, sagt Boogs, als hätte er meine Gedanken gelesen. »Denk an die Geburtstagsparty, die wir organisiert haben, und wie sie sich da aufgeführt hat. Bei Blair läuft immer irgendein emotionaler Scheiß. Um ehrlich zu sein, habe ich keine Ahnung, wie Santi dabei so ruhig bleiben kann.«

»Aber ... Blair wusste, wie wichtig das Interview für mich und meine Familie war. Hätte sie es trotzdem darauf angelegt?«

Ich stehe auf und gehe unruhig im Zimmer umher. Blair hatte keine Ahnung, worüber es in dem Nachrichtenbeitrag gehen sollte. Es hätte auch sein können, dass Ariel und ich eine gemeinsame Rede vorbereitet hatten. Blair muss also bewusst gewesen sein, dass sie alles ruinieren könnte, wenn sie Ariel einsperrt. Ich bleibe stehen, Boogs mustert mich.

»Weiß Santi etwas darüber? Verhält sie sich deshalb so komisch?«

»Oh, sie weiß es garantiert, aber sie würde ihrer Schwester nie in den Rücken fallen. Du musst mit Blair reden. Du kennst sie und wirst sofort merken, wenn sie lügt.«

»Und was, wenn sie es wirklich getan hat?«

Boogs seufzt. »Ich weiß es nicht, Mann. Das musst du entscheiden. Aber wenn Ariel die Wahrheit gesagt hat, solltest du dich zumindest bei ihr entschuldigen.«

Die Stimmung zu Hause passt überhaupt nicht zu meiner aktuellen Gefühlslage. Chaka Khan dröhnt aus den Boxen im Wohnzimmer, begleitet von lautem Lachen. Ich hänge meine Jacke auf und gehe ins Wohnzimmer, wo Alkohol auf dem Tisch steht und Mum mit Tante Latrice tanzt. Dad versucht mit einem Schulterwackeln von seinem Stuhl aus mitzutanzen. Ich verschränke die Arme und beobachte die Szene. Was soll das alles an einem Sonntagabend?

»Trey!« Mum tänzelt mit ausgestreckten Armen auf mich zu.

Ich verdrehe die Augen und lasse mich von ihr auf die Tanzfläche ziehen. Tante Latrice jubelt, als sie mich sieht, und stellt ihr Glas ab. Mum tanzt weiter und singt aus voller Kehle mit.

»Was feiern wir denn?«, rufe ich ihr zu.

»Uns, mein Schatz!«

Mir verschlägt es den Atem. »Warte, haben wir das Spendenziel erreicht?«

»Noch nicht«, sagt Tante Latrice.

Ich runzle die Stirn. »Also was feiern wir dann genau?«

»Die Tatsache, dass der Buchladen besser läuft als jemals zuvor, dass wir in den Nachrichten waren und sogar Promis uns kennen.« Mum umfasst mein Kinn. »Und dich.«

Ich lächle. »Danke, Mum.«

»Komm schon, Trey, mach dich locker!«

Es ist ganz schön schwer, sich weiter mies zu fühlen, während Mum die Fernbedienung als Mikrophon benutzt und Tante Latrice ihre »Breakdance«-Moves zum Besten gibt.

Als Tante Latrice nach drei Songs neue Cocktails mixt, mache ich ein T-Zeichen mit den Händen. »Time out!«

Mum achtet gar nicht darauf. Inzwischen läuft »You Don't Love Me« von Dawn Penn.

»Erinnerst du dich, Liebling?«, sagt Mum zu Dad. »Die Nacht am Strand in Jamaica?«

Dad grinst. »Uuuh, dieser Bikini.«

Ich schaudere. Das will ich echt nicht hören. »Ich sehe mal nach den Jungs«, sage ich, denn ich vermute, dass mein Cousin Cayan hier ist, aber das scheint niemanden hier zu interessieren.

Ich schließe die Tür hinter mir und gehe die Treppe hoch, wo ich die beiden beim Comiclesen finde.

»Ihr solltet längst schlafen«, sage ich und schnappe mir die Hefte.

»Mum ist nicht zum Gutenachtsagen raufgekommen«, erwidert Reon, als wäre das ein legitimer Grund, um zehn Uhr abends noch auf zu sein, wenn am nächsten Tag Schule ist.

»Abflug.« Ich deute auf das Bett, die Jungs stöhnen auf. Nachdem sie sich hingelegt haben, gebe ich beiden einen Kuss auf die Stirn.

»Ich bin kein Baby mehr«, beschwert sich Cayan.

»Ich auch nicht«, schiebt Reon nach.

Ich werfe ihm einen Seitenblick zu. Wenn er allein ist, akzeptiert er gern einen Gutenachtkuss von mir.

Ich mache das Licht aus und gehe zurück ins Wohnzimmer. »Ihr wisst schon, dass da oben zwei Jungs sind, die zu euch gehören und jetzt nicht schlafen können?«

Aus irgendeinem Grund bringt das die Erwachsenen zum Lachen. Keine Ahnung, wieso ich im Moment der einzig Vernünftige in diesem Haus bin. Ich drehe die Musik leiser und bemerke, dass Dad einen Drink in der Hand hat.

Ich zeige darauf. »Darfst du das überhaupt?«

»Ach, ab mit dir«, sagt Dad und winkt mich aus dem Zimmer.

Kurz darauf liege ich auf meinem Bett, schließe die Augen und denke an Blair. Ich hatte vor, sie anzurufen, aber ich denke, es ist sinnvoller, persönlich mit ihr zu reden. Morgen ist der letzte Schultag vor den Weihnachtsferien, also werde ich dann mit ihr sprechen. Ich will, dass sie mir in die Augen sieht und mir sagt, dass Ariels Anschuldigungen nicht stimmen. Denn ganz ehrlich, ich weiß nicht, ob ich sonst mit ihr zusammenbleiben kann.

58

Ariels Playlist:
»What Do the Lonely Do at Christmas?«
von The Emotions

Auf dem Weg nach Hause rufe ich Annika an. Schon beim ersten Freizeichen nimmt sie ab.

»Ich habe Trey gesagt, dass ich ihn mag«, platzt es aus mir heraus.

Annika kreischt so laut, dass ich mein Handy vom Ohr weghalten muss.

»Ich fass es nicht! Ist das dein Ernst? Was ist passiert? Ich will jedes Detail wissen!«, sagt sie aufgeregt.

Also erzähle ich ihr, wie ich ihm das fertige Wandbild gezeigt habe, und dann von Blair, doch da unterbricht Annika mich.

»Du hast ihm gesagt, dass er Blair darauf ansprechen soll? Wie hat er darauf reagiert?«, will sie wissen.

»Na ja, gar nicht. Aber ich habe ihm auch nicht wirklich die Chance dazu gegeben.«

»Alles klar, okay. Erzähl weiter.«

»Also, dann habe ich ihm gesagt, dass ich ihn mag ...« Annika quiekt, was mich zum Lachen bringt. »Und ich habe ihm gesagt, dass ich glaube, er mag mich auch.«

»Shit! Was hat er erwidert?«

Ich überquere die Straße vor meiner Haustür. »Ähm ... na ja, ich habe ihm wieder keine Chance für eine Antwort gelassen. Ich bin einfach gegangen.«

Langsam beginnt mein Hochgefühl wieder zu sinken. Ich habe Trey zwar anvertraut, dass ich etwas für ihn empfinde, aber im Grunde habe ich keine Ahnung, ob das auf Gegenseitigkeit beruht.

Annika stöhnt auf. »Ariel, wieso hast du ihn nicht gefragt?«

Ich lehne mich an die Hauswand und blicke zum Himmel hinauf. »Weil ich einfach loswerden musste, was ich zu sagen hatte, und dann gehen wollte. Aber wenn ich jetzt darüber nachdenke, hätte ich doch eine Reaktion von ihm abwarten sollen. Was, wenn Blair weiterhin lügt und er ihr glaubt? Dann habe ich ihm meine Gefühle gestanden und bin abgehauen, während die beiden in ihr gemeinsames Happy End spazieren ...«

»Süße, jetzt beruhig dich mal«, unterbricht mich Annika, und ich atme tief durch. »Ich bin echt stolz auf dich, weil du es Trey gesagt hast. Und weißt du was? Ich bin sicher, dass er dich auch mag. Nur die Sache mit Blair ist eine andere Nummer. Hoffen wir, dass er ihre gequirlte Scheiße durchschaut.«

Ich seufze. »Ja, da hast du recht.« Wenn Trey und ich füreinander bestimmt sind, wird er von Blair die Wahrheit erfahren.

Plötzlich höre ich durch das Handy jemanden laut nach Annika rufen.

Sie schnaubt. »Meine Mum. Aber, Süße, ich bete heute Abend für dich und deinen Kerl.«

Ich lache. »Danke, Annika. Wir hören uns später.«

Wir verabschieden uns und legen auf. Ich bleibe noch eine Weile draußen stehen und betrachte die Weihnachtsdeko am Nachbarhaus, während ich in Gedanken mein eigenes kleines Gebet aufsage. *Bitte, Gott, lass alles gut ausgehen.*

59

Treys Playlist:
»Christmas Without You« von Xscape

Fünf Tage bis Weihnachten

Die Erwachsenen sind verkatert, wer muss also die Jungs zur Schule bringen? Zum Glück hatte Cayan seine Schuluniform im Rucksack dabei. Seine Schule ist auch nicht weit von Reons entfernt. Absichtlich laut hantiere ich in der Küche herum, bis Tante Latrice aus dem Wohnzimmer ruft: »Trey, hör auf mit dem Krach!«

Nachdem ich die Jungs abgegeben habe, nehme ich den Bus zur Schule. Ich wollte etwas früher da sein, um mit Blair zu reden, aber das muss jetzt warten. Während Wirtschaft sind wir meistens uns selbst überlassen, also beende ich die Aufgaben und gebe sie schließlich bei unserer Lehrerin ab. Es ist meine letzte Stunde vor Weihnachten.

»Danke, Trey. Frohe Weihnachten und viel Glück mit *Wonderland*.«

»Vielen Dank und Ihnen auch frohe Weihnachten, Ms. Clayton«, sage ich.

Ich beeile mich, zu unserer Sitzecke im Foyer zu kommen, wo Blair und Bebe in eine hitzige Diskussion vertieft sind, was merkwürdig ist. Sie sind sonst nie allein, sondern nur in der Gruppe zusammen. Obwohl es kalt draußen ist, trägt Blair ein Minikleid und Fellstiefel, aber das ist typisch für sie.

»Hey.« Mit einem gezwungenen Lächeln gehe ich zu ihnen.

Blairs Augen leuchten auf, als sie mich sieht. »Hey, Babe. Hast du schon Schluss?«

»Ja, und du?«

»Ich muss nur noch was für den Medienkurs abgeben, dann bin ich auch durch.«

»Ah, okay.« Ich reibe mir über den Nacken. »Bebe, was dagegen, wenn ich Blair für einen Moment entführe?«

»Nein, natürlich nicht«, erwidert sie, die Neugierde steht ihr offen ins Gesicht geschrieben.

Ich sehe mich im Foyer um, wo es von Leuten aus verschiedenen Klassen nur so wimmelt. Einige tragen Weihnachtspullover, andere tauschen Geschenke aus. In der Ecke steht sogar ein geschmückter Baum.

»Lass uns einen ungestörten Ort suchen«, sage ich.

Als Erstes kommen wir am Kunstraum vorbei, und als ich sehe, dass er frei ist, halte ich Blair die Tür auf. Sie tritt ein, wirft mir aber einen seltsamen Blick zu.

»Was?«, frage ich.

Sie runzelt die Stirn. »Wieso hast du diesen Raum ausgesucht?«

Ich sehe mich um. »Weil er am nächsten dran war ...«

Sie wirkt erleichtert. »Sorry, ja, na klar.«

Da kommt mir ein Gedanke. Hat sie Ariel hier eingeschlossen? Ich setze mich verkehrt herum auf einen der Stühle, so dass die Lehne vorn ist. Blair nimmt mir gegenüber Platz.

»Hast du mich für ein Bebe-Jerome-Rendezvous hierhergeschleppt?« Sie grinst.

Verdammt, ich habe die Tür hinter uns zugemacht.

»Nein, ich muss etwas Wichtiges mit dir besprechen«, erwidere ich ernst.

Sie rutscht kurz auf ihrem Stuhl umher, dann schlägt sie die Beine übereinander. »Okay, schieß los.«

Ich ziehe die zerknitterte Weihnachtskarte aus meiner Tasche und reiche sie ihr. Dabei beobachte ich sie aufmerksam und bekomme mit, wie sich ihre Augen leicht weiten.

»Ich weiß, dass du die Karte auf dem Grotto-Markt gesehen hast, bevor Ariel sie zerknüllt hat. Du denkst, dass sie und ich darauf abgebildet sind, oder?«

»Ariel ist total in dich verknallt. Ganz egal, was da drauf ist.« Blair verdreht die Augen.

»Wie kommst du darauf?«

»Sie hat mir gesagt, dass sie auf dich steht. Hör zu, Trey, du bist manchmal einfach zu nett, und Mädchen wie Ariel kommen dann auf komische Ideen.«

Ich nicke, als würde ich verstehen, was sie meint. »Hast du das auch zu ihr gesagt?«

»Ja, sicher. Und ich habe sie durchschaut. Ich weiß, dass sie nur im *Wonderland* arbeitet, weil sie dich toll findet. Es war Zeit, sie daran zu erinnern, dass du mit mir zusammen bist und nicht mit ihr.«

»Hast du sie deshalb in den Klassenraum gesperrt?«, frage ich direkt.

»Nein!«, gibt sie zurück. »Behauptet sie das etwa?«

Ich schüttle den Kopf und greife nach einer Lüge. »Jemand hat dich gesehen.«

Blair verstummt, und mein Herz wird schwer.

»Wieso hast du das gemacht?« Ich suche in ihrem Gesicht nach der Wahrheit.

Sie lehnt sich auf ihrem Stuhl zurück und schaut aus dem Fenster. »Weil zwischen uns alles gut lief, bevor sie aufgetaucht ist.«

»Oh, Blair.« Ich stütze den Kopf in die Hände. Ariel hat die Wahrheit gesagt. Wie konnte Blair nur?

Ich spüre ihre warme Hand auf meiner Schulter und blicke zu ihr auf. Es scheint ihr nicht einmal leidzutun.

»Das ist nicht okay!«, brause ich auf.

Sie verzieht das Gesicht. »Aber ich habe das nur geplant, weil ich bei dem Interview bei dir sein wollte.«

Merkt sie gar nicht, was sie da sagt?

Ich stehe auf. »Woher hattest du überhaupt den Schlüssel?«

»Bebe hat ihn mir besorgt«, gibt sie leise zu.

»Bebe steckt da mit drin? Du kannst sie nicht mal leiden. Du wusstest, wie wichtig das Interview für mich und meine Eltern war. Und seit Ariel im *Wonderland* arbeitet, hat sie uns nur geholfen, sonst nichts. Wie kannst du denken, dass es in Ordnung ist, sie so zu behandeln?«

»O ja, sie hat *nur* geholfen!« Blair verschränkt die Arme.

»Was soll das jetzt wieder heißen?«

»Ich habe gehört, dass du auf meiner Geburtstagsparty mit ihr getanzt hast, und dann warst du mit ihr im Kino, ohne mir etwas davon zu sagen. Was soll das, Trey? Ich bin deine Freundin.« Blair steht ebenfalls auf und funkelt mich wütend an. »Wenn ich jetzt darüber nachdenke, scheint das alles nur auf einen Punkt hinauszulaufen. Betrügst du mich mit ihr?«

Meine Miene verfinstert sich. »Wovon redest du? Natürlich betrüge ich dich nicht mit ihr!«

»Wirklich? Oder wolltest du deshalb neulich keinen Sex mit mir?«, schreit sie mich an.

»Blair, hör auf! Ich schlafe nicht mit Ariel, okay?«

»Aber du bist scharf auf sie«, fordert Blair mich heraus. Sie mustert mich, und ich streite es nicht ab. »Ich wusste es. Was ist denn so toll an ihr? Du kannst sie auf keinen Fall hübscher finden als mich.«

»Das hat überhaupt nichts mit dem Aussehen zu tun. Außerdem solltest du mich inzwischen gut genug kennen, um zu wissen, dass ich dich nie betrügen würde. Aber lass uns das Ganze mal für einen Moment realistisch betrachten: Dir ist doch scheißegal, was ich durchmache.«

Blair reißt den Kopf herum. »Trey, wie kannst du –«

»Ich bin noch nicht fertig. Meine Familie und ich hatten mit *Wonderland* noch nie eine so schwere Zeit. Schon an ihrem ersten Tag hat Ariel meinen Eltern geholfen, nachdem mein Dad sich verletzt hatte. Sie hat geholfen, als der Keller überflutet war. Sie hat die Talentshow vorgeschlagen. Sogar die Idee mit dem Buchclub kam von ihr. Sie hat ein ganzes Wandbild für uns gemalt, ohne einen Cent dafür zu verlangen, verdammt. Und wo warst du die ganze Zeit? Du hast dich auch nicht nach meinem Dad erkundigt. Ich habe versucht, mit dir über die Buchhandlung zu reden, aber du hast nicht zugehört. Du interessierst dich für nichts außer für dich selbst.« Ich nehme einen tiefen Atemzug, um mich etwas zu beruhigen.

Blair macht eine spöttische Miene und dreht den Kopf wieder weg, aber sie sagt kein Wort. Plötzlich fühlt es sich an, als wäre ein gewaltiges Gewicht von meinen Schultern gefallen. Mir war gar nicht bewusst, wie sehr ich es gebraucht habe, das alles endlich auszusprechen.

»Du hast mir nicht mal die Hälfte von dem erzählt, was bei euch los war«, sagt Blair schließlich.

»Ich wollte es, aber du hast weder Interesse für *Wonderland* gezeigt, noch deine Unterstützung angeboten, obwohl uns sogar völlig Fremde helfen. Dir sind nur die dummen Anmach-Kommentare von irgendwelchen Girls aufgefallen.«

Blair lacht. »Wenn du so schlecht von mir denkst, Trey, wieso bist du dann mit mir zusammen?«

»Ich weiß es nicht!«

Blair erstarrt. »Das meinst du nicht so«, flüstert sie.

Doch, das meine ich so. Ich weiß nicht, wieso ich mit ihr zusammen bin. Ja, ich liebe Blair, aber das reicht nicht, nicht mehr. Ich will nicht mit jemandem zusammen sein, mit dem ich nicht offen reden kann und dem ich nicht vertraue. Sie hat mich nicht unterstützt oder meine Familie oder *Wonderland*. Wäre es andersherum gewesen, wäre ich die ganze Zeit für sie da gewesen.

Ich schlucke, dann spreche ich es aus. »Diese Beziehung funktioniert für mich nicht mehr. Ich brauche etwas anderes als das.«

»Aber ich kann mich ändern«, sagt Blair und kommt auf mich zu. »Trey, bitte, lass uns darüber reden.« Eine Träne läuft über ihr makelloses Make-up.

Ich möchte gern den Arm heben und sie wegwischen, denn ich sehe niemanden gern weinen, aber ich balle die Hand zur Faust und halte mich zurück.

»Ich habe vielleicht Fehler gemacht, das gebe ich zu, aber du bist auch nicht immer perfekt.«

»Ich weiß, dass unsere Beziehung wegen mir in letzter Zeit nicht gut lief. Dieser Monat war echt hart. Ich habe mich nur in die Arbeit reingehängt und war immer im Laden, um meinen Eltern zu helfen. Ich habe dich auf deiner Party in Verlegenheit gebracht. Ich habe keine Zeit zum Abhängen und mich nicht oft genug bei dir gemeldet. Das ist mir klar.« Ich mache eine Pause, um die richtigen Worte zu finden. »Als du während des Interviews bei mir warst, hat mir das sehr viel bedeutet. Es hat mir deutlich gemacht, was wir aneinander haben. Aber das stimmt gar nicht, denn jetzt weiß ich, dass du nur dort warst, weil du diese Nummer mit Ariel abgezogen hast. Du warst nicht für mich da, weil ich es gebraucht habe, und ich glaube nicht, dass es für uns noch einen Weg zurück gibt.«

»Wieso legen wir keine Pause ein und denken noch mal über alles nach?«, schlägt Blair vor und wischt sich über die Augen.

Die Tür fliegt auf, was Blair erschrocken aufschreien lässt.

»Keine geschlossenen Türen!«, schimpft Mr. Idris, der Theaterlehrer, den alle Mädchen anhimmeln. Dann geht er weiter.

Blair und ich haben schon ein paarmal Schluss gemacht, aber es war nie endgültig. Es dauerte immer nur ein paar Wochen, bis wir wieder zusammen waren. Bisher dachte ich, der Grund dafür sei Schicksal, aber jetzt wird mir bewusst, dass unsere Beziehung toxisch ist. Wir haben unsere Probleme nie gelöst, sondern einfach weitergemacht wie vorher. Seit wir zusammengekommen sind, beschwert sich Blair über meine Arbeit im *Wonderland*. Sie macht mir immer Vorwürfe, weil wir nicht genug Zeit miteinander verbringen, aber meine Eltern schwimmen nicht im Geld – anders als ihre – und sie brauchen mich im Laden. Die schwierige Situation mit *Wonderland* hat das Ganze erst deutlich gemacht. Ich war immer genervt von der Buchhandlung und wie viel Zeit dafür draufgeht, aber die Vorstellung, dass wir den Laden verlieren könnten, hat mich daran erinnert, dass die Familie das Wichtigste ist. *Wonderland* ist ein Teil meiner Familie, ein Teil von mir. Und ob ich nun dort arbeite oder nicht, ich möchte, dass der Laden so lange wie möglich bleibt.

»Es tut mir wirklich leid, Blair, aber ich sehe keinen anderen Ausweg. Ich möchte diesmal nicht nur eine Pause.«

Blair hält sich die Hände vors Gesicht und beginnt hemmungslos zu weinen. Ich weiß nicht, was ich tun soll, also stehe ich nur schweigend da. Dann hole ich ihr ein Taschentuch aus der Box auf dem Lehrertisch und halte es ihr hin. Sie nimmt es und wischt damit unter ihren Augen entlang, wo die Wimperntusche verlaufen ist.

»Aber ich liebe dich, Trey.« Ihre Stimme versagt fast bei meinem Namen.

Noch nie habe ich einen Satz gehört, der mir mehr das Herz gebrochen hätte. Ich strecke den Arm aus und nehme ihre Hand. »Ich liebe dich auch, Blair. Du bist unglaublich, aber wir müssen ehrlich sein. Diese Beziehung funktioniert nicht, und sie zu beenden ist auf lange Sicht besser für uns beide.«

Blair schnieft, und wir sehen uns an. Ich weiß, dass ich die richtige Entscheidung getroffen habe, auch wenn es sich mies anfühlt und seltsam fremd. Wir beide brauchen und wollen etwas anderes, das keiner von uns dem anderen geben kann. Ich wünschte, sie wäre während des ganzen Dramas um *Wonderland* an meiner Seite gewesen, denn ich glaube wirklich, dass es uns einander nähergebracht hätte, aber wahrscheinlich sollte es nicht sein.

»Bitte versprich mir nur, dass du in der Schule nicht mit einer Neuen vor meiner Nase herumspazierst. Besonders nicht, wenn es Ariel ist.«

»Ich werde Ariel nicht daten«, sage ich ehrlich. »Eigentlich möchte ich vorerst niemanden daten. Ich möchte einfach für mich sein.«

Es war gar nicht mein Plan, das zu sagen, aber nachdem ich es ausgesprochen habe, fühlt es sich richtig an. Ich war fast zwei Jahre lang in einer Beziehung. Auch in unseren Trennungsphasen bin ich nicht mit anderen ausgegangen. Ich wollte das gar nicht. Die Zwillinge sind mit Abstand die heißesten Mädchen an der Schule. Doch dann ist mir Ariel über den Weg gelaufen, und zum ersten Mal habe ich Gefühle für ein anderes Mädchen gespürt.

»Ich werde jetzt gehen«, sagt Blair und entzieht mir ihre Hand. »Vor dem Medienkurs muss ich noch mein Make-up in Ordnung bringen.«

»Okay«, erwidere ich.

Das ist vielleicht das letzte Mal, dass Blair und ich auf diese Art zusammen sind, und für einen Moment frage ich mich, ob ich einen Fehler gemacht habe. Soll ich alles zurücknehmen, was ich gerade gesagt habe, und versuchen, ganz normal weiterzumachen …? Stattdessen sehe ich nur zu, wie Blair ihre Tasche nimmt und an mir vorbeigeht. An der Tür bleibt sie stehen und hält sich am Rahmen fest. Ich warte darauf, dass sie etwas sagt, aber das tut sie nicht. Sie verlässt den Raum, ohne sich umzudrehen.

60

Ariels Playlist:
»Little Drummer Boy« von Lauryn Hill

Vier Tage bis Weihnachten

Gestern war ich nach meiner letzten Unterrichtsstunde vor Weihnachten im *Wonderland*, weil Gita eine Fotografin vorbeigeschickt hatte, um für die *Hackney Gazette* Aufnahmen vom Buchladen und von meinem Wandbild zu machen. Unglaublich stolz habe ich dabei zugeschaut, wie meine Kunst fotografiert wurde. Ich war davon ausgegangen, dass Trey auch kommen würde, aber er hat mir eine Nachricht geschickt, dass er sich nicht gut fühle und nach der Schule gleich nach Hause wolle. Hoffentlich geht es ihm rechtzeitig vor der Talentshow am Freitag wieder besser.

Den Rest des Tages habe ich damit verbracht, mich nicht von meinen Gedanken an Trey stressen zu lassen. Er hat sich immer noch nicht zu meinem Geständnis über meine Gefühle für ihn geäußert und auch nicht erwähnt, was bei dem Gespräch mit Blair herausgekommen ist. Um mich abzulenken, habe ich ein paar Fotos und Videos von meinem Wandbild bearbeitet und auf Social Media hochgeladen, was länger gedauert hat, als ich gedacht hätte. Aber falls ich am Tag der offenen Tür im Artists' Studio Interesse wecke und jemand im Netz nach mir sucht, kann ich mit meinem Profil auch noch mal punkten.

Heute sind Mum und ich im Artists' Studio und es wirkt

alles noch beeindruckender, als bei meinem letzten Besuch vor ein paar Jahren mit Dad. Sollte ich angenommen werden, würde ich bei Malcom Tzitchey studieren, einem legendären Dozenten für Malerei. Er hat einige der besten modernen Künstler unterrichtet. Kaum vorstellbar, wie weit er mich und meine Kunst bringen könnte. Vielleicht bis zur *Art Basel* in der Schweiz oder sogar in die National Gallery, falls ich die Glückliche sein sollte, die dafür ausgewählt wird. Was für ein Gedanke! Ich – eine professionelle Künstlerin!

»Es ist phantastisch hier«, flüstert Mum mir zu.

Ich nicke zustimmend, als zwei Mädchen an uns vorbeigehen – eine mit knallpinken Haaren, die andere mit regenbogenfarbenem Ombré Hair. In der Schule steche ich mit meinen roten Haaren heraus, während es hier ganz normal ist, und es fühlt sich an, als gehöre ich hierher.

Die Leiterin des Artists' Studio, Rachel Morden, eine sehr elegante Schwarze Frau mit Silberhaar und vielen Ringen an den Fingern, spricht mit verschiedenen potenziellen Studierenden und ihren Eltern. Wir bleiben in der Nähe und warten, bis sie sich uns zuwendet.

»Hallo, es freut mich, Sie kennenzulernen«, sagt sie schließlich lächelnd, als wir an der Reihe sind.

»Es ist so schön, hier zu sein.« Mum gibt ihr die Hand. »Das ist meine Tochter, Ariel Spencer.«

»Ariel Spencer?« Rachel hebt die Augenbrauen. »Wieso habe ich das Gefühl, den Namen zu kennen?«

»Ihr Vater hat hier studiert, Michael Spencer«, fügt Mum hinzu.

Rachel zieht die Stirn in Falten. »O ja, natürlich. Michael war so ein großes Talent. Ihr Verlust tut mir sehr leid.«

»Vielen Dank«, erwidere ich mit einem Stich in der Brust. Doch zum ersten Mal ist es nicht so schmerzhaft wie sonst, denn ich fühle mich Dad hier so nah wie schon lange nicht mehr.

»Aber ich glaube, ich kenne deinen Namen auch noch aus einem anderen Grund.« Rachel tippt sich an ihre Lippen.

Ich lache. »Wahrscheinlich wegen *Wonderland*, der Buchhandlung, die viral gegangen ist.«

Rachel schnipst mit den Fingern. »Genau! Du hast Schwarze Literaturgrößen auf einem Wandbild dargestellt. Ich kann es kaum erwarten, das zu sehen.«

»Es sollte in ein paar Tagen in der *Hackney Gazette* erscheinen, und es ist online«, erkläre ich.

Mum legt ihre Hände auf meine Schultern. »Ariel hat auch auf dem Schulhof des Corden Colleges ein Bild gemalt, das in der Lokalzeitung war.«

»Wow, du bist eine sehr beeindruckende junge Frau, Ariel! Hast du schon deine Bewerbungsunterlagen eingereicht?«

Ich schüttle den Kopf.

»Übrigens bin ich in North London aufgewachsen, Tottenham, um genau zu sein.«

»Wirklich?« Mein Blick huscht über Rachels teure maßgeschneiderte Kleidung. Ich wäre nie darauf gekommen, dass sie aus Tottenham stammt. Ihre ganze Ausstrahlung deutet für mich eher auf Knightsbridge hin.

»Das Artists' Studio ist eine der renommiertesten Kunsthochschulen, deshalb bekommen wir jedes Jahr Bewerbungen aus der ganzen Welt. Aber eins möchte ich dir sagen: Es ist sehr erfrischend, ein einheimisches Talent darunter zu haben.« Rachel beugt sich zu mir, ihr silbriges Haar streicht meine Wange. »Ich für meinen Teil bin sehr gespannt auf deine Bewerbung.

Ich würde vorschlagen, du versuchst es auch gleich mit dem Stipendium.« Sie wirft mir einen vielsagenden Blick zu.

Ich könnte fast platzen vor Glück. Sie denkt, ich wäre für das Stipendium geeignet. Ich!

»Ich danke Ihnen«, sage ich, und wir reichen uns die Hand.

»Ich hoffe, dich nächstes Jahr hier zu sehen. Es war schön, sich mit dir und deiner Mum zu unterhalten.« Rachel winkt zum Abschied und wendet sich der nächsten Familie zu.

»Mum! Sie denkt, ich könnte das Stipendium bekommen!«, sage ich strahlend.

»Das überrascht mich nicht, mein Schatz. Du bist so talentiert, und du hast es verdient.« Mum legt einen Arm um mich, und ich lehne meinen Kopf an ihre Schulter.

Nächstes Jahr könnte ich schon hier studieren und dieselben Gänge entlanglaufen wie Dad. Ich nehme einen tiefen Atemzug und lächle. Es fügt sich alles zusammen.

Kurz nach sechs sind wir wieder zurück. Mum holt Noah direkt von der Bushaltestelle aus bei einer Freundin ab, während ich die kurze Strecke nach Hause gehe. Als ich um die Ecke biege, bleibe ich stehen. Mein Herz macht einen Sprung, denn Trey steht vor unserem Haus, die Hände tief in den Taschen vergraben, das Kinn an die Brust gepresst.

»Trey?«

Er blickt auf und winkt, als ich auf ihn zukomme.

»Was machst du hier? Ich dachte, du wärst krank?«

Er zeigt auf unser Haus. »Was dagegen, wenn wir drin reden? Mir ist echt kalt.«

Ich krame den Schlüssel heraus. »Wie lange wartest du denn schon hier?«

»Etwa eine Stunde«, erwidert er verlegen.

Ich sehe ihn fassungslos an. Wir gehen rein, und Trey reibt die Hände aneinander. Es ist so kühl im Haus, dass ich mich zu etwas entschließe, was wir nicht mehr gemacht haben, seid Dad gestorben ist. Ich zünde den Kamin an, vor dem er am liebsten gemalt hat.

»So einen habe ich in echt noch nie gesehen.« Trey wärmt sich am knisternden Feuer.

Ich frage mich immer noch, wieso er hier ist, und weil ich nichts mit mir anzufangen weiß, schüttle ich die Kissen auf dem Sofa auf und setze mich hin. Kurz darauf nimmt Trey neben mir Platz. Unruhig klopft er mit dem Fuß auf den Boden.

»Ich habe gestern mit Blair Schluss gemacht. Deshalb war ich nicht im *Wonderland*.«

»Was?« Ich muss mich verhört haben.

»Blair hat zugegeben, dass sie dich im Klassenraum eingesperrt hat. Es tut mir wirklich leid, dass ich dir nicht geglaubt habe, Ariel.«

Tief hole ich Luft. Ich kann mir kaum vorstellen, dass Trey und Blair nicht mehr zusammen sind. Trey zieht etwas Zerknittertes aus seiner Tasche und reicht es mir. Es ist die Weihnachtskarte, auf der ich uns gemalt habe. Shit, woher hat er sie? Ich beiße mir auf die Lippe.

Er tippt auf das Bild. »Das sind wir, oder?«

Ich werfe ihm einen Blick zu, versuche seine Gefühle zu erraten, doch seine Miene ist ausdruckslos. Schließlich nicke ich.

»Zuerst war ich nicht sicher, ob ich das bin, aber je länger ich die Zeichnung betrachtet habe, desto offensichtlicher wurde es.«

Er scheint das gelassen hinzunehmen, ganz anders als Blair auf dem Grotto-Markt. Und wie sie erst danach reagiert hat ...

»Die Karte hätte nicht am Stand sein dürfen. Ich muss sie versehentlich eingesteckt haben. Es ist nur albernes Gekritzel.« Ich weiche seinem eindringlichen Blick aus.

»Das ist nicht albern«, sagt er sanft.

Unsere Blicke treffen sich. Mein Herz pocht wie verrückt und so laut, dass ich fürchte, Trey könnte es hören.

»Ariel, ich mag dich auch«, fährt er fort.

Mein Bauch schwirrt vor lauter Schmetterlingen. Ein Lächeln breitet sich auf meinem Gesicht aus. Trey mag mich auch. Die ganze Zeit hatte ich Gefühle für ihn, und nun ist er hier und sagt, ER MAG MICH AUCH!

»Aber ...«, fügt er hinzu.

Jetzt fühle ich mich wie ein Luftballon, der vor sich hin schwebt, bis ein Kind vorbeikommt und ihn platzen lässt, so dass er augenblicklich in sich zusammenschrumpft.

»Ich komme gerade aus einer längeren Beziehung, und es wäre nicht fair, wenn ich mich gleich in eine neue stürzen würde. Aber ich möchte gern weiterhin Zeit mit dir verbringen. Wenn du nichts dagegen hast? Was ich damit sagen will, wir sollten es langsam angehen lassen.«

Langsam angehen lassen? Das klingt gar nicht schlecht. Damit komme ich klar.

Ich schlucke. »Du meinst, wenn wir füreinander bestimmt sind, wird es auch so kommen?«

Trey lächelt. »Ja, so was in der Art.«

Natürlich würde ich am liebsten gleich hier und jetzt mit Trey zusammen sein, aber ich habe genug romantische Komödien gesehen, um zu wissen, dass man sich oft genug nur über eine gescheiterte Beziehung hinwegtröstet. Doch was Trey und ich haben, ist mehr als das, da bin ich mir sicher. Ich kann warten.

»Das ist okay für mich«, sage ich mit einem Lächeln.

»Bist du sicher? Ich werde dich in nächster Zeit nicht an Darren Acres Arm zu irgendeiner schicken Buchpreisverleihung gehen sehen?«

Darren Acre? Was hat er damit ... Dann wird mir alles klar. Ich wusste es, Trey war eifersüchtig!

»Na ja, es ist Darren Acre«, sage ich. Trey sieht mich entgeistert an, doch ich stoße ihn spielerisch in die Seite. »War nur ein Scherz. Komm schon, wieso sollte ich einen Bestsellerautor wollen, wenn ich dich haben kann?«

»Wow, na danke!«, erwidert Trey entrüstet, dann grinst er.

Ich lehne mich an ihn, er legt einen Arm um mich und lässt seine Hand sanft über meinen Arm wandern. Wie gern würde ich ihn jetzt küssen. Okay, wir lassen es langsam angehen, aber ich kann es trotzdem nicht erwarten, seine Lippen auf meinen zu spüren. Wünscht er sich dasselbe? Ich löse mich von ihm, und sein Blick wandert zu meinem Mund. Vielleicht geht es ihm tatsächlich so wie mir ... Seine Hand wandert in meinen Rücken, er drückt mich sanft in seine Richtung ...

»Wir sind zu Hause!«, ruft Mum aus dem Flur.

Ich springe auf. Verdammt, nur noch ein paar Sekunden ...

Trey steht in dem Moment auf, als Noah ins Wohnzimmer gerannt kommt, gefolgt von Mum.

»Trey!« Noah klatscht mit ihm ab. »Ist Reon auch da?«

»Nein, heute nicht, Kleiner. Hallo, Mrs. Spencer.« Trey gibt Mum die Hand. Sie lächelt und wirft mir gleichzeitig einen fragenden Blick zu.

»Trey ist vorbeigekommen, um die Talentshow am Freitag durchzusprechen.«

»Ähm, ja, es gibt immer noch eine Menge zu tun.« Trey zeigt auf mich. »Also, wir sehen uns morgen im Laden?«

Ich lächle. »Ja, bis dann.«

Trey winkt zum Abschied und geht.

»Du hast den Kamin angemacht?«, fragte Mum.

»Ja, es war kalt«, murmle ich.

Mum grinst mich an.

»Was?«

»Es wirkt fast ein wenig ... ich weiß nicht ... romantisch.«

Ich verdrehe die Augen, muss aber lächeln. Als ich in die Flammen schaue, wird mir bewusst, dass es noch eine Familientradition gibt, die wir weiterführen sollten.

»Noah, wir sollten uns an einem der Weihnachtstage auf jeden Fall *Kevin – Allein zu Haus* angucken.«

Noah sieht mich an. »Wirklich?« Sein ganzes Gesicht beginnt zu strahlen, und er rennt in meine offenen Arme. »Danke, Ariel. Ich wünschte, Dad wäre bei uns, um mitzugucken.«

»Ich auch. Aber, hey ...«

Noah löst sich von mir und starrt mich an.

»Er ist immer bei uns, oder?« Ich zeige auf sein Herz. »Und wenn wir darüber diskutieren, was wir besser gemacht hätten als Kevin McCallister, wäre Dads Kommentar –«

»Ich hätte einfach die Polizei gerufen!«, sagen wir gleichzeitig und prusten los.

Es tut so gut, an eine glückliche Erinnerung mit Dad zu

denken, und mir wird klar, dass ich mich zum ersten Mal nicht traurig dabei fühle. Ich hoffe, dass wir von nun an nur noch lächelnd oder lachend an ihn denken. Dad war einfach der Beste.

61

Treys Playlist:
»Kiss Me, It's Christmas«,
von Leona Lewis und Ne-Yo

Drei Tage bis Weihnachten

Ich werde wach, als Sonnenlicht durch meine Vorhänge sickert. Mein Traum handelte von Ariel und mir. Wir waren in einer Art Wald, in dem die Äste voller Misteln hingen und neben uns ein Feuer prasselte. Ihre vollen Lippen sahen so einladend aus, und ich habe mich näher und näher gebeugt ...

Mann, ich wünschte, ihre Mum und Noah wären nicht ausgerechnet in diesem Moment nach Hause gekommen. Noch ein paar Minuten, und ich hätte sie küssen können.

Ich setze mich auf, lehne mich ans Kopfteil und reibe mir mit einer Hand über die Augen, während ich mit der anderen Instagram öffne. Emily Thomas, die Fotografin, die für die *Hackney Gazette* Bilder von Ariels Wandbild und von *Wonderland* gemacht hat, hat mich in einem Post markiert. Die Fotos sind unglaublich. Ich mache Screenshots für einen Repost und wünschte, ich wäre bei den Aufnahmen dabei gewesen. Aber nachdem ich mit Blair Schluss gemacht hatte, brauchte ich Zeit für mich.

Auf dem Instagram-Account der *Hackney Gazette* ist ein Artikel verlinkt, und ich klicke den Link an. Rasch überfliege ich den Text, um sicherzugehen, dass alles stimmt. Hoffentlich greifen weitere Nachrichtenportale die Story im Laufe des Tages auf. Ich sende den Link an meine WhatsApp-Familiengruppe und an Ariel, falls sie den Artikel noch nicht gesehen haben.

Blair und ich folgen uns noch gegenseitig auf Instagram, und ich überlege, ob ich das Wandbild in meinem Feed posten sollte oder nicht. Alle wissen inzwischen, dass wir getrennt sind, aber ist es Blair gegenüber vielleicht gefühllos, etwas zu posten, das mit Ariel zu tun hat?

»Trey, ich habe Pancakes gemacht!«, ruft Mum von unten.

»Komme«, rufe ich zurück. Mit dem Post kann ich mich auch später noch befassen.

Ich ziehe ein T-Shirt zu meiner Shorts über und gehe die Treppe hinunter, während ich gleichzeitig Twitter öffne. Der Artikel wurde bereits von vielen Accounts geteilt. Bitte, lass die Leute spenden, nachdem sie das gelesen haben.

Dad und Reon essen schon, als ich die Küche betrete. Während ich mich hinsetze, legt Mum ein paar Pancakes auf meinen Teller.

»Danke, Mum. Hast du den Artikel gelesen?«

»Ja, er ist großartig, oder?« Mum setzt sich mir gegenüber. »Kaum zu glauben, dass die Talentshow schon in zwei Tagen ist. Es wäre so schön, wenn alle kommen, um uns zu unterstützen. Wird Blair dabei sein? Ich habe sie in letzter Zeit nicht oft gesehen.«

»Äh, also das ...« Ich lege Messer und Gabel zur Seite. »Ich habe am Montag mit Blair Schluss gemacht.«

»Was? Wieso?«, fragen Mum und Dad gleichzeitig.

Reon starrt mich nur an und isst dabei seinen Pancake weiter.

»Ich hatte das Gefühl, dass unsere Beziehung nicht mehr funktioniert. Und ich weiß nicht ...« Ich zucke mit den Schultern. »Wir sind einfach nicht gut füreinander.«

»Tut mir leid, das zu hören, Schatz«, sagt Mum. Sie greift über den Tisch und legt ihre Hand auf meine. »Denkst du, es ist nur eine vorübergehende Trennung?«

Ich schüttle den Kopf. »Nein, diesmal ist es endgültig. Und es tut mir auch leid, weil ich weiß, dass du sie magst.«

»Das stimmt zwar, aber wir werden immer hinter dir stehen, Trey«, erwidert Mum sanft. Dann hält sie einen Augenblick lang inne. »Hat das etwas mit Ariel zu tun?«

»Ariel!« Reon sieht mich mit großen Augen an. »Ist sie jetzt deine Freundin?«

»Trey, du kannst dich nicht von einer Beziehung in die nächste stürzen.« Dad sieht mich missbilligend an.

»Mach ich doch gar nicht! Ariel ist nicht meine neue Freundin, aber ... ich mag sie.« Unwillkürlich sehe ich Mum an. Sie hat mich schon vor ein paar Wochen darauf angesprochen, aber ich wollte es nicht wahrhaben, und nun sitze ich hier und muss zugeben, dass sie recht hatte. An ihrer Miene kann ich leider nicht ablesen, was sie jetzt denkt, und es dauert gefühlt ewig, bevor sie wieder etwas sagt.

»Ariel ist ein tolles Mädchen, und sie hat uns unglaublich geholfen.«

Mum findet es also okay, was mich unbeschreiblich erleichtert.

»Aber«, fährt sie fort – es war natürlich zu schön, um wahr zu sein –, »du bist jung, Trey, also lass dir einfach Zeit. Wenn Ariel die Richtige für dich ist, wird sie dir nicht weglaufen.«

»Das sehe ich ganz genauso.« Ich werfe Mum ein Lächeln

zu. »Und ich dachte schon, ich kann mir so was anhören wie: Ich hab's doch gewusst.«

»Oh, Schatz, ich habe das meilenweit kommen sehen. Natürlich hab ich's gewusst.« Sie grinst.

»Ja, ja, Mum.« Unwillkürlich muss ich lachen. War klar, dass sie sich nicht zurückhalten kann.

Den Rest des Tages verbringen wir im *Wonderland* und gehen das Programm der Talentshow durch, wobei wir zweimal prüfen, ob der zeitliche Ablauf wirklich stimmt und Marcus für jeden Act die richtige Musik parat hat.

Ein großes Paket wird in den Buchladen geliefert, und als ich es öffne, finde ich darin stapelweise schwarze Leinenbeutel. *#SaveWonderland* ist in goldener Schrift aufgedruckt, eine Spende des Gemeinderats von Hackney. Wer Heiligabend ein Buch kauft, bekommt einen Beutel gratis dazu. Ich mache ein Foto davon und poste es auf dem *Wonderland*-Account. Sofort überschlagen sich die Kommentare von Leuten, die gern einen Beutel hätten.

Während ich am Handy bin, gebe ich mein Bestes, nicht die Spendenseite aufzurufen. Als ich zuletzt nachgesehen habe, waren wir noch siebentausend Pfund von unserem Ziel entfernt. Wir haben immer noch etwas Zeit, deshalb lasse ich keinen Gedanken an David Raymond zu, der garantiert jeden unserer Schritte beobachtet und nur darauf lauert, endlich zuschlagen zu können. Ich wünschte, ich wüsste, was das Schicksal für uns bereithält, aber ich gehe fest davon aus, dass die vielen interessierten Menschen uns da durchhelfen werden. Hoffentlich irre ich mich nicht.

62

Ariels Playlist:
»Christmas in the City«
von Mary J. Blige und Angie Martinez

Zwei Tage bis Weihnachten

Auf der Suche nach dem Artikel blättere ich durch die Zeitung und reiße in meiner Aufregung versehentlich eine Seite ein. Als ich den Text endlich entdecke, schreie ich auf.

»Ariel?« Mum eilt ins Wohnzimmer, gefolgt von Noah.

»Mum, guck dir das an!« Ich drücke ihr die *Hackney Gazette* in die Hand, und sie schnappt nach Luft.

»Wow! Das ist großartig, mein Schatz.«

»Ich will es auch sehen, ich will auch!«, bettelt Noah auf Zehenspitzen, um einen Blick auf den Artikel zu erhaschen.

Ich, Ariel Spencer, habe eine Doppelseite in der Zeitung! In dem Artikel geht es um *Wonderland*, die Weihnachtstalentshow und mein Wandbild. Es fühlt sich wie ein Traum an, das Ganze gedruckt zu sehen.

Mum wischt sich über die Augen, und Noah schlingt einen Arm um ihre Taille.

»Nicht weinen«, sage ich und schmiege mich an sie.

»Das sind Freudentränen, Süße.« Mum gibt mir einen Kuss ins Haar. »Ich bin so stolz auf dich, und ich weiß, dass Dad völlig aus dem Häuschen wäre, wenn er das sehen könnte. In Momenten wie diesem vermisse ich ihn so sehr.«

Ich wische Mums Tränen weg. »Er kann uns sehen und lässt jetzt bestimmt eine Party im Himmel steigen. Da bin ich sicher.«

Mum lacht und nickt.

»Sieh uns an«, fahre ich fort. »Wir haben die schwerste Zeit unseres Lebens durchgestanden, oder etwa nicht?«

»Dann kann Dad auch meine Bilder sehen?«, fragt Noah.

Unwillkürlich umarme ich ihn. »Natürlich kann er das. Und wir werden dafür sorgen, dass der Name Spencer sein Vermächtnis fortsetzt. Denn das alles ist erst der Anfang.« Ich gebe Noah einen Kuss auf die Wange, bevor Mum ihre Arme aufhält.

»Ich hätte dieses Jahr nicht ohne euch überstanden«, sagt sie, während wir uns fest umarmen. »Meine zwei talentierten Superstars.«

Ich lächle vor mich hin. Wäre Dad jetzt hier, würde er alle Freunde aus seinem Telefonbuch anrufen und ihnen von dem Artikel erzählen. Und dann würde er sich auf den Weg machen und so viele Ausgaben der Zeitung kaufen, wie er kriegen kann. Ich weiß, dass ich ihn immer vermissen werde, aber Momente wie dieser erinnern mich daran, wie glücklich ich mich schätzen kann, dass er siebzehn Jahre lang an meiner Seite war. Er hat mich zu dem Menschen geformt, der ich heute bin. Er hat mir die Kunst geschenkt. Und der Gedanke, dass er in meinem Herzen immer bei mir sein und mich anfeuern wird, gibt mir das Gefühl, dass ich alles schaffen kann, was ich will.

63

Treys Playlist:
»Sweet Little Jesus Boy« von Tyrese

Heiligabend

Ich wache mit einem so leichten Gefühl auf, wie ich es noch nie hatte. Heute ist *der* Tag. Ich dusche und ziehe mich an, während Mum Reon dabei hilft, sich fertig zu machen. Dad trägt einen Schneemann-Weihnachtspullover zu einer Jeans und lächelt mich breit an, als er mich sieht. Meine Eltern und Reon werden pünktlich zur Talentshow da sein, aber ich gehe schon ein bisschen eher hin, um noch die Bühnentechnik zu checken, die Gita netterweise organisiert hat.

»Bist du bereit?«, will ich von Dad wissen.

Er streckt den Arm aus, und bei drei halte ich für einen Moment sein ganzes Gewicht, damit er sich in den Rollstuhl setzen kann, den Tante Latrice gestern Abend vorbeigebracht hat. Er gehört der Freundin einer Freundin oder so. Ich habe keine Ahnung, woher sie jemanden kennt, der einen Rollstuhl übrig hat, aber ich wollte nicht extra fragen.

»Wow! So ist es besser«, sagt Dad und stößt den Rollstuhl mit den Händen an. Er kracht gegen den Couchtisch, die Vase darauf fällt um und geht zu Bruch.

»Clive! Pass lieber auf, dass du kein Chaos anrichtest«, ruft Mum.

Dad wirft mir einen verlegenen Blick zu.

»Ich hole einen Besen«, sage ich.

Nachdem ich alles zusammengefegt und mich verabschiedet habe, treffe ich mich mit Tante Latrice vor der Buchhandlung. Sie hat angeboten, sich während der Talentshow um den Laden zu kümmern – und sie hat den schrillsten Weihnachtspullover an, den ich jemals gesehen habe. In der Mitte ist ein Weihnachtsbaum von blinkenden bunten Lichtern umgeben, und wenn sie auf den Stern an der Spitze drückt, ertönt ein »Ho, ho, ho!«, was überhaupt keinen Sinn ergibt.

»Es ist Weihnachten!«, sagt sie aufgeregt. »Bist du bereit für heute?«

»Ja, ich bin schon echt gespannt.«

Sie gibt mir einen Kuss auf die Wange.

»Wofür war das denn?«, frage ich mit erhobenen Augenbrauen.

»Dafür, dass du ein guter Sohn bist, ein toller Bruder und ein nerviger Neffe.« Sie stupst mich an, und ich lache. »Aber im Ernst, Trey. Wie du deiner Familie geholfen hast, ist unglaublich. Ich bin so stolz auf dich.«

»Danke, Tantchen. Okay, du weißt, wie die Kasse funktioniert?«

»Also hör mal, ich hab hier schon ausgeholfen, da warst du noch gar nicht geboren.« Sie wirft mir einen entrüsteten Blick zu, doch dann wird ihre Miene wieder ernst. »Wie auch immer es heute ausgeht, genieß die Talentshow, okay?«

Kurz darauf mache ich mich auf den Weg zum Platz. Alle kleinen Läden aus der Gegend scheinen auf den Beinen zu sein, um mitzuhelfen. Marcus ist schon auf der Bühne und baut sein Mischpult auf, Mrs. Avard, die Floristin, verteilt unglaubliche Weihnachtsgestecke auf den Tischen, auf denen die örtliche Bäckerei und umliegende Restaurants Essensspenden bereitgestellt haben, und Mr. Green hat Stühle vorbeigebracht, die noch aufgestapelt sind und verteilt werden müssen. Wir fangen in einer Stunde an, und ich kann es kaum erwarten, den Platz voller Menschen zu sehen.

Ich entdecke Ariel und Boogs auf der anderen Seite. Auf dem Weg zu ihnen halte ich an, um ein paar Leute zu begrüßen. Als ich bei ihnen ankomme, sehe ich, dass sie vor einer Wand voller Bilder mit schwarzen Rahmen stehen. Es sind Fotos vom Wandbild dabei, einige vom Schulhof und eins von Ariel mit einem Pinsel in der Hand, das ich von ihrer Instagram-Seite kenne. Das muss dieses Kunst-Spotlight sein, von dem Gita gesprochen hat.

»Sehr cool«, sage ich.

Ariel lächelt mich an. »Ja, oder?«

»Ich fange wieder mit dem Malen an, nur um auch an diese Wand zu kommen«, sagt Boogs.

Ich lache. »Das wäre echt dämlich. Außerdem bekommst du doch heute deinen großen Moment, wenn du deinen Tanzauftritt hast.«

»Apropos Auftritt, wie sieht es denn bei dir mit dem Singen aus?«, will Boogs wissen.

Ariels Augen leuchten auf. »Du singst heute?«

»Nein, ich werde einfach nur die Show genießen.«

»Buh!«, rufen Ariel und Boogs gleichzeitig.

»Lasst mich bloß in Ruhe«, gebe ich zurück.

»Das hab ich gefunden.« Boogs hält mir sein Handy hin.

Ein Beitrag über eine Gesangstalentshow ist auf dem Display zu sehen. Als hätte er meine Gedanken gelesen und wüsste, dass ich bereits darüber nachgedacht habe, an ein paar kleineren Wettbewerben teilzunehmen. Vielleicht ist das ein Zeichen.

»Bevor du irgendwas sagst, denk erst mal darüber nach, okay?«

Ariel beugt sich vor. »Das sieht mega aus. Du solltest es versuchen, Trey.«

Ich zoome den Termin heran. Noch bis Ende des Monats kann man sich für das Vorsingen und die Talentshow im Januar einschreiben. Offenbar wird auch jemand vom A&R-Team einer angesehenen Plattenfirma bei der Show dabei sein, was bestimmt eine Menge Gesangstalente anziehen wird. Es scheint also kein kleiner Wettbewerb zu sein, mit dem ich eigentlich anfangen wollte.

Aber was, wenn ich gewinne und das die Möglichkeit wäre, im Musikbusiness durchzustarten? Ich muss mir nur Ariel ansehen und wie sie sich für ihren Traum ins Zeug legt. Sie ist so mutig und tut unfassbare Dinge. Vielleicht könnte ich das auch ...

»Ich habe tatsächlich schon darüber nachgedacht, bei einem Gesangswettbewerb mitzumachen. Wahrscheinlich hat das Video, das du von mir gemacht hast, doch mein Selbstvertrauen gestärkt«, sage ich schließlich zu Ariel.

Überrascht sieht sie mich an, was ich gut verstehen kann.

»Wieso hast du nichts davon erzählt?«, fragt Boogs. »Das ist der Knaller, Mann!«

Ich zucke mit den Schultern. »Um ehrlich zu sein, wollte ich mich nicht unter Druck setzen.«

»Du gibst damit also auf eine schräge umständliche Art zu, dass ich dir geholfen habe?« Ariel wirkt so zufrieden mit sich selbst, dass ich lachen muss.

»Und du siehst dir diesen Wettbewerb definitiv genauer an?«, hakt Boogs nach.

Ich nicke. Und ich meine es auch so.

Wir gehen zur Mitte des Platzes, wo ein paar Leute bereits die Stühle vor der Bühne aufstellen, und helfen mit. Ariel entdeckt jemanden, den sie kennt, und geht hallo sagen.

»Kommt Santi auch noch?«, frage ich Boogs, während wir uns jeweils einen Stuhl vom Stapel nehmen.

»Nee, sie bleibt bei Blair. Ihr geht es nicht so gut«, erwidert er etwas unbeholfen.

Ich würde es blöd finden, wenn ich Santi als Freundin verliere, aber nach meiner Trennung von Blair möchte sie vielleicht nichts mehr mit mir zu tun haben.

Boogs muss meine Gedanken erraten haben, denn er sagt: »Sie hat nichts gegen dich. Sie hat sich sogar mit Blair angelegt, weil sie es auch scheiße fand, was Blair mit Ariel abgezogen hat.«

Klingt ganz nach Santi.

»Also ist diesmal richtig Schluss? Oder nur Schluss?«, will Boogs wissen.

Ich stelle den Stuhl am Ende einer langen Reihe ab und stütze mich auf die Lehne. »Diesmal ist es endgültig, aber natürlich liegt mir noch etwas an Blair. Vielleicht können wir irgendwann Freunde sein ...«

Boogs sieht mich komisch an, und ich pruste los. Okay, *Freunde* ist vielleicht etwas zu viel verlangt.

»Und was ist mit der kleinen Meerjungfrau?«, fragt Boogs. »Versucht ihr es miteinander?«

»Wir wollen es langsam angehen lassen, aber ...« Ich sehe mich um, doch alle sind so beschäftigt, dass niemand auf uns achtet. »Neulich bei ihr zu Hause haben wir uns fast geküsst.«

»Verdammt, Trey. Du verschwendest echt keine Zeit!« Boogs lacht. »Was ist passiert? Hat sie ihre Meinung geändert?«

Ich werfe ihm einen Seitenblick zu, während er weiterlacht. »Nein, ihre Mum ist nach Hause gekommen. Ich war echt angepisst.«

»Können bitte alle, die heute auftreten und mithelfen, zur Bühne kommen?«, ruft Gita durch ein Megaphon.

Neben der Bühne steht ein Tisch, auf dem Veranstaltungspässe und rote T-Shirts liegen. Ich kann kaum glauben, dass aus einer kleinen Talentshow für *Wonderland* ein richtiges Event geworden ist. Unglaublich, wie weit wir gekommen sind.

»Behaltet die Pässe die ganze Zeit bei euch. Damit kommt ihr hinter die Bühne oder in den abgesperrten Bereich für die Teilnehmenden der Show.« Gita zeigt auf ein kleines Zelt. »Und könnten bitte alle, die hier so toll mithelfen, ein rotes T-Shirt anziehen?« Sie teilt die T-Shirts aus, auf denen *#Save-Wonderland Xmas-Talentshow* steht.

»Vielen Dank noch mal für Ihre Hilfe. Das bedeutet uns sehr viel«, sage ich zu Gita, während ich meine Jacke aufmache.

»Oh, selbstverständlich! Die Presse ist auch schon auf dem Weg, wir werden also eine Menge Aufmerksamkeit bekommen. Hast du Ariel gesehen?«

Ich schaue mich auf dem Platz um und entdecke sie nicht weit von uns entfernt beim Telefonieren. »Da drüben.«

Gita geht zu ihr, und die Kälte lässt mich schaudern. Noch dreißig Minuten, dann geht's los.

64

Ariels Playlist:
»Little Christmas Tree«
von Michael Jackson

Ich habe gerade aufgelegt, als Gita mit einem Klemmbrett in der Hand auf mich zukommt. In der anderen hat sie ein rotes T-Shirt, das sie mir hinhält.

»Danke«, sage ich lächelnd.

»Wie findest du dein Kunst-Spotlight?«, will Gita wissen.

»Es ist unbeschreiblich! Und ich muss Ihnen noch mal danken, dass Sie mich ausgewählt haben.«

»Sehr gern!« Dann senkt Gita die Stimme. »Steht noch alles für später?«

Ich nicke. »Am Ende der Show werde ich für die große Bekanntmachung auf die Bühne kommen.«

Gita notiert sich etwas auf ihrem Klemmbrett. »Und die Andersons wissen nach wie vor von nichts?«

»Nein, und das soll auch so bleiben.« Ich grinse. Sie werden fassungslos sein! Ich kann gar nicht glauben, dass ich es geschafft habe, diese Überraschung so lange für mich zu behalten. »Das wird alles ändern!«

Die gesamte Gemeinde scheint auf den Beinen zu sein. Der Platz ist rammelvoll, und ich glaube nicht, dass ich schon einmal so viele Menschen in Weihnachtspullovern auf einem Haufen gesehen habe. Die Leute schlendern umher, trinken Glühwein und Eierpunsch oder essen Kuchen und Mince Pies. Ich sehe einige mit dem *#SaveWonderland*-Leinenbeutel und muss unwillkürlich lächeln. Der Hackney-Gemeindechor singt Weihnachtslieder, deren Magie die Luft erfüllt. Es ist perfekt.

Mum ist mit Noah gekommen, der mit Reon und den anderen Kindern Baumschmuck an die unteren Äste des Weihnachtsbaumes hängt. Ich entdecke Mr. und Mrs. Anderson und gehe mit einem Winken zu ihnen.

Mrs. Anderson umarmt mich herzlich. »Clive, das ist Ariel«, stellt sie mich dann vor.

»Ah, die berühmte Künstlerin.« Mr. Anderson schüttelt mir die Hand. »Danke für deine Hilfe am Tag meines Unfalls. Wie ich höre, bist du ein echtes Juwel – und das Wandbild ist eines der besten, das ich jemals gesehen habe. Woher hattest du denn die Fotos von meiner Familie, die du als Vorlage für die Porträts benutzt hast?«

»Google«, sage ich, und er lacht. »Es hat mir viel Spaß gemacht, das Wandbild zu malen. *Wonderland* verdient nur Gutes. Ich hoffe wirklich, dass wir das Spendenziel erreichen.«

Mr. Anderson lässt die Schultern sinken. »Wir haben alles gegeben, aber was nicht sein soll, soll nicht sein. Ich hatte gerade das Vergnügen mit David Raymond.« Er verzieht das Gesicht.

Mr. Raymond ist hier? Ich sehe mich um, aber bei den vielen Menschen ist es kaum möglich, ihn ausfindig zu machen. »Weiß Trey davon?«

»Nein, ich glaube nicht. Hoffentlich laufen sie sich nicht zufällig über den Weg. Trey hat nicht gerade entspannt reagiert, als Mr. Raymond das letzte Mal bei uns im Laden herumgeschnüffelt hat«, sagt Mrs. Anderson.

»Mal etwas anderes, ich wollte Ihnen gern das hier geben.« Ich hole die selbst gemachte, glitzernde Weihnachtskarte aus meinem Rucksack und reiche sie Mrs. Anderson. Sie zieht die Karte aus dem Umschlag, und es verschlägt ihr den Atem. Es ist ein Bild der Andersons vor ihrer weihnachtlich geschmückten Buchhandlung.

»Das ist wunderschön!« Mrs. Anderson drückt die Karte an ihre Brust.

Ich freue mich riesig, dass sie ihr gefällt. Für Trey habe ich auch ein Geschenk, aber das gebe ich ihm erst später. Mein Handy vibriert, und ich werfe einen Blick auf das Display. Ah! Sie ist hier!

Ich sehe wieder zu den Andersons auf und versuche, meine Aufregung zu verbergen. »Ich muss schnell noch etwas erledigen. Genießen Sie die Show!«

Ich dränge mich durch die Menge, aber das Durchkommen ist nicht leicht, weil es so voll ist, und ich auch noch ständig aufgehalten werde.

»Ich habe gehört, das war deine Idee.«

Abrupt bleibe ich stehen und drehe mich nach der vertrauten Stimme um. Bebe kommt auf mich zu, mit Yarah und James im Schlepptau. Sie hat dieses gehässige Grinsen im Gesicht, das nur für mich bestimmt zu sein scheint.

»Ich bin mehr als überrascht.«

»Ja, weil du das nicht könntest«, erwidere ich ruhig.

Yarah und James prusten los.

Während Bebe der Mund aufklappt, gehe ich einfach weiter und klopfe mir in Gedanken auf die Schulter. Vor ein paar

Wochen hätte ich kein Wort herausgebracht, um Bebe Kontra zu geben, aber seitdem hat sich viel verändert. Ich werde mich von Menschen wie Bebe oder Blair nicht mehr einschüchtern lassen.

»Ariel!« Annika und Jolie tauchen aus der Menge auf und winken mir zu.

Ich gehe schnell zu ihnen. »Ihr habt was verpasst ... Ich habe Bebe gerade auflaufen lassen.« Ich schnipse mit den Fingern.

Annika lacht. »Echt? Wieso bin ich nie bei dem guten Scheiß dabei?« Sie sieht sich um. »Das ist wirklich krass hier.«

»Ja, unglaublich«, fügt Jolie hinzu. »Ich kann kaum glauben, dass es erst ein paar Wochen her ist, seit die Idee aufkam. Wie läuft's bei den Andersons? Sie sind so kurz vor dem Ziel. Ich hoffe sehr, dass heute alle extragroßzügig sind.«

»Sie bleiben optimistisch, also drückt die Daumen. Hört mal, ich muss noch was erledigen, bevor die Talentshow losgeht. Aber ich stoße dann später wieder zu euch.«

»Warte, du hast mir noch nicht erzählt, was jetzt mit Trey ist«, sagt Annika.

Jolie schnappt erstaunt nach Luft. »Moment ... Was ist denn mit Trey?«

Ich lache. »Das erzähle ich euch später ausführlich, versprochen. Nur so viel: Dein Gebet wurde erhört, Annika.«

Annika kreischt auf.

»Gebet? Wovon redet ihr?«, fragt Jolie verständnislos.

Annika hakt sich bei ihr unter. »Ich bring dich auf den neusten Stand, Süße. Und wo willst du jetzt hin, Ariel?«

Ich lege einen Finger an die Lippen und zwinkere ihr zu.

65

Treys Playlist:
»All I Want for Christmas Is You«
von Mariah Carey

Immer wieder wollen die Leute Fotos mit mir machen und erzählen mir, dass sie gespendet haben – einige mehr als einmal. Das ist toll, aber uns fehlen immer noch fünftausend Pfund, um unser Spendenziel zu erreichen. David Raymond hat uns bis sechs Uhr abends Zeit gegeben, sein Angebot zu akzeptieren, und ich bin mir sicher, dass ich ihn vorhin in einem seiner teuren Anzüge hier auf dem Platz gesehen habe. Ich wollte ihm folgen, habe ihn aber in der Menge aus den Augen verloren. Er kann es wahrscheinlich kaum erwarten, von der ersten Reihe aus zuzusehen, wie wir mit unserer Buchhandlung scheitern. Das ist doch Mist. Wir haben alles getan, was wir konnten, um *Wonderland* zu retten. Ich bete innerlich, dass wir unser Ziel doch noch erreichen.

Bebe, Yarah und James waren am Glühweinstand, aber ich bin nicht zu ihnen gegangen, um hallo zu sagen. Ich muss unbedingt noch mit Bebe über ihre Beteiligung an der miesen Aktion mit Ariel reden, aber nicht heute. Wir haben zu hart daran gearbeitet, diese Talentshow zu organisieren, und jetzt will ich es genießen.

Ich stehe in der Zuschauermenge, sehe den letzten Acts dabei zu, wie sie ihr Bestes geben, und bin einfach nur stolz, was wir hier auf die Beine gestellt haben. Boogs ist als Letzter dran, dann wird Marcus für die nächsten zwei Stunden Musik auflegen, so dass alle tanzen und chillen können.

Die Menge jubelt laut, und ein Teil von mir wünschte, ich hätte mich auch auf die Bühne getraut und gesungen. Aber wer weiß? Vielleicht findet im nächsten Jahr wieder eine Talentshow statt, bei der ich mich nicht mehr herausreden kann. Ich trinke einen Schluck von meinem Glühwein, lasse den Blick über die Menge wandern und halte nach roten Haaren Ausschau.

Wo ist sie?

Ich sehe wieder zurück zur Bühne, die Boogs gerade in einem Weihnachtsmannoutfit und mit Sonnenbrille auf der Nase betritt. Ich lache los. Noch nie habe ich einen cooleren Santa gesehen. Alle klatschen und lachen, bevor Boogs überhaupt angefangen hat. Mit den ersten Beats legt er los und gleitet über die Bühne. Das Publikum flippt völlig aus. Ich hole mein Handy aus der Tasche und filme den Auftritt für Santi. Ich weiß, wie gern sie jetzt hier wäre. Boogs Tanzeinlage ist viel zu schnell zu Ende. Die ganze Talentshow war so toll, dass ich wünschte, sie würde noch länger gehen.

Als Boogs die Bühne verlässt, taucht plötzlich Ariel mit einem Mikrophon auf. Was macht sie auf der Bühne? Ich winke, um auf mich aufmerksam zu machen, aber sie sieht mich nicht. Eine Schwarze Frau mittleren Alters und mit akkurater Bobfrisur stellt sich neben sie ...

Moment ... ist das etwa ... Estee Mase?

Die Leute im Publikum sind ganz gebannt, als ihnen klar wird, wer da vor ihnen steht.

Was zur Hölle? Was macht Estee Mase hier mit Ariel?

»Hallo, alle zusammen. Ich bin Ariel Spencer«, sagt sie ins Mikrophon.

Alle jubeln ihr zu, während ich noch zu geschockt bin, um auf irgendeine Art zu reagieren.

»Ich danke euch allen, dass ihr *Wonderland* so toll unterstützt. Durch eure Großzügigkeit haben wir sagenhafte fünfundvierzigtausend Pfund für diese großartige, unabhängige Schwarze Buchhandlung gesammelt.« Sie macht eine Pause, denn der Applaus ist ohrenbetäubend. »Außerdem habe ich eine besondere Überraschung, die ich heute mit euch teilen will. In dreißig Minuten wird Bestsellerautorin Estee Mase ihren neuen Roman im *Wonderland* signieren!«

Ich klatsche wie benommen. Wie hat Ariel das hinbekommen? Estee Mase hat nicht mal auf meine Nachricht geantwortet. Ariel reicht ihr das Mikrophon.

»Auch von mir ein Hallo an euch alle! Als ich von *Wonderland* und dieser wundervollen Familie gehört habe, die für ihre Buchhandlung kämpft, war ich sofort hin und weg«, beginnt Estee. »Jetzt möchte ich gern Mrs. und Mr. Anderson und ihr beiden Söhne, Trey und Reon, auf die Bühne bitten.«

Während ich mich durch die Menge kämpfe, halte ich nach Mum Ausschau, aber ich sehe sie erst, als sie die Stufen zur Bühne hinaufgeht, wobei sie genauso perplex wirkt wie ich. Als ich bei ihr bin, greift sie nach meiner Hand. Dad kommt eine Rampe hoch, gefolgt von Reon. Ariel strahlt uns alle an.

»Mrs. und Mr. Anderson«, sagt Estee, »was Sie beide für ihre Familie auf sich nehmen, bewundere ich sehr. Trey, ich bin tief beeindruckt davon, mit welchem Einsatz du versucht hast, euren wunderbaren Buchladen zu retten. Und Reon, du bist ein süßer kleiner Kerl.«

Reon lacht und sieht zu mir auf, als wollte er sagen: *Da hat sie vollkommen recht.*

»Und weil mich das alles sehr bewegt hat und ich gern wissen wollte, wie ich ebenfalls helfen kann, habe ich Ariel kontaktiert.«

Was? Wie konnte Ariel das vor mir geheim halten? Ich sehe zu ihr, und sie zwinkert mir zu.

»*Wonderland* ist zu wichtig und darf deshalb nicht aufgegeben werden. Ich habe bereits gespendet, mir aber noch ein Versprechen gegeben. Sollte *Wonderland* das Spendenziel nicht erreichen, werde ich nicht untätig zusehen.«

Estee hält kurz inne. Mum, Dad, Reon und ich sehen uns mit großen Augen an. Mit angehaltenem Atem warte ich darauf, was Estee als Nächstes sagen wird.

»Aus diesem Grund spende ich die noch fehlenden fünftausend Pfund!«

Für den Bruchteil einer Sekunde herrscht Stille, als würden nun alle den Atem anhalten, dann dreht die Menge durch. Die Leute hüpfen ausgelassen, jubeln und klatschen.

Ich sehe zu Mum, die in Tränen ausgebrochen ist. Das kann unmöglich das wahre Leben sein ... Wir haben unser Ziel erreicht! Wir haben es geschafft! Wir haben *Wonderland* gerettet! Ich fasse Mum um die Taille, hebe sie hoch und wirble sie herum. Sie lacht und weint gleichzeitig. Dad reißt immer wieder den Arm in die Höhe, und Reon springt herum und jubelt aus vollem Hals.

Ariel klatscht mit einem breiten Lächeln. Sie muss die ganze Zeit davon gewusst haben. Estee gibt Ariel das Mikrophon zurück, dann kommt sie zu uns, und ich setze Mum ab.

»Ich weiß nicht, wie ich Ihnen jemals danken soll«, sagt Mum und wischt sich über das tränennasse Gesicht.

»Es ist mir eine große Freude, Mrs. Anderson.« Estee umarmt sie. »Und wenn ich auch in Zukunft etwas tun kann, um *Wonderland* zu unterstützen, lassen Sie es mich gern wissen.«

Ich spüre einen Kloß im Hals und schlucke. »Vielen, vielen Dank.«

»Oh, Trey, es war gar nicht möglich, nach deinen Tweets und dem Aufruf in den Nachrichten nicht auf euch aufmerksam werden.«

Ich lache. »Mein Fehler.«

»Hört mal alle her, ich habe noch eine Überraschung«, sagt Ariel ins Mikrophon. Die Blicke aus dem Publikum richten sich auf sie, und vor der Bühne wird es wieder still. »Heute geht es darum, *Wonderland* zu feiern, aber es ist auch Weihnachten! Deshalb haben Gita aus dem Gemeinderat, die uns dabei geholfen hat, diese großartige Talentshow auf die Beine zu stellen, und ich uns gedacht, dass es doch toll wäre, wenn wir alle zusammen einen Song der Queen der Weihnachtslieder singen.« Ariel nimmt einen tiefen Atemzug und stimmt die erste Zeile von »All I Want for Christmas Is You« an. Ihre Stimme ist hoch und weich, und sie trifft jeden Ton. »Ohne Mariah Carey ist es kein richtiges Weihnachten, oder?«

Alle jubeln und jemand ruft: »Das ist absolut wahr!«

Gita winkt der Menge zu, als sie auf die Bühne kommt, dann reicht sie Mum, Dad, Reon, Estee und mir jeweils ein Mikrophon. Mein Herz rast, als ich den Blick darauf richte.

»Musik ab, Marcus!«, ruft Ariel.

Der Kultsong geht los, und die Leute im Publikum beginnen sofort zu singen und zu schunkeln. Es ist wie eine Szene aus einem Film. Mum und Estee lachen, während sie schief mitträllern. Dad singt mit einer tiefen samtigen Stimme, und Reon verdreht den Text.

Ich umklammere das Mikrophon so fest, dass meine Hand schmerzt. Dann schließe ich die Augen und blende die Menschen um mich herum aus.

Komm schon, Trey, sing einfach, sage ich zu mir selbst.

Ich schwitze, mein Körper fühlt sich ganz heiß an, doch dann spüre ich eine weiche Hand auf meiner.

»Du musst nicht mitmachen«, flüstert Ariel. »Aber öffne die Augen. Das musst du sehen.«

Also tue ich es. Alle vor der Bühne singen aus voller Kehle mit, als hätten sie den schönsten Augenblick ihres Lebens. Mum und Estee tanzen in einer Ecke der Bühne. Reon sitzt auf Dads Schoß und lacht sich kaputt, während Dad mit dem Rollstuhl Kreise dreht. Boogs und ein paar andere Teilnehmende der Talentshow, die auch etwas vorgetanzt haben, sind zurück auf die Bühne gekommen und zeigen ihre besten Moves. Das ist überhaupt nicht beängstigend. Das sieht eher nach ... Spaß aus.

Ich schaue zu Ariel, die mich eindringlich mustert, dann hebe ich langsam das Mikrophon an meine Lippen. Ariels Augen weiten sich, als ich den Mund öffne und zu singen anfange.

Zuerst fühlt es sich gar nicht so an, als würde ich wirklich singen, denn trotz des Mikrophons kann ich mich zwischen all den Stimmen kaum selbst hören. Doch dann erfüllt mich die Musik immer mehr, und der Drang, alles rauszulassen, wird immer stärker ...

»All I want for Christmas is you ...«, singe ich so laut ich kann und mit diesen irren Riffs, die ich besonders mag.

Und dann kann ich mich wirklich nicht mehr hören, weil die Weihnachtshymne ganz Hackney zu erfüllen scheint. Ich treffe

Mariahs hohe Töne, improvisiere wie sie, bis es mir vorkommt, als würde ich bei meinem eigenen Konzert auf der Bühne stehen. Es ist das beste Gefühl, das ich jemals hatte. Wenn ich in Zukunft an Weihnachten denke, wird es zuerst dieser Moment sein, an den ich mich erinnere.

Als der Song zu Ende ist, nimmt Mum mich fest in den Arm. Ich kann nicht glauben, dass ich mich getraut habe. Mein Herz rast, aber auf eine gute Art, und um ehrlich zu sein, könnte ich gleich noch mal singen.

»War das nicht unglaublich? Ich habe dich noch nie so gesehen, Trey!«, sagt Mum.

Ich werde rot. »Es hat echt Spaß gemacht.«

»Auf der Bühne zu stehen, passt zu dir«, sagt sie und hebt mein Kinn.

Ich zögere, dann frage ich: »Denkst du, ich könnte das auch ... professionell machen?«

Kurz bleibt mein Herz stehen, denn ich möchte unbedingt, dass sie an mich glaubt.

Mum beginnt zu lächeln. »Schatz, du kannst alles schaffen, was du dir in den Kopf setzt. Das hast du bereits bewiesen.«

»Danke, Mum. Das bedeutet mir viel.«

Sie hat recht ... ich muss es nur in Angriff nehmen. Nächstes Jahr werde ich an so vielen Gesangswettbewerben teilnehmen wie möglich.

Ich verlasse die Bühne hinter Dad – der fast gegen einen unerwünschten Gast stößt, der am Rand wartet. David Raymond.

»Sie haben die Nerven ...«, beginne ich, als Mum auf ihn zumarschiert.

Mr. Raymond wirft ihr ein Lächeln zu, das jedoch zu wanken beginnt, als Mum den Arm hebt und auf ihn zeigt.

»Wir verkaufen *Wonderland* nicht, Mr. Raymond«, zischt sie.

»Mrs. Anderson, kommen Sie, denken Sie darüber nach«, sagt er schnell. »Wir haben Ihnen einen phantastischen Deal angeboten. Einen besseren werden Sie nicht bekommen.«

»Sie haben gehört, was meine Frau gesagt hat«, knurrt Dad.

Mr. Raymond weicht einen Schritt zurück. Ich stelle mich neben Dad, und Mr. Raymond schaut von mir zu Dad und dann zu Mum. Er streicht seine Krawatte glatt.

»Sie merken es wahrscheinlich nicht, aber sie machen einen riesigen Fehler«, murmelt er.

»Nein, mein Fehler war nur, dass ich geglaubt habe, Sie wären unsere einzige Option«, sagt Mum. »Und jetzt würden wir gern den Rest des Tages genießen, und Sie sind hier nicht willkommen.«

Mr. Raymond spannt den Kiefer an. »Verstehe. Nun, in diesem Fall werde ich meine Partner über Ihre Entscheidung unterrichten. Ich wünsche Ihnen ein schönes Weihnachtsfest.«

»Na klar«, sagt Dad, während Mr. Raymond davongeht. »Er wird uns auch weiterhin keine Ruhe lassen.«

Kann schon sein, aber er wird *Wonderland* niemals in die Finger bekommen, da bin ich mir sicher.

»Trey, du hast wie ein Popstar gesungen!«, sagt Reon und klatscht in die Hände.

»Die Stimme hat er von mir«, mischt sich Dad ein. Ich verdrehe die Augen, und er boxt mir spielerisch gegen den Arm. »Großartig, mein Sohn!«

Ich grinse übertrieben. »Danke, Leute.«

Während ich meine Familie betrachte, denke ich an diesen Sonntag vor etwa zwei Wochen zurück, als wir beim Abendessen zusammensaßen und über *Wonderland* geredet haben.

Wir hatten bereits ein paar Ideen, um die Buchhandlung zu retten, als Reon das Crowdfunding vorschlagen hat. *Wonderland* hat uns noch näher zusammengeschweißt, und ich kann mir kaum vorstellen, nicht im Buchladen zu arbeiten. Ich habe keine Ahnung, wie lange ich brauche, um Sänger zu werden oder ob ich das überhaupt schaffe, aber jetzt weiß ich, dass ich die Unterstützung meiner Familie habe. Und ich bin sicher, dass sich alles finden wird.

Ich beuge mich hinunter, um Dad zu umarmen, und bemerke Ariel, die uns von der Seite aus zusieht.

»Ich muss kurz mit Ariel reden. Bin gleich zurück.« Als ich mich zum Gehen wende, werfen sich Mum und Dad einen vielsagenden Blick zu.

66

Ariels Playlist:
»Winter Wonderland/
Here Comes Santa Claus«
von Snoop Dogg und Anna Kendrick

Trey und ich gehen vom Platz weg um eine Ecke. Noch immer kann ich die Musik und die Leute hören, aber zumindest sind wir hier etwas ungestörter. Trey geht mit federnden Schritten neben mir und lächelt so breit, dass er damit die ganze Welt zum Strahlen bringen könnte.

»Das war unfassbar!«, sagt er zum gefühlt tausendsten Mal.

Ich bin sicher, dass es unzählige Videos von Trey auf der Bühne gibt, die jetzt im Netz kursieren, und ich kann es kaum erwarten, dass er sie sieht und hört, wie brillant er tatsächlich ist.

Ich hole mein Handy heraus und sende ihm einen Link. Sein Smartphone piept, er wirft einen Blick darauf und runzelt die Stirn.

»Dein Weihnachtsgeschenk«, erkläre ich.

Er tippt auf den Link, und eine Playlist mit dem Titel »Ariel & Treys Winter Wonderland Playlist« öffnet sich. Dafür habe ich Titel wie »All I Want for Christmas Is You«, »I Saw Mommy Kissing Santa Claus«, »Rocking Around the Christmas Tree«, »Cold December Nights« und natürlich das »Confessions«-Album von Usher zusammengestellt. All diese Songs sind eine Erinnerung an Trey und mich. Diese Songs gehören uns.

»Ich dachte, wir könnten sie immer erweitern ... gemeinsam.« Ich lächle.

»Ariel, das ist ...« Er schüttelt den Kopf. »Es ist perfekt.« Er nimmt meine Hand in seine. »Ich kann mir *Wonderland* nicht mehr ohne dich vorstellen. Und jetzt, wo es mit der Buchhandlung weitergeht, würdest du da auch eine unbefristete Stelle annehmen?«

Mein Herz macht einen Satz. »Ja! Das würde ich unheimlich gern!«

Das ist der beste Heiligabend, den ich je hatte.

»Ich ... ähm ... habe auch etwas für dich«, sagt Trey verlegen.

»Wirklich?« Das hatte ich gar nicht erwartet. Und festangestellt im *Wonderland* zu arbeiten, ist an sich schon ein Geschenk.

Trey zieht eine zusammengefaltete Karte aus seiner Hosentasche. »Na ja, also das ist selbst gemalt.«

»Du hast etwas für mich gemalt?« Abgesehen von Dad und Noah hat das noch nie jemand für mich gemacht.

Ich falte die Karte auseinander, und mein Blick fällt auf einen schlicht dargestellten Weihnachtsbaum unter dem MERRY CHRISTMAS steht. Ich sehe zu Trey, der sich auf die Lippe beißt. Ist er nervös?

Ich klappe die Innenseite auf.

Ariel,

danke für alles. Du hast mir mehr geholfen, als du dir vorstellen kannst. Dafür werde ich dir für immer dankbar sein. Bei unserer ersten echten Begegnung hast du dein Getränk über meinem

weißen Shirt ausgekippt, aber dann bist du sehr schnell zu einem wichtigen Menschen in meinem Leben geworden.
Du bist mit Abstand das beste Geschenk, das ich mir hätte wünschen können.

Frohe Weihnachten!
In Liebe, Trey xxx

Mir steigen Tränen in die Augen. Eine Geste wie diese kenne ich bisher nur aus Büchern. Ich schiebe meine Brille hoch und wische mir über die Augen, ohne mir darüber Gedanken zu machen, dass nun wahrscheinlich mein Make-up ruiniert ist.
»Danke, Trey.«
»Da ist noch etwas, das ich dir geben wollte.« Er macht einen Schritt auf mich zu, während ich mich nicht von der Stelle rühre. »Und ich glaube nicht, dass ich noch länger damit warten kann.«
Ich weiß, dass ich nicht länger warten kann.
Er zieht mich an sich, ich stelle mich auf die Zehenspitzen und hebe den Kopf. So lange habe ich von diesem Moment geträumt, ich bin bereit dafür.
Doch dann spüre ich etwas Feuchtes auf mein Gesicht fallen und wische es weg, aber es kommt wieder. Feine Schneeflocken landen auf meinem Mantel und verfangen sich weiß glitzernd in meinen roten Haaren.
»Was zum ...?« Trey streckt die Hand aus, um die Flocken aufzufangen und wendet das Gesicht gen Himmel. »Das darf doch nicht wahr sein, es schneit zu Weihnachten!«
Noah und ich spielen immer im Schnee, bis unsere Füße so kalt sind, dass wir sie kaum noch spüren können. Ich lie-

be Schnee, auch wenn es in London nie zur Weihnachtszeit schneit. Nur im Augenblick ist Schnee nicht unbedingt das, was ich im Kopf habe, denn ich kann nur an eins denken, was ich jetzt viel lieber tun würde.

Ich lege meine Hand in Treys Nacken und ziehe seinen Kopf sanft zu mir, bis sich unsere Lippen berühren, die wie füreinander gemacht sind. Der Schnee kann dem Kuss nichts anhaben. Jeder Teil von mir, von den Zehen bis zu den Haarspitzen, fühlt sich lebendig an und summt vor Glück. Ich bin mir sicher, dass ich gleich vom Boden abheben und durch die Wolken bis hinauf zu den Sternen schweben werde.

Und wenn ich in Zukunft an Weihnachten denke, werde ich mich immer an diesen Moment erinnern.

Danksagung

Wow! Wo soll ich anfangen? *Love in Winter Wonderland* ist auf eine sehr außergewöhnliche Art entstanden. Eine Redakteurin, die eines meiner Manuskripte abgelehnt hatte, schlug mir vor, stattdessen eine Liebesgeschichte zu schreiben. Mein erster Gedanke war: Wieso sollte ich das tun? Doch dann haben meine Agentin und ich darüber geredet und festgestellt, dass es eine große Lücke in Bezug auf Schwarze Liebesgeschichten im Bereich Young Adult gibt, insbesondere wenn sie zur Weihnachtszeit spielen.

Um ehrlich zu sein, hätte ich nicht gedacht, dass ich in der Lage wäre einen romantischen Roman zu schreiben, auch wenn ich Bücher aus diesem Genre gerne lese. Meine Geschichten richten sich eigentlich an Acht- bis Zwölfjährige, und ich wusste nicht, dass ich auch für Jugendliche oder junge Erwachsene schreiben kann, aber vor einer Herausforderung schrecke ich nie zurück.

Mir war gleich klar, dass ich eine Liebesgeschichte schreiben wollte, in der es nicht um Rassismus geht, und sie sollte in Stoke Newington spielen, denn ich habe den größten Teil meines Lebens dort verbracht. Mein Dad hat von Anfang an dort gewohnt, nachdem er nach London gezogen war. Es musste also unbedingt ein Roman sein, der Hackney feiert.

Ich hatte erst ein paar Kapitel fertig, als mein Dad starb. Von diesem Moment an konnte ich nicht mehr schreiben. Als ich mich wieder halbwegs dazu bereit fühlte, betete ich auf Knien zu Gott, mir beim Schreiben dieses Buches zu helfen. Nur so war ich trotz meines gebrochenen Herzens in der Lage, das Manuskript innerhalb von fünf Monaten fertigzustellen. Ich glaube sogar, das Schreiben hat mich davor bewahrt, in ein tiefes Loch zu fallen.

Deshalb danke ich zuerst Gott, der mir bei der Entstehung dieses Buches geholfen hat und mir die Kraft gab, bis drei Uhr morgens aufzubleiben, um die Deadline zu schaffen, während »O Holy Night« in Dauerschleife lief. Ich habe jahrelang für einen Vertrag wie diesen gebetet und trotz meiner Lebensumstände nicht aufgegeben. Danke, dass meine Gebete erhört wurden!

Ich danke meiner Agentin Gemma – es gibt nicht genug Worte, um auszudrücken, warum du die beste Agentin aller Zeiten bist! Danke, dass du mich ermutigt hast, dieses Buch zu schreiben, mich unterstützt hast, wenn ich nicht mehr konnte, und diesen großartigen Vertrag für mich an Land gezogen hast. Du bekommst von mir einen *#SaveWonderland*-Weihnachtspullover!

Ich danke meiner Lektorin Amina – du bist ein Engel. Deine Liebe zu diesem Buch – von Beginn an – werde ich nie vergessen. Bevor ich das Manuskript eingereicht habe, betete ich für eine schnelle Entscheidung, und du hast dich gleich am nächsten Tag gemeldet. Ich wusste ziemlich schnell, dass die Zusammenarbeit mit dir genau der richtige Schritt war. Danke, dass du mich, Trey und Ariel begleitet hast. Ich besorge dir die besten Plätze in der O_2 Arena, wenn J Hus wieder auf Tour geht.

Danke, Lucy – dass du das Manuskript während deines Urlaubs innerhalb von zwei Stunden gelesen hast, ist das größte Kompliment. Bei deiner und Aminas Begeisterung hätte ich niemals nein sagen können! Ich werde mich immer an die Weihnachtspullis erinnern, die ihr zwei während unseres ersten Zoom-Meetings anhattet. Unglaublich!

Ein großer Dank geht an das ganze Team von Simon & Schuster – was für eine Ehre, eine eurer Autor*innen zu sein. Ihr habt den Traum eines Mädchens aus Hackney wahr werden lassen und meiner Familie in der schwersten Zeit Freude geschenkt. Dafür werde ich für immer dankbar sein.

Mum, Gboli und Lola – ich liebe euch so sehr, und ich hoffe, ich habe euch stolz gemacht! Danke, dass ihr mich zu dieser Reise ermutigt habt. Ein besonderer Dank geht an dich, Mum, weil du jede Nacht mit mir aufgeblieben bist, um mir Gesellschaft zu leisten, während ich dieses Buch geschrieben habe. Daddy, ich hab's geschafft!!!

Danke an meine Freunde: Anneliese, du hast dir die Zeit genommen, die erste Fassung von *Love in Winter Wonderland* zu lesen, weil ich mich zu leer gefühlt habe, um eine Einschätzung dazu abzugeben. Als ich deine Rückmeldung in Großbuchstaben gesehen habe, wusste ich, ich habe etwas richtig gemacht. Helen, meine Komplizin, dein Rückhalt und dein Glauben zeigen mir, dass ich alles schaffen kann. Kate, weißt du noch, was du gesagt hast, als ich dir erzählt habe, ich habe wichtige Buch-News: Dass ich hoffentlich einen sechsstelligen Deal an Land gezogen habe. Nachdem du erfahren hast, dass es so ist, bist du mitten in unserem französischen Lieblingscafé in Tränen ausgebrochen und hast mich damit ebenfalls zum Weinen gebracht. Das werde ich nie vergessen. Leanne, Zarah und Aleta, ihr begleitet mich schon seit so vielen Jahren und habt mir immer wieder klargemacht, dass ich diesen Vertrag verdient habe. Es fiel mir schwer, all das zu begreifen, aber ihr wart für mich glücklich, bis ich schließlich selbst wieder Glück empfinden konnte. Ich danke euch allen und meiner Familie, dass ihr den Buchvertrag geheim gehalten habt. Ich liebe euch, Leute!

Ein riesiges Dankeschön geht an Helen von der Buchhandlung *Wonderland*, die mir all meine Fragen beantwortet hat. Es ist so toll, dass es einen echten und wunderschönen Buchladen mit diesem Namen gibt, und ich kann es nicht erwarten, mein *Wonderland* in deinem *Wonderland* in den Händen zu halten.

Zuletzt geht ein riesiges Dankeschön an alle Leser*innen, Buchhändler*innen, Blogger*innen und die Presse für eure jahrelange Unterstützung. Ich hoffe, euch gefällt meine Liebesgeschichte, und ich freue mich darauf, weiterhin all diese Gefühle zu verbreiten.